ハヤカワ文庫NV

〈NV1419〉

ダーク・マター

ブレイク・クラウチ

東野さやか訳

早川書房

8076

DARK MATTER
by
Blake Crouch
Copyright © 2016 by
Blake Crouch
Translated by
Sayaka Higashino
First published 2017 in Japan by
HAYAKAWA PUBLISHING, INC.
This book is published in Japan by
arrangement with
MOUNTAINSIDE BOOKS, LLC
c/o INKWELL MANAGEMENT, LLC
through TUTTLE-MORI AGENCY, INC., TOKYO.

選ばなかった道を行っていれば
どんな人生が待っていたのだろうと考える
すべての人に

こうなっていたかもしれないことも、こうなったことも
同じ終わりを示す。つまり今この時を。
足音が記憶のなかでこだまし
歩まなかった道を通り
ひらかなかった扉へと向かう。

——T・S・エリオット「バーント・ノートン」

ダーク・マター

登場人物

ジェイソン・アシュリー・
　　　　　　デスセン……原子物理学者。大学教授

ダニエラ・バルガス……………ジェイソンの妻。絵画教室の教師

チャーリー……………………ジェイソンの息子

ライアン・ホールダー…………ジェイソンの友人。神経科学者。大学教授

レイトン・ヴァンス……………ヴェロシティ研究所の最高経営責任者。最高医務責任者

アマンダ・ルーカス……………ヴェロシティ研究所の精神科医

1

木曜の夜が好きだ。

時間の外にある感じがするからだ。

わが家では親子三人で過ごすと決まっている——家族水入らずの夜。

息子のチャーリーはテーブルでスケッチブックに絵を描いている。あとちょっとで十五歳になる。ひと夏で背が二インチものび、いまではわたしとほとんど変わらない。

わたしは玉ねぎをスライスする手を休めて声をかける。「見せてごらん」

息子はスケッチブックを高く差しあげ、地球とはべつの惑星を思わせる山並みを見せる。

「うまいじゃないか。遊びで描いたのか？」

「学校の宿題。明日までに出さなきゃいけないんだ」

「だったら、さっさとつづきを描きなさい。尻に火がついてるようだから」

ほろ酔い気分でいそいそとキッチンに立つわたしは、今夜でこのすべてに終止符が打たれるとは思っていない。わたしの知るすべてに、愛するものすべてに終止符が打たれるとは。

崖っぷちにいると示唆するものもない。それが悲劇をいっそう悲惨なものにするのかもしれない。起こったことそのものだけでなく、どのようにして起こったかが。少しも予想していないときの不意打ち。ぎくりとする時間も、身がまえる時間もない。

可動式ライトの光が手もとのワインを照らし、玉ねぎが目にしみてくる。奥の部屋では古いプレーヤーでセロニアス・モンクのレコードがまわっている。アナログ盤には何度聴いても飽きることのない味わいがあるが、その最たるものが曲間のぱちぱちというノイズだ。奥の部屋は大量のレアなアナログレコードであふれかえっていて、そのうち時間を見つけて整理しなくてはと、いつも思うだけは思っている。

妻のダニエラはキッチンのアイランド型調理台に腰をのせ、片手でほぼ空《から》のワイングラスをまわし、もう片方の手に携帯電話を持っている。彼女はわたしに見られているのに気づき、携帯の画面から目をあげずにほほえむ。

「わかってる」彼女は言う。「家族の夜の基本ルールを破ってると言いたいんでしょ」

「なにをそんな真剣に見てるんだい？」

妻はスペイン人らしい黒い目をわたしに向ける。「なんでもない」

わたしは近づいていって妻の手から電話をやさしく取りあげ、カウンターに置く。

「そろそろパスタをつくろう」わたしは言う。

「あなたがつくるのをここで見ていたいわ」

「ふーん」それから声を落とす。「そのほうが興奮するから？」

「ううん、なんにもしないで飲んでるほうが楽しいだけ」

彼女の息からワインの甘い香りがただよい、構造的に不可能としか思えない笑顔はいまもわたしを骨抜きにする。

わたしは自分のグラスを干す。「もう一本、ワインをあけたほうがよさそうだ」

「あけないほうがどうかしてるわ」

わたしがあらたにワインを抜栓すると、妻はまた電話を手にして、画面をわたしに見せる。

「《シカゴ・マガジン》誌に掲載されたマーシャ・アルトマン展の評を読んでたの」

「好意的に書いてあった？」

「ええ、もうほとんどラブレター」

「それはよかった」

「いつも思うの、わたしも……」彼女は途中で口をつぐむけれど、なにを言おうとしていたのかはわかる。十五年前、わたしと出会う前のダニエラは、シカゴのアートシーンで有望視されていた。バックタウンにアトリエをかまえ、五、六カ所の画廊で作品を展示し、初の個展をニューヨークで開催する話が決まったばかりだった。それから、べつの人生が訪れた。わたし。チャーリー。深刻な産後鬱《うつ》の期間。

脱落。

いま彼女は、中学年の子どもたちに絵の個人レッスンをしている。

「べつにわたしだって喜んでないわけじゃないのよ。だって、彼女は才能豊かだし、これだけの評価を得るにふさわしいもの」

わたしは言う。「慰めになるかどうかわからないが、ライアン・ホールダーがパヴィア賞をとったよ」

「なんなの、その賞は？」

「生命科学と物理化学での業績に対してあたえられる学際的な賞だ。ライアンは神経科学での研究が認められて受賞した」

「すごいことなの？」

「多額の賞金。名誉。助成金がぞくぞくと入ってくる」

「ホットな女性も？」

「それがいちばんのご褒美《ほうび》かもしれないな。実は今夜、仲間内のささやかな祝賀会に誘われていたけど、断った」

「どうして？」

「家族で過ごす夜だから」

「行けばいいのに」

「そんなに行きたいわけじゃない」

ダニエラは空になったグラスを持ちあげる。「つまり、今夜はふたりともワインをがぶ飲みする理由があるということね」

わたしは彼女にキスをし、あらたにあけたワインをたっぷりと注いでやる。

「あなたもその賞をとれたかもしれないのね」ダニエラが言う。

「きみだってこの街のアートシーンを席巻《せっけん》していたかもしれない」

「でも、わたしたちはこれを選んだ」彼女は天井の高い褐色《かっしょく》砂岩のわが家を示す。ダニエラと出会う前、わたしが遺産で買った家だ。「そしてあの子を授かった」そう言って、絵に没頭するチャーリーを示す。その姿は、一心不乱に絵筆を動かすときのダニエラに通じるものがある。

ティーンエイジャーの親でいるのは奇妙なものだ。まだまだ手がかかる子どものはずが、大人への階段をのぼりはじめたひとりの人間として意見を求めてくるときには、まったくべつの存在になる。そんなとき、わたしは教えてやれることなどろくにない自分を痛感する。世の中には視点がしっかりさだまっていて、ものの見方が明快でぶれない父親がいる。けれどもわたしはそういうタイプとはちがう。歳を重ねれば重ねるほど、わからないことが増えていく。息子のことは愛している。わたしのすべてと言っていい。それでも、息子を失望させてしまう気がしてしょうがない。わずかばかりのわたしのあやふやな見解だけを持たせ、厳しい世間に送りだそうとするなんて。

わたしはシンクの横の戸棚に歩み寄り、扉をあけ、フェットチーネの箱はどこかと探す。ダニエラがチャーリーのほうを向いて言う。「パパはノーベル賞をとってもおかしくない人なのよ」

わたしは苦笑する。「それはいくらなんでも大げさすぎるよ」

「チャーリー、だまされちゃだめ。パパは天才なんだから」

「やさしいんだな、きみは」わたしは言う。「それに、少し酔ってもいるようだ」

「あら、本当のことでしょ。あなたが家族を愛しているぶんだけ、科学の進歩が遅れたんだもの」

わたしはほほえむしかない。ダニエラが飲むと三つの変化が現われる。母国語のアクセントが強くなり、むやみやたらと人を持ちあげ、言うことが大げさになる。

「ある晩、パパはこう言ったの。忘れもしないわ。基礎研究というのは全人生を懸《か》けてやるものなんだって。そしてこうも言ったわ……」驚いたことに、一瞬、彼女は感極まる。目が涙でかすみ、泣きそうになるといつもするように首を左右に振る。瀬戸際のところでどうにか踏みとどまって、先をつづける。「パパはこう言ったの。〝ねえダニエラ、わたしは冷たい無塵室じゃなく、きみを思いながら死にたいんだ〟って」

チャーリーに目をやると、息子はあきれたような顔でスケッチブックに向かっている。両親のメロドラマを見せつけられ、困惑しているのだろう。

わたしは戸棚をのぞきこみ、喉のうずきが消えるのを待つ。

フェットチーネを出し、扉を閉める。

ダニエラがワインを飲む。

チャーリーは絵を描きつづける。

時間が過ぎていく。

「ライアンのパーティはどこでやってるの?」ダニエラが訊く。

「〈ヴィレッジ・タップ〉だそうだ」

「あなたの行きつけのバーね、ジェイソン」

「だから?」

彼女は近づいてくると、わたしの手からフェットチーネの箱を取りあげる。

「大学時代の旧友と飲んでらっしゃい。よくやったと言ってあげなさい。堂々と。わたしからもおめでとうと伝えて」

「きみがおめでとうと言ってたとは言わないよ」

「どうして？」

「あいつはきみに気がある」

「よしてよ」

「本当のことじゃないか。昔からそうだった。ルームメイトだったころからずっと。このあいだのクリスマス・パーティを覚えてるだろう？　あいつときたら、きみを宿り木の下に誘いこもうと必死だった」

ダニエラは一笑に付す。「帰ってくるころには夕食ができてるわ」

「つまり、家をあけていられるのは……」

「四十五分」

「きみなしでどう過ごせばいいんだ？」

妻はわたしにキスをする。

「そんなことを考えちゃだめ」

電子レンジの横にある陶皿から鍵と財布を取ってダイニングルームに移動すると、ディナーテーブルを照らす四次元立方体の照明に目がとまる。結婚十周年の記念にダニエラがプレゼントしてくれたものだ。いままでで最高の贈り物だ。

玄関まで来ると、ダニエラの声が飛ぶ。「おみやげにアイスクリームをお願いね！」

「チョコミントのやつ！」チャーリーが言う。

わたしは片腕をあげ、親指を立てる。

振り返らない。

行ってきますとも言わない。

それとわからぬうちに、この瞬間が過ぎていく。

わたしの知るすべて、わたしが愛するすべてが終わる瞬間が。


ローガン・スクエアに住んで二十年になるが、十月の第一週は最高だ。この時期になるといつもF・スコット・フィッツジェラルドの『グレート・ギャツビー』の一節を思い出す——秋になって過ごしやすくなればいつだってあたらしい日々の再スタートを切れるんだから。

空気はひんやりとし、晴れわたった空には星がぽつりぽつりと見えている。どのバーもいつになく荒れていて、落胆したシカゴ・カブスのファンで混み合っている。

〝ヴィレッジ・タップ〟の文字が明滅するけばけばしいネオンのところで足をとめ、誇りあるシカゴのどこにでもあるような平凡なバーの入り口からなかをのぞきこむ。ここは偶然にもわたしの行きつけのバーだ。褐色砂岩の自宅から数ブロックと、いちばん近い。

正面窓の青いネオンが落とす光を通り抜け、入り口をくぐる。

店のオーナー兼バーテンダーのマットから会釈《えしゃく》され、ライアン・ホールダーのまわりにできた人垣を縫うように進んでいく。

ライアンに声をかける。「いまさっき、ダニエラに受賞の話をしたよ」

顔をほころばせた彼は、講演活動にそなえてか、かなり身ぎれいにしている——黒いタートルネックを粋《いき》に着こなし、ひげもきっちり整えてある。

「まさかおまえの顔が見られるとはな。来てくれるとは感激だ。ダーリン？」ライアンは隣のスツールにすわる若い女性のむき出しの肩に触れる。「ちょっとのあいだ、おれの大事な旧友に、その席を譲ってくれないか？」

若い女性は言われるがままに席を立ち、わたしはライアンの隣のスツールに腰をあずける。

ライアンがバーテンダーを呼び寄せる。「店でいちばん高価な酒を頼む」

「ライアン、そんな必要はないよ」

彼はわたしの腕をつかむ。「今夜はいい酒しか飲むつもりはないんだ」

バーテンダーのマットが言う。「マッカランの二十五年ものがありますよ」

「そいつをダブルで。勘定はおれにつけてくれ」

バーテンダーがいなくなると、ライアンはわたしの腕にパンチをくらわす。思いっきり。ぱっと見ただけでは彼を科学者と思う人はいないだろう。学部生時代はずっとラクロスの選手だったから、いまも肩幅は広いし、いかにもスポーツマンらしく動きに無駄がない。

「チャーリーと美しいダニエラはどうしてる？」

「とても元気だ」

「ダニエラも連れてくればよかったのに。去年のクリスマス以来、すっかりご無沙汰《ぶさた》だ」

「彼女からお祝いをことづかってきた」

「本当にいい奥さんだが、そんなことはいまさら言うまでもないよな」

「きみのほうは、近い将来、落ち着く予定はあるのか？」

「まずないだろうな。独身生活とそこから得られる少なからぬ恩恵というやつが、おれには合ってるみたいだ。おまえはいまもレイクモント大学に勤めてるんだろう？」

「うん」

「いい学校だ。物理学科だっけ？」

「そうだ」

「それで、教えているのは……」

「量子力学だ。入門編が中心でね。全然、突っこんだ内容じゃない」

マットが飲み物を持って戻ってくると、ライアンはその手からグラスを取りあげ、わたしの前にひとつ置く。

「で、この祝賀会は……」

「急に決まった会でね、大学院の関係者数人があちこちに声をかけてくれた。おれを酔っ払わせて、ちやほやしたいだけさ」

「記憶に残る一年になったな、ライアン。きみが微分方程式で赤点を取りそうになったのを、いまも思い出すよ」

「あのときはおまえのおかげで間一髪助かった。そのときだけじゃないけどな」

自信にあふれた洗練された外見の奥に、みじめなアパートメントで一年半も一緒に暮らした、風変わりで遊び好きな学部生が、垣間見える。

「受賞の対象になった研究というのは――」

「前頭前皮質が意識の発生器であると特定した研究だ」

「そう、そうだった。論文を読んだよ」

「で、どう思った？」

「すばらしいのひとことだ」

彼はそれを聞いて、素直に喜ぶ。

「正直に言わせてもらうよ、ジェイソン。べつに謙遜でもなんでもない。独創性に富んだ論文を出すのはおまえのほうだと、昔から思ってたんだがな」

「まさか」

彼は黒いセルフレームの眼鏡ごしにわたしの顔をうかがう。「まさかなもんか。おまえはおれよりも頭が切れる。誰もが知ってることだ」

わたしはウィスキーを口に運ぶ。うまいと思う気持ちを押し隠す。

ライアンは言う。「ひとつ質問させてくれ。いまのおまえは自分を研究者と思っているのか、それとも教師と思っているのかどっちだ？」

「わたしは――」

「というのもだな、おれ自身はなにをおいてもまず、根本的な問題への答えを追い求める人間だと思うからだ。おれのまわりの連中が――」ライアンはどやどやと入ってきた自分の学生を示す。「――おれの近くにいることで知識を吸収できるくらい頭がいいなら……文句はない。だが、知識を授けることそのものに興味はないんだ。大事なのは科学だけ。研究だけだ」

彼の声がいらだち、あるいは怒りを含んでいるのが聞き取れ、頭に血がのぼってきているのか、それがしだいに大きくなっていく。

わたしは笑ってごまかそうとする。「わたしに文句でもあるのか、ライアン？　なんだかわたしがきみをがっかりさせたような口ぶりだな」

「なあ、おれはMIT、ハーヴァード、ジョンズ・ホプキンズといった、世界でも屈指の大学で教えてきた。おそろしく頭のいいやつも大勢いた。ジェイソン、おまえだってそっちの道に進んでいれば世界を変えていたはずだ。ずっと研究をつづけていれば。なのにおまえは、未来の医者や特許専門の弁護士相手に学部レベルの物理を教えている」

「誰もがきみのようなスーパースターになれるわけじゃないよ、ライアン」

「途中で投げ出さなければなれるさ」

わたしはウィスキーを飲みほす。

「さてと、顔を出せてよかったよ」そう言ってスツールからおりる。

「まだ帰るな、ジェイソン。お世辞を全部言ってないぞ」

「きみはたいしたものだよ、本当に」

「ジェイソン」

「ウィスキーをごちそうさま」

店を出て、歩道を歩く。ライアンから遠ざかるにつれ、怒りがふくらんでくる。

誰に怒っているのかもわからない。

顔がほてる。

両のわき腹を汗が筋になって流れ落ちる。

ぼうっとしていたせいで、信号を無視して車道に出てしまい、タイヤがロックする音や、ゴムがアスファルトにこすれる甲高い音が一斉に響く。

振り向くと、黄色いタクシーが猛スピードで近づいてくるのが見え、わたしは信じられない思いで茫然《ぼうぜん》とする。

接近するフロントガラスごしに運転手の顔がはっきりと見える——口ひげを生やした男が、怯《おび》えきったように目を大きくひらき、衝突を覚悟して身がまえている。

次の瞬間、わたしは熱を持ったボンネットの黄色い鉄板に両手をついていて、運転手がサイドウィンドウから顔を出し、わたしにわめきちらしている。「ばか野郎、死にたいのか！ぼけっと歩いてるんじゃねえ！」

タクシーのうしろからクラクションが一斉に鳴る。

わたしはあとずさりして歩道に戻り、車がふたたび流れはじめるのを見ている。三台の車の運転手がわざわざ速度を落とし、わたしに中指を立てる。

〈ホール・フーズ・マーケット〉はダニエラの前につき合っていたヒッピーの女性のようなにおいが——生鮮食品と挽《ひ》いたコーヒー豆と精油の入り交じったにおいがする。

タクシーの一件でほろ酔い加減はすっかりしぼみ、のろのろと冷凍ケースをながめる。

店を出ると、入る前よりも寒くなっている。湖からは冷たい風が吹きつけ、うんざりするような冬がすぐそこまで来ているのをいやでも実感する。

アイスクリームでぱんぱんになったキャンバス地のバッグを手に、来たときとはべつの道を行く。六ブロックよけいに歩くことになるが、距離が長くなるのと引き替えにひとりになれるし、タクシーの一件とライアンのことがあったから、気分転換するための時間が必要だ。夜で無人の建築現場を通りすぎ、そこから数ブロックほど行くと、息子が通った小学校の校庭が見えてくる。金属の滑り台が外灯を受けて光り、ぶらんこがそよ風に揺れている。秋の夜にはわたしの心の奥にある根源的なものを刺激するパワーがある。はるか昔のなにかを。アイオワ州西部で過ごした子ども時代の。高校のフットボールの試合や、選手に照りつけるスタジアムの照明がまぶたに浮かぶ。熟しはじめたりんごの香りが鼻先をかすめ、とうもろこし畑でビール・パーティをひらいた名残《なごり》の饐《す》えたにおいがただよっている。夜、古いピックアップ・トラックの荷台に乗って田舎道を走ったときの風のそよぎを顔に感じる。テールランプのなかで赤く渦巻く土煙を。わたしの前に大きくひらけていた長い人生を。

　それが若さのすばらしさだ。

なにもかもがふわふわしているのは、まだなにも選んでおらず、どの道も進んでおらず、前方でいくつにもわかれた道のひとつひとつに同じだけの可能性があるからだ。

いまの人生に満足してはいるが、もう長いこと、そんなふわふわした気分を感じていない。こんな秋の夜は、それに少しだけ近づける気がする。

　冷気で頭がはっきりしはじめる。

　家に帰るのが楽しみだ。そろそろガス暖炉をつけてもいいかもしれない。ハロウィン前に火をつけたことはいままでないが、今夜は季節はずれに寒いから、こんな風のなかを一マイルも歩いたあとはワインのグラスを手にダニエラとチャーリーと三人で暖炉のそばにすわるにかぎる。

道路が高架鉄道の下にもぐる。

わたしはさびた鉄の線路をくぐる。

この高架鉄道は、高層建築が描くスカイライン以上にシカゴという街を象徴しているように思う。

帰り道のなかでもここがもっとも好きなのは、どこよりも暗く、静かだからだ。

いまは……

通過する列車はない。

どっちの方向にもヘッドライトはひとつも見えない。

パブのざわめきも聞こえてこない。

オヘア空港に着陸する最終便だろう、はるか上空をジェット機が飛ぶ音がかすかに聞こえるだけだ。

待てよ……

なにかが近づいてくる——歩道を歩く足音だ。

うしろを振り返る。

人影が駆け寄ってくるのが見える。距離がぐんぐんせばまり、なにがどうなっているのか頭がさっぱりはたらかない。

まず見えたのは顔だ。

幽霊のように真っ白な顔。

高い位置にある弓形の眉は、描いたようにしか見えない。

ぎゅっと引き結んだ赤い唇――厚みがほとんどなく、理想的な形をしている。

そしておぞましい目――大きくて真っ黒なそれには瞳孔も虹彩《こうさい》もない。

それから、わたしの鼻から四インチのところに現われた銃口が目に入る。

能面の奥から低くかすれた声が言う。「うしろを向け」

わたしは衝撃のあまり動けず、そのまま立ちすくむ。

顔に銃を押しつけられる。

わたしはうしろを向く。

財布は前の左ポケットに入っていると言おうとするが、相手が先んじる。「財布が目的じゃない。歩け」

わたしは歩きはじめる。

「もっとはやく」

歩をはやめる。

「なにが望みだ？」と訊く。

「口を閉じていろ」

頭上を列車が轟々《ごうごう》と通りすぎていくのを聞きながら、高架鉄道の下の闇から外に出ると、心臓が胸のなかでロケット並みに跳ねあがる。わたしは周囲の光景をめずらしいものでも見るような目で見まわす。通りの向かいにはゲートつきのマンション、ブロックのこちら側は五時に閉まる店や事務所が建ち並んでいる。

ネイルサロン。

法律事務所。

家電修理の店。

タイヤ専門店。

ひっそりしていて、人っ子ひとりいない。

「あそこにSUV車があるのが見えるな？」男が言う。ちょっと先の縁石に、黒いリンカーン・ナビゲーターがとまっている。「運転席に乗れ」

「なにをさせるつもりか知らないが――」

「いやなら、この歩道で血を流しながら死んでもらう」

わたしは運転席側のドアをあけて乗りこむ。

「買い物袋は」と訊く。

「持っていけ」男はわたしのうしろに乗りこむ。「車を出せ」

ドアを閉め、キャンバス地の〈ホール・フーズ〉の袋を助手席の床に置く。車内は静かすぎ、自分の心臓の鼓動が聞こえるような、鼓膜を小刻みに震わせているような気がする。

「なにをぐずぐずしている？」男が言う。

わたしはエンジンスタートボタンを押す。

「ナビのスイッチを入れろ」

スイッチを入れる。

「過去の目的地をクリックしろ」

内蔵型のナビがついた車を所有したことがなかったから、タッチスクリーンで目的のタブを見つけるのに時間がかかる。

三地点が表示される。

ひとつはわたしの自宅の住所。もうひとつは勤務先の大学。

「わたしをずっとつけていたのか？」

「プラスキ・ドライヴを選択しろ」

郵便番号六〇六一六、イリノイ州シカゴのプラスキ・ドライヴ一四〇〇番地を選ぶが、それがどこなのか見当もつかない。ナビの女性の音声が指示を出す。〝安全な場所でUターンして、〇・八マイル進んでください〟

ギアを入れ、暗い通りに走りだす。

男がうしろから声をかける。「シートベルトを締めろ」

わたしがベルトを締めると、男も同様に締める。

「ジェイソン、はっきり言っておくが、ナビの指示に従わないようなら、シートごしに撃つからな。わかったか？」

「わかった」

自宅周辺を走りながら、ここを見るのもこれで最後かもしれないと考える。

赤信号が見え、行きつけのバーの前でとまる。濃い色に染まった助手席側のウィンドウに目をこらすと、ドアがまだ大きくあいているのが見える。マットの姿がちらりと見え、人混みの奥にはライアンがスツールを百八十度回転させて背中をカウンターに向け、両肘を年季の入った一枚板に預けて大学院生たちに囲まれている。おそらく、昔のルームメイトを主役に仕立てた恐ろしい失敗談を聞かせているのだろう。

彼に呼びかけたい。まずいことになっているのを知らせたい。わたしが助けを――

「青だぞ、ジェイソン」

わたしはスピードをあげて交差点を抜ける。

ナビの指示に従って東進し、ローガン・スクエアを突っ切り、ケネディ・エクスプレスウェイの近くまで行ったところ、愛想のない女性の声が指示を出す。〝百フィート前方で右折し、そのあと十九・八マイル直進します〟

南行きの車の流れは少なめで、わたしは速度を時速七十マイルにまであげて、その速度をたもつ。革ハンドルを握る手が汗ばんでくるのを感じながら、何度も何度も自問する。わたしは今夜殺されるのだろうか、と。

ふと思う。ここで死なずにすんだとしたら、わたしはこの先一生、このあらたな認識を、人間はこの世に生まれたときと同じように――ひとりさびしく――この世を去るという認識を一生抱えていくだろう。ダニエラにしろチャーリーにしろ、ほかの誰にしろ、いまこの瞬間のわたしを助けることはできない。こんなにも必要としているときにかぎって。わたしがこんな目に遭《あ》っていることを、みんな知りもしないのだ。

州間高速道路がダウンタウンの西端に沿って走っている。ウィリス・タワーとそれより低い高層ビル群が夜の闇を背景にぼんやりと光っている。

身がよじれるような恐怖と不安を感じつつも、頭を必死にはたらかせ、これからどうなるのかを考える。

車のナビにわたしの住所が登録されている。つまり、これは行きあたりばったりの犯行ではない。この男はわたしをつけていた。わたしのことを知っている。となると、過去のわたしの行動によってもたらされた結果ということになる。

しかし、どの行動だ？

わたしは裕福ではない。

わたしの命など、わたしと愛する家族以外にはなんの価値もない。

逮捕されたことはなく、犯罪に手を染めたこともない。

他人の妻を寝取ったこともない。

もちろん、運転中に中指を立てたことくらいはあるが、なにしろここはシカゴだ。

小学六年のときにシャツの背中に牛乳をかけられ、同級生の鼻にパンチを見舞ったが、あれが最後にして唯一の暴力行為だった。

それ以外、いかなる形であれ他人を傷つけたことはない。後頭部に銃を突きつけられながらリンカーン・ナビゲーターを運転するという仕打ちを受けるようなことはなにもしていない。

わたしは原子物理学者で、小さな大学の教授だ。

どんなに出来の悪い学生に対しても敬意を持って接している。わたしの講義で落第点を取った連中は、そもそも関心がなかったから落第したのであって、人生が台なしになったと非難するような者はいないはず。それに、できるだけ及第するよう力になってやっているくらいだ。

ドアミラーのなかの高層ビル群がしだいに小さくなり、見慣れた心安まる海岸線のように遠ざかっていく。

おそるおそる訊いてみる。「わたしは過去になにかきみにしたんだろうか？　あるいは、きみのボスに？　いったいなにが望みか、さっぱりわからなく——」

「ごちゃごちゃしゃべるなら、もっと痛い目に遭わせてもいいんだぞ」

このときはじめて、男の声に聞き覚えがある気がする。いつ、あるいはどこで聞いたかはさっぱりわからないが、たしかにどこかで会っている。絶対に。

携帯電話が震動し、メッセージ受信を知らせる。

つづいてもう一回。

さらにもう一回。

男は携帯電話を取りあげるのを忘れている。

時刻を見る——午後九時五分。

家を出たのは一時間ちょっと前。メッセージはまちがいなくダニエラからで、わたしがどこにいるのか気になっているのだろう。現時点で十五分遅れているし、わたしが遅れることは絶対にないのだから。

バックミラーに目をやるが、暗すぎて真っ白な能面の一部が見えるだけだ。左手をハンドルから離して膝にのせ、十まで数える。

男はなにも言わない。

左手をハンドルに戻す。

コンピュータの音声が静寂を破る。〝四・三マイル前方で右に寄り、八十七番ストリートに出ます〟

もう一度、そろそろと左手をハンドルから離す。

今度はカーキのスラックスのポケットに滑りこませる。携帯電話は深くまでもぐっていて、人差し指と中指がかすかに触れ、どうにか二本の指でつまむ。

布地の皺《しわ》という皺にいちいちシリコンのケースを引っ張られながら、少しずつ引き出していくと、今度は指先のあいだで長めのバイブレーションが作動する——電話がかかってきたのだ。

ようやくポケットから出した携帯電話を膝の上に画面をおもてにして置き、左手をハンドルに戻す。

ナビの音声が次に曲がる場所までの距離を更新するのを聞きながら、携帯電話にちらりと目をやる。

〝ダニ〟からの受けそこねた電話が一本と、三本のメッセージが届いている。

ダニ（二分前）

ディナーができてるわよ。

ダニ（二分前）
早く帰ってきて。おなかがぺこぺこ！

ダニ（一分前）
道に迷った？

液晶のバックライトが後部座席から見えるだろうかと気にしながら、ふたたび道路に集中する。

タッチスクリーンが暗くなる。

わたしは電源ボタンを押し、画面をスワイプする。四桁の暗証番号を打ちこみ、緑色の〝メッセージ〟のアイコンをクリックする。いちばん上に表示されたダニエラのスレッドに書きこもうとしたそのとき、男がうしろで身じろぎする。

わたしはふたたび両手でハンドルを握る。

〝一・九マイル前方で右に寄り、八十七番ストリートに出ます〟

スクリーンセーバーがタイムアウトし、自動ロック機能が作動して、画面が暗くなる。

くそ。

あらためて手を下にのばし、暗証番号を入れ直し、人生でもっとも重要なメッセージを打ちはじめる。人差し指をタッチスクリーン上でぎくしゃくと動かし、オートコレクト機能に邪魔をされながら、一語打つのに二回も三回もやり直す。

銃口が後頭部に押しつけられる。

ぎくりとした拍子に、車が追い越し車線に入ってしまう。

「なにをしている、ジェイソン？」

わたしは片手でハンドルをまっすぐに戻し、走行車線に戻りながら、もう片方の手を携帯電話にのばして送信ボタンに近づける。

男はフロントシートのあいだから顔を出すと、手袋をした手でわたしの腰に手をまわし、電話を奪い取る。

〝五百フィート前方で右に寄り、八十七番ストリートに出ます〟

「暗証番号はなんだ、ジェイソン？」わたしが答えないでいると、「待てよ。きっとあれだな。きみの生まれた年と月を逆にしたものだろう？　だとすれば……三七二一、と。思ったとおりだ」

バックミラーに、液晶のバックライトに照らされた男の能面が映る。

男はわたしが送信しそこねたメッセージを読む。「プラスキ一四〇〇番地警察に……悪い子だ」

わたしは州間高速道路の出口に向かう車線に入る。

ナビが告げる。〝左に曲がって八十七番ストリートに入り、そのあと東に三・八マイル進みます〟

車はサウス・シカゴに入り、ふだん、足を踏み入れることのない界隈を抜ける。

建ち並ぶ工場を通りすぎる。

アパート群。

さびの浮いたぶらんこと、ネットのないバスケットボールのゴールだけの無人の公園。

店じまいして防犯ゲートに守られている店舗。

どこもかしこも落書きだらけだ。

男が尋ねる。「彼女のことはダニと呼ぶのか？　それともダニエラ？」

喉がこわばる。

わたしのなかで怒りと恐怖と絶望感が一気にふくれあがる。

「ジェイソン、いまのは質問だ」

「うるさい」

男は体を近づけ、耳に熱い息を吹きこむようにささやく。「わたしの指示に従わないのならそれもけっこう。いままでの人生で経験したことがないほどの苦しみをあたえてやるまでだ。想像もつかないほどの痛みをね。彼女のことはなんと呼んでいる？」

わたしは歯ぎしりする。「ダニエラ」

「ダニとは呼ばないのか？　きみの電話にはそう表示されているが」

猛スピードで車を横転させ、この男もろとも死んでやろうかという衝動がこみあげる。

「めったにそう呼ぶことはない。彼女がいやがるから」

「買い物袋の中身はなんだ？」

「なぜ、妻の呼び名を知りたがる？」

「袋の中身はなんだ？」

「アイスクリーム」

「家族の夜か？」

「そうだ」

　バックミラーに目をやると、男がわたしの電話になにやら打ちこんでいる。

「なにを書いている？」わたしは訊く。

　男は答えない。

　すでにゲットー地区を過ぎ、シカゴらしいとすら思えないすさんだ地区に入っていて、高層ビル群は遠くの地平線上に浮かぶぼんやりとした光でしかなくなっている。どの家も崩れかけ、明かりは灯《とも》っておらず、人が住んでいる気配がない。放置されてひさしいようだ。川を渡ると、まっすぐ前方にミシガン湖が広がっている。その一面の黒はこの都会の荒野の終点というにふさわしい。

　世界がそこでぷっつりと終わっているかのようだ。

　そしておそらくは、わたしの世界も。

〝右に曲がり、プラスキ・ドライヴを南に〇・五マイル進むと目的地周辺です〟

　男が含み笑いを漏らす。「ほう、奥さんと面倒なことになっているぞ」ハンドルを握るわたしの手に力がこもる。「今夜、ウィスキーを一緒に飲んでいた男は誰なんだ、ジェイソン？　外からだとわからなかったが」

　シカゴとインディアナ州の境まで来ると本当に暗い。

　いまは廃墟と化した鉄道の駅や工場ばかりの場所を走っている。

「ジェイソン」

「彼の名前はライアン・ホールダー。かつて――」

「ルームメイトだった相手だな」

「なぜそれを知っている？」

「彼とは親しいのか？　連絡先に登録されていないようだが」

「それほどでもない。いったいどうして――？」

「きみのことは、ほとんどなんでも知っている。きみの人生がわたしの専門みたいなものだからね」

「あんたは何者なんだ？」

〝あと五百フィートで目的地周辺です〟

「あんたは何者なんだ？」

男は答えないが、わたしは辺鄙《へんぴ》になるいっぽうの景色が気になり、しだいにどうでもよくなる。

ＳＵＶ車のヘッドライトに照らされた道路が流れていく。

後方はがらんとしている。

前方もがらんとしている。

左にはミシガン湖、右にはさびれた倉庫群。

〝目的地付近に到着しました〟

わたしは道路の真ん中でナビゲーターをとめる。

男が言う。「もう少し進んだ左に入り口がある」

ヘッドライトがぐらぐらとした高さ十二フィートの塀をかすめる。てっぺんにはさびついた有刺鉄線が冠《かんむり》のようにのっている。門は半びらきで、かつてはきっちり閉じていたはずの鎖は切断され、道路わきの草むらでとぐろを巻いている。

「フロントバンパーでゲートを押せ」

ゲートがあくぎいっという金属音が、遮音されたSUV車のなかにいても、はっきりと聞きとれる。円錐形《えんすいけい》の光のなかに、かつて道路だったものが、シカゴの厳しい冬に長年さらされてひびわれ、もろくなった舗装路が浮かびあがる。

ヘッドライトを上向きに切り替える。光が駐車場全体をなめ、外灯がこぼれたマッチ棒のようにあちこちで倒れているのがわかる。

その先に、無秩序に広がった建物がぬっとそびえている。長い年月のあいだに建物はぼろぼろになり、煉瓦《れんが》の正面は両側を大きな円筒形タンクと高さ百フィートもある雲を突くような煙突二本にはさまれている。

「ここはなんだ?」わたしは訊く。

「ギアをパーキングに入れて、エンジンを切れ」

わたしは車を停止させると、ギアを入れ替えてエンジンを切る。

なんの音もしなくなる。

「ここはなんだ?」わたしはもう一度訊く。

「金曜日の予定はどうなっている?」

「なんだって?」

側頭部に鋭い一撃を受け、わたしはハンドルに倒れこむ。呆気《あっけ》にとられ、頭を撃たれると
こういう感じがするのかとほんの一瞬思う。

そうじゃない。銃で殴られただけだ。

殴られたところに手をやる。

指が血でねばつく。

「明日のことだ」男は言う。「明日はなんの予定がある?」

明日。はじめて聞くような言葉だ。

「受け持ちの物理三二六の講義で……試験をすることになっている」

「ほかには?」

「それだけだ」

「着ているものを全部脱げ」

わたしはバックミラーをのぞきこむ。

なんだって裸になれなんて言いだすんだ、この男は?

男は言う。「なにかする気だったら、車のハンドルを握っているあいだにやるべきだったな。この瞬間からきみはわたしの言いなりになるしかない。さあ、着ているものを脱げ。もう一度言わせるようなら、血を見ることになる。それも大量に」

わたしはシートベルトをはずす。

灰色のパーカのファスナーをおろし、袖から腕を抜きながら、わたしはひとかけらの希望にしがみついている――まだ能面をつけたままなのは、顔を見られたくないからだ。殺すつもりなら、顔を見られたところで気にするはずがないじゃないか。

だろう？

シャツのボタンをはずす。

「靴も脱ぐのか？」わたしは尋ねる。

「全部だ」

ランニングシューズ、靴下と脱いでいく。

ズボンとボクサーショーツをおろす。

わたしの服――最後の一枚にいたるまで――が助手席に山をつくる。

無防備だと感じる。

さらし者にされた気分だ。

あまりに情けない。

この男がレイプしようとしてきたらどうすればいい？　それが目的だろうか。

男はシートのあいだのセンターコンソールに懐中電灯を置く。

「車を降りろ、ジェイソン」

わたしはナビゲーターの車内を一種の救命ボートだと見なしている自分に気づく。なかにいさえすれば、ひどい仕打ちは受けずにすむはずだと。

車のなかをめちゃくちゃにするわけにはいかないだろう。

「ジェイソン」

胸が何度も上下する。過呼吸を起こしかけ、視界のあちこちで黒い点が炸裂《さくれつ》する。

「きみの頭のなかはお見とおしだ」男が言う。「車のなかだろうと、なんの苦もなく痛めつけてやるぞ」

酸素が充分に入ってこない。頭がどうにかなりそうだ。

それでも、息をつまらせながら、どうにか言葉を絞り出す。「うそをつけ。車にわたしの血をつけたくないくせに」

意識が戻ったときには、男に両腕をつかまれ運転席から引きずりおろされている。砂利のなかに落とされると、朦朧《もうろう》とした状態でへたりこみ、頭がはっきりするのを待つ。日頃から湖の近くは気温がいくらか低く、今夜も例外ではない。鳥肌の立ったむき出しの肌に風が吹きつけるたび、刺すようなぴりぴりとした痛みが走る。

あたりは真っ暗で、街なかで見る五倍の星が見える。

頭がずきんずきんと脈打ち、顔の側面を血がひと筋流れていく。けれども充分すぎるほどのアドレナリンが体内を駆けめぐっているせいか、痛みはほとんど感じない。

男は懐中電灯をひとつわたしの横の地面に落とすと、自分の懐中電灯で崩れかけた建物を照らす。ここに着いたときに見えた建物だ。「先に行け」

わたしは懐中電灯をつかみ、ぎくしゃくと立ちあがる。よろける足で建物に向かう途中、ぐっしょり濡れた新聞紙を素足が踏みつける。つぶれたビール缶や光を受けて輝くガラス片をよける。

入り口に近づいていきながら、この使われていない駐車場のべつの夜の光景を思い描く。

未来の夜を。季節は初冬、降りしきる雪の向こうで点滅する青と赤が闇を切り裂く。この廃墟に集まった刑事と死体捜索犬がわたしの腐乱した惨殺《ざんさつ》死体を調べはじめるころ、ローガン・スクエアにある褐色砂岩のわたしの自宅の前に一台のパトロールカーがとまる。時刻は午前二時で、ダニエラはナイトガウン姿で玄関に出る。わたしが行方不明になってもう数週間、彼女も心のなかではわたしが帰ってこないとわかっているし、その残酷な現実とすでに折り合いをつけているけれど、けわしくきまじめな目をし、制服の肩と、かしこまったようにこわきに抱えたひさし付きの帽子にうっすら雪を積もらせた若い警察官の姿を見たとたん……彼女のなかでなにかが、壊れずに残っていたとは思いもしなかったなにかが壊れてしまう。膝ががくがくしはじめ、全身の力が抜ける。彼女がドアマットに倒れこんだとき、寝ぼけまなこで寝癖だらけの髪のチャーリーが階段をぎしぎしいわせながらおりてくる。「パパのこと？」

建物に近づくと、入り口上の色褪《あ》せた煉瓦にふたつの単語が浮かびあがる。判別できるのは〝CAGO　POWER〟だけ。

煉瓦壁の開口部からなかに押しやられる。

ふたりの懐中電灯の光が受付エリアをなめまわす。

ぼろぼろになり、金属のフレームだけが残った家具。

昔の冷水器。

焚《た》き火の残骸。

ずたずたになった寝袋。

かびの生えたカーペットに散乱する使用済みコンドーム。

長い廊下に入る。

懐中電灯がなければ、目の前に自分の手を持ってきても見えないほどの暗さだろう。足をとめて前方を照らしてみても、闇にのまれて届かない。足もとのゆがんだリノリウムの床には、さっきほどごみはなく、遠くでうなりをあげる風の音が壁の向こうでしている以外、音はまったく聞こえない。

一秒ごとに寒さが増していく。

男が腎臓のあたりに銃口を押しつけ、先へ進めとうながす。

わたしのことを隅から隅まで知りつくしたうえで殺すと決めた異常者のレーダーに、どこかの時点でキャッチされたのだろうか？　わたしは見ず知らずの人間とかかわることが多い。もしかしたらこの男とは、キャンパス近くのあのコーヒーショップでつかの間、話をしたのかもしれない。あるいは高架鉄道に乗っているときに。あるいは行きつけのバーでビールを飲みながら。

この男はチャーリーとダニエラにもなにかするつもりでいるのか？

「命乞いをするところを聞きたいのか？」うわずりはじめた声で訊く。「なぜなら、そうするつもりだからだ。なんでもそっちの言うとおりにする」

とんでもないことだが、その言葉にうそはない。自分を貶《おとし》める。他人を傷つける。自宅近くに戻してくれ、予定どおりの夜――約束したアイスクリームをみやげに、家族が待つ家に歩いて帰る――を過ごさせてくれるなら、どんなことでもするつもりだ。

「条件は？」男が訊く。「解放してやったらということか？」

「そうだ」

男の笑い声が廊下全体に響きわたる。「これから逃げ出すために、きみがどんなことをしようが見たいとは思わないね」

「これというのは具体的にどんなことなんだ？」

しかし男は答えない。

わたしはくずおれるように膝をつく。

懐中電灯が床を転がる。

「頼むから」と頭をさげる。「やめてくれ」とても自分の声とは思えない。「このまま帰ってくれないか。なぜわたしを痛い目に遭わせようとするのかわからないが、ちょっと落ち着いて考えてほしい。わたしは――」

「ジェイソン」

「――家族を愛している。妻を愛している」

「ジェイソン」

「――息子のことも」

「ジェイソン！」

「どんなことでもする」

全身ががたがたと震えはじめる——寒さと、恐怖とで。

男にみぞおちを蹴られ、肺のなかの息が飛び出し、わたしは仰向けに転がる。男はそこへ馬乗りになると、銃身で口をひらかせ、喉の奥に達するまで押しこんでいく。ついには古いガンオイルと火薬の味に耐えきれなくなる。

わたしが今夜飲んだワインとスコッチを床にぶちまける二秒前、男は銃を引っこめる。大声で命じる。「立て！」

男はわたしの腕をつかみ、乱暴に立ちあがらせる。

顔に銃を向けながら、落ちた懐中電灯をわたしの手に押しつける。

懐中電灯の光が銃を照らし、わたしは能面を食い入るように見つめる。

銃をこんな間近で見るのははじめてだ。銃のことはほとんどなにも知らないにひとしく、わかるのはそれが拳銃で、撃鉄があり、シリンダーがあり、銃身の先端にあいた大きな穴はわたしを死にいたらしめる能力を充分にそなえているらしいということだけ。懐中電灯の照らす光のせいで、わたしの顔に向けられている弾の先端がわずかに銅色に見える。どうしたわけか、この男がひと部屋しかないアパートメントでシリンダーに弾をこめ、これからやる仕事の準備をする姿が目に浮かぶ。

わたしはここで死ぬ。おそらくは、もうまもなく。

一瞬ごとにこれが最後かと感じる。

「歩け」男はむっつりと言う。

わたしは歩きはじめる。

分岐しているところまで来ると、べつの廊下を進む。今度のはもっと幅があり、天井が高くてアーチ形になっている。湿気で空気がよどんでいる。遠くから水がしたたる〝ぴちょん……ぴちょん……ぴちょん〟という音が聞こえる。壁はコンクリート、床はリノリウムではなく水を含んだ苔《こけ》で覆《おお》われている。しかも、苔は一歩進むごとに密になり、水気が多くなっていく。

口のなかにはいまも銃の味が、胆汁の苦みとともに残っている。

寒さのせいで、顔のそこかしこから感覚が失われていく。

頭のなかの小さな声が、なんとかしろ、なんでもいいからやってみろと叫ぶ。死を悟った羊のように、おとなしく引っ張っていかれるんじゃない。なぜ、やつの仕事を楽にしてやるんだ？

答えは簡単。

怯えているからだ。

怯えるあまり、背筋をのばして歩くのすらむずかしい。

しかも細切れの思考であふれかえっている。

事件の被害者が抵抗しない理由がいまならわかる。この男をねじ伏せるところなど想像すらできない。逃げ出すところも。

それになんともふがいないことだが、死ねば恐怖も苦痛も味わわずにすむのだから、もう終わりにしてもいいじゃないかという気持ちもいくらかある。つまり、わたしは意気地《いくじ》なしということか？　最後にこんな事実を突きつけられ、わたしは死ぬのか？

いやだ。

なんとかしなくては。

トンネルのような通路から金属の床に出たとたん、足の裏に身も凍るほどの冷たさを感じる。台のようなものを囲むさびた鉄の手すりをつかむ。ここはいっそう寒く、いかにも広い空間という感じがする。

タイマーで作動したかのように、黄色い月がミシガン湖の上に顔を出し、ゆっくりとのぼりはじめる。

月の光が広大な部屋の高窓から射しこみ、その明かりで懐中電灯がなくても全体の様子が見てとれる。

胃が痛くなる。

わたしたちが立っているのは、五十フィート下までつづく踏み板だけの階段の最上段だ。まるで油絵のような光景だ。骨董《こっとう》ものの照明が、下にずらりと並ぶ休止中の発電機と、頭上の格子に組んだI型鋼に当たっている。

聖堂のように音ひとつしない。

「おりるぞ」男が言う。「足もとに気をつけろ」

わたしたちは階段をおりていく。

上からふたつめの踊り場から二段おりたところで、懐中電灯を右手でぎゅっと握りしめ、くるりと振り返って男の頭をねらう……

……ものの、どこにも当たらず、はずみでそのままもとの位置まで戻るが、それだけではすまない。

わたしはバランスを崩して転倒する。

踊り場で体をしたたかに打ち、懐中電灯が手から転がり落ちて、へりの向こうに消える。

一秒後、懐中電灯は四十フィート下の床にぶつかって砕ける。

男が表情のない面の奥からわたしを見おろす。首をかしげ、銃をわたしの顔に向けて。

撃鉄を起こし、わたしに一歩近づく。

男の膝が胸骨にめりこみ、わたしは踊り場に押さえつけられる。

銃口が頭に突きつけられる。

「正直言って、抵抗をこころみたことはほめてやろう。なんともお粗末ではあったがね。すぐにわかったが、少なくともやるだけはやったわけだ」

わたしは首の側面に鋭い痛みを感じ、体をびくりとさせる。

「さからっても無駄だ」男は言う。

「いま、なにをした?」

男が答えるより先に、なにかが十八輪トラックのようないきおいでわたしの血液脳関門を走り抜ける。体がありえないほど重くなったように感じると同時に、重さがなくなったようにも感じ、周囲がぐるぐるまわって、天地が逆になる。

やがて、その感覚は襲ってきたときと同様、一瞬にして消える。

今度は脚に針を刺される。

わたしが大声で抗議すると同時に、男は注射器をへりごしに投げ捨てる。「さあ、行くぞ」

「なにを注射した？」

「立て！」

わたしは手すりにつかまって立ちあがる。倒れたときの怪我《けが》で膝から血が出ている。頭もまだ出血している。寒いし、体は埃《ほこり》だらけでしょ濡れ、おまけに歯が割れそうなほどがちがちいっている。

階段をおりていくと、ちゃちな鉄骨がわたしたちの重みで揺れる。最下段に達すると、最後の段をおりて、古い発電機の列に沿って進む。

下からだと、部屋はいっそう広々して見える。

なかほどまで来たところで男は足をとめ、発電機にもたせかけたダッフルバッグに懐中電灯の光を向ける。

「新しい服が入っている。急いで着ろ」

「新しい服？　どういうことだか――」

「べつに理解する必要はない。さっさと着ればいいんだ」

恐怖ではちきれそうになっていたところに、かすかな希望が顔をのぞかせる。わたしを生かしておくつもりか？　それ以外に服を着ろなどと命じる理由はない。生きて帰れるということなのか？

「あんたは何者なんだ？」わたしは訊く。

「さっさとしろ。時間はあまりないぞ」

わたしはダッフルバッグのそばにしゃがむ。

「先に体をきれいにしろ」

いちばん上にタオルがのっていて、それで足についた泥と、膝と顔の血をぬぐう。ボクサーショーツとジーンズに足をとおしてみると、サイズはぴったりだ。なにを注射されたのかはわからないが、いまは指先にその効果が現われているようで、格子柄のシャツのボタンをはめようとしても指がうまく動かない。高そうな革のスリッポンに足がなんなく入る。ジーンズのときと同じで、無理なくなじむ。

すでに寒さは感じなくなっている。胸の真ん中に熱の核があり、そこから腕と脚に向かって熱が放たれているかのようだ。

「上着も忘れるな」

バッグの底から黒い革ジャケットを出し、袖に腕をとおす。

「よし」男は言う。「では、すわれ」

わたしは発電機がのっている鉄の台座にもたれるようにしてすわる。機関車のエンジンほどの大きさをした、巨大な装置だ。

男は銃を無造作に向けながら、わたしの正面に腰をおろす。

月の光が射しこんでいる。割れた高窓で屈折して散乱した光のなかに浮かびあがるのは——

——からまったケーブル。

歯車。

配管。

レバーと滑車。

ひび割れた計器や制御装置がたくさんついた計器盤。

べつの時代のテクノロジー。

わたしは尋ねる。「これからどうするんだ？」

「待つ」

「待つってなにを？」

男はわたしの質問を無視する。

不気味な静けさがわたしを包む。場違いとも言えるほど安らいだ気持ちになる。

「殺すために、わたしをここへ連れてきたのか？」と訊く。

「ちがう」

古い機械にもたれていると、そのまま体が沈みこんでいくような心地よさを感じる。

「しかし、そう信じるように仕向けたじゃないか」

「そうするしかなかったからだ」

「そうするしかなかったとは？」

「きみをここに連れてくる方法がだ」

「じゃあ、わたしたちはなんのためにここにいる？」

しかし男はただ首を横に振り、左手を面の下にもぐりこませて顔をかく。

変な感じだ。

映画を観ると同時に、そのなかで役を演じているとでも言おうか。

抗しきれない眠気が両肩にのしかかる。

頭がこくりと垂れる。

「そのまま身をまかせているといい」男が言う。

しかしわたしはそうしない。男の声音が急に変わったのに不安を覚え、必死に抵抗する。男はさっきとはまったくの別人になっている。しかも、いま目の前にいる男と、ほんの数分前に見せた凶暴さとのあいだに落差がありすぎ、本当ならもっと不安に感じてもいいはずだ。こんなに落ち着いている場合ではないのに、体のほうは緊張感がすっかりやわらいでいる。

極端なほど穏やかな気持ちで、すっかり放心している。

男が告白でもするみたいに、わたしに語りかける。「長い道のりだった。いまここでこうして、きみを前にしているとはとても信じられない。こうしてきみに話しかけているとは。なんのことかさっぱりわからないとは思うが、訊きたいことがたくさんある」

「訊きたいこと？」

「きみでいるのはどんな感じかを」

「どういうことだ？」

男はしばらくためらってから口をひらく。「自分が置かれている環境について、どう感じている？」

わたしはゆっくりと、慎重に答える。「今夜、こんな目に遭わせておきながら、妙な質問をするんだな」

「きみはいまの人生に満足しているのか？」

その瞬間、わたしの人生はくるおしいほどいとしいものになる。

「わたしはすばらしい家族にめぐまれ、仕事も充実している。わたしたちは満足のいく生活を送っている。全員が健康だ」

舌がうまくまわらない。言葉がしだいに不明瞭になる。

「だが？」

「すばらしい人生なのはたしかだ。ただ、桁外《けたはず》れにすばらしいわけじゃない。そうなる選択肢もあったというだけで」

「野心を断念したんだな？」

「自然消滅しただけだ。わたしの怠慢《たいまん》のせいで」

「なぜそういうことになったか、理由ははっきりしているのか？　これというきっかけは——？」

「息子が生まれたからだ。わたしが二十七歳のときで、ダニエラと暮らしはじめて数カ月たっていた。彼女から妊娠を告げられた。毎日が楽しかったが、愛というようなものではなかった。いや、もしかしたら愛だったのかもしれない。いまだにそれはわからない。ただ、ふたりとも家族になるつもりがまったくなかったのはたしかだ」

「それでも、きみたちは家族になった」

「科学者の場合、二十代後半というのはきわめて重要な時期だ。三十歳までに重要な論文を発表しなければ昇進の見込みはない」

薬物を打たれた影響だろうが、話すのはじつに気分がいい。これまで経験したことがないほどいかれた二時間のあとの、正常というオアシス。そうじゃないとわかっていても、このままずっと会話をつづければ、悪いことはなにも起こらないような気さえする。言葉がわたしを守ってくれるような気がしてくる。

「研究ですごい成果をあげたのか？」男が訊く。

わたしはまぶたがおりてこないよう、必死に目をひらいている。

「ああ」

「具体的にはどんなものだったんだ？」

男の声が遠のいて聞こえる。

「巨視的な物体を量子的重ね合わせ状態にする研究をしていた」

「なぜ研究を断念した？」

「チャーリーは生まれてからの一年間、重篤《じゅうとく》な疾患《しっかん》を抱えていた。わたしのほうは無塵室で何千時間も実験をする必要があったが、なかなかそれだけの時間を積みあげられなくてね。ダニエラのそばにいてやらなければならなかったし、息子についていてやらなければならなかった。研究費が打ち切られ、それにともない、やる気を失った。若かったわたしは、ほんのいっとき、新星ともてはやされたが、もたもたしているあいだに、ほかの人間に取って代わられたというわけだ」

「ダニエラと夫婦になり、ともに人生を歩む決断をしたことを後悔しているのか？」

「していない」

「一度も？」

ダニエラの顔を思い浮かべたとたん、ふたたび感情が高ぶり、同時に自分がいま、恐ろしい状況に置かれているのを思い出す。恐怖がよみがえり、それとともに家族を恋しく思う気持ちが突きあげる。いまこの瞬間、わたしはかつてないほど彼女を必要としている。

「一度もない」

そう言うと、わたしは床に横たわり、顔を冷たいコンクリートに押しつける。薬のせいで意識が遠のいていく。

男がわきにしゃがみ、わたしの体を仰向けにする。うち捨てられた建物の高窓から月の光が注ぎこんでくる。光と色が小刻みに震えて闇がさざ波立ち、発電機のそばの空間がぐるぐる渦を巻く。

「わたしはまた妻に会えるのか？」と訊く。

「どうかな」

いったいわたしをどうするつもりかと、これまで何度もした質問をもう一度したいが、言葉がうまく出てこない。

まぶたは重くなる一方で、わたしはなんとかあけていようとがんばるが、どうやら勝ち目はなさそうだ。

男は手袋をはずし、素手でわたしの顔に触れる。

奇妙に。

そっとやさしく。

「よく聞いてほしい。恐ろしい思いをするかもしれないが、大丈夫だ、うまくいく。手に入れられなかったすべてがきみのものになる。さっきは脅《おど》かすようなまねをしてすまなかったが、どうしてもここに連れてくる必要があったんだ。本当にすまない、ジェイソン。こんなことをするのも、われわれふたりのためなんだよ」

わたしは口の動きで伝える。あんたは何者なんだ、と。

男はそれには答えず、ポケットに手を入れ、あらたな注射器と月の光を受けて水銀のように光る透明な液体が入った小さなガラスのアンプルを出す。

注射針のキャップをはずし、アンプルの中身を注射器に吸いあげる。

まぶたがゆっくりとおりていくなか、男がわたしの左の袖をまくって自分に注射するのが見える。

男はアンプルと注射器をわたしたちのあいだのコンクリートの床に落とす。まぶたが完全におりる直前、そのガラスのアンプルがわたしの顔のほうに転がってくる。

わたしは小さな声を絞り出す。「これからどうなるんだ？」

すると男は答える。「話したところで信じてくれないだろうね」

2

両の足首をつかまれているのがわかる。

肩の下に手を入れながら、女性の声が言う。「どうやって装置から出られたのかしら？」

男の声が答える。「わからん。見ろ、気がついたみたいだ」

わたしは目をあけるが、ぼんやりした動きと光しか見えない。

男が大声で指示する。「急いでここから出せ」

わたしはなにか言おうとするものの、口から飛び出すのは、しどろもどろで意味不明の言葉ばかりだ。

女が言う。「デスセン博士？　わたしの声が聞こえますか？　いまからストレッチャーに乗せますよ」

足のほうに目をやると、男の顔に焦点が合う。アルミコーティングした化学防護服のフェイスシールドごしにわたしを見つめている。

男はわたしのうしろにいる女に目配せしてから「一、二の三」とかけ声をあげる。ふたりでわたしをストレッチャーに乗せ、足首と手首をクッション付き拘束具で固定する。

「あくまで安全のためですから、デスセン博士」

四、五十フィート上を天井が流れていく。

いったいここはどこだ？　格納庫か？

かすかな記憶がよみがえる――首に突き刺された針。なにかを注射された。これはきっと幻覚だ。無線機がガーガー鳴る。「搬出チーム、報告せよ。オーバー」

女が興奮のにじんだ声で応答する。「デスセンを確保。いまそちらに向かっています。オーバー」

車輪がきしみながら回転するのが聞こえる。

「了解した。所見は？　オーバー」

女は手袋をはめた手をのばし、わたしの左腕にマジックテープでとめたモニター装置のようなものを起動させる。

「脈拍は百五十、血圧は上が百四十で下が九十二。体温三十六・七度。血中酸素濃度九十五パーセント。三十秒後に到着予定。通信終わり」

ブザー音が響き、わたしはぎくりとする。

金庫室を思わせる両開きのドアがゆっくりとあき、そこを抜ける。

いったいなんなんだ？

落ち着け。こんなことが現実のはずがない。

車輪のきいきいいう音がはやくなり、緊迫度がさらに増す。

いまいるのは壁をビニールで覆った廊下で、頭上の蛍光灯の光がまぶしく、わたしは思わず目を細くする。

後方でドアがいきおいよく閉まり、牢獄の門が閉まったように、がちゃんという不気味な音が響く。

ストレッチャーは手術室に入り、ずらりと並ぶ無影灯の下に立つ与圧服姿の堂々とした男に向かって進む。

男はフェイスシールドごしにほほえみ、知り合いのように声をかける。「お帰り、ジェイソン。おめでとう。とうとうやったな」

お帰りだって？

見えるのは目だけだが、会ったことがあるとは思えない。

「痛みはある？」男が訊く。

わたしは首を横に振る。

「顔に切り傷やあざがついているが、どうかしたのか？」

首を振る。

「自分が誰かわかるかい？」

わたしはうなずく。

「ここがどこかわかる？」

首を振る。

「わたしが誰かは？」

首を横に振る。

「最高経営責任者で最高医務責任者のレイトン・ヴァンスだ。きみの同僚で友人だよ」彼は手術用のはさみをかかげてみせる。「その服を脱いでもらわないといけない」

彼はモニター装置をはずすと、ジーンズとボクサーショーツを切って脱がせ、金属のトレイに投げこむ。シャツを切られるとき、わたしはまぶしく照りつける照明を見あげ、こみあげる恐怖を必死でおさえこむ。

しかし、わたしは素っ裸でストレッチャーに固定されている。

ちがう、と自分に言い聞かせる。素っ裸でストレッチャーに固定されている幻覚を見ているだけだ。現実のはずがないからだ。

レイトンはわたしの靴と服がのったトレイを持ちあげ、わたしの頭のうしろ、目が届かないところにいる誰かに渡す。「すべて検査するように」

あわただしく部屋を出ていく足音が響く。

消毒薬のつんとしたにおいがしたと思った直後、レイトンが腕の内側を小さく拭《ふ》く。肘《ひじ》の上部に駆血帯を巻く。

「少し血を採るだけだ」彼は言いながら、器具用トレイから大きな注射器を取りあげる。

上手だ。ちくりともしない。

採血が終わると、レイトンはストレッチャーを手術室の奥へと押していき、ガラスのドアの前まで行く。横の壁にはタッチスクリーンがそなえつけてある。

「いよいよお楽しみの始まりだと言ってやりたいところなんだがね」彼は言う。「頭が混乱しすぎて、これからなにをされるかわからないなら、そのほうがいい」

わたしはなにをするつもりだと尋ねようとするが、あいかわらず言葉がうまく出てこない。

レイトンの指がタッチスクリーンの上をせわしなく動く。ガラスのドアがひらき、ストレッチャーが入るだけの大きさしかない小部屋に入れられる。

「九十秒ですむ」彼は言う。「心配はいらないよ。いままで被験者が死んだことは一度もないからね」

空気が抜けるような音がし、ガラスのドアがするすると閉まる。

天井の埋め込み式照明が寒々しい青い光を放つ。

わたしは首をのばす。

左右の壁はどちらも細かい穴が無数にあいている。

極低温の細かいミストが天井から噴霧され、頭からつま先まで全身を覆う。

冷たいしずくが肌の上で玉となり、身も凍りそうな寒さに体がこわばる。

がたがた震えていると、小部屋の壁からしゅうしゅうしゅうという音が聞こえてくる。

穴から白いガスが流れだし、しゅうしゅうという音がしだいに大きくなる。

出るいきおいが強くなる。

ついにはほとばしるように出る。

相対する流れがストレッチャーの上でぶつかり合い、小部屋は深い霧が充満して頭上の照明がかき消される。皮膚の上の凍結した水滴が吹き飛ばされ、すさまじい痛みをもたらす。

ファンが逆にまわりはじめる。

五秒もしないうちにガスは吸い出され、小部屋内には変なにおいだけが残る。雷雨が襲来する直前の夏の午後の空気のような、雨のない落雷とオゾンのにおいだ。

ガスと過冷却された液体を受けた結果、肌ははじける泡で覆われ、そのせいで酸洗浄でもされたみたいにひりひり痛む。

わたしはうめき声をあげ、拘束具をはずそうともがき、こんな状態があとどれくらいつづくのかと不安になる。痛みには強いほうだが、これ以上つづけるなら殺せという心境に達している。

頭のなかを思考が光の速さで駆けめぐる。

こんな現象を引き起こせる薬でもあるんだろうか。ここまではっきりとした幻覚と痛みをあたえるような薬が。

あまりに生々しく、あまりに真に迫っている。

まさか、本当に現実なのか？

CIAがからんでいるとか？　ここは人体実験をおこなう闇のクリニックなのか？　わたしは拉致《らち》されたのか？

天井から心地のいい湯が消火ホース並みのいきおいで噴出し、痛みのもとである泡をはたくようにして落とす。

湯がとまると、今度は壁の穴から熱い空気がごうっと噴きだし、砂漠の熱風のように肌に吹きつける。

痛みが消える。

わたしは完全に目が覚める。

うしろのドアがあき、ストレッチャーはバックで外に出る。

レイトンがわたしを見おろす。「そう悪くもなかっただろう？」彼はストレッチャーを押しながら手術室を抜けて隣の病室に入り、わたしの手首と足首を拘束していた固定具をはずす。

手袋をはめた手でわたしを起きあがらせる。頭がふらふらし、しばらくは部屋全体がぐるぐるまわっていたが、それもやがて正常に戻る。

彼はわたしの顔をのぞきこむ。

「いくらかよくなったかい？」

わたしはうなずく。

室内にはベッドと整理箪笥《だんす》があり、箪笥の上にはきちんとたたんだ着替えがのっている。壁には衝撃吸収材が張られている。尖《とが》ったものはひとつとしてない。わたしがストレッチャーのへりまで腰を移動させると、レイトンは肘の上をつかんで、立つのを助けてくれる。

脚に力が入らず、歩こうにも歩けない。

レイトンがベッドまで連れていってくれる。

「少し席をはずすから服を着ていてくれ。臨床検査の結果が出たら戻ってくる。そんなに時間はかからない。しばらくいなくなっても大丈夫だね？」

ようやく声が出るようになる。「なにがどうなっているのかさっぱりわからない。いったいここは――」

「頭の混乱はそのうちおさまるはずだ。それまではわたしがしっかりとモニターしていよう。われわれがついているよ」

彼はストレッチャーを押していったが、ドアの手前で足をとめて振り返り、フェイスシールドごしにわたしを見つめる。「また会えて本当によかった。アポロ13号が帰還したときの宇宙管制センターのような気持ちだ。よくがんばったな」

彼が出ていき、ドアが閉まる。

三個のデッドボルトがそれぞれの受座におさまり、三発の銃声のような音が響く。

わたしはベッドから立ちあがり、ふらつく足で整理簞笥に歩み寄る。

力がまるで入らず、服を着るのにも数分かかる——上等なスラックス、リネンのシャツ、ベルトはなし。

ドアのすぐ上から監視カメラが見張っている。

ベッドまで戻り、無味乾燥で静かな部屋でひとり、最後のはっきりした記憶を思い起こそうとする。それだけでも岸から十フィート離れたところで溺《おぼ》れるような感じに襲われる。砂浜には記憶のかけらが散らばっていて、わたしがいるところからでも見えるし、あとちょっとで手が届くはずなのに、肺に水がどんどん入ってくる。海面に顔を出しているのが困難になる。記憶のかけらを集めようとすればするほど、よけいに体力を消耗し、あがけばあがくほど恐怖が襲ってくる。

衝撃吸収材を張った真っ白なこの部屋にいて思い出せるものといったら——

セロニアス・モンク。

赤ワインの香り。

キッチンで刻む玉ねぎ。

絵を描いているティーンエイジャー。

ちがう。

ただのティーンエイジャーじゃない。

わたしのティーンエイジャーだ。

わたしの息子だ。

ただのキッチンじゃない。

わたしのキッチンだ。

わたしの家だ。

家族で過ごす夜だった。夫婦で食事の仕度をしていた。ダニエラの笑顔が目に浮かぶ。彼女の声とジャズが聞こえる。玉ねぎのにおいと、ダニエラの息にただようワインの甘酸っぱい香りがよみがえる。彼女のとろんとした目を思い出す。家族で過ごす夜のキッチン。安全で完璧な場所。

だが、わたしはずっとそこにいたわけではない。なぜか、出かけたのだ。いったいどうして？

近づいてきている。あとちょっとで思い出せるのに……

デッドボルトがたてつづけに引っこみ、病室のドアがあく。与圧服からオーソドックスな白衣に着替えたレイトンがドアを背にして、期待もあらわにほほえんでいる。こうして見ると、歳はわたしとほぼ同じ、正統派のハンサムな顔立ち、剃《そ》ったひげがいくらかのびて目立ってきている。

「いい知らせだ」彼は言う。「すべて問題なしだった」

「なにが問題なしなんだ？」

「放射線被曝《ひばく》、有害物質、感染症。血液検査の最終結果は朝まで待たないとならないが、もう隔離の必要はない。そうそう、これをきみに」

そう言うと彼は、いくつかの鍵とマネークリップが入ったジップロップの袋を差し出す。袋に貼ったマスキングテープには、黒いサインペンで〝ジェイソン・デスセン〟と走り書きしてある。

「いいかな？　みんながきみを待っているんだ」

わたしはあきらかに私物とおぼしき品をポケットに入れ、レイトンのあとから手術室を抜ける。

廊下に出ると、五、六人の作業員が壁からビニールをせっせとはがしている。

わたしに気づくと、全員が拍手を始める。

ひとりの女性が叫ぶ。「やったわね、デスセン！」

ガラスのドアが左右にひらく。

体力も平衡感覚も戻りつつある。

レイトンの先導で階段室に入り、足音を大きく響かせながら金属の階段をのぼる。

「行こうか？」レイトンが訊く。

「ああ。どこに向かっているんだ？」

「報告をしに」

「しかしわたしはなにも——」

「聴取に向けて考えをまとめておいたほうがいい。きみも知ってのとおり——規則というやつはめんどうでね」

二階分の階段をのぼりきると、レイトンは一インチの厚さがあるガラスのドアをあける。片側が床から天井まで窓になっているべつの廊下に入る。窓から格納庫全体が見わたせ、全部で四階分の廊下がぐるりと囲んでいて、一種のアトリウムのようになっている。

わたしはもっとよく見ようと窓のほうに足を向けるが、レイトンに左の二番めのドアに入るよううながされ、薄暗い部屋に足を踏み入れる。黒いパンツスーツ姿の女性がわたしの到着を待ちうけていたのか、テーブルのうしろに立っている。

「いらっしゃい、ジェイソン」女性が言う。

「やあ」

女性はしばしわたしのまなざしをとらえ、レイトンがわたしの左腕にモニター装置を巻きつける。

「かまわないだろう？」彼は言う。「もうしばらく、きみのバイタルをチェックしておきたい。すぐにそれも必要なくなるだろうが」

レイトンがわたしの背中のくぼみのあたりを軽く押し、さらに奥へと進ませる。うしろでドアが閉まる。

女は四十歳前後か。黒髪をショートにし、前髪がかかりそうな目は、不思議にも柔和さと鋭さが同居している。

照明はやわらかくて目に痛くなく、映画が始まる直前の映画館のようだ。

まっすぐな背もたれのついた木の椅子が二脚あり、小さなテーブルの上にはノートパソコン、水差し、コップが二個、ステンレスのポットがあり、湯気のたつマグがおいしそうなコーヒーのにおいを放っている。

壁と天井はスモークガラスになっている。

「ジェイソン、すわってくれたら始めるわ」

わたしはたっぷり五秒間ためらい、ここを出ていくべきか悩むが、それはまずい考えであり、おそらく最悪の考えのような気がする。

しかたなく椅子に腰かけ、水差しに手をのばし、コップに水を注ぐ。

女が言う。「おなかがすいているなら、食べるものを運ばせるけど」

「いや、けっこう」

女はようやくわたしの正面の席につくと、かけている眼鏡を押しあげ、ノートパソコンになにやら打ちこむ。

「いまは十月二日の——」彼女は腕時計を確認する。「——午前〇時七分。聴取者は社員番号九五六七のアマンダ・ルーカス。今夜の聴取対象は……」彼女は身振りでわたしを示す。

「ええと、ジェイソン・デスセンだ」

「ありがとう、ジェイソン。記録のためにこれまでのいきさつを説明すると、十月一日の午後十時五十九分ごろ、チャド・ホッジ技官が格納庫の床に意識不明の状態で倒れているデスセン博士を発見しました。搬出チームが出動し、午後十一時二十四分にデスセン博士は隔離室に移送されました。レイトン・ヴァンス博士によって除染と予備的な臨床検査がおこなわれたのち、デスセン博士は地下二階の会議室に案内され、これより第一回の聴取を開始します」

彼女は目をあげ、今度は笑顔でわたしを見る。

「ジェイソン、わたしたち一同、あなたの帰還には胸を打たれたわ。遅い時間だけど、チームのほぼ全員がこのために街じゅうから駆けつけているの。気づいてると思うけど、ガラスの向こう側でみんなが見ているわ」

周囲で拍手が鳴り響くと同時に歓声があがり、数人がわたしの名を呼ぶ。

壁の向こうが見通せる程度の明かりがつく。ガラス張りの聴取室を座席が囲んでいる。十五人か二十人ほどが起立し、ほぼ全員が満面の笑みを浮かべ、なかにはわたしが大変な任務から帰還したかのように、目をぬぐっている者もいる。

そのうちのふたりは武器を帯びており、拳銃の台尻が光を受けて輝いている。

彼らはほほえんでもいないし、拍手もしていない。

アマンダは椅子をうしろにやって立ちあがり、ほかの者にまじって拍手を始める。

しかも、感無量という表情を浮かべて。

頭のなかを疑問符が飛び交う。いったい全体、どういうことだ?

拍手がおさまると、アマンダはふたたび椅子にすわり直す。

「大騒ぎしてごめんなさいね。でも、これまでのところ、戻ってきたのはあなたしかいないの」

なんの話かさっぱりわからない。そう言いたい気持ちがある一方、それは言わないほうがよさそうだと思う気持ちもある。

照明がふたたび暗くなる。

わたしは水の入ったコップを命綱のようにつかむ。

「どのくらい行っていたかわかる？」彼女が訊く。

行っていたとはどこに？

「わからない」

「十四ヵ月よ」

うそだろ？

「意外だった、ジェイソン？」

「そう言っていいだろうね」

「それこそ、息をつめるようにして、はらはらしながら待っていたのよ。一年以上、こう問いかけるときを待っていたわ。なにを見たの？　どこへ行ったの？　どうやって戻ってきたの？　一部始終を話してちょうだい。はじめから全部」

わたしは水をひとくち含み、崖の表面の崩れかけた手がかりにつかまるように、はっきり覚えている最後の記憶にしがみつく——家族で過ごす夜に自宅をあとにした記憶に。

あのあと……

ひんやりした秋の夜、歩道を歩いていた。あちこちのバーからカブスの試合が聞こえてきた。

行き先は？

わたしはどこに行こうとしていたのか？

「あせらなくていいのよ、ジェイソン。せかすつもりはないから」

ライアン・ホールダー。

彼に会いに行こうとしていたんだった。

〈ヴィレッジ・タップ〉に行き、酒を飲んだ――正確に言うなら世界でも一級のスコッチを二杯。飲んだ相手は大学時代のルームメイト、ライアン・ホールダー。

あいつもなんらかの形でかかわっているのか？

わたしはあらためて問いかける。これは本当に現実なのか？

水が入ったコップを持ちあげてみる。汗をかいた表面も指先に感じるひんやりした湿気も、本物としか思えない。

アマンダの目をのぞきこむ。

壁に目をやる。

消える様子はない。

これがドラッグで引き起こされたトリップ状態だとしても、そんなのは聞いたことがない。ものがゆがんで見えることも、音がひずんで聞こえることもまったくない。高揚感もない。いまいる場所に現実味がないというのとはちがう。わたしがいるべき場所ではないというだけだ。わたしの存在そのものがまちがっている気がする。それがどういうことかはわからない。ただ、胸の奥でそう感じる。

これは幻覚なんかじゃない。それとはまったくの別物だ。

「質問を変えてみましょうか」アマンダが言う。「格納庫で目覚める前のことで、最後に覚えていることはなにかしら？」

「バーにいた」

「そこでなにをしていたの？」

「旧友と会っていた」

「そのバーはどこにあるの？」彼女は訊く。

「ローガン・スクエア」

「じゃあ、ずっとシカゴにいたわけね」

「ああ」

「わかったわ。もうちょっと具体的に……？」

彼女の声がしだいに小さくなり、最後には聞こえなくなる。

高架鉄道が見える。

あたりは暗い。

静かだ。

シカゴなのに静かすぎる。

誰かが近づいてくる。

わたしを襲うつもりの人間が。

心臓が高鳴りはじめる。

手が汗ばんでくる。

わたしはコップをテーブルに置く。

「ジェイソン、心拍数が上昇しているとレイトンが言ってるわ」

アマンダの声がふたたび聞こえてくるが、それでもまだはるか彼方からのように聞こえる。

これは罠なのか？

わたしはからかわれているのか？

いや、そんなことを訊くわけにはいかない。口にしてはだめだ。連中が思っている人物のようにふるまえ。彼らは冷静沈着、おまけにふたりは銃を帯びている。連中が聞きたがっていることを言うんだ。思っていた男とちがうと気づかれたら、どうなる？

そうなったら、生きてここを出られない。

頭がずきずきしはじめる。後頭部に手をやるとこぶができていて、あまりの痛さに思わず顔をしかめる。

「ジェイソン？」

怪我をしたのか？

わたしは襲われたのか？ ここに無理やり連れてこられたのだとしたら？ いい人そうに見えるが、この連中もわたしをここに連れてきた人物の仲間だとしたら？

側頭部に触れると、二度めに殴られたときの傷があるのがわかる。

「ジェイソン」

能面が見える。

素っ裸で無抵抗のわたし。

「ジェイソン」

ほんの数時間前は家で夕食の仕度をしていたのに。

わたしはこの連中が思っている男じゃない。それがわかったら、なにをされるだろう？

「レイトン、ちょっと来てくれますか？」

とんでもないことになる。

これ以上、この部屋にいるわけにはいかない。

この連中から逃げなくては。

考えなくては。

「アマンダ」わたしはどうにかこうにか現実に向き直り、質問と恐怖を頭から追い出そうとしたが、崩れかけた土手にあがるのにひとしい。長くはつづかない。長くはもたないだろう。

「みっともないところを見せて申し訳ない。もうくたくただし、はっきり言って、除染は最悪だった」

「ちょっと休憩しましょうか？」

「そうしてもらえるかな？　頭をすっきりさせる時間がほしい」わたしはノートパソコンを示す。「それで記録をする以上、少しは頭がよさそうな声でないとね」

「ええ、わかります」彼女はキーを叩く。「録音を停止しますね」

わたしは立ちあがる。

「お部屋にご案内――」

「いや、けっこう」

わたしはドアをあけ、廊下に出る。

レイトン・ヴァンスが待っている。

「ジェイソン、少し横になったほうがいい。バイタルの数値が悪化している」

わたしは腕の測定装置をはがし、レイトンに差し出す。

「心配はありがたいが、いまはとにかくトイレに行きたい」

「そうか。そうだな。案内しよう」

わたしたちは廊下を歩いていく。

レイトンは重いガラスのドアを肩であけ、いまは無人となったさきほどの階段室にわたしを導く。換気装置が近くの排気口から熱風を外へと送り出す音以外、なにも聞こえない。わたしは手すりを握って身を乗り出し、がらんとした空間を見おろす。

下に二階分、上にも二階分の階段がのびている。

聴取の最初にアマンダはなんと言ってた？　ここは地下二階だと言ってなかったか？　つまり、施設全体が地下にあるということか？

「ジェイソン？　来ないのか？」

わたしはふらつく脚と頭痛と闘いながら、レイトンを追って階段をのぼる。

最上段までのぼりきると、強化スチールのドアのわきに〝地上〟の表示がある。レイトンはカードキーをとおして暗証番号を打ちこみ、ドアをあけて押さえる。

まっすぐ前方の壁に〝ヴェロシティ研究所〟と活字体の文字が並んでいる。

左はずらりと並んだエレベーター。右はセキュリティ検査のエリアで、いかめしい顔の警備員が金属探知機と回転式ゲートのあいだに立っている。出口はそのすぐ先だ。セキュリティ検査は外に向いている。つまり、出ていくのを防ぐのではなく、なかに入るのを防ぐことに主眼を置いているようだ。

レイトンの案内でエレベーター群の前を過ぎ、廊下を進んで突きあたりの両開きドアの前まで行く。彼がカードキーでドアをあける。

なかに入ると、レイトンが明かりをつけ、設備のそろったオフィスが現われる。壁には民間航空機と軍用の超音速ジェット機とその動力であるエンジンの写真が飾られている。デスクの上の額入り写真に目が吸い寄せられる。レイトンによく似た少年を抱きかかえた年配男性が写っている。ふたりがいるのは格納庫のなかで、組み立て作業中の巨大なターボファンの前に立っている。

「わたしのオフィスのトイレのほうが落ち着けるんじゃないかと思ってね」レイトンは奥のドアを示す。「わたしはここで待っているよ」彼は言うとデスクのへりに腰をのせ、ポケットから携帯電話を出す。「必要なものがあれば、大声で呼んでくれ」

バスルームはひんやりしていて、きれいに掃除されている。便器と小便器、シャワーブースがあり、奥の壁のなかほどに小さな窓がついている。便器に腰かける。

胸が苦しく、呼吸がしづらい。

連中はわたしが戻るのを十四カ月も待っていた。となると、そう簡単にここから出してはくれないだろう。少なくとも今夜は。わたしが彼らの目当ての男でないことを考えれば、当分は出られないかもしれない。

これが巧妙なテストかゲームでもないかぎり。

レイトンの声がドアの向こうから聞こえてくる。「大丈夫か？」

「ああ」

「きみがあのなかでなにを見たのかわからないが、わたしがついていることだけは覚えていてほしい。パニックになっているなら、そう言ってくれ。力になる」

わたしは立ちあがる。

レイトンの話はつづく。「会議室からきみの様子を見ていたが、心ここにあらずという感じに見えたぞ」

一緒にロビーまで戻ったとして、彼を振り切り、警備を突っ切ることは可能だろうか？金属探知機のそばに立つ巨漢の警備員を思い浮かべる。まず無理だろう。

「体のほうはじきに元気になると思うが、精神面が心配だ」

磁器の小便器のへりに乗らないと窓には手が届かない。窓ガラスは左右をレバーハンドルでロックされているようだ。

高さも幅も二フィートしかなく、通り抜ける自信がない。

レイトンの声がバスルーム内に反響し、洗面台まで戻ると、言葉がまたはっきりする。

「……なによりまずいのは、自分でなんとかしようとすることだ。正直に言おう。きみは自分は強いから、なんでもやりとおせると考えがちだ」

わたしはドアに近づく。

デッドボルト式の錠がついている。

震える指でサムターンをゆっくりとまわす。

「しかし、どう感じていようと」レイトンの声が数インチのところまで近くなる。「わたしに打ち明けてほしい。報告を明日なり来週なりに延期したいのなら――」

錠が小さなかちりという音とともに受座におさまり、レイトンは言葉を切る。

その瞬間は、何事も起こらない。

わたしはそろそろと一歩うしろにさがる。

ドアがそれとわからぬほどに動き、すぐに激しく揺さぶられる。

レイトンが呼びかける。「ジェイソン。ジェイソン！」さらにこう言うのが聞こえる。「至急、わたしのオフィスに警備チームをよこしてくれ。デスセンがバスルームに閉じこもった」

レイトンが体当たりしたのか、ドアが揺れるが、錠は持ちこたえる。

わたしは窓に駆け寄って小便器によじのぼり、ガラスの両側のレバーハンドルを操作する。

レイトンが誰かに向かって怒鳴る。言っている言葉は聞き取れないが、近づいてくる足音は聞こえる気がする。

窓があく。

夜の空気が流れこむ。

小便器の上に立っても、やれるかどうか自信が持てない。

へりから飛びあがり、あけはなした窓枠に飛びつくが、片腕がかかるだけで終わる。

バスルームのドアにどんとなにかがぶつかると同時に、わたしの靴がつるつるした壁面を滑る。引っかかるところも、足がかりになるところもまったくない。

床におりて、もう一度小便器によじのぼる。

レイトンが誰かに大声でわめく。「はやくしろ！」

もう一度飛びつく。今度は両腕とも窓がまちにかかる。支えとしては不充分だが、落ちないだけましだ。

窓をくぐり抜けると同時に、背後でバスルームのドアが壊れる。

レイトンがわたしの名を大声で呼ぶ。

体が一瞬にして闇を落ちていく。

顔からアスファルトにぶつかる。

茫然と立ちあがる。頭はくらくらし、耳鳴りがし、頬を血が流れていく。

わたしがいるのはふたつのビルにはさまれた暗い路地だ。

レイトンが上のあいた窓から顔を出す。

「ジェイソン、逃げてはだめだ。わたしが力になる」

わたしは向きを変えて走りだす。どこに行くかもわからず、とにかく路地の出口を目指してひた走る。

出口にたどり着く。

煉瓦の階段をおりる。

ここはオフィス団地だ。

個性のない低層のビルが、真ん中にライトアップされた噴水があるしょぼくれた小さな池のまわりに寄り集まっている。

こんな時間だから、人っ子ひとりいないのも当然だ。

ベンチ、刈りこんだ植え込み、あずまや、〝歩行者専用通路〟の文字の下に矢印がある標識を猛スピードで通りすぎる。

肩ごしにすばやく振り返る。いましがた脱出した建物は五階建てで、これといった特徴がなく、なんの印象にも残らない平凡そのものの造りだ。その表玄関から、蜂の巣を蹴ったかのように人が次から次へとわいてくる。

池が終わったところで歩道を離れ、砂利道に入る。

汗が目にしみ、肺が焼けつくように痛むが、それでも両腕を大きく振り、足を交互に前に出しつづける。

一歩ごとにオフィス団地の明かりが遠ざかっていく。

前方に闇が広がっている。ひたすらそこを目指し、そこにまぎれこもうとする。

目の覚めるような強風に顔を叩かれ、わたしは自分がどこに向かっているのか気になりはじめる。遠くに光が見えてもいいはずだ。ほんのわずかでも。それでもわたしは闇という底なしの深遠に向かって走りつづける。

波の音が聞こえる。

いつの間にか湖畔まで来ている。

月は出ていないものの、星明かりは充分に明るく、ミシガン湖の水面がうねっているのがわかる。

内陸のオフィス団地に目を向けると、追っ手の姿が見え、声が風をとおして聞こえ、いくつもの懐中電灯の光が闇を切り裂いている。

わたしは北に針路を変え、波に洗われた石を踏みしめながら走っていく。湖岸のずっと先にダウンタウンの夜景がぼんやりと見える。

振り返ると、懐中電灯の光は一部が南、すなわちわたしとは逆方向に向かい、残りが北に向かってくる。

ぐんぐん近づいている。

わたしは水際からそれ、自転車専用道路を渡り、生け垣があるほうを目指す。

声がますます近くなる。

これだけ暗ければ姿を見られずにすむだろうかと考える。

前方に高さ三フィートの堤防が現われ、向こう脛《ずね》を擦《す》りむきながらコンクリートをよじのぼり、四つん這《ば》いで生け垣のなかを這い進む。枝がシャツと顔に引っかき、目に入りそうになる。

茂みを抜け、湖岸と並行に走る道路の中央によろよろと出る。

オフィス団地のほうでエンジンがかかる音がする。

ハイビームに目がくらむ。

道路を渡りきり、金網塀を乗り越えると、いつの間にか民家の庭を走っている。ひっくり返った三輪車とスケートボードをよけ、犬に猛然と吠えられながら家に沿って走り、明かりが次々につくのを尻目に裏にまわり、もう一度塀を跳び越えると、今度はがらんとした野球場の外野を全速力で突っ切っていく。あとどれくらい、こうして走りつづけられるだろう。

その答えは驚異的な速度で現われる。

内野に足を踏み入れたあたりで、わたしは倒れこむ。全身汗だくで、筋肉という筋肉がこわばっている。

さっきの犬はいまも遠くで吠えているが、湖のほうを振り返っても、懐中電灯の光はひとつも見えず、人の声も聞こえてこない。

どれだけそこに横たわっていたのかわからないが、ぜいぜいとあえぐことなく呼吸できるようになるのに一時間はかかったように感じる。

どうにかこうにか体を起こす。

夜の空気はひんやりとして、湖からの風が周囲の木々を吹き抜け、枯れ葉が野球場全体に舞い落ちる。

かろうじて立ちあがる。喉はからから、疲労困憊《こんぱい》状態でこの四時間を理解しようとするものの、いまはそこまで気持ちの余裕がない。

重い足で野球場をあとにし、労働者階級が住むサウスサイド地区に入る。

通りは人っ子ひとりいない。

どのブロックも、穏やかで静かな住宅が並んでいる。

一マイルかそこら歩いたのち、ビジネス街の閑散《かんさん》とした交差点に出る。頭上の信号が深夜向けのはやいサイクルで変わるのをながめる。

幹線道路は二ブロック先までつづいているが、通りの反対側、大手メーカーのビールの看板が三つ窓で光っているいかがわしげなバーをべつにすれば、人の気配はまったくない。煙とやかましい会話に包まれながらひとりの客が千鳥足《ちどりあし》で出てきたそのとき、この二十分間ではじめての車が遠くに現われる。

回送中のランプを点灯させたタクシーだ。

わたしは交差点に入り、信号機の下に立って両腕を大きく振る。タクシーは速度をゆるめて近づき、わたしをよけようとするが、わたしはこのままでは衝突するという位置にまで移動して、無理に車をとめる。

運転手が怒った顔でウィンドウをおろす。

「なにをしやがる？」

「乗せてほしい」

細面の顔にひげをまばらに生やしたソマリ人の運転手は、分厚いレンズの入った大ぶりの眼鏡の向こうからわたしをにらむ。

「もう午前二時だぞ。今夜はもうあがったんだ。これ以上仕事をするのはごめんだね」

「頼む」

「あんた、字が読めないのか？　表示を見ろよ」彼は車のてっぺんをぴしゃりと叩く。

「どうしても家に帰らなきゃいけないんだ」

ウィンドウがあがりはじめる。

わたしはポケットに手を入れ、私物が入ったビニール袋を出すと、乱暴にあけてマネークリップを見せる。

「料金をはずむから――」

「いいからそこをどけ」

「倍払う」

ウィンドウが上から六インチのところでとまる。

「現金だぞ」

「現金だ」

わたしは急いで札束を数える。ノース・サイド地区までは七十五ドルくらいで、その倍の金額を払わなくてはならない。

「行くならさっさと乗りな！」運転手が怒鳴る。

バーの客が交差点にタクシーがとまっているのに気づき、乗りたいらしく、待っててもらってくれと叫びながらふらふら近づいてくる。

わたしは全財産を数え終える――三百三十二ドルと有効期限が切れたクレジットカードが三枚。

後部座席に乗りこみ、ローガン・スクエアまで行ってほしいと告げる。

「二十五マイルもあるじゃないか！」

「だから、倍払う」

運転手はルームミラーのなかのわたしをにらみつける。

「金は？」

わたしは百ドル札を抜き取って、前のシートに置く。「着いたら残りを払う」

運転手は金をひったくるようにして取りあげると、アクセルを踏みこんで交差点を突っ切り、酔っ払いたちを置き去りにする。

わたしはマネークリップを調べる。札とクレジットカードの下に、イリノイ州発行の運転免許証——添付された顔写真はわたしでありながら、一度も見たことがないものだ——と、行ったこともないジムのIDカード、それに利用したことがない保険会社の健康保険証がはさまっている。

運転手がルームミラーごしにわたしをちらりと見る。

「あんた、今夜は大変な目に遭ったみたいだな」

「そんなふうに見えるかい？」

「最初は酔っ払いかと思ったけど、そうじゃなかった。服はぼろぼろだし、顔に血がついてる」

わたしだって運転手の立場ならば、頭のおかしなホームレスという風情で午前二時に交差点の真ん中に突っ立っている男など乗せたくない。

「面倒なことになってるんだな」運転手が言う。

「ああ」

「なにがあった？」

「自分でもよくわからないんだ」

「病院に連れていってやるよ」

「いいんだ。とにかく家に帰りたい」

3

タクシーは車通りのない州間高速道路を市街地に向かって北進し、高層ビル群がしだいに近くなる。一マイル進むごとに正気が戻る感じがするのは、まもなく家に帰れるせいだろう。

きっとダニエラがわかりやすく状況を説明してくれる。

タクシーの運転手が褐色砂岩のわが家の向かいに車をとめ、わたしは残りの料金を支払う。急ぎ足で通りをわたって玄関ステップをあがり、ポケットからわたしのものではない鍵を出す。錠前に合う鍵はどれかとためすうち、わたしの家のドアではないことに気づく。いや、わたしの家のドアだ。わたしが住む通りだ。郵便受けにはわたしの番地が書いてある。しかし、ドアノブがちがうし、使われている木はやけに上等、蝶番《ちょうつがい》は鉄でできたゴシック風で、中世の酒場の扉のほうが似つかわしい。

鍵をまわす。

ドアが内側に大きくひらく。

なにかおかしい。

ものすごく。

戸口をくぐり、ダイニングルームに入る。

わが家のにおいとちがう。埃のにおいがかすかにするだけだ。しばらく誰も住んでいない感じのにおい。明かりはついていない。一部がついていないのではない。ひとつ残らずだ。

ドアを閉め、暗いなかを探るうち調光スイッチが手に触れる。枝角を使ったシャンデリアが部屋全体をほんのりと照らし、その真下にはわたしのものではないシンプルなガラスのテーブルとわたしのものではない椅子が置かれている。

わたしは声をかける。「こんばんは」

家のなかはしんとしている。

胸が悪くなるほどしんとしている。

わたしの家では、ダイニングテーブルの奥の暖炉の上にイエローストーン国立公園のインスピレーション・ポイントに立つダニエラとチャーリーとわたしの大きなスナップ写真が飾ってある。

この家には同じ場所を撮影した、コントラストの強いモノクロ写真があるだけだ。とてもよく撮れているが、人物は誰も写っていない。

キッチンに移動すると、入り口のところでセンサーが作動して埋め込み照明が点灯する。

豪勢だ。

そうとう金がかかっている。

そして生活感がない。

わたしの家では、チャーリーが一年生のときの工作（マカロニアート）が白い冷蔵庫に磁石でくっつけてある。それを見るたび顔がほころんでしまう。ここのキッチンはと見ると、ガゲナウの冷蔵庫のスチールの表面には疵《きず》のひとつもついていない。

「ダニエラ！」自分の声の響きすらちがって聞こえる。

「チャーリー！」

家具が少ないせいか、声がよく響く。

居間の奥へと進んだところ、わたしの古いレコードプレーヤーが最先端のサウンドシステムの隣に置かれているのに気づく。ジャズのレコード・コレクションは特注らしき造りつけの棚にアルファベット順に並んでいる。

階段で二階にあがる。

廊下は暗く、あるはずの場所に電気のスイッチがないが、たいした問題ではない。照明の大半は人感センサーで作動するようになっていて、ここでも埋めこまれた照明が頭上でついたり消えたりする。

床はわたしの知っている硬材ではない。もっと上等で、幅のある、いくらかきめの粗い厚板が敷かれている。

バスルームと客用寝室のあいだにかかっているはずのウィスコンシン・デルズで撮った家族三人の写真はなく、ネイヴィピアをスケッチした風景画になっている。厚手のクラフト紙に木炭で描いたものだ。下の右隅にある画家の署名に目がとまる──ダニエラ・バルガス。

左の次の部屋に入る。

息子の部屋。

実際にはちがっている。あの子が描いたシュールレアリスムの絵は一枚もない。ベッドもなく、漫画のポスターもなく、宿題でとっちらかっている机もない。ラバランプも、リュックも、床一面に散らばった服もない。

そのかわりに、本と綴《と》じられていない書類でいっぱいの広々した机に、モニターが一台ぽつんと置かれているだけだ。

わたしは茫然と廊下の突きあたりまで進む。つや消しガラスの引き戸をスライドしてあけ、贅沢《ぜいたく》でよそよそしく、そしてこの褐色砂岩のすべてのものと同じく、わたしのものではない主寝室に足を踏み入れる。

壁には廊下にあったのと同じスタイルの、厚手のクラフト紙に木炭で描いたスケッチが飾られているが、この部屋でいちばんの目玉はアカシア材の台に埋めこまれたガラスのディスプレイ・ケースだ。ふかふかしたベルベットの柱にキルティングステッチをほどこした革のフォルダーが立てかけてあり、そこにおさめられた証書を下からの光が効果的に照らしている。柱から細いチェーンでぶらさがった一枚の金貨には、ジュリアン・パヴィアの肖像が刻印されている。

証書の文言《もんごん》にはこうある。

ジェイソン・アシュリー・デスセン
巨視的な物体を量子的重ね合わせ状態に置くことにより、宇宙の起源、進化、特性に関する人類の知識と理解を進展させたすぐれた功績をたたえ、パヴィア賞を授与する。

ベッドのへりに腰をおろす。

気分が悪い。

ものすごく。

自宅はわたしの避難場所で、家族に囲まれ、安らぎと安心感をあたえてくれる場所のはずだ。なのに、ここはわたしのものですらない。

胃が痛くなる。

主寝室のバスルームに駆けこんで便座をあげ、きれいな便器に胃のなかのものをぶちまける。

喉がからからだ。

蛇口をひねり、流れ出る水に口をつける。

顔に水をかける。

ふらふらと寝室に戻る。

携帯電話がどこにあるかはわからないが、ベッドわきのテーブルに固定電話がある。

ダニエラの携帯電話の番号を入力したことがなく、思い出すのに少し時間がかかるが、どうにかこうにか番号を押す。

呼び出し音が四回鳴る。

眠そうな男の太い声が応答する。

「もしもし？」

「ダニエラはどこに？」

「番号をまちがえてるよ」

わたしがダニエラの携帯電話の番号を告げると、男は言う。「ああ、あんたがかけたのはたしかにその番号だが、おれの電話だ」

「なんでそんなことに？」

男は電話を切る。

わたしはもう一度彼女の番号にかけるが、同じ男が最初の呼び出し音で出る。「夜中の三時だぞ。もうかけてくるな、ばか野郎」

三度めにかけると、男の留守電につながる。わたしはメッセージを残さない。

ベッドから立ちあがり、もう一度バスルームに入って、洗面台の上の鏡で自分の顔をじっくりながめる。

あざに擦り傷、血があちこちにつき、泥で汚れている。無精ひげがのびていて、目が充血しているが、それでもわたしに変わりはない。

顎《あご》にノックアウトパンチをくらったみたいに、疲労の波が押し寄せる。

膝からくずおれるが、洗面台につかまって転倒を逃れる。

そのとき、一階で——音がする。

ドアをそっと閉じる音だろうか？

わたしは体を起こす。

ふたたび警戒モードに入る。

寝室に戻り、足音をたてずにドアまで行き、廊下の先に目をやる。

ひそひそいう声が聞こえる。

携帯無線機が発するノイズ。

硬材の階段をのぼってくる陰気なきしみ音。

声はしだいに鮮明になり、階段の両側の壁に反響しててっぺんからあふれ、それが廊下の先まで響きわたる。

壁に映った影が、本人より先に幽霊のように階段をあがってくる。

おそるおそる廊下に足を踏み出すと、男の声が――冷静で慎重なレイトンの声が階段から流れてくる。「ジェイソン？」

わたしは五歩で廊下のバスルームにたどり着く。

「きみを痛い目に遭わせるつもりで来たわけじゃない」

いまや足音は廊下からしている。

ゆっくりと一歩一歩進んでくる。

「頭が混乱し、なにがなんだかわからない状態なのはよくわかる。研究所で言い返してくれればよかったんだがね。そんなにつらい思いをさせていたとはまったく気づいていなかった。その点はすまないと思う」

わたしはそろそろとドアを閉め、錠を差す。

「きみが自分自身、あるいは他人を傷つけることがないよう、研究所に連れ戻したいだけなんだ」

バスルームはわが家のものの倍の大きさがあり、シャワーは壁が大理石で、シンクがふたつある洗面台も天板は大理石だ。

　便器の反対側に探しているものが見つかる。造りつけの大きな棚についているランドリーシュートのハッチ。

「ジェイソン」

　バスルームのドアの向こうから、無線のぱちぱちいうノイズが聞こえる。

「ジェイソン、頼む。話をしよう」どこからともなく聞こえるその声には、あきらかにあせりが感じられる。「われわれ全員、私生活をなげうってまで今夜のために働いてきたんだよ。出てきてくれ！　こんなのは正気の沙汰じゃない！」

　チャーリーが九歳か十歳のころの雨降りの日曜日、午後いっぱい洞窟《どうくつ》探検家ごっこをして遊んだことがある。わたしはランドリーシュートを洞窟への入り口に見立て、何度も何度も息子を下におろしてやった。息子は小さなリュックサックを背負い、間に合わせのヘッドランプ――頭のてっぺんに結びつけた懐中電灯――まで装着するという念の入れようだった。

　ハッチをあけ、棚によじのぼる。

　レイトンの声が言う。「寝室を調べろ」

　足音がぱたぱたと廊下を近づく。

　ランドリーシュートは奥のほうが狭くなっているように見える。ひょっとするとかなり狭いかもしれない。

　バスルームのドアが震えはじめ、ドアノブが小刻みに揺れる音が聞こえ、つづいて女性の声がする。「ねえ、このドアは鍵がかかってる」

わたしはシュートをのぞきこむ。

真っ暗だ。

バスルームのドアは分厚く、叩き破ろうという最初のこころみはわずかにひびが入るだけで終わる。

うまくシュートを滑りおりられないかもしれないが、連中が二度めにドアに体当たりすると蝶番がはずれ、すさまじい音をたてながらタイルに激突するのがわかり、四の五の言っている場合ではないと肚《はら》をくくる。

連中がなだれこみ、レイトン・ヴァンスと、テーザー銃とおぼしきものを持った研究所の警備員のひとりの姿が鏡ごしにほんの一瞬だけ見える。

レイトンとわたしは半秒間だけ鏡のなかで目を合わせ、その直後、テーザー銃を持った男がくるりと向きを変え、武器をかまえる。

わたしは胸のところで両腕を組み、シュートにもぐりこむ。

バスルーム内の叫び声がしだいに小さくなり、わたしは空の洗濯かごに衝突する。プラスチックが割れ、わたしは洗濯機と乾燥機のあいだに転がり出る。

すでに追っ手は階段をおりはじめ、どたどたという足音が近づいている。

落ちたときの衝撃でぴりぴりした痛みが右脚を這いのぼる。急いで立ちあがり、裏に通じるフレンチドアに向かって走りだす。

真鍮《しんちゅう》の取っ手は鍵がかかっている。

足音が迫り、声は大きくなり、無線機は雑音まじりの指示を次々に発している。

わたしは鍵をあけてドアを引きあけると、わたしのよりもりっぱなグリルとわたしが持っているはずのないホットタブをそなえたアカスギのデッキを建物に沿って突っ切る。階段で裏庭におり、バラの花壇を通りすぎる。

ガレージのドアをあけようとするが、鍵がかかっている。

屋内を探しまわる気配があり、家の明かりという明かりが全部つく。おそらく四、五人がわたしはどこかと一階をくまなく探しまわっているのだろう。

裏庭には高さ八フィートの目隠しフェンスがめぐらしてあり、その扉の掛け金をはずすと同時に、誰かがわたしの名前を呼びながらデッキに走り出てくる。

路地に人の姿はなく、わたしはどっちに行こうか考える余裕もないまま外に出る。

ひたすら走る。

最初の交差点で振り返ると、ふたつの人影が追いかけてくるのが見える。

遠くでエンジンがかかる騒々しい音があがり、つづいて車がアスファルトの上でターンしたのか、タイヤが悲鳴をあげる。

わたしは左に折れ、次の路地との交差点まで全速力で走る。

どの家の裏庭も高い目隠しフェンスでがっちりガードされているが、五軒めの錬鉄の柵は腰までの高さしかない。

一台のSUV車が尻を振りながら路地に突っこんでくる。

わたしは低いフェンスに向かって駆けだす。

飛び越すだけの体力はなく、鋭利な先端をのそのそと乗り越え、裏庭に倒れこむ。芝生を這い進み、ガレージのわきの小屋に向かう。扉には南京錠がついていない。扉がぎいっという音とともにあいてわたしがするりとなかに入ると同時に、誰かが裏庭を駆けてくる。

はあはあいう声を聞かれぬよう、扉を閉める。

荒い呼吸はいっこうにおさまらない。

小屋のなかは真っ暗で、ガソリンと刈り取った芝生のにおいがする。扉に押しつけた胸が上下する。

顎から汗がしたたり落ちる。

わたしは顔についたクモの巣を払う。

暗闇のなか、両手を合板の壁に這わせていくと、いろいろな道具が指をかすめる——剪定《せんてい》ばさみ、のこぎり、熊手、斧《おの》の刃。

斧を壁から取って木の持ち手を握り、刃に指で触れる。見えるわけではないが、もう何年も研《と》いでいないとわかる——ひどく刃こぼれしていて、とても切れそうにない。

目にしみる汗をまばたきで払いながら、そろそろと扉をあける。

なんの音も聞こえてこない。

裏庭が見えるよう、さらに数インチ押しあける。

誰もいない。

しんとしたなかで、オッカムの剃刀《かみそり》の原則がささやきかける——条件がすべて同じなら、もっとも単純な答えが正しい。マインドコントロールだかなんだか知らないが、とにかくそのために秘密の実験組織によって薬を盛られ、拉致されたという説明はその原則に合致するだろうか？　とてもじゃないが、そうとは言えない。わたしの記憶にある家は本当はわたしの家ではないと納得するまで洗脳するか、数時間のあいだに家族を追い出し、家のなかをそっくり変えるかしなくてはならないからだ。

あるいは——脳にできた腫瘍《しゅよう》のせいで、わたしの世界が完全にひっくり返ったという説明のほうがもっともらしいだろうか。

何カ月も、あるいは何年にもわたって頭骨のなかでひそかに大きく育ったそれが、認識システムを損傷し、結果、知覚に異常をきたしたのか。

その説にはかなりの説得力がある。

そうでなければ、こんな急におかしくなるわけがない。

そうでなければ、わずか数時間で自分が何者かわからなくなったうえに、現実感を失い、知っているはずのことをかたっぱしから疑ってかかるなんてありえない。

様子をうかがう。

さらに様子をうかがう。

なおも様子をうかがう。

そして意を決し、外の芝生に足を踏み出す。

もう声は聞こえない。

足音も聞こえない。

人影は見あたらない。

車の音もしない。

夜がふたたびくっきりと現実感を持つ。

次にどこへ向かうべきかはもうわかっている。

シカゴ・マーシー病院は自宅から十ブロックの距離にあり、わたしは午前四時五分、救急治療室のどぎつい光のなかに足を引きずりながら入っていく。

わたしは病院が嫌いだ。

そこで母を看取《みと》った。

チャーリーは生まれてから最初の一週間を新生児集中治療室で過ごした。

待合室にはほとんど人がいない。わたしのほかには、包帯を巻いた腕を押さえている夜間の建築作業員と、暗い顔をした三人家族――父親の腕のなかの赤ん坊が顔を真っ赤にして泣きわめいている――だけだ。

受付の女性が書類から顔をあげる。こんな時間なのに、びっくりするほど目が生き生きしている。

プレキシガラスごしに尋ねてくる。「どうされました？」

なにを言おうか、話をどう切りだすか、まったく考えていなかった。

すぐに答えないでいると、女性がまた問いかける。「事故に遭われたのですか？」

「いや」

「顔が傷だらけですよ」

「具合が悪いんだ」

「というと？」

「誰かに相談したほうがよさそうな気がする」

「ホームレスの方ですか？」

「ちがう」

「ご家族はどこにいらっしゃいますか？」

「わからない」

彼女はわたしを上から下までじろじろとながめ、いかにもプロらしく、すばやく値踏みする。

「お名前は？」

「ジェイソン」

「ちょっとお待ちください」

彼女は椅子から立ちあがり、角をまわって見えなくなる。

三十秒後、ブザーが鳴り、受付の隣にあるドアのロックがはずれてドアがひらく。

さっきの看護師がほほえむ。「奥へどうぞ」

彼女の案内でわたしは診察室のひとつに入る。

「先生を呼んできますね」

看護師が出ていき、ドアが閉まると、わたしは診察台に腰をおろし、照明のあまりのまぶしさに目を閉じる。こんなに疲れたのは生まれてはじめてだ。

首がかくんと前に垂れる。

ぎくりとして背筋をのばす。

すわったまま眠るところだった。

ドアがあく。

太りぎみの若い医師がクリップボードを手に入ってくる。そのすぐあとを、さっきとはちがう看護師――青い医療着姿の偽ブロンドで、首に挽き臼《うす》でもくくりつけられたみたいに朝四時の疲労感をまとっている。

「ジェイソンだね？」医師は握手の手を差し出すことも、深夜勤務特有の無関心をごまかすこともせずに訊く。

わたしはうなずく。

「苗字《みょうじ》は？」

わたしはフルネームを伝えるのを躊躇《ちゅうちょ》するが、それもまた、脳にできた腫瘍だかなんだかわからないが、とにかく頭のなかの異常のせいだろう。

「デスセン」

わたしはつづりを言い、医師がそれを受診手続きの書類と思われるものに書きとめる。

「ぼくは当番医のランドルフ医師です。なぜ今夜、救急治療室に来られたのですか？」

「頭に違和感があるんです。腫瘍でもできてるんじゃないかと」

「そう思う理由は？」

「ものがちがっているんです」

「なるほど。具体的に説明してもらえますか?」

「は……はい。おかしな話に聞こえるかもしれません。自分でもそれはわかってます」

医師はクリップボードから顔をあげる。

「わたしの家がわたしの家じゃないんです」

「おっしゃる意味がよくわかりませんが」

「いま言ったとおりです。わたしの家がわたしの家じゃない。家族は家にいない。なにもかもが、はるかに……上等なんです。まったくの別物なのに、それでも――」

「それでも住所にまちがいはないんですね」

「ええ」

「つまり、家のなかはちがうけれど、外は同じということですね」医師は子どもに言い聞かせるような口調で言う。

「ええ」

「ジェイソン、顔のその傷はどうしたんですか? 服には泥がついていますが」

「追いかけられたんです」

それは言うべきでなかったが、疲れきっていて、選別する余裕がない。きっと頭がおかしいと思われていることだろう。

「追いかけられた」

「はい」

「誰に追いかけられたんですか？」

「わかりません」

「追われた理由はわかりますか？」

「理由は……こみ入っていまして」

医師の値踏みするような、半信半疑の表情は受付にいた看護師よりもはるかにひかえめで、熟練している。

「今夜、薬かアルコールを摂取しましたか？」医師が訊く。

「最初にワインを少しと、そのあとウィスキーを飲みましたが、もう何時間も前です」

「長時間勤務なもので、同じことを尋ねて申し訳ないが、頭に異常があると思う理由は？」

「過去八時間の出来事がどういうことかさっぱりわからなくて。すべて現実に思えるのに、そんなはずがないんです」

「最近、頭に怪我をされましたか？」

「いいえ。あ、その、後頭部を殴られたような気がします。さわると痛いので」

「誰に殴られたかわかりますか？」

「よくわかりません。というか、ちゃんとわかってることなどなにもないんです」

「なるほど。ドラッグはやりますか？　いま、あるいは過去に？」

「年に二度ほどマリファナを吸います。でも、しばらくは吸ってません」

医師は看護師のほうを向く。「バーバラに言って採血してもらおう」

そう言ってクリップボードを診察台に置き、白衣の前ポケットからペンライトを出す。

「ちょっと診《み》せてもらいますよ」

「はい」

ランドルフ医師はわたしの顔から数インチのところまで顔を近づける。近づきすぎて、彼の息に饐えたコーヒーのにおいがするのがわかり、顎に最近、剃刀で切った痕が見える。彼はわたしの右目をペンライトで照らす。一瞬、視界の真ん中にまぶしい光の点がひとつ現われる。

「ジェイソン、自分を傷つけようと思ったことはありますか？」

「自殺願望はありません」

懐中電灯が左目を照らす。

「過去に精神科に入院したことは？」

「いいえ」

医師はやわらかくてひんやりした手でわたしの手首をつかみ、脈をはかる。

「お仕事はなにをされていますか？」と訊く。

「レイクモント大学で教えています」

「ご結婚はされている？」

「はい」わたしは反射的に結婚指輪をさわろうとする。

ない。

うそだろ。

看護師がわたしのシャツの左袖をまくりあげていく。

「奥様のお名前は？」医師が訊く。

「ダニエラです」

「夫婦仲は良好ですか？」

「はい」

「あなたがどこにいるのか、奥様は心配していらっしゃるんじゃありませんか？　連絡を入れておいたほうがいいかもしれません」

「連絡しようとしたんです」

「いつごろ？」

「一時間ほど前に、自宅から。知らない人が電話に出ました。番号がちがっていたんです」

「番号をまちがえて押したんでしょう」

「妻の携帯電話の番号はちゃんと覚えています」

看護師が尋ねる。「採血しますね、デスセンさん」

「わかりました」

わたしの腕の内側を消毒しながら、看護師は言う。「ランドルフ先生、ちょっと見てください」彼女は数時間前、レイトンに採血されたときの針の痕に触れる。

「これはいつのものですか？」医師が尋ねる。

「わかりません」逃げ出してきた研究所のことは言わないほうがいいだろう。

「腕に針を刺されたのに覚えていないんですか？」

「はい」

ランドルフ医師が看護師にうなずき、彼女がひとこと言う。「ちょっとちくんとしますよ」

医師が尋ねる。「いま、携帯電話はお持ちですか？」

「どこにあるかわかりません」

彼はクリップボードを取りあげる。「もう一度、奥様のお名前を教えてください。それと電話番号も。病院のほうでかわりに連絡してみます」

自分の血液がプラスチックの筒に吸いあげられていくのを見ながら、ダニエラの名前のスペルを教え、携帯電話の番号を告げる。

「頭部のスキャンをするんですか？」わたしは尋ねる。「どうなってるか調べるために」

「ええ、やりますよ」

わたしは八階の個室に案内される。

バスルームで顔を洗う。靴を蹴るようにして脱ぎ、ベッドにもぐりこむ。

眠りが誘いこもうとしてくるが、わたしのなかの科学者は停止しようとしない。

思考がとまらない。

仮説を組み立てては崩すを繰り返す。

これまでの出来事すべてを説明しようと悪戦苦闘する。

この瞬間、わたしにはなにが現実で、なにがそうでないか知るすべはない。自分が結婚していたのかも確信が持てなくなっている。

いや、待てよ。

左手をあげ、薬指をじっくりと見る。

指輪はないが、はめていた証拠として指のつけ根がうっすらとくぼんでいる。ここに指輪があったのだ。跡が残っている。つまり、何者かに取られたということだ。

そのくぼみに触れると、恐怖と同時に、それが意味するもの――わたしにとっての現実の名残――があたえてくれる安心感が伝わってくる。

わたしは自問する。

結婚していたことを示す最後の痕跡が消えたらどうなるのか。

心のよりどころがなにもなくなったら？

シカゴの空が少しずつ明けていき、希望のない、雲に覆われた紫色に染まるころ、わたしはようやく眠りに落ちる。

4

玄関のドアがいきおいよく閉まる音が聞こえたとき、ダニエラは両手を温かい石けん水に深く浸けている。この三十分ほど格闘していたフライパンを磨くのをやめて流しから顔をあげ、足音がするほうを振り返る。

キッチンとダイニングルームをつなぐアーチ形の廊下に現われたジェイソンは、(母の表現を借りれば)ばかみたいににやにやしている。

ダニエラは洗い物に目を戻す。「冷蔵庫にあなたのぶんのディナーが入ってるわ」

流しの上の湯気で曇った窓ガラスに映った夫が、アイランド型調理台にキャンバス地のエコバッグを置き、自分のほうにやってくる。

彼の両腕が腰にまわされる。

彼女は冗談めかして言う。「アイスクリームを何パイントか買ってきたくらいで許してもらえると思ってるなら、もう知りませんからね」

彼は体を押しつけ、彼女の耳もとでささやく。飲んできたウィスキーが残っているのか息が熱い。「人生は短いんだ。だから怒らないでくれ。時間の無駄だよ」

「四十五分と言ったくせに、どうしてそれが三時間近くになるわけ?」

「要するに、一杯が二杯になり、それが三杯になっただけのことさ。後悔してる」

うなじに唇を押しあてられ、背筋に得も言われぬ快感が走る。

彼女は言う。「そう簡単に許すもんですか」

すると今度は首のわきにキスをしてくる。こんなふうに触れられるのはひさしぶりだ。

彼の両手が石けん水にもぐりこむ。

ふたりの指がからみ合う。

「なにか食べなきゃ」彼女は言う。「温めなおしてあげる」

彼女は夫をよけて冷蔵庫に向かおうとするが、彼が行く手をさえぎる。

ふたりは向き合う形になり、ダニエラは夫の目をのぞきこむ。どっちも飲んでいるせいか、ふたりのあいだに、すべての分子が荷電したようなぴりぴりした空気が流れる。

夫が言う。「ずっときみに会いたかった」

「いったいどれだけ飲めばそんな歯の浮くような——？」

彼はいきなりキスしてくると、彼女を戸棚に押しつける。カウンター部分が背中に食いこむ。夫は両手で彼女のヒップをなでまわしたのち、ジーンズからシャツの裾を出し、今度はオーブンのように熱い手を素肌に這わせる。

彼女は夫を調理台に押し戻す。

「どうしたっていうの、ジェイソン」

キッチンの淡い光のなかで夫をしげしげとながめ、やけに情熱的になって帰ってきた理由を探ろうとする。

「外でなにかあったの？」

「時がたつのを忘れた以外、なにもないさ」

「じゃあ、ライアンのパーティで二十五歳の気持ちにさせてくれるような若い人とおしゃべりしたわけじゃないのね？　なのに、あそこを硬くして帰ってくるなんて、まるで――」

夫が声をあげて笑う。さもうれしそうに。

「なによ？」

「これからそうなると思ってるんだね？」彼は一歩、彼女に近づく。「バーを出たときは上《うわ》の空でね。なにも考えていなかった。通りに出たとたん、あやうくタクシーに撥《は》ねられてアスファルトにこの体がまき散らされそうになったんだ。心臓がとまるかと思ったよ。どう説明すればいいかわからないが、その瞬間から、スーパーマーケットにいるあいだも、家まで歩いて帰る途中も、わが家のキッチンにこうして立っているときも、生きているという実感を味わっている。自分の人生がめずらしく、力強くはっきりと見えている感じがする。すべてのものに感謝しなきゃいけない気持ちなんだ。きみにも。チャーリーにも」

彼女は夫への怒りが萎《な》えてきたのを感じる。

夫は言う。「わたしたちは自分たちのやり方にこだわりすぎていたような、型にはまった生活にどっぷり浸かっていたような、愛する相手をあるがままに受け入れるのをやめてしまったような気がする。だが今夜、いまこの瞬間、わたしははじめて会ったころの気持ちできみを見ているんだよ。きみの声の響きときみの香りが未知の世界だったときの気持ちでね。うまく説明できないが」

ダニエラは夫に歩み寄り、両手で彼の顔を包んでキスをする。

それから彼の手を取り、二階へといざなう。

暗い廊下を歩く。最後に夫がこんな胸をときめかせるようなふるまいをしたのがいつだったか、思い出せない。

チャーリーの部屋の前まで来ると、一瞬立ちどまり、閉じたドアに耳を近づけ、ヘッドホンごしにがんがん鳴る音楽のくぐもった音を確認する。

「問題なしよ」彼女は小さな声で言う。

ふたりはみしみしいう廊下を、できるだけ足音をたてないようにして歩く。

寝室に入ると、ダニエラはドアの鍵をかけ、整理簞笥の最上段の抽斗《ひきだし》をあけ、キャンドルはどこかと探すが、ジェイソンはそれどころではない。

妻をベッドまで引っ張っていってマットレスに押し倒すと、上になってキスを浴びせ、手を服の下に入れて体をまさぐる。

彼女は頬に、唇に滴《しずく》が落ちたのを感じる。

涙。

夫の涙。

彼の顔を両手ではさんで尋ねる。「どうして泣いてるの？」

「きみを失ったような気がしていたんだ」

「わたしならちゃんといるでしょ、ジェイソン」と彼女は言う。「あなたの目の前に。ちゃんといるじゃない」

真っ暗な寝室で服を脱がされながら、彼女はこれほど狂おしく誰かを求めたことなどない、と思う。怒りはすでに消えている。ワインによる眠気は吹き飛んでいる。夫は、彼女が住んでいたバックタウンのロフトではじめて体を重ねたころに連れ戻してくれる。わずかにあけた大きな窓の向こうでダウンタウンがまばゆく光り、すがすがしい十月の空気とともに深夜のざわめきが入ってくる。バーから千鳥足で家に向かう人々や遠くのサイレン、その他の眠っている巨大都市を動かしているものの音――完全に停止することは絶対にない、心地よいアイドリング音。

彼女は達しながら、大きな声が出そうになるのを必死でこらえるが、どうしてもこらえきれず、それはジェイソンも同じだ。

今夜にかぎっては。

なにかちがうから。妙にすばらしいから。

べつにこの数年もうまくいっていなかったわけではなく、むしろその逆だ。それでも、みぞおちのあたりが泡立つような、世界がひっくり返るようなめくるめく愛を感じたことはひさしくなかった。

5

「デスセンさん？」

わたしはびくりとして起きあがる。

「ごめんなさい、驚かせてしまって」

医師がわたしを見おろしている。白衣を着た小柄で緑色の目をした赤毛の女性が、片手にコーヒーのカップ、もう片方の手にタブレットを持っている。

わたしは体を起こす。

ベッドわきの窓の外は日中で、わたしは五秒間、自分がどこにいるか見当がつかない。ガラスごしにながめる。低く垂れこめた雲が街全体を覆い、高層ビルも千フィートから上は見えなくなっている。ここは見晴らしがよく、ミシガン湖とその手前に広がる半径二マイルほどのシカゴの街並みが見えるが、すべてが中西部特有の暗い灰色に沈んでいる。

「デスセンさん、ここがどこかわかりますか？」

「マーシー病院」

「そうです。あなたは昨夜、ご自分の足で救急治療室にいらっしゃいましたが、ずいぶんと混乱しておいででした。同僚のランドルフ先生が入院措置をとり、けさ、退勤されたときにわたしがカルテを引き継ぎました。ジュリアン・スプリンガーといいます」

手首に挿さった点滴に目をやり、チューブをたどって、金属のスタンドに吊りさげられた袋にたどり着く。

「なにを点滴しているんですか？」と尋ねる。

「単なる水分補給です。深刻な脱水症状でしたので。具合はいかがですか？」

わたしはすばやく自己診断する。

吐き気。

頭ががんがんする。

口のなかがからからに渇いている。

わたしは窓の向こうを指差す。「あれと同じです。ひどい二日酔いという感じがします」

体の不調のほかに、魂に直接降り注いでくるような激しい虚脱感に襲われている。

はらわたを抜かれたような気分だ。

「MRIの結果が出ました」医師は言い、タブレットを起動させる。「スキャンの結果は正常です。浅いへこみがいくつかありましたが、どれも深刻なものではありません。薬物スクリーニング検査からはいろいろなことがわかりました。少量のアルコールが検出されましたが、それはあなたがランドルフ先生にご自分でおっしゃったことと一致します。ですが、ほかにも検出されたものがあります」

「なんですか？」

「ケタミンです」

「聞いたことがないな」

「手術で使われる麻酔の一種です。副作用のひとつに短期記憶の喪失があります。頭が混乱していたのはそれである程度、説明がつくと思います。薬物スクリーニング検査ではもうひとつ、わたしもいままで見たことがない物質が検出されました。精神活性剤の一種です。かなり変わった化合物です」彼女はコーヒーを口に運ぶ。「いちおうお訊きしますが――ご自分で摂取されたのですか？」

「まさか」

「昨夜、ランドルフ先生に奥様のお名前と電話番号をふたつ伝えていますね」

「妻の携帯と自宅の固定電話だ」

「午前中いっぱいかけて、奥様の居場所を突きとめようとしましたが、携帯の番号はラルフという男性のものでしたし、固定電話は何度かけても留守電につながるばかりでした」

「妻の番号を読んでもらえませんか？」

スプリンガー医師はダニエラの携帯電話の番号を読みあげる。

「合っています」わたしは言う。

「たしかですね？」

「百パーセント、まちがいありません」タブレットに目を戻した医師にわたしは尋ねる。

「わたしの体から検出された物質は長期の変性意識状態《アルタード・ステーツ》を引き起こすものなんでしょうか？」

「妄想ということですか？　幻覚とか？」

「そうです」

「正直に言って、この精神活性剤がどんなものか、わたしにはわかりません。なので、あなたの神経組織にどのような作用をするのか、確実なことは言えないんです」

「では、まだその影響下にある可能性もあるわけですね？」

「繰り返しになりますが、この物質の半減期がどのくらいかも、体外に排出されるまでにどのくらいかかるかもわからないんです。ですが、わたしの見るかぎり、現時点ではなにかの影響下にあるようには見えませんよ」

一昨日の夜の記憶がよみがえる。

素っ裸のわたしが銃を突きつけられ、廃屋《はいおく》となった建物に入っていくのが見える。

首になにか注射されたこと。

脚にも。

能面をつけた男とのおかしな会話の断片。

古い発電機が何台も並び、月の光が降り注ぐ部屋。

あの古い建物のなかでなにをされたのか？

スプリンガー医師は椅子を引き寄せ、ベッドのわきにすわる。距離がかなり近くなる。淡い色の砂をまき散らしたように、顔一面にそばかすが散っているのが見える。

「あなたがランドルフ先生に伝えた内容について話しましょう。先生のメモによると……」

彼女はそこでため息をつく。「ごめんなさい、先生の字はひどく読みづらくて。〝患者によれば、わたしの家がわたしの家じゃないんですとのこと〟とあるわ。それから、顔に切り傷やあざがついているのは、追いかけられたからだとも言っているけど、なぜ追いかけられたのかと質問しても、あなたは答えられなかった」彼女はタブレットから顔をあげる。「あなたは大学の先生だとか？」

「はい」

「勤め先は……」

「レイクモント大学」

「それについて問題があるんです、ジェイソン。あなたが寝ているあいだ、奥さんがいる痕跡をなにひとつ見つけられなくて――」

「妻の痕跡をなにひとつ見つけられないとは？」

「奥さんのお名前はダニエラ・デスセンで合っていますか？」

「ええ」

「三十九歳ですね？」

「そうですが」

「シカゴじゅうを探しましたが、その名前と年齢に合致する人は見つかりませんでした」

わたしは茫然とする。スプリンガー医師から顔をそむけ、窓に視線を戻す。外は一面の灰色で、いまが何時かもわからない。朝なのか、昼なのか、夕方なのか――判断するのは不可能だ。ガラスの外側に細かな雨粒がびっしりついている。

いまのわたしはなにを恐れればいいのかもわからない状態だ――うそではなさそうなこの現実か、それとも頭が正常でなくなる可能性か。すべては脳腫瘍が引き起こしたのだと思っていたときのほうがはるかにましだった。少なくとも、それなら納得がいく。

「ジェイソン、失礼だけどあなたのことを調べさせてもらいました。名前。職業。わかる範囲のことをすべて。これからする質問によく考えて答えてほしいの。本当に自分がレイクモント大学の物理学の教授だと思っているんですか？」

「思っているんじゃない。事実だ」

「シカゴ市内にあるすべての大学の科学系学科に所属する教員をウェブで調べました。レイクモントも含めてね。あなたはどこにも教授として名前が掲載されていません」

「そんなはずはない。あそこで教えるようになってかれこれ――」

「最後まで聞いて。というのも、あなたに関する情報が見つかったんです」彼女はタブレットになにやらタイプする。「ジェイソン・アシュリー・デスセン。一九七三年、アイオワ州デニスンにて、ランドールおよびエリーのデスセン夫妻の子として生まれる。ここにはあなたが八歳のときにお母さんが亡くなったと書いてあります。死因は？　よかったら教えてもらえるかしら」

「もともと心臓に持病があったところへ悪性のインフルエンザにかかり、それがもとで肺炎を引き起こしたんです」

「お気の毒に」彼女はつづきを読む。「一九九五年、シカゴ大学で学位を取得。二〇〇二年、同大学で博士号を取得。ここまではいい？」

わたしはうなずく。

「二〇〇四年、パヴィア賞を受賞し、同年に《サイエンス》誌があなたの研究の特集記事を組み、〝今年最大の偉業〟と伝えている。現在はハーヴァード大学、プリンストン大学、カリフォルニア大学バークリー校の客員教授をつとめる」彼女は顔をあげ、面食らったわたしと目が合うと、タブレットの向きを変え、彼女が読みあげたジェイソン・A・デスセンのウィキペディアのページが読めるようにしてくれる。

体に取りつけられた心電図モニターの波の動きが目に見えてはやくなる。

スプリンガー医師は言う。「ヴェロシティ研究所の化学部門責任者となった二〇〇五年以降、あらたな論文を発表していないし、いかなる教職にもついていない。八カ月前、お兄さんによって捜索願いが出され、一年以上、あなたはおおやけの場に姿を現わしていないと書いてある」

あまりの衝撃の大きさに、わたしはまともに息ができなくなる。

血圧が上昇したのか、心電図モニターの警報が作動し、耳障りなビーッという音が響きはじめる。

がっしり体形の男性看護師がドアのところに現われる。

「心配いらないわ」スプリンガー医師は言う。「これ、うるさいからとめてくれる？」

看護師はモニターに歩み寄り、警報をとめる。

看護師が出ていくと、医師は手すりごしにわたしの手に触れる。

「あなたを助けたいのよ、ジェイソン。わかるわ、怯えているのね。あなたの身になにがあったかはわからないし、あなた自身もわかっていないという感じを受けるわ」

湖から吹きつける強風で雨が横殴りに降っている。雨滴がガラスの表面を猛烈ないきおいで流れていき、外の世界を、灰色一色のなかに遠くのテールランプが点々と灯る印象派の風景画に変えている。

　スプリンガー医師が言う。「警察に連絡しました。刑事が来てあなたから供述を取り、昨夜なにがあったのか、真相を突きとめることになっています。ところで、ダニエラさんとはけっきょく連絡は取れませんでしたが、アイオワ・シティに住むお兄さんのマイケルさんの連絡先はわかりました。お兄さんに電話して、あなたがここにいることを伝え、あなたの容態について話し合う許可をもらいたいのですが」

　わたしはなにを言えばいいかわからない。兄とは二年も話をしていない。

「兄には電話してほしくありません」

「お気持ちはわかりますが、誤解のないように言っておくと、医療保険の相互運用性と説明責任に関するHIPAA法のもとでは、患者さんに判断能力がないか緊急事態のため情報開示に同意いただけない場合、あるいは抵抗された場合、ご家族あるいはご友人にあなたの情報を開示するのが最善かどうかを判断する権限がわたしにはあります。あなたの現在の精神状態は判断能力に欠けると言わざるをえませんから、あなた自身のことも既往歴についてもご存じの方に相談するのがいちばんいいと考えます。そういうわけで、マイケルさんに連絡を取りますよ」

　彼女はそのあとを言いたくないのか、床に目を落とす。

「最後にもうひとつ。あなたの症状を把握するには精神科医の指示が必要です。ですので、このあとシカゴ・リードに移送しなくてはなりません。ノース・サイドを少し北に行ったところにある精神保健センターです」

「あのですね、自分が状況をきちんと把握できていないことは認めますが、べつに頭がおかしくなったわけじゃない。精神科医の診察を受けることに異論はありません。というか、ぜひともそうしたいところです。でも、入院するつもりはありません。そういう相談ならば、ですが」

「これは相談ではありません。失礼ですけど、ジェイソン、これに関してあなたに選択の余地はないんです」

「というと？」

「いわゆる措置入院です。あなたがご自分自身、あるいは他者に危害をおよぼすとわたしが判断すれば、七十二時間の強制入院を命令できると法律で決まっています。言っておきますが、これがあなたにとって最善なんです。あなたのいまの状態では——」

「わたしはどこがおかしいかはっきりさせたくて、自分の意思でこの病院を訪れたんですよ」

「それは正しい判断でしたし、われわれがやろうとしているのはまさにそれです。現実との解離の原因を突きとめ、回復のために必要な治療を準備します」

血圧があがっていくのがモニターでわかる。

また警報が鳴るのは避けたい。

目を閉じ、大きく息を吸う。

そして吐き出す。

もう一度、酸素を取り入れる。

血圧がさがっていく。

「つまり、わたしはゴムの壁の部屋に入れられ、ベルトをすることを許されず、先が尖ったものを持つことも許されず、薬で麻痺《まひ》させられるわけですね」

「そんなことはありません。あなたはよくなりたいと思って当院にいらしたんでしょう？だったら、これがそのための第一歩です。わたしを信用してください」

スプリンガー医師は椅子から立ちあがり、それをテレビの近くまで引きずっていく。「もう少し休んでいてください、ジェイソン。まもなく警察の方が来ます。夜にはシカゴ・リードに移送します」

医師が出ていくのを見送りながら、わたしはまた振り出しに戻る恐怖に押しつぶされそうになる。

わたしという人間を形成している信念や記憶の断片のすべて——職業、ダニエラ、息子——が不幸な脳の誤作動でしかないとしたら、どうなる？　自分で思っている人間になろうと闘いつづけるのか？　それとも、そういう自分と、そういう自分が愛したすべてをあきらめ、この世界が望むわたしの皮をかぶって生きていくのか？

もしわたしの頭がおかしくなっているのだとしたら？

わたしの知っている世界がまちがいだとしたら？

いや、待て。

わたしの頭はおかしくなんかなっていない。

昨夜のわたしの血液からは薬物が検出されたし、体には複数のあざがついている。持っていた鍵で、わたしのではないあの家のドアがあいた。脳腫瘍を患《わずら》っているわけではない。薬指には結婚指輪をしていた跡が残っている。いまわたしは病室にいるし、この身に起こっていることはすべて現実だ。

頭がおかしくなったと思ってはいけない。

わたしがやるべきなのは、この問題を解決することだ。

ロビー階でエレベーターの扉があき、安物のスーツと濡れたコート姿の男ふたりとすれちがう。ふたりとも刑事らしい風貌で、エレベーターに乗りこんできたときに、わたしと目が合う。わたしに話を聞きにいく途中だろうか。

待合エリアを抜け、自動ドアに向かう。わたしがいたのは警備エリアではなかったから、こっそり抜け出すのは思ったよりもずっと簡単だった。服を着て、廊下に人がいなくなるのを見計らい、誰にも眉をひそめられることなくナースステーションの前を通りすぎただけだ。出口に向かうあいだ、警報が鳴るんじゃないか、誰かに大声で名前を呼ばれるんじゃないか、警備員に追いかけられるんじゃないかとびくびくする。

すぐに雨のなかに出る。日が暮れて間もないらしく、車の往来の感じからして午後六時前後だろう。

わたしは急ぎ足で階段をおりて歩道に出ると、歩をゆるめることなく次のブロックまで行く。

うしろを振り返る。

わかる範囲では、つけてくる者は誰もいない。

無数の傘があるだけだ。

服が濡れはじめる。

どこに行けばいいのか、まったくわからない。

銀行の前でわきに寄り、入り口の張り出しの下で雨宿りする。石灰岩の柱に背中を預け、雨がアスファルトに叩きつけるなかを人々が歩いていくのをながめる。

スラックスからマネークリップを出す。昨夜タクシー代を払ったせいで、わずかばかりの財産が大幅に減った。全部合わせて百八十二ドルにまで減り、クレジットカードは期限切れだ。

自宅に戻るのは論外だが、わが褐色砂岩の家から数ブロックほどのところに安ホテルがあり、あれだけ貧相な宿ならひと晩くらいは泊まれるだろうと考える。

ふたたび雨のなかに出る。

一分ごとに暗くなっていく。

寒くなっていく。

わたしにはコートも上着もなく、二ブロックも歩かないうちに全身がびしょ濡れになる。

目指す〈デイズ・イン〉というホテルは、〈ヴィレッジ・タップ〉と通りをはさんで向かい側のビルにある。しかし、そこにはない。ひさしの色はちがうし、外観全体が尋常ではない高級感を醸している。贅沢なマンションだ。しかも縁石のところにはドアマンが傘を差して立ち、黒いトレンチコート姿の女性のためにタクシーをとめようとしているではないか。

道をまちがったのか？

角のバーを振り返る。

正面のウィンドウに〝ヴィレッジ・タップ〟のネオンがけばけばしく光っているはずなのに、真鍮の切り文字がついた分厚い木の板がポールからぶらさがり、入り口の上で風を受けていきいき揺れている。

雨が目に吹きつけるなか、足をはやめて歩きつづける。

途中、通りすぎるのは——

粗野な居酒屋。

忙しいディナータイムにそなえているレストラン——きらきらと光るワイングラスやナイフとフォークが白いリネンのテーブルクロスの上に手早く並べられ、給仕係は本日のおすすめ料理を暗記している真っ最中だ。

エスプレッソマシンが新鮮な豆を挽く音が騒々しい、見覚えのないコーヒーショップ。

ダニエラとわたしがひいきにしているイタリアンレストランは、本来の姿そのままで、それを見たとたん、かれこれ二十四時間近く、なにも口にしていないことを思い出す。

しかし、わたしは歩きつづける。

やがて、靴下までぐっしょりになる。

体の震えがとまらない。

夜も更け、わたしは正面側の窓に面格子が取りつけられた三階建てのホテルの前に立っている。入り口の上には不快なほど大きな看板がついている。

ホテル・ロワイヤル

なかに入ると、したたる水がひび割れた市松模様の床にたまる。

予想していたのとはちがっている。べつだん、みすぼらしいわけでも不潔なわけでもない。忘れられたという感じ。盛りを過ぎたとでも言おうか。アイオワにある曾祖父母の傾きかけた農家の居間を思い浮かべるときの感じに似ている。古ぼけた家具は、世の中が進んでいるなかで時の流れがとまっているのか、千年も前からずっとあるように見える。かびくさいにおいがただよい、ビッグバンドの音楽が見えないところにあるスピーカーから抑えた音量で鳴っている。一九四〇年代の曲だ。

フロントに行くと、タキシード姿の年配の係はずぶ濡れのわたしを見ても顔色ひとつ変えない。湿った九十五ドルの現金を受け取り、三階の部屋の鍵を差し出すだけだ。

エレベーターのかごは狭苦しく、それが騒々しい音をたて、太った男が階段をのぼるような動きで三階まであがるあいだ、わたしは真鍮の扉に映る自分のゆがんだ姿をじっと見つめる。

ふたり並んで歩くのもやっとという薄暗い廊下を半分ほど行ったところにわたしの部屋番号があり、時代遅れな錠をどうにかこうにかあける。

たいした部屋ではない。

ちゃちな金属フレームとぼこぼこしたマットレスのシングルベッド。

クローゼットほどの広さしかない浴室。

整理簞笥。

ブラウン管テレビ。

窓のわきに椅子が一脚あり、窓ガラスの反対側でなにかが光っている。

ベッドの脚側をまわりこみ、カーテンを払いのけて外をのぞくと、目の高さの位置にホテルの看板があり、緑色のネオンの光の向こうに降りしきる雨の筋が見える。

下の歩道に目をやると、男がひとり、街灯にもたれているのがちらりと見える。煙草《たばこ》の煙が渦を巻きながらあがっていき、かぶっている帽子の下の暗がりで灰が赤くなったり消えたりを繰り返している。

わたしを見張っているのか？

考えすぎとは思いつつも、ドアのところに行って鍵がかかっているか確認し、チェーンをかける。

それから靴を蹴るようにして脱ぎ、着ているものも全部脱ぐと、浴室にあるたった一枚のタオルで全身を拭く。

この部屋でいちばんいいと思うのは、窓の下に置いてある古めかしい鋳鉄《ちゅうてつ》のラジエーターだ。わたしは温度設定を〝高〟にし、噴出する熱に両手をかざす。

濡れた衣類を椅子の背にかけ、ラジエーターの近くに押しやる。

ナイトテーブルの抽斗にギデオン版聖書と巨大都市シカゴの電話帳が入っている。

ぎしぎしいうベッドに大《だい》の字になり、電話帳のDの項までめくって自分の苗字を探す。

番号はすぐに見つかる。

ジェイソン・A・デスセン。

正しい住所。

正しい番号。

ナイトテーブルから受話器を取りあげ、自宅の固定電話にかける。

呼び出し音が四回鳴り、つづいてわたしの声が言う。「はい、ジェイソンにつながりました。いや、正確に言うとちがいます。実際にここにいて電話を取ったわけじゃありません。この音声は録音です。このあとどうすればいいかおわかりですね」

わたしはピーッという音がする前に電話を切る。

わが家の留守番電話のメッセージとちがう。

またも狂気が忍び寄ってくるのを、わたしを胎児のように丸めて、百万もの小さなかけらに切り刻んでやると脅してくるのを感じる。

けれどもそれを頭から締め出し、あらたに編み出した呪文をまた唱える。

頭がおかしくなったと思ってはいけない。

わたしがやるべきなのは、この問題を解決することだ。

実験物理学——いや、すべての科学は——問題を解決するためにある。とはいえ、一度に全部を解くのは無理だ。どんな場合でも、より広範な最重要問題、すなわち大きな目標というものがある。しかし、単純にその大きさだけにとらわれていては、焦点を失ってしまう。

大事なのは小さなところから手をつけることだ。答えられそうな問題を解くことに力を入れる。立つべき土台を築きあげるのだ。そこに全力をつくせば、そして運が味方すれば、わからなかった最重要問題もわかるようになる。モンタージュ写真からゆっくり遠ざかることで、最終的なイメージが自然と見えてくるように。

まずは不安、妄想、恐怖をわきにどけ、実験室にいる気持ちでこの問題に取り組むのだ――小さな疑問を一度にひとつずつ。

立つべき土台を築く。

いま現在、わたしを苦しめている最重要問題は、この身になにが起こったのか、だ。それには答えようがない。現時点では。もちろん、漠然《ばくぜん》とした仮説はあるが、それは偏見につながり、偏見があっては真相にたどりつけない。

どうしてダニエラとチャーリーは昨夜、わが家にいなかったのか？　なぜ、わたしがひとり暮らしをしているような感じがしたのか？

だめだ、まだ大きすぎるし複雑すぎる。データ領域をもっとせばめなくては。

ダニエラとチャーリーはいまどこにいる？

このほうがましだが、もっと限定したほうがいい。ダニエラはきっと、息子の居場所を知っているはずだ。

要するに、とっかかりはこれだ――ダニエラはいまどこにいる？

昨夜、わたしの家ではない住宅の壁で見つけた素描画――あれはダニエラ・バルガスの手によるものだった。彼女は署名に結婚前の姓を使っていた。なぜだろう。

窓から射しこむネオンの光に薬指をかざす。

結婚指輪の跡は消えている。

そもそも、本当にそこにあったのだろうか？

カーテンのほつれた糸をむしり取り、わたしの知る世界と人生の証《あか》しとして薬指に巻く。

それからふたたび電話帳を手にし、Vの項を見ていく。ダニエラ・バルガスの名はひとつしかのっておらず、そこで目がとまる。ページごと破り取り、彼女の番号に電話をかける。

録音メッセージの聞き覚えのある声に胸が熱くなるが、内容そのものはおおいに不安を感じさせるものだった。

「こちらはダニエラです。絵を描いていて手が離せません。メッセージをどうぞ。チャオ」

一時間もすると服は温まり、ほぼ乾く。わたしは体を洗い、服を着て、階段でロビーにおりる。

通りに出ると、風が吹いているが、雨脚は弱まっている。

街灯のそばに立っていた煙草の男はいなくなっている。

空腹のあまり頭が朦朧とする。
五、六軒ほどレストランを通りすぎてから、全財産を使い果たす恐れのない店を見つける
——派手な感じの薄汚れたピザ店で、大きな極厚タイプのピザが売りだ。店内にはすわる場所がなく、歩道に立ってかぶりつく。このピザは人生が変わるほどうまいと思うが、本当に

そうなのか。それとも腹の減りすぎでなんでもおいしく感じるだけなのか。

ダニエラの住まいはバックタウンにある。手もとには七十五ドルと若干《じゃっかん》の小銭があるから、タクシーをつかまえてもいいが、なんとなく歩きたい気分だ。

歩行者と車の数はいかにも金曜の夜らしく、しかもそれ相応の活気にあふれている。

わたしは妻を見つけに東へ向かう。


ダニエラが住むアパートメントは黄煉瓦造りで、正面の壁を覆うツタはこのところの寒さで茶色くなっている。ブザーは古くさい真鍮のプレートタイプで、彼女の旧姓は最初の列の下から二番めにある。

ブザーを三回押すが、彼女は出ない。ドアにはまった背の高い窓ガラスの向こうに、イブニングドレスとロングコート姿の女性が、ピンヒールの音を廊下に響かせながら近づいてくるのが見える。わたしが窓のそばを離れて背を向けると同時に、ドアが大きくあく。

女性は携帯電話で話し中で、通りすぎるときにアルコールのにおいがふわりとただよったことからして、すでにひと足先に夜を楽しんでいるようだ。彼女はわたしに気づきもせずに階段を駆けおりていく。

わたしは閉まる寸前のドアのへりをつかみ、階段で四階まであがる。

ダニエラの部屋のドアは廊下の突きあたりにある。

ノックして待つ。

返事がない。

ロビーに戻りながら、ここで彼女の帰りを待つしかないのかと考える。しかし、彼女が街を離れていたらどうする？　帰ってきたとき、わたしがストーカーよろしく建物の外で所在なげに待っていたら、どう思うだろう？

正面玄関に向かって歩いていきながら、画廊のオープニングから朗読会や詩の朗読競技会《ポエトリー・スラム》まで、ありとあらゆるイベントを宣伝するチラシでいっぱいの掲示板が視界をよぎる。掲示板中央にテープでとめられたいちばん大きなお知らせがわたしの目を引く。実際にはポスターと言っていいもので、〈ウームフ〉という画廊でおこなわれるダニエラ・バルガスのイベントの宣伝だ。

足をとめ、オープニングの日付はどこかと目を走らせる。

十月三日、土曜日。

今夜だ。

通りに戻ると、また雨が降っている。

タクシーをつかまえる。

画廊までは十二ブロックあり、ダーメン・アベニューを走るタクシーのなかで緊張感が天井にまで達しそうになる。

途中で降り、凍てつく雨のなかを歩いていく個性的なファッションの連中でいっぱいの人混みにくわわる。

〈ウームフ〉は古い缶詰工場をリフォームした画廊で、入場待ちの行列はそのブロックの半分ほどまでのびている。

凍えながら四十五分間待たされたのち、ようやく雨に濡れない場所まで来ると、入場料として十五ドルを払い、十人ほどと一緒に控えの間に入る。まわりの壁にはダニエラの姓と名がグラフィティアート風に大きく書かれている。

十五年一緒にいるあいだに、ダニエラとは数えきれないほどの展覧会やオープニングイベントに出かけたが、こんなのはいままで経験したことがない。

壁の隠しドアから、すらりとした体形のひげを生やした男が現われる。

明かりが消える。

男は言う。「わたしはスティーヴ・コンコリーといいます。これからごらんになっていただく作品のプロデューサーです」それからドアのそばのディスペンサーからビニール袋を一枚取る。「携帯電話をこの袋に入れてください。出口でお返しします」

袋がまわされ、そのたびに電話の数が増えていく。

「これからの十分間についてご説明します。アーティストからの要望で、頭のなかを空っぽにし、作品を心で感じてくださいとのことです。では〈もつれ〉をお楽しみください」

コンコリーは電話が入った袋を手にし、ドアをあける。

わたしが最後にドアをくぐる。

次の瞬間、わたしたち一行は漆黒《しっこく》の闇と化した暗い空間に閉じこめられる。ドアが閉まる音が反響したことから、だだっ広い倉庫のような部屋だとわかる。

目を上に向けると、頭上に無数の小さな光の点が現われる。

星だ。

見事なまでに本物そっくりで、くすぶったような感じまで再現されている
近いものもあれば遠くにあるものもあり、ときどき、そのうちのひとつが夜空をすーっと流れていく。

わたしにはこのあとどうなるかがわかる。

誰かがつぶやく。「なんだこりゃ」

プレキシガラスでできた迷路で、なんらかの視覚効果によって、星空のもと、どこまでもつづいているように見える。

光がさざ波となってパネル上を動いていく。

われわれ一行はそろそろと前に進む。

迷路には入り口が五つあり、わたしはその五つの中心に立ち、ほかの人が別々の通路に流れていくのを見つめる。

さっきからずっと鳴っているかすかな音に注意が向く——音楽というよりもテレビの砂嵐のようなホワイトノイズに近く、低い音が途切れることなくつづいている。

入り口を選んで迷路に入ると、透明感が消える。

プレキシガラス全体が、わたしの足もとまで目もくらむような光にのみこまれる。

一分後、パネルの一部にオリジナルの画像がループで映し出される。

誕生——産声《うぶごえ》をあげる子どもと、喜びの涙を流す母親。

縄で首を吊られて脚をばたつかせ、身をよじる有罪を宣告された男。

吹雪《ふぶき》。

大海原《おおうなばら》。

流れていく砂漠の景色。

わたしは選んだ通路を進みつづける。

行きどまりに入りこみながら。

先の見えないカーブを曲がりながら。

映像は短い間隔で頻繁《ひんぱん》に変わる。

交通事故でめちゃくちゃになった残骸。

情熱的に愛をかわす男女。

ストレッチャーに乗せられた患者の視点から見た病院の廊下と、患者を見おろす医師と看護師。

十字架。

仏陀《ブッダ》。

五芒星《ごぼうせい》。

ピースマーク。

核爆発。

光が消える。

星がふたたび現われる。

プレキシガラスの向こうがまた見えるようになるが、ただし、今度は透明なうえにデジタルフィルターのようなものが重ねられている——砂嵐と群がる虫と降りしきる雪。

そのせいで、迷路にいるほかの人々が広大な荒れ地をさまようシルエットのように見える。

この二十四時間で混乱と恐怖を味わったにもかかわらず、というよりもおそらくは、そういう経験をしたからこそ、いま目にしているものが胸にしみてくる。

ほかの人がいるのは見えていながら、同じ部屋にいる感じがせず、もっと言うなら同じ空間にいるようにも感じない。

それぞれがちがう世界を目にし、ちがう方向をさまよっているように見える。

わたしはつかの間、圧倒的な喪失感に襲われる。

悲しみでも痛みでもなく、もっと根源的な感覚。

理解とそのあとに訪れる恐怖——わたしたちを取り囲む底なしの無関心への恐怖。

ダニエラのインスタレーションにそれを訴える意図があるのかどうかはわからないが、わたしはそう受け取る。

愛するものも憎んでいるものも、信じているものも闘ったり殺したりしてまで手に入れたいものも、すべてはプレキシガラスに映し出された映像と同じくらい無意味であるのに、わたしたちはみな、みずからの存在というツンドラをさまよい、くだらないものに価値を見出している。

迷路の出口で、最後にもう一度ループ映像——男女が子どもの小さな手を握り、真っ青な空のもと、緑の丘を三人で駆けていく——が流れ、つづいて以下の言葉がゆっくりとパネル上に現われる。

実在するものなどなにひとつない。

すべては夢だ。

神——人間——世界——太陽、月、果てしなく広がる星空——夢なんだ、みんな夢で
現実には存在しない。

存在するのは中身のない空間だけ——それと、きみ……

だからきみは、きみではない——肉体もなければ、血も、骨もなく、単なる考えにすぎない。

——マーク・トウェイン

さっきとはべつの間《ま》に入ると、グループのほかの人たちがビニール袋のまわりに集まって、携帯電話を引き取っている。

そこを抜けて、大きくて明るい画廊に足を踏み入れる。つやつやした硬材の床、絵で埋めつくされた壁、三人のバイオリン奏者……そして華やかな黒いドレス姿の女性が一段高いところから集まった人々に語りかけている。

まる五秒かかって、ようやくダニエラだと気づく。

晴れやかな表情で片手に赤ワインの入ったグラスを持ち、もう片方の手を動かしている。

「——本当にすばらしい夜となりました。そして、あらたなプロジェクトの支援に駆けつけ

てくださったすべてのみなさまに心から感謝します。わたしにとっての宝です」

ダニエラは手にしたワイングラスを高くかかげる。

「乾杯《サルー》！」

人々も次々に呼応し、全員が飲み物を口にする。わたしは彼女に近づいていく。

近くで見る彼女はぞくぞくするほどすてきで、あまりにまぶしく、わたしは声をかけるのをためらう。十五年前にはじめて会ったときの生気にあふれたダニエラだ。長年にわたって平凡、幸せ、憂鬱、妥協を繰り返したことで、いまわたしとベッドをともにしている女性――すばらしい母親でありすばらしい妻であり、常にべつの人生の誘惑にあらがっている――に変わる前のダニエラだ。

わたしのダニエラは近寄りがたい目をしていて、わたしはときどきそれが怖く感じる。

ここにいるダニエラはすべてを超越しているように見える。

いまわたしは十フィートと離れていない場所で、心臓をどきどきいわせながら想像している。もし彼女がわたしに気づいたら、そのあと――

視線が合う。

彼女は目を大きくひらき、口をぽかんとさせる。わたしの顔を見て、ぎょっとしているのか、喜んでいるのか、それともただ驚いているだけなのか、見当がつかない。

彼女は人混みをかき分けて近づくと、わたしの首に腕をまわして強く抱きしめる。「驚いた。来てくれるなんて信じられない。大丈夫なの？　しばらく国外に出ているとか、行方不明だとか聞いたけど」

わたしはどう答えればいいかわからず、こう言うにとどめる。「こうして来たじゃないか」

ダニエラはもう何年も香水をつけていないはずなのに、今夜はつけていて、わたしのいないダニエラのにおいがする。それぞれのにおいが混じり合ってわたしたちになる前のダニエラのにおい。

このまま離したくないと思う――彼女に触れられていたい――が、彼女のほうから抱擁《ほうよう》を解く。

わたしは尋ねる。「チャーリーはどこにいるんだい？」

「誰？」

「チャーリーだよ」

「誰のことを言ってるの？」

胃がねじれるのを感じる。

「ジェイソン？」

彼女はわたしたちの息子を知らないのだ。

そもそも、わたしたちに息子がいるのだろうか？

チャーリーは存在しているのだろうか？

もちろん、存在しているに決まっている。わたしはあの子が生まれる場に立ち会った。あの子が身をよじり、産声をあげながらこの世に出てきた十秒後、自分の手で抱きしめたのだ。

「大丈夫？」彼女が訊く。

「ああ。ついさっき、迷路から出てきたところなんだ」

「どうだった？」

「涙が出そうになった」

「すべてあなたのおかげよ」彼女は言う。

「どういうこと？」

「一年前の会話を覚えてる？　あなたが会いに来てくれたでしょ。そのときにひらめいたのよ、ジェイソン。あれを制作してるあいだ、毎日、あなたのことを考えてた。あなたが言ったことを。献辞を見なかった？」

「見てない。どこにあったんだい？」

「迷路の入り口のところ。あなたに向けたものよ。あなたに捧げた作品だから、なんとか連絡を取ろうとしたわ。今夜の特別ゲストになってほしかったのに、誰もあなたを見つけられなかった」彼女はほほえむ。「でもこうして来てくれた。それで充分」

心臓の鼓動がはやくなり、部屋がまわりそうになるが、ふと気づくと、ライアン・ホールダーがダニエラの隣に立って、片手で彼女を抱いている。ツイードジャケット姿で、髪には白いものが交じりはじめている。最後に会ったとき——ありえないことだが、昨夜、〈ヴィレッジ・タップ〉でおこなわれたパヴィア賞受賞の祝賀会の席だ——よりも顔色が悪く、体形が崩れている。

「これは、これは」ライアンは言いながらわたしと握手をする。「ミスタ・パヴィア賞じきじきのお出ましとはね」

ダニエラが言う。「ねえ、わたしはみなさんにあいさつをしなくちゃならないの。でも、ジェイソン、このあと、わたしのアパートメントで内輪の会をやるの。あなたも来てくれる？」

「喜んで」

ダニエラが人混みに消えるのをじっと見ていると、ライアンが声をかけてくる。「なにか飲むかい？」

もちろんだとも。

画廊の力の入れようはそうとうなものだ――タキシード姿のウェイターが前菜やシャンパンのトレイを運び、部屋の奥には有料のバーがしつらえられ、その上には三枚のパネルにしたダニエラの自画像が飾ってある。

わたしたちが注文したウィスキー――十二年もののマッカラン――をバーテンダーがプラスチックのカップに注ぐのを見ながら、ライアンが言う。「おまえがりっぱにやってるのは知ってるが、おれにはこいつがある」

おかしい――昨夜、地元のバーでまわりの賞賛を浴びていたときの自信過剰で傲慢《ごうまん》なところが微塵《みじん》もない。

わたしたちはウィスキーを手にすると、ダニエラのまわりにできた人だかりを離れ、静かな片隅に落ち着く。

迷路から次々と出てくる人で部屋がごった返すのを見ながら、わたしは尋ねる。「きみのほうはどうしてた？　最近、消息が聞こえてこないようだが」

「シカゴ大学に移った」

「おめでとう。で、教えているのは――」

「細胞および分子神経科学だ。それとはべつに、前頭前皮質に関するすごい研究もつづけている」

「おもしろそうだな」

ライアンが顔を近づけてくる。「まじめな話、とんでもない噂が飛び交ってるぞ。この業界の連中全員が噂している」そこで声を落とす。「おまえはノイローゼになって頭がおかしくなったとか、いまはどこかの精神科病棟に隔離されているとか、死んだとか」

「でも、こうしてここにいるじゃないか。頭に異状はないし、ちゃんと血は流れているし、息もしている」

「じゃあ、おまえに頼まれて合成した例の化合物だが……あれは使い物になったんだな？」

わたしはなんの話かさっぱりわからず、相手をじっと見つめるしかない。わたしが即答できずにいると、彼は言う。「そうか、わかった。あれのせいで、機密保持契約書の山に埋もれてたってわけか」

わたしは飲み物に口をつける。まだ空腹だからか、アルコールがものすごいいきおいで頭に到達する。次にウェイターが近くに来たときに、シルバーのトレイから小ぶりのキッシュを三切れ、手に取る。

虫の居所が悪いようだが、ライアンはその理由を言おうとしない。

「あのな、べつに文句を言うわけじゃないが、おれだって陰でおまえとヴェロシティのためにずいぶんとつくしたんだぜ。おれたちは長いつき合いだ。たしかにいまのおまえは別世界の人間だが、なんと言うか……ほしいものをおれから手に入れたんだから……」

「なんだ？」

「いや、いい」

「いいから言ってくれ」

「大学でルームメイトだった男に、少しは敬意を払ってもいいんじゃないかってことだ」

「さっき言っていた化合物とはなんのことだ？」

彼は軽蔑《けいべつ》の色もあらわにわたしをにらむ。「この野郎」

部屋が人でびっしりになっていくなか、わたしたちは無言で隅に立っている。

「きみたちはつき合っているのか？」わたしは訊く。「きみとダニエラは？」

「まあな」

「まあな、とはどういう意味だ？」

「ふたりで会うようになって、まだ日が浅いんだよ」

「きみは以前から彼女に気があったものな」

彼はうすら笑いを浮かべるだけだ。

人混みを見まわし、ダニエラを見つける。立ちどまった彼女を記者が取り囲み、ひらいた手帳に彼女の言葉を熱心に書きとめている。

「それでどうなんだ？」わたしは訊くが、本当に答えを知りたいのか自分でもわからない。

「きみと……ダニエラとは」

「すばらしいよ。彼女はおれの理想の女性だ」

謎めいた笑みを浮かべた彼を見て、わたしは三秒間、彼に殺意を抱く。

午前一時、わたしはダニエラの自宅のソファにすわって、彼女が最後の客を玄関で見送るのをながめている。この数時間は試練だった——ダニエラの芸術関係の友人とどうにか話を合わせながら、彼女とふたりきりになれる時をじりじりと待っていた。しかし、そんな時が訪れる可能性は小さくなる一方だ。ライアン・ホールダー——わたしの妻と寝ている男——がいまも居すわっているし、わたしの真向かいの革の椅子にへたりこむように腰をおろしたということは、今夜はこのまま、おそらく朝まで残るつもりなのだろう。

わたしはどっしりしたロックグラスから、わずかに残ったシングルモルトのウィスキーを口に含む。泥酔まではしていないが、いい具合に酔っている。アルコールはわたしの精神と、はまりこんだウサギの穴とのあいだのクッションの役目を果たしている。

わたしの人生だとされるこの不思議の国とのあいだの。

ダニエラはわたしに帰ってほしいと思っているのだろうか。ひょっとしてわたしは、長居をしすぎたことに気づかず、いつまでも帰らないぼんやりものの客になっているのだろうか。

彼女はドアを閉め、チェーンをかける。

ハイヒールを脱ぎ捨て、もつれる足でソファまで来ると、〝すばらしい夜〟と書かれたクッションに倒れこむ。

隣にあるサイドテーブルの抽斗をあけ、ライターとステンドグラスのパイプを出す。

った。彼女はわたしが見ている前でひとくち吸い、それからわたしにパイプを差し出す。今夜はもう充分におかしなことになっているのだから、かまうものか。

ロフトにすわっている。

ダニエラはチャーリーを身ごもったときにマリファナをやめ、以来、一度もやっていなかった。

じきにわたしたち三人はハイになり、多岐にわたる芸術作品で壁を埋めつくした、広大なロフトにすわっている。

ダニエラが居間に風景を迎え入れる役割を果たしている南向きの大きな窓のブラインドをあげると、ガラスの向こうにダウンタウンのきらめく夜景が広がる。

ライアンがダニエラにパイプをまわし、彼女は火皿にマリファナをあらたに詰めはじめる。

わたしのかつてのルームメイトは椅子に深く沈みこみ、天井を見あげている。前歯をしきりになめている様子を見て、わたしは思わず顔をほころばせる。学部生時代から変わらぬ、マリファナを吸ったときの癖だ。

わたしは窓の向こうの光を見やりながら尋ねる。「きみたちふたりは、わたしをどのくらいよく知っているんだろうか？」

その言葉がふたりの耳に引っかかったようだ。

ダニエラはパイプをテーブルに置くと、ソファにすわったままわたしのほうを向き、両膝を胸にくっつけるようにする。

ライアンは目をぱっとあける。

彼は椅子にすわりなおす。

「どういう意味？」ダニエラが訊く。

「わたしを信用してくれるかな?」

彼女は手をのばしてきて、わたしの手に触れる。ぴりっと電気が流れる。「もちろんよ、ハニー」

ライアンが言う。「仲違いしていたときだって、思慮分別があって誠実なおまえの人柄にはいつも一目置いていただろ」

ダニエラが心配そうな表情を見せる。「大丈夫なの?」

こんなことはするべきじゃない。本当にするべきじゃない。

わかっていながらも、わたしはそうしようとしている。

「あくまで仮定の話だ」と前置きする。「ある科学者が、物理学の教授がここシカゴに住んでいるとする。ずっと夢見てきたような大成功をおさめてはいないが、幸せだし、おおむね満足している。そして結婚している――」わたしはダニエラを見ながら、画廊でライアンがどんな表現を使っていたか思い出そうとする。「――理想の女性と。ふたりのあいだには息子がひとりいる。一家は幸せな生活を送っている。

ある晩、彼は旧友に会いにバーに出かける。名誉ある賞を受賞したばかりの学生時代の友人に会うためだ。その帰り道、なにかが起こる。彼は自宅に帰れなくなる。拉致されたからだ。なにがあったかははっきりしないが、完全に落ち着きを取り戻したところ、彼はサウス・シカゴの研究所にいて、なにもかもが変わっていた。家はちがっている。彼は教授ではなくなっている。さっき言った女性とは結婚していないことになっている」

ダニエラが口をはさむ。「すべてが変わったというのはその人が思っているだけ? それとも本当に変わっているの？」

「この話は彼の視点からのもので、とにかくもう彼の知っている世界ではなくなっているということなんだ」

「そいつは脳腫瘍を患ってるんだよ」ライアンが言う。

わたしは旧友のほうを向く。「ＭＲＩ検査によれば、ちがうそうだ」

「だったら、誰かのいたずらだ。おまえの生活全体に手のこんだいたずらを仕掛けたんだ。そういう映画を観たことがある」

「八時間たらずのあいだに、わたしの家のなかはすっかり別物になっていた。単に壁の絵がちがっているという程度じゃない。いままでとちがう電気器具。いままでとちがう家具。電気のスイッチは場所がちがっている。ここまで手のこんだいたずらはありえない。そもそも、そんなことをしてなにになる？　わたしはどこにでもいる平凡な男だ。そんな男を相手に、ここまでのいたずらをするとは、いったいどういうわけだ？」

「だったら、そいつの頭がおかしくなったんだろう」ライアンは言う。

「わたしの頭はおかしくなどなっていない」

たちまちロフトのなかがしんと静まり返る。

ダニエラがわたしの手を取る。「なにを言おうとしているの、ジェイソン？」

わたしは彼女に向きなおる。「今夜、わたしとの会話があのインスタレーションのヒントになったと言ったね」

「ええ、本当のことよ」

「その会話についてくわしく話してもらえないか？」

「覚えてないの？」

「ひとことも」

「そんなこと、ありうる？」

「頼むよ、ダニエラ」

彼女は長いこと、わたしの目をのぞきこむ。おそらく、からかわれているのではないかと確認しているのだろう。

彼女はようやく口をひらく。「たしか季節は春だった。しばらく会っていなかったし、何年も前にべつべつの道を歩みはじめて以来、まともにしゃべったこともなかったの。もちろん、あなたの成功についてはちゃんと情報を追っていたわよ。いつも、さすがねと思っていた。

とにかく、ある晩、あなたはわたしのアトリエに現われた。いきなりね。このところ、わたしのことを考えているんだって言われて、最初は、昔の恋人とよりを戻したいのかと思ったけど、それともちょっとちがう感じだった。本当になにも覚えてないの？」

「その場にいたとは思えない」

「それからあなたの研究の話になった。秘密のプロジェクトにかかわってるんだと言ってた。そしてこう言ったの――いまもはっきり覚えてる――もう会うことはないかもしれないって。それで、あなたは近況を語り合うために来たんじゃないんだと気がついたわ。さよならを言いにきたんだって。わたしたちの存在はすべて選択のうえに成り立っていて、自分はそのうちのいくつかを誤ったけれど、わたしに関する選択ほど致命的なものはなかったって。なにもかも後悔していると言ったわ。すごく気持ちがこもっていた。あなたは帰っていき、今夜までなんの連絡もなかったし、会うこともなかった。次はわたしが質問する番よ」

「いいよ」酒を飲み、マリファナをやり、彼女の話を理解しようとしたせいで、頭がくらくらする。

「今夜、パーティ会場で顔を合わせたとき、真っ先にチャーリーはどこかと訊いたわね。それは誰のこと？」

ダニエラの好きな点のひとつが、率直なところだ。心と口が直接結びついている。発言の影響を考えることも、表現を変えることもしない。思ったことを悪意も駆け引きもなく、口にする。そこに不純な動機はまったくない。

だから、ダニエラの目が大まじめなのを見て胸が張り裂けそうになる。

「べつになんでもない」とわたしは答える。

「なんでもないなんて思えない。一年半も会ってなかった相手に、それが真っ先にかける言葉かしら」

わたしは持っていた酒を飲みほし、最後に残った氷を奥歯で嚙《か》み砕く。

「チャーリーはわたしたちの息子だ」

ダニエラの顔が青ざめる。

「ちょっと待て」ライアンがきつい口調で割って入る。「ラリって適当な話をしてるだけのはずだぞ。どういうことだ、これは？」彼はダニエラに目をやり、またわたしに視線を戻す。

「なにかのジョークか？」

「いや、そうじゃない」

ダニエラが言う。「わたしたちに子どもがいないのはわかってるはずよ。別れて十五年にもなるんだもの。そうでしょ、ジェイソン。そうでしょ」

うまくすれば、いまここで、彼女にわかってもらえるかもしれない。この女性のことならよくわかっている——ここ五年ほどになってやっと打ち明けてくれた子ども時代の秘密にいたるまで。しかし、打ち明けたことが裏目に出る恐れもある。わたしの話を証明とは思わず、詭弁《きべん》と受け取るかもしれない。ペテンだと。本当のことを話しているとわかってもらうには、誠意をつくす以外にない。

「こういうことなんだ、ダニエラ。きみとわたしはローガン・スクエアにある褐色砂岩の家で暮らしている。わたしたちのあいだにはチャーリーという名の十四歳の息子がいる。わたしはレイクモント大学のしがない教授だ。きみは芸術への道をあきらめ専業主婦になることを選んだすばらしい妻であり、母親だ。そして、ライアン、きみは有名な神経科学者だ。パヴィア賞を受賞し、世界じゅうで講演している。なにをくだらないことを言ってるんだと思われるかもしれないが、わたしは脳腫瘍を患っているわけではないし、誰かにからかわれているんでもないし、頭がおかしくなったわけでもない」

ライアンが笑うが、その声にはまぎれもない不快感がにじんでいる。「話を進めるため、いまおまえが言ったことがすべて本当だと仮定しよう。少なくとも、おまえがそう信じているのは認める。いまの話では、おまえがこの数年、取り組んできた研究についてはひとことも触れなかったな。例のプロジェクトだ。それについても話したらどうだ」

「話せることはなにもない」

ライアンはぎくしゃくと立ちあがる。

「帰るの？」ダニエラが訊く。

「こんな時間だ。このくらいにしておくよ」

わたしは声をかける。「ライアン、話すつもりがないという意味じゃない。話せないんだ。なんの記憶もないんだから。わたしは物理学の教授だ。目が覚めたらどこかの研究所にいて、誰もがわたしはそこの人間だと思っているが、でも実際はそうじゃない」

ライアンは帽子を取り、玄関に向かう。

途中まで行ったところで彼は振り返り、わたしを見すえる。「おまえは病気だ。病院に連れていってやる」

「病院にはもう行った。あそこに戻るつもりはない」

ライアンはダニエラに目を向ける。「そいつに帰ってもらいたいかい？」

彼女はわたしのほうを向き、頭のおかしな男とふたりきりになってもいいものか考えこむ――というのはわたしの想像だ。彼女がわたしを信用しないことに決めたらどうなる？

ようやく彼女は首を振って言う。「大丈夫」

「ライアン、きみがわたしのために合成した化合物とはいったいなんなんだ？」

彼は無言でわたしをにらみつけるが、一瞬、答えてくれるのかと思う。わたしの頭がおかしいのか、それとも単にラリってくだを巻いているだけなのか見きわめるように、顔のこわばりがゆるんでいく。

唐突に、彼は結論に達する。

ふたたびけわしい表情になる。

ひとかけらの温かみもない声で言う。「おやすみ、ダニエラ」

そして背を向ける。

歩いていく。

外に出てドアを乱暴に閉める。


ヨガパンツとタンクトップ姿のダニエラがお茶の入ったカップを手に、客室に入ってくる。

わたしはすでにシャワーをすませている。

体調はあいかわらずよくないが、少なくともさっぱりはしたし、病気と漂白剤のクロロックスが入り交じった病院特有のにおいは消えている。

彼女はマットレスのへりに腰をおろし、マグを差し出す。

「カモミール・ティーよ」

わたしは熱いマグを両手で包む。「こんなこと、してくれなくてもよかったのに。行くところはあるんだから」

「あなたはわたしの家に泊まる。それで話は終わり」

彼女は這ってわたしの脚を乗り越え、背中をヘッドボードに預ける。

わたしはお茶に口をつける。

温かくて気持ちがやわらぎ、ほのかに甘い。

ダニエラがわたしのほうを向く。

「病院では、どこが悪いと言われたの？」

「わからなかったんだ。入院させられそうになった」

「精神科病棟に？」

「うん」

「あなたに同意する気はなかった」

「だから、病院をあとにした」

「じゃあ、強制的に入院させられるところだったわけね」

「そういうことだ」

「現時点で入院が最善じゃないのはたしかなのかしら、ジェイソン？　だって、いまあなたが言ってるのと同じことを、べつの人から聞かされたらどう思う？」

「そいつの頭がおかしくなったと思うだろうね。本当はちがうのに」

「じゃあ、説明して」彼女は言う。「あなたの身になにが起こってると考えてるの？」

「見当もつかない」

「でも、あなたは科学者なのよ。仮説くらいはあるでしょう？」

「データが充分じゃない」

「勘でいいから」

わたしはカモミール・ティーを少し飲み、喉を滑りおりていく液体の温かさをしみじみと味わう。

「人は誰でも、自分が想像もできないくらい大きくて不思議な現実の一部だという事実を考えることなく、日々を過ごしている」

彼女が両手でわたしの手を包みこむ。目の前にいるのがわたしの知るダニエラではないとわかっていても、いまこうしてちがう世界でベッドにすわっていると、彼女に対する狂おしいほどの愛情を隠すことができなくなる。

彼女を見やると、スペイン人である彼女の目はとろんとしたなかにも情熱的なものを秘めている。彼女にさわらないでいるには、ありったけの自制心が必要だ。

「怖い？」彼女は訊く。

わたしは銃を突きつけてきた男を思い出す。あの研究所を。褐色砂岩の自宅までつけてきて、わたしをとらえようとした連中を。ホテルの窓の下で煙草を吸っていた男を思い出す。わたしという人間を構成する要素と現実とが齟齬《そご》をきたしているのにくわえ、外には、この壁の向こうには、わたしを見つけようと躍起になっている連中がいる。

すでにわたしを痛い目に遭わせ、また同じことをやるであろう連中。

はっとするような考えが浮かぶ――連中はわたしがここにいるのを嗅ぎつけるだろうか？

わたしはダニエラまで危険にさらしてしまったのだろうか？

それはない。

妻でないなら、十五年前の恋人というだけの存在なら、彼女がレーダーに引っかかるはずがない。

「怖いの？」

「ジェイソン？」ダニエラがまた尋ねる。「あざになってる」

「とてもね」

彼女はわたしの顔にそっと触れる。

「なんでついたのかわからないんだ」

「彼のことを話して」

「彼って？」

「チャーリーよ」

「聞いても不可解なだけだと思うよ」

「そうじゃないふりをするつもりはないわ」

「わかった。さっきも言ったが、あの子はいま十四歳だ。もうすぐ十五になる。誕生日が十月二十一日で、シカゴ・マーシー病院で未熟児として生まれた。体重はなんと一ポンド十五オンスだった。最初の一年は世話が焼けたが、あの子はよくがんばった。いまは元気で、身長はわたしとほぼ同じだ」

ダニエラの目に涙があふれる。

「髪の色はきみと同じ黒で、抜群のユーモア感覚の持ち主だ。学校の成績は中くらいだね。母親と同じく、典型的な右脳派だ。いまは日本の漫画とスケートボードに夢中になっている。奇妙な風景画を描くのが好きだ。きみの才能を受け継いでいると言っても過言じゃないだろう」

「やめて」

「どうした？」

彼女は目をつぶる。涙が目尻からじわりじわりとあふれ、頬を伝い落ちる。

「わたしたちに息子はいないわ」

「本当にあの子の記憶がまったくないんだね？」わたしは尋ねる。「ゲームかなにかじゃないんだね？　いま話してくれれば、べつに――」

「ジェイソン、わたしたちは十五年前に別れたの。ううん、正確に言うなら、あなたのほうから終わりにしたのよ」

「そんなはずはない」

「その前日、わたしは妊娠していることを打ち明けた。あなたは少し考える時間がほしいと言った。あなたはわたしの住むロフトに訪ねてきて、これまでの人生でもっともつらい決断をしたと言ったわ。当時、あなたは研究で忙しかった。最終的にはその研究で例の大きな賞をとることになるんだけどね。これから一年間は無塵室で過ごすことが多くなるが、わたしにそんな暮らしを強いるのは忍びないと言ったの。わたしたちの子どもにそんな思いはさせたくないと」

「それはちがう。たしかに簡単なことじゃないだろうとは言ったが、なんとかなるとも言ったじゃないか。わたしたちは結婚した。きみはチャーリーを産んだ。わたしは助成金を失った。きみは絵の仕事をやめた。わたしは教授になった。きみはフルタイムの母親になった」

「でも、今夜、ここにこうしているじゃない。結婚はしていないし、子どももいない。あなたはわたしが名声をつかむきっかけとなるインスタレーションを見たし、あの賞を受賞した。あないったい、あなたの頭のなかはどうなってるの？　おそらくふたつの記憶がせめぎ合っているのかもしれないけど、わたしはなにが本当かわかってるつもりよ」

わたしはお茶の表面から立ちのぼる湯気に目を落とす。

「わたしの頭がおかしくなったと思ってる？」と訊く。

「なんとも言えないけど、具合がよくないのだけはたしかだわ」

そう言って、いつものように思いやりに満ちた顔でわたしを見る。

わたしはお守りのように指に結んだ糸に触れる。

「いいかい、わたしの話をきみが信じるにせよ、信じないにせよ、わたし自身が本気でそう思っていることだけはわかってほしい。きみには絶対にうそをつかない」

おそらくいまが、あの研究所で意識を取り戻して以来、もっとも現実離れした瞬間だ――わたしの妻であるけれど、実際はちがう女性のアパートメントの客室でベッドに腰をおろし、存在していないとしか思えない息子の話をし、わたしたちのものではない人生について話し合っているのだから。

真夜中、わたしはベッドでひとり目を覚ます。心臓が激しく脈打ち、闇がぐるぐるまわり、口のなかが気持ちが悪いほど渇いている。

一分ほど、自分がどこにいるかわからず、不安になる。

アルコールのせいでも、マリファナのせいでもない。

もっと深いレベルの判断力低下だ。

上掛けを体にきつく巻きつけるが、それでも震えがとまらず、全身の痛みが一秒ごとに増していき、脚がむずむずし、頭がうずく。

次に目をあけたとき、部屋には陽の光が満ち、ダニエラがそばに立って、心配そうな顔でわたしを見おろしている。

「すごい熱よ、ジェイソン。救急治療室に行かなきゃだめだわ」

「すぐよくなる」

「よくなるようには見えないわ」彼女はひんやりした洗面タオルをわたしの額にのせる。

「こうすると気持ちいい？」

「うん。でも、こんなことまでしてくれなくていいよ。タクシーでホテルに帰るから」

「出ていけるものなら出ていってごらんなさいな」

昼すぎになって熱がさがる。

ダニエラがチキンヌードルスープをこしらえてくれ、わたしはベッドでそれを食べる。その間、彼女は隅の椅子にすわって、いつもの遠くを見るような目をしている。

物思いにふけっているのかぼんやりとした様子で、わたしが見ていることにも気づかない。べつにじっと見つめるつもりはないが、どうしても目が離せない。やはりどこから見ても、ダニエラだ。ちがうのは――

髪の毛がいくらか短い。

体の線が崩れていない。

化粧をしているし、着ているもの――ジーンズと体にぴったりしたTシャツ――のせいで、実際の三十九歳よりもかなり若く見える。

「わたしは幸せにしてる？」彼女が訊く。

「どういう意味？」

「あなたの言ってる、ともに歩んでいる人生では……わたしは幸せにしているのかしら」

「その話はしたくないんだとばかり」

「ゆうべは眠れなかったわ。その話が頭を離れなくて」

「きみは幸せにしていると思うよ」

「絵を捨てたのに？」

「後悔してないわけじゃないと思う。かつての友だちが成功を手にすれば、口ではよかったと言いながら、胸がちくりと痛んでいるのがわかる。わたしも同じ経験があるからね。その気持ちがわたしたちふたりを結びつけているんじゃないかな」

「つまり、ふたりとも負け組ってことね」

「負け組なんかじゃないよ」

「わたしたちは幸せにしてる？　一緒にいて、という意味だけど」

わたしはスープのボウルをわきにどける。

「ああ。どの結婚とも同じで、問題がないわけじゃないが、息子に恵まれ、住む家があり、家族として暮らしている。きみはわたしのいちばんの味方なんだ」

彼女はまっすぐわたしを見つめ、思わせぶりにほほえむ。「わたしたちの性生活はどんな感じ？」

わたしは思わず吹きだす。

彼女は言う。「あら、そんな顔を赤くするようなことでもないでしょ」

「そうだね」

「でも、まだ質問に答えてないわ」

「わかってる」

「どうしたの？　よくないってこと？」

彼女は気を惹《ひ》くような態度を取りはじめている。

「いや、すごくいいよ。ちょっとどぎまぎしただけだ」

彼女は立ちあがって、ベッドに近づく。

マットレスのへりにすわり、あの大きく底の見えない目でわたしを見つめる。

「なにを考えてるんだい？」わたしは訊く。

彼女はかぶりを振る。「あなたの頭がおかしくなっているわけでも、大ぼらを吹いているわけでもないなら、いまの会話は人類史上、もっとも奇妙な会話だなと思っただけ」

わたしはベッドから体を起こし、暮れゆくシカゴの街をながめる。

昨夜、嵐のような雨をもたらした大気は一掃され、あとには抜けるような青空が広がり、木々はすっかり色づき、夕暮れに向けて変化していく光は息をのむほど美しく、喪失という言葉でしか言い表わせない。

ロバート・フロストが言うところの、いつかは失われる黄金。

キッチンのほうから鍋同士がぶつかる音や、食器棚をあけ閉めする音が聞こえ、肉を調理しているようなにおいが廊下を経由してこの客室までただよってくる。不思議となじみのあるにおいだ。

ベッドを出ると、この日はじめて、危なげなく立てる。それからキッチンに向かう。

バッハの曲が流れ、赤ワインの栓が抜いてあり、ダニエラはアイランド型の調理台に向かい、エプロンと水泳用ゴーグルという恰好《かっこう》でソープストーンのカウンターで玉ねぎを刻んでいる。

「とてもいいにおいだ」わたしは言う。

「それ、かき混ぜてくれる?」

わたしはコンロに歩み寄り、深鍋の蓋《ふた》をずらす。

立ちのぼった湯気を顔に受けたとたん、家に引き戻されたような感じに襲われる。

「具合はどう?」彼女が尋ねる。

「生まれかわったみたいだ」

「つまり……よくなったってこと?」

「かなり」

鍋の中身はスペインの伝統的な料理で、かの国の豆と肉で作る煮込みだ。チョリソー、パンチェッタ、ブラッドソーセージ。ダニエラがこれを作るのは年に一、二回。たいていはわたしの誕生日か、週末に雪がちらついて、ふたりで一日じゅうワインを飲みながら料理をしていたい気分のときだ。

わたしは煮込みをひと混ぜし、蓋をする。

ダニエラが言う。「その豆の煮込みは——」

「あっと思うより先に口が滑る。「きみのお母さんのレシピだったね。いや、正確に言うなら、お母さんのお母さんの、そのまたお母さんのレシピだ」

玉ねぎを刻むダニエラの手がとまる。

彼女はわたしを振り返る。

「なにかやることでも?」わたしは言う。

「ほかにどんなことを知ってるの?」

「いいかい、わたしにしてみれば、きみとは十五年も一緒に暮らしているんだ。だから、ほとんどなんでも知っている」

「でも、わたしにしてみれば、一緒に暮らしたのはわずか二カ月半で、しかもすごく昔のことよ。なのにあなたはこのレシピがわたしの家に何代にもわたって受け継がれていると知っている」

一瞬、キッチンのなかが薄気味悪いほど静かになる。

ふたりのあいだの空気がプラスに帯電したように、意識の端でぶんぶんいっている。

ダニエラがようやく口をひらく。「手伝ってくれるなら、煮込みのトッピングの準備をするわ。トッピングがなにか教えてあげてもいいけど、たぶんもう知ってるんでしょ」

「おろしたチェダーチーズにコリアンダーにサワークリームかな？」彼女はそれとわからぬ程度に頬をゆるめ、片方の眉をあげる。「やっぱり、知ってたわね」

大きな窓のそばのテーブルで食事をした。窓ガラスにキャンドルの光が反射し、その向こうでは街明かりがまばゆく光っている。

料理はすばらしいのひとことだ。火明かりのなかのダニエラは美しく、わたしは研究所から逃げて以来はじめて、落ち着いた気分を味わっている。

夕食を終えると――スープ皿は空になり、二本めのワインも飲みつくした――彼女はガラスのテーブルごしに手をのばし、わたしの手に触れる。

「あなたの身になにが起こっているのかわからないけど、ジェイソン、わたしのところに来てくれてよかった」

わたしは彼女にキスしたいと思う。

彼女はどうしていいか途方に暮れていたわたしを受け入れてくれた。

わけがわからずにいたわたしを。

しかしキスはしない。彼女の手をぎゅっと握って言う。「こんなにいろいろしてもらって、言葉もないよ」

ふたりでテーブルの上を片づけ、食器洗い機に洗い物を入れ、汚れ物でいっぱいの流しと格闘する。

わたしが洗い、彼女が拭いて、しまう。長く連れ添った夫婦のようだ。

出し抜けにわたしは言う。「ライアン・ホールダーとつき合っているんだって？」

彼女はスープ用の深鍋の内側を拭く手をとめ、わたしのほうを向く。

「なにか文句でもあるの？」

「いや、べつに。ただ――」

「ただ、なんなの？ ルームメイトで親友だった人でしょ。気に入らないわけ？」

「やつは昔からきみに気があった」

「妬《や》いてる？」

「そりゃ、そうさ」

「あら、子どもみたいなことを言って。彼はいい人よ」

彼女はふたたび鍋を拭く作業に戻る。

「それで、ふたりの仲はどのくらいまで進んでるんだい？」

「二、三回、一緒に出かけたわ。相手の家に自分の歯ブラシを置くほどの仲にはなってないけど」

「まあ、あいつのほうはそうしたいんじゃないかな。きみに首ったけという感じだから」

ダニエラは満足そうにほほえむ。「当然でしょ。こんなにいい女なんだもの」

わたしは客室のベッドに横になる。街のざわめきを効果音にしたら眠れるかと思い、窓を小さくあけている。

背の高い窓の外に目をやり、眠る街並みに見入る。

昨夜は単純な質問の答えを得ようとしていた——ダニエラはどこにいる？

そして彼女を見つけた。成功した芸術家で、ひとり暮らしをしていた。

わたしたちが結婚したことはなく、息子もいない。

わたしが史上まれに見る手のこんだいたずらの犠牲になっているのでないなら、ダニエラの存在はこの四十八時間で大きくふくらんだ仮説を裏づけている。

ここはわたしの世界ではない、という仮説を。

その考えが頭をよぎりはするが、どういう意味なのか、あるいはどう受けとめればいいのか、自分でもよくわからない。

だから、もう一度、言ってみる。

ためしてみる。

それがぴたりとおさまるかどうか。

ここはわたしの世界ではない。

ドアを小さくノックする音で、わたしはわれに返る。

「どうぞ」

ダニエラが入ってきて、ベッドにもぐりこみ、わたしの隣におさまる。

わたしは体を起こす。「大丈夫？」

「眠れないの」

「どうしたんだ?」

彼女はキスをしてくる。十五年連れ添った妻のキスではなく、十五年前、はじめてキスをしたときのキス。

ほとばしる思いがぶつかり合う。

わたしは上になって、両手を彼女の太ももの内側に這わせ、サテンのスリップを尻の上までまくりあげる。そこで手をとめる。

彼女が息をはずませて訊く。「どうしてやめるの?」

できないよ、きみはわたしの妻じゃない。あやうくそう言いそうになるが、それはちがう。目の前にいるこのダニエラは、この異常な世界でただひとり、わたしの力になってくれた。それに、弁解がましいかもしれないが、いやというほどさんざんな目に遭い、怖い思いをし、絶望の淵《ふち》に立たされたから、単に欲情しているというのとはちがう。しなくてはいられないのだ。そして彼女も同じ気持ちでいるはずだ。

わたしはダニエラの目をのぞきこむ。煙《けぶ》ったような瞳が、窓から小さく射す光を受けてきらめいている。

その魅力に溺れたら最後、どこまでも吸いこまれていきそうな目。

彼女はわたしの息子の母親ではなく、わたしの妻でもなく、ともに人生を歩んできたわけではないが、それでも愛していることに変わりはない。頭のなかの、わたしの過去のなかにいるダニエラとしてではなく。いまこのベッドでわたしの下にいる彼女を愛している。なぜならパーツがすべて同じだから——目、声、におい、好み……

そのあとの行為は結婚した夫婦のものとは異なるものになる。

ぎこちなく互いの体をまさぐり合い、そんなものは知るかとばかりに避妊をせず、ふたつの陽子が衝突するようなセックスをする。

その後、汗まみれで放心状態になったわたしたちは体をくっつけ合ったまま、わたしたちが住む街の明かりを見つめる。

ダニエラの心臓が胸のなかで激しく脈打ち、そのどくんどくんという鼓動をわたしは体のわきで感じている。ようやく、それがゆっくりになる。

ゆっくりと。

さらにゆっくりと。

「大丈夫？」彼女は小さな声で訊く。

「きみを見つけていなかったら、どうしていたかわからない」

「でも、こうして見つけてくれた。なにが起こっているにせよ、わたしはあなたの味方よ。忘れないで」

彼女は指でわたしの手をなぞる。

薬指に結んだ糸のところで指をとめる。

「なんなの、これ？」

「証しだ」わたしは言う。

「証し？」

「わたしの頭がおかしくなっていないことの」

また静かになる。

正確な時間はわからないが、午前二時は確実にすぎているはずだ。

バーはどこも閉まるころだろう。

通りは吹雪の夜かと思うほど静かでひっそりしている。

わずかにあけた窓から、この秋いちばんの冷気がじわりじわりと入ってくる。

それが汗に覆われたわたしたちの体をなでる。

「家に戻らないといけない」わたしは言う。

「ローガン・スクエアの？」

「そう」

「なんのために？」

「自宅に仕事部屋がある。そこのパソコンにアクセスして、自分がどんな研究に取り組んでいたのかを把握したい。書類でもメモでも、とにかく、わたしの身に起こっていることを解明する糸口になるものを探したいんだ」

「朝いちばんに車で連れていってあげるわ」

「それはやめたほうがいい」

「どうして？」

「危険かもしれない」

「なんでそう思う――」

居間のほうから、どんどんという大きな音とともにドアが揺れる。こぶしで叩いているような音。警官を連想させるような叩き方。

わたしは言う。「こんな時間にいったい誰だろう？」

ダニエラはベッドを出て、裸のまま部屋をあとにする。

乱れた掛け布団からボクサーショーツを見つけるのに一分かかり、ようやくそれを身に着けるころ、ダニエラがタオル地のローブ姿で自分の寝室から出てくる。

ふたりで居間に入る。

ドアを乱暴に叩く音がつづくなか、ダニエラは近づいていく。

「あけちゃだめだ」わたしは小声で言う。

「わかってる」

彼女がのぞき穴に目をつけると同時に、電話が鳴る。

ふたりともぎょっとする。

ダニエラは居間を突っ切り、コーヒーテーブルの上のコードレスフォンに向かう。

のぞき穴ごしに見ると、廊下に男がひとり、ドアに背中を向けて立っている。

携帯電話をかけている。

ダニエラが電話に出る。「もしもし？」

男は全身、黒ずくめだ――ドクターマーチンのブーツ、ジーンズ、革のジャケット。

ダニエラが電話に言う。「どちらさま？」

わたしは彼女のそばまで行ってドアを指差し、口の動きだけで尋ねる――外のやつか？

彼女はうなずく。

「用件は？」

彼女はわたしを指差す。

男の声が、ドアの向こうとコードレスフォンの送話口の両方から同時に聞こえる。

ダニエラは電話に言う。「なんのことかさっぱりわかりません。ここにはわたししかいませんし、わたしはひとり暮らしです。それに夜中の一時に見知らぬ人を家に入れるようなことは――」

ドアがいきおいよく破られ、ちぎれたチェーンが部屋のなかまで飛んでくる。男が、長くて黒いチューブのようなものを銃身にはめた拳銃をかまえ、なかに入る。

男は銃をわたしたちふたりに向けながら、ドアを蹴って閉める。体にしみついているのと、吸ったばかりの両方の煙草のにおいが鼻を突く。

「目当てはわたしだろう？」わたしは言う。「彼女はなんの関係もない」

男はわたしより一、二インチ背が低いが、体格はずっと立派だ。頭を剃りあげ、灰色の目は冷淡というよりは感情がない。言うなれば、わたしを人間ではなく情報と見ているような感じがする。1か0か。機械のようだ。

すでにわたしの口のなかはからからに渇いている。

目の前で起こっていることと、わたしの処理能力とのあいだに妙な隔たりがある。断線。時間のずれ。なにかしなくては、なにか言わなくてはと思うが、男の突然の出現で体が麻痺《まひ》したように動かない。

「一緒に行く」とわたしは言う。「だから――」

男の銃の向きがわたしからわずかにそれる。

ダニエラが言う。「ちょっと。やめ――」

彼女の言葉は銃口からあがる炎と、本来の音よりも小さい、くぐもった銃声にさえぎられる。

細かな赤いしぶきで目の前が見えなくなった次の瞬間、ダニエラはソファにすわっている。ふたつの大きな黒い目の真ん中に穴があいた状態で。

わたしは大声をあげながら駆け寄ろうとするが、全身の分子という分子が動きを停止し、絶望のあまり筋肉がどうしようもないほど硬直しているせいで、コーヒーテーブルにまともに倒れこむ。ガラスの破片にまみれながら全身を震わせ、うめき声を漏らし、これは夢だと自分に言い聞かせる。

煙草の男は力の入らないわたしの両腕をうしろにまわさせ、結束バンドで手首を縛る。つづいて、なにかを破くような音が耳に届く。

男は切り取ったガムテープでわたしの口をふさぎ、わたしのうしろにある革椅子に腰をおろす。

わたしはガムテープごしに大声でわめき、夢なら覚めてくれと訴えるが、もちろん夢ではないし、わたしにはこの現実を変える力などない。

うしろから男の声がする――落ち着いていて、思った以上に高い声だ。

「やあ、わたしだ……いや、裏にまわってくれ……そうだ。資源ごみと可燃ごみの容器があところだ。裏門も建物の裏口も鍵はかかってない……ふたりいれば充分だろう。すべて順調だが、その、なんだ、あまりぐずぐずしないほうが……うん……うん……わかった、それでいい」

テーザー銃によるものとおぼしき激しい痛みがようやく引いてきたが、それでもとても立ちあがれない。

わたしがいるところからではダニエラの脚の下半分しか見えない。血の筋が彼女の右のかかとを伝い落ち、足の甲を横切って指のあいだを通り、床にたまっていく。

男の電話がぶうんと音をたてる。

男が出る。「やあ、ベイビー……わかってる。おまえを起こしたくなくてね……そうなんだ、緊急事態が発生したんだ……わからないな、朝までかかるかもしれない。終わったら〈ゴールデン・アップル〉に朝めしを食いにいこうか？」男はうれしそうに笑う。「わかった。おれも愛してる。いい夢を見るんだよ」

わたしの目が涙でくもる。

ガムテープごしに叫ぶ。喉が痛くなるまで叫ぶ。そうすれば男が銃で撃つなり、殴って意識を失わせるなりして、この強烈な痛みをとめてくれるものと信じて。

しかし、男はまったく気にする様子を見せない。

なにも言わずにすわったまま、わたしがいきりたとうが、わめこうが好きにさせている。

6

ダニエラはスコアボードの下、ツタで覆われた外野フェンスのすぐ上の観覧席にすわっている。土曜の午後、レギュラーシーズンの本拠地での最後の試合。彼女はジェイソンとチャーリーと三人で、売り切れとなったホームグラウンドでカブスが大敗するのを見ている。

暖かな秋の日で、雲ひとつない。

風も吹いていない。

時がとまったようだ。

においがただよってくる。

煎《い》ったピーナッツ。

ポップコーン。

プラスチックのカップになみなみと注がれたビール。

観客の歓声を聞いていると妙に気持ちが落ち着いてくる。三人の席はホームベースからかなり遠く、スイングの音とバットに当たる音のあいだにわずかな間がある——光の速度と音の速度の差。

チャーリーが幼かったころはよく試合を観にきたが、前回リグレー・フィールドを訪れて以来、永遠とも思える歳月がたっている。きのうジェイソンが行こうと言いだしたときには、チャーリーが行きたがるとは思わなかったが、息子もなにかノスタルジアをかきたてられたのだろう、意外にも乗り気になった。そしていま、すっかりリラックスして楽しそうだ。全員が楽しんでいる。満ち足りた三人はシカゴスタイルのホットドッグを食べながら、選手があざやかな芝生を走りまわる様子に見入っている。

自分の人生でとても大切なふたりにはさまれてすわり、ぬるくなったビールを飲みほしながら、ダニエラはきょうの午後はいつもとどこかちがうことに気づく。その原因がチャーリーにあるのか、ジェイソンにあるのか、それとも自分にあるのかは判然としない。チャーリーは五秒おきに携帯電話を確認するのをやめ、いまこの瞬間を楽しんでいる。それに、こんなに幸せそうなジェイソンを目にするのは何年かぶりだ。無重力という言葉が頭に浮かぶ。笑顔が以前にも増してにこやかで、晴れやかで、ごく自然に浮かぶようになったと思う。

それに、なにかにつけて彼女に触れてくる。

考えてみれば、変わったのは自分のほうかもしれない。

ビールと、冴え冴えとした秋の陽射しと、観客の一体感のせいかもしれない。

要するに、秋の日に、わが街の中心で、野球の試合をエンジョイしているからだ。

試合観戦のあと、予定があるチャーリーをローガン・スクエアの友人の家で降ろし、褐色砂岩の自宅に寄って服を着替え、夫婦ふたりだけで夜の外出としゃれこむ――向かう先はダウンタウンだが、これといった計画があるわけではなく、具体的な行き先も決めていない。

土曜の夜のドライヴ。

渋滞するレイクショア・ドライヴを走りながら、ダニエラは十年落ちのサバーバンのセンターコンソールごしに目を向けて言う。「最初にやることを思いついたわ」

三十分後、ふたりはイルミネーションで彩《いろど》られた観覧車のゴンドラに乗っている。

ネイヴィピアの上をゆっくりあがっていきながら、自分たちが暮らす街の美しい高層ビル群をながめていると、ジェイソンが彼女を強く抱きしめる。

一周のなかでもっとも高いところに達したとき——遊園地から百五十フィートの高さだ——ジェイソンが顎に触れてきて、顔を自分のほうに向かせる。

ゴンドラのなかはふたりきりだ。

この高さでも、夜の空気には揚げ菓子とわたあめの甘い香りが混じっている。

回転木馬に乗った子どもたちの笑い声。

はるか下のミニゴルフコースでは、ホールインワンが出た喜びで女性が絶叫している。

ジェイソンの情熱が、それらすべてを切り裂いて突き進んでくる。

キスされたときには、彼の心臓が小型の削岩機並みに波打っているのがウィンドブレーカーごしでもはっきりわかる。

自分たちには贅沢なレストランで夕食をとり、もう何年も話していないかのように、ひたすら話しつづける。

他人の噂や昔話ではなく、意見を語り合う。

ふたりでテンプラニーリョのワインをひと瓶あける。

もう一本、注文する。

このままダウンタウンでひと晩過ごすことになりそうだ。

こんなにも情熱的で自信にあふれた夫を見るのは、本当にひさしぶりだとダニエラは思う。熱意にあふれ、ふたたび人生を楽しむようになっている。

二本めのワインを半分ほど飲んだところで、彼は妻が窓の外を見ているのに気がつく。

「なにを考えているのかな?」

「危険な質問ね」

「わかってる」

「あなたのことを考えてる」

「わたしのこと?」

「わたしをベッドに誘いこもうと一生懸命だなと思って」彼女は笑う。「要するに、そんな一生懸命にならなくてもいいところで一生懸命になってるってこと。わたしたち、結婚して長いのよ。なのにあなたときたら、まるで……」

「きみを口説《くど》こうとしてるみたいだと言いたいのかい」

「そういうこと。勘違いしないで。べつに文句を言ってるわけじゃないんだから。むしろ正反対。ただただ、びっくりしてる。どうしてこうなったのか、見当がつかなくて。ねえ、大丈夫? なにかあったのに、わたしに話してないことでもあるんじゃない?」

「なんの問題もないよ」

「じゃあ、おとといの夜にタクシーに轢《ひ》かれそうになったせい？」

「これまでの人生が走馬灯のように脳裏《のうり》をよぎったかどうかはわからないが、あの晩、家に帰ったとき、なにもかもがちがったように感じたんだ。いままでよりもたしかな感じがした。とくにきみが。いま、こうしていても、はじめて会ったような気がして、みぞおちのあたりがうずうずしているくらいだ。常にきみのことを考えている。この瞬間にいたるまでに、わたしたちがしてきたすべての選択に思いをはせている。わたしたちふたりが、この美しいテーブルにつくにいたったいくつもの選択に。それから、この瞬間の訪れを阻止したかもしれないすべての出来事にも思いをはせている。どれも本当に……なんて言ったらいいか……」

「どれも本当に、なんなの？」

「とてもはかない感じなんだ」そう言ったきり、しばらく考えこむ。やがて口をひらく。「わたしたちがなにか思いつくたび、なにかを選択するたび、あらたな世界が枝分かれしていくと考えたら、恐ろしいと思わないかい？　きょう、わたしたちは野球の試合を観戦したあと、ネイヴィピアに出かけ、それからこの店に食事をしにきた。だけど、それは出来事のひとつのバージョンでしかない。べつの現実では、ネイヴィピアには向かわず、レイクショア・ドライヴで死亡事故に巻きこまれ、どこにも行けなかったかもしれない」

「でも、ほかの現実は実際には存在してないわ」

「それが、わたしときみがいまこの瞬間に経験している現実と同じで、ちゃんと存在しているんだよ」

「なんでそんなことになるの？」

「そこはまだわかっていない。でも手がかりはある。天体物理学者の大半は、星と銀河を結びつけている力、つまりこの宇宙全体を機能させている力は人類がまだ計測もできず、観測することもできない理論上の物質に由来すると考えている。いわゆる暗黒物質というものだ。この暗黒物質が既知の宇宙のほとんどを形成している」

「でも、それは具体的にどういうものなの？」

「そこまで突きとめた者はいまのところいない。物理学者はその起源と正体を説明するあらたな仮説を打ち立てようと躍起になっている。一般の物質と同じで、質量があるのはわかっているが、まったく未知のものでできていると考えられている」

「未知の物質」

「そうだ。ひも理論家たちによれば、それこそが多元的宇宙の存在を解く鍵になるかもしれないそうだ」

ダニエラはしばらく考えこんでから質問する。「じゃあ、ほかの現実は……どこにあるの？」

「自分が池を泳ぐ魚だと想像してごらん。前後左右に移動するのは自由にできるけれど、水の外には出られない。誰かが池のそばに立って、きみをじっと見たとしても、きみにはわからない。きみにとっては小さな池が全宇宙なんだ。さて、ここで、誰かが池に手を入れてきて、きみを外に出したとしよう。そこできみは、ずっと全宇宙だと思っていたものが、小さな池にすぎないことを知る。ほかにも池があるのが見える。木。頭上に広がる空。それで、自分は、思っていたよりもずっと大きくて、ずっと不可解な現実の一部にしかすぎないと気づくんだ」

ダニエラは椅子の背にもたれ、ワインをひとくち飲む。「つまり、いまこの瞬間にも、わたしたちのまわりには何千という池があるわけね。わたしたちには見えないだけで」

「そういうこと」

以前のジェイソンはいつもこんなふうに話してくれた。夜中までつき合わせ、大胆な仮説を披露《ひろう》した。理論をためす意味もあったけれど、たいていは、彼女にいいところを見せたいだけだった。

当時は効果があった。

いまも効果が出つつある。

彼女はしばし目をそらして、テーブルの横の窓から外を見やる。周囲のビルからの光が吹きガラスのような川面《かわも》にいつ消えることなくゆらめくなか、川がゆったりと流れていく。やがて視線を戻し、ワイングラスのふちごしに夫を見つめる。ふたりのあいだに置かれたキャンドルの明かりがちらちら揺れる。

「まわりにある池のどれかには、研究に没頭してるべつのあなたがいるの？　生活のためにいろいろなことをあきらめたりせず、二十代に決めた計画をすべて達成したあなたが？」

彼はほほえむ。「それもちらりと思った」

「そして、有名な画家になったわたしもいるかもしれないのね。いまの生活すべてをあきらめたわたしが」

ジェイソンは身を乗り出して皿をわきにどけ、テーブルごしに妻の両手を握る。

「何百万という池があって、それぞれにいろんなバージョンのきみとわたしが似たような、あるいはまったく異なる人生を送っているとしても、いまのこの人生が最高だ。それだけは自信を持って言える」

7

天井の裸電球がちらちらとした容赦のない光を小部屋全体に降り注ぐ。わたしはスチールのベッドにくくりつけられている。足首と手首はそれぞれ拘束具をはめられ、カラビナでコンクリートの壁の輪付きボルトにつながれている。

ドアの三つの錠がはずれる音が聞こえても、わたしは倦怠感《けんたいかん》のあまり、ぎくりとすることすらできない。

ドアが大きくあく。

タキシード姿のレイトン。

メタルフレームの眼鏡をかけている。

彼が近づくと、オーデコロンがほのかに香り、息にアルコールのにおいが混じっているのがわかる。シャンパンか？　どこから駆けつけてきたんだろう？　パーティ？　チャリティ・イベント？　サテンのジャケットの胸に、ピンク色のリボンがついたままだ。

レイトンは紙のようにぺらぺらなマットレスのへりに、そっと腰をおろす。

表情がけわしい。

それに驚くほど悲しそうでもある。

「きみにも言い分があるのはわかるが、ジェイソン、まずはわたしの話を聞いてほしい。起こったことの大半はわたしの責任だ。きみが戻ってきたとき、われわれは想定していなかったんだ。きみの状態があそこまで……悪いとは。力になれなくてすまない。そうとしか言いようがない。こんな……こんなことになって本当に悔《くや》しいよ。せっかくの帰還に水を差してしまった」

薬をたっぷりあたえられていながらも、わたしの体は悲しみで震えている。怒りで。

「ダニエラのアパートメントに現われた男は、きみの指示でわたしを追っていたのか？」

「ああするしかなかった。きみがあの女性にこの施設のことを話した可能性がある以上──」

「きみが殺害を命じたのか？」

「ジェイソン──」

「どうなんだ？」

レイトンは答えないが、答えたも同然だ。

レイトンの目をにらみつけながら、この男の頭の皮をはいでやりたい気持ちに駆られる。

「この人殺し……」

わたしは泣き崩れる。

泣きじゃくる。

ダニエラの素足を血が伝っていく光景が、どうしても頭から追い出せない。

「本当に残念だ」レイトンがわたしの腕に手を置き、わたしは肩が脱臼《だっきゅう》するほど乱暴にその手を払いのける。

「さわるな！」

「きみをこの小部屋に収容してから、かれこれ二十四時間になる。わたしだって好きこのんできみを拘束し、鎮静剤を打っているわけじゃないが、きみ自身あるいは他人に危害をおよぼす可能性があるかぎり、このままでいてもらうしかない。なにか食べて、水分を摂《と》ったほうがいい。自分の意思でそうするつもりはあるかい？」

わたしは壁のひびを一心不乱に見つめる。

レイトンの頭で壁にひびを入れるところを想像する。

赤い膠《にかわじょう》状のものだけになるまで、コンクリートに何度も何度も叩きつけるところを。

「ジェイソン、食べないなら、経鼻胃チューブを挿管することになる」

殺してやると言ってやりたい。彼と、この研究所にいる全員を。その科白《せりふ》が喉を迫《せ》りあがってくるのがわかるが、理性がまさる——わたしはこの男の言いなりになるしかないのだ。

「あのアパートメントでの一件がむごいものだったのはわかっているし、それについては本当に残念に思う。できればあんなことはしたくなかったが、手のつけられない状態になった場合……言っておくが、あんなところを見せてしまって、本当に申し訳なく思っていることだけはわかってほしい」

レイトンは腰をあげると、出口の前まで行って、ドアをあける。顔の半分に光があたり、半分は影になっている。

外に出る直前でわたしを振り返る。

「いま言ってもわかってもらえないだろうが、きみがいなければ、この研究所は存在しなかった。きみの研究が、きみのすぐれた才能がなければ、わたしたちがここにいることはなかったんだよ。そのことは全員に覚えていてもらいたい。なかでも、きみには」

わたしは気を静める。

気を静めたふりをする。

この狭苦しい小部屋を出られなければ、なにもできないからだ。

ベッドにすわったまま、ドアの上に取りつけられた監視カメラを見あげ、レイトンを呼んでほしいと告げる。

五分後、彼はわたしの拘束具をはずす。「こんなものから解放してやれて、わがことのようにうれしいよ」

彼は立ちあがるわたしに手を貸す。

手首が革の拘束具でこすれ、皮がむけている。

口のなかが渇いている。

喉の渇きで意識が朦朧としている。

レイトンが訊く。「少しは気分がよくなったかな?」

ここで最初に目覚めたときの対応が正しかったのだ、と気づく。連中が思っている人間のふりをしろ。それをやりおおすには、記憶をなくし、自分が誰かわからないふりをするしかない。わからないところは相手に説明させるのだ。連中が思っている人物でないとわかったら最後、わたしは用なしになる。

そうなったら、生きてこの研究所から出られまい。

わたしはレイトンに言う。「怖かったんだ。それで逃げてしまった」

「よくわかるよ」

「面倒をかけてしまってすまないが、どうかわかってほしい。状況がさっぱりわからないんだ。過去十年の記憶があるべき場所に、大きな穴があいている感じがする」

「だったら、その記憶を取り戻すため、われわれとしても全力をつくそう。いまMRIの準備をしている。PTSDの兆候があるか検査をしよう。うちの精神科医のアマンダ・ルーカスが、まもなく問診にやってくる。約束するよ。あらゆる手をつくして治してみせると。なんとしてでもきみをもとの状態に戻す」

「ありがたい」

「きみだって、わたしの立場ならそうしただろうからね。この十四ヵ月できみがどんな目に遭ったのかはわからないが、きみとは十一年来のつき合いだ。同僚であり、友人であり、この研究所の立ち上げにともに尽力した仲間だ。きみの頭のどこかにその彼が閉じこめられているのはたしかなんだから、なにがなんでも見つけ出してみせる」

恐ろしい考えが浮かぶ――この男の言うとおりだとしたら？

いや、自分が何者かはわかっている。

それでも、頭のどこかではこう考えている。わたしが本当の生活――夫であり父親であり大学の教授であるわたし――と思っている記憶が本物ではないとしたら？

この施設で研究中に受けた脳の損傷が引き起こしたのだとしたら？

わたしがこの世界の連中が思っているとおりの人間だとしたら？

ちがう。

自分が何者かはちゃんとわかっている。

レイトンはさっきまでマットレスのへりにすわっていた。

いまは両足をマットレスにのせ、足側の板に背中を預けている。

「質問がある」彼は言う。「あの女性のアパートメントでなにをしていたんだ？」

うそをつくんだ。

「とくにこれといったことは」

「彼女とはどういう知り合いなのかな？」

わたしは涙と怒りを必死に押し隠す。

「その昔、つき合っていた」

「最初に話を戻そう。三日前、トイレの窓から逃げたあと、ローガン・スクエアの自宅まで
どうやって行った？」

「タクシーを使った」

「運転手には、自分がどういうところから逃げてきたか話したかい？」

「話すわけがないじゃないか」

「なら、いい。自宅でわれわれをまいたあとはどこに行った？」

うそをつくんだ。

「ひと晩じゅう、あちこちさまよっていた。頭が混乱していたし、恐怖に怯えてもいた。次の日、ダニエラの美術イベントのポスターを見かけた。それで、彼女と再会したんだ」

「ダニエラ以外に話をした相手はいる？」

ライアン。

「いない」

「たしかだね？」

「ああ。彼女のアパートメントを訪ね、そのあとずっとふたりだけでいたところ……」

「どうかわかってほしい。われわれはこの研究所にすべてを捧げてきた。きみの研究に。全員が同じ目標に向かっているんだよ。それを守るためなら、わたしたちはみな、命を犠牲にする覚悟だ。きみも含めて全員がだ」

銃声。

彼女の眉間《みけん》にあいた黒い穴。

「こんなきみを見ていると、胸が張り裂けそうだよ、ジェイソン」

その言葉には、うそ偽りのない苦々しさと後悔の念がこもっている。

目を見ればはっきりわかる。

「わたしたちは友だちだったのか？」わたしは訊く。

レイトンはうなずく。感情という波を押しとどめようとするように、口をきゅっと引き結んでいる。

わたしは言う。「この研究所を守るために第三者を殺すことが、きみにとっても、ここの人たちにとってもごくあたりまえのことだというのがなかなか理解できなくてね」

「わたしの知るジェイソン・デスセンならダニエラ・バルガスがああなったことを、うじうじ考えたりはしないだろうね。べつに、あの結果に満足するだろうと言っているわけじゃない。そんなふうに思っている者はひとりもいない。わたしだって胸が張り裂ける思いだ。だが、彼なら異論をとなえたりはしないだろうということだ」

わたしは首を振る。

レイトンは言う。「ともに築きあげてきたものを忘れてしまったらしいな」

「だったら、案内してくれ」

わたしは体をきれいにされ、新しい服を渡され、食事をあたえられる。

昼食のあと、レイトンとわたしは業務用エレベーターで地下四階におりる。

前回、この廊下を歩いたときは、全体がビニールで覆われていて、どこにいるかさっぱりわからなかった。

脅されたわけではない。

出ていくことは許されないと、あえて言われたわけでもない。

それでも、レイトンとわたしがふたりきりになることはほとんどない。警官のような風情の男がふたり、いつも近くにひかえている。この施設に来た最初の晩に見た警備員だ。

「研究所は四つの階にわかれている。地下一階にはジム、娯楽室、食堂、それに宿泊室がいくつかある。地下二階は研究室、無塵室、会議室。地下三階は製造に特化している。地下四階は医務室と管理室だ」

わたしたちは、国家機密でも安全に守れそうなほどいかついドアに向かう。ドアのわきの壁に埋めこまれたタッチスクリーンの前でレイトンは足をとめる。ポケットからカードキーを出し、読み取り機の下に差し入れる。

女性の音声が言う。〝お名前をおっしゃってください〟

レイトンは顔を近づける。「レイトン・ヴァンス」

〝暗証番号をお願いします〟

「1・1・8・7」

〝音声を認識しました。お入りください、ヴァンス博士〟

ブザー音が鳴り、わたしはぎくりとする。音は背後の廊下にまで響きわたる。

ドアがゆっくりとあく。

わたしは格納庫に足を踏み入れる。

高い位置にある梁《はり》から明かりが照りつけ、ガンメタル色をした一辺が十二フィートの立方体がくっきりと浮かびあがる。

心臓の鼓動がはやくなる。

自分の目にしているものが信じられない。

レイトンはわたしが愕然《がくぜん》としているのを察したらしく、こう言う。「美しいだろう?」

うっとりするほど美しい。

最初、格納庫内のぶうんという音は照明から聞こえてくるのだと思ったが、それはありえない。巨大エンジンの超低周波振動のように、腰にずんずん響いてくるからだ。

わたしは催眠術にでもかけられたように、ふらふらと立方体に近づく。

こんな大きさのものをこの目で見ることになるとは思ってもいなかった。

間近で見ると、表面はたいらではなくでこぼこしており、それが光を反射することによって多面体のように見せている。

レイトンが光を受けて輝くなめらかなコンクリートの床を示す。「ちょうどあそこで、意識を失った状態で倒れているきみを発見した」

わたしたちは立方体に沿ってゆっくりと歩く。

わたしは手をのばし、指で表面をなでる。

ひんやりしている。

レイトンが言う。「十一年前、われわれはパヴィア賞を受賞したきみのもとを訪れ、五十億ドルを提示した。それだけあれば宇宙船の建造も可能だったが、全額をきみに託した。その無尽蔵とも言える資金で、なにをやってくれるかこの目で見たかったんだ」

わたしは尋ねる。「わたしの仕事場はここにあるのか？　研究ノートなども？」

「もちろん」

わたしたちは立方体の反対側まで来ている。

彼が先にたって次の角をまわる。

こちらの面に扉が切ってある。

「なかはどうなっている？」わたしは尋ねる。

「自分の目でたしかめるといい」

扉の枠の底辺は格納庫の床から一フィート高いところにある。

わたしはレバーを押しさげて扉をあけ、なかに入ろうとする。

レイトンがわたしの肩に手を置く。

「そこまでにしておいたほうがいい」彼は言う。「安全のためだ」

「危険なのか?」

「きみは三番めにこの装置に入った。きみのあと、さらにふたりが入った。これまでのところ、戻ってきたのはきみひとりだ」

「ほかの連中はどうなった?」

「わからない。内部では録画装置が使えなくてね。現時点では、帰還を果たした者から報告を聞くしかないんだよ。きみのような者から」

立方体のなかは空で、なんの装飾もなく、そして暗い。

壁も床も天井も外側と同じ素材でできている。

レイトンが言う。「防音性があり、耐放射線にすぐれ、気密性が高く、それにもう気づいていると思うが、強い磁場を発生する」

扉を閉めると、反対側でかたんと音がして、デッドボルトが受座にはまる。

装置を見つめるうち、果たせなかった夢がよみがえったような気がしてくる。

二十代後半のころ、これとよく似た立方体の研究に従事していた。ただし、対象としていたのは一辺が一インチのもので、マクロな物体を重ね合わせ状態にするよう設計されていた。

物理学者がときとして使い、科学者のあいだの冗談とされる〝猫の状態〟にするための装置だ。

有名な思考実験の、シュレディンガーの猫。

密封した箱のなかに猫と毒薬の瓶と放射線源が入っていると仮定する。原子が崩壊して内部のセンサーが放射能を検知すると、瓶が割れて毒薬が流出し、猫は死ぬ。原子が崩壊する確率としない確率は同じだ。

われわれの知る古典的な世界と量子レベルの事象とを結びつける、独創的な考え方だ。

量子力学におけるコペンハーゲン解釈は突拍子もない提案をしている。箱があく前、すなわち観測がおこなわれる前の原子は重なり合った状態に置かれている。つまり、崩壊している状態と崩壊していない状態が同時に存在している。このことから、猫は生きてもいるし、死んでもいるということになる。

箱があけられてはじめて観測がおこなわれ、波動関数はふたつの状態のうちひとつに収束する。

言い換えれば、われわれは起こりうる結果のうち、ひとつしか見られない。

たとえば、それは死んだ猫ということになる。

そしてそれがわれわれの現実となる。

しかし、ここから話はさらにややこしくなる。

わたしたちの知る世界と同じくらいリアルで、箱をあけたら生きた猫がごろごろ喉を鳴らすべつの世界は存在するのか？

量子力学の多世界解釈では、存在するとされている。箱をあけたときに、分岐するのだと。猫が死んだ状態で見つかる世界。生きた状態で見つかる世界。観測という行為が猫を殺し、あるいは生かす。

ここから話は、頭が爆発しそうなほどにややこしくなる。

というのも、観測は常におこなわれているからだ。

つまり、なにかが観測されるたびに世界がふたつにわかれるのなら、想像を絶するほど膨大な数の世界——すなわち多元宇宙——が存在することになる。

わたしが考案した小さな立方体の装置は、観測と外からの刺激を受けない環境を創り出すことで、マクロな物体——直径四〇マイクロメートルの円盤形をした、およそ一兆個の原子からなる窒化アルミニウム——が不確定な状態で存在でき、環境との相互作用によって重ね合わせが崩壊しないようにするものだった。

けっきょく結果が出ないまま助成金が底をついてしまったが、べつのバージョンのわたしは成功したのだろう。しかも、構想全体を驚くべきレベルにまでスケールアップしていた。レイトンの話が本当ならば、目の前にあるこの装置は、わたしの知る物理学では不可能とされることを可能にしていることになるからだ。

わたしは自分より優秀なライバルに負けたような、恥ずかしい気持ちになる。壮大なビジョンを持った人物がこの装置を完成させたのだ。

より頭脳明晰《めいせき》で、才能あふれるわたしが。

レイトンに目を向ける。

「これは機能するのか？」

「きみがわたしの隣に立っている以上、機能していることになるね」

「理解できないな。実験室で粒子を量子状態にするには遮断室を作る必要がある。光を完全に排除し、空気を抜き、温度を絶対零度よりわずかに高い程度までさげる必要がある。そんなことをしたら人間は生きていられない。ものが大きければよけいに弱くなる。地下にもぐったとしても、ニュートリノや宇宙線など、あらゆる種類の粒子が壁面を通り抜け、量子状態を乱す恐れがある。とうてい無理だ」

「なんと言っていいかわからないが……とにかくきみはそこをどうにかしたんだ」

「どうやって？」

レイトンはほほえむ。「いいかね、きみに説明してもらったときはそれなりに理解できたが、わたしではきちんと説明できない。自分のノートを読んでみるんだな。わたしに言えるのは、この装置によってごくありきたりなものが量子論でいう重ね合わせの状態で存在できる環境が作られ、それが維持されるということだけだ」

「人間も？」

「人間もだ」

なるほど。

わたしの全知識をかき集めても不可能なはずなのに、それでもわたしはマクロレベルの量子環境を作る方法を見つけたらしい。おそらく、磁場を使うことで装置内の物質を原子レベルの量子系に結びつけたのだろう。

しかし、装置内に入っているのが人間だった場合は？

なかに入った者は観測者でもある。

人間はデコヒーレンス状態のなかで生きている。というのも、われわれは常に自分たちが置かれた環境を観測することで、自分自身の波動関数を収束させているからだ。

なにかべつのからくりがあるはずだ。

「こっちへ」レイトンが言う。「見せたいものがある」

彼は格納庫の片側にずらりと並んだ窓のほうにわたしを連れていく。

さっきとはべつのセキュリティドアの前でカードキーをとおし、司令室か管制センターのような部屋に案内する。

このときは、何台ものワークステーションのひとつだけに人がいる。両足をデスクに投げ出し、ヘッドホンから聞こえる音楽に合わせて体を揺らしているその女性は、わたしたちが入ってきたことにも気づかない。

「ここには一日二十四時間、一年三百六十五日、誰かしら常駐している。交代で、誰かが帰還するのを待っているんだ」

レイトンは一台のPC端末の前にすわると、何桁かのパスワードを打ちこみ、いくつかのフォルダーを調べ、目当てのものを見つける。

動画ファイルをひらく。

さっきの箱型装置の扉を正面からとらえた高解像度の映像だ。おそらく、窓のすぐ上あたりにカメラが設置されているのだろう。

画面下に十四ヵ月前の日時が表示され、百分の一秒単位で時間が記録されている。

男がひとり、画面に現われ、装置に近づく。

最新式の宇宙服姿でリュックサックを背負い、左腕にヘルメットを抱えている。

扉の前まで来ると、男はレバーを押しさげ、扉をあける。なかに入る前に、首だけうしろに向け、カメラをまっすぐに見つめる。

わたしだ。

画面のなかのわたしは手を振って装置に入り、なかから自分で扉を閉める。

レイトンが早送りする。

五十分が猛スピードで過ぎていくあいだ、わたしは微動だにせずに装置を見つめる。

べつの人物が画面に現われたところで、レイトンは再生スピードを通常に戻す。

茶色いロングヘアの女性が装置に近づき、扉をあける。

映像が頭に装着したウェアラブルカメラのものに切り替わる。

装置の内部全体が映し出され、むき出しの壁と床に光があたり、でこぼこの表面に反射する。

「かくして」レイトンは言う。「きみは消えた。そして……」彼はべつのファイルを再生する。

「三日前に帰ってきた」

わたしがよろよろと装置から出て、うしろから押されたかのように床に倒れこむ。

さらに時間が経過すると、危険物処理班が現われ、わたしをストレッチャーに乗せる。いまやわたしの人生となった悪夢が始まった瞬間の録画を見るのは、あまりに現実離れしていて、とても平常心ではいられない。

このすばらしく、異常な世界に足を踏み入れた、最初の数秒間。

地下一階の宿泊室のひとつがあてがわれたおかげで、監房から待遇が改善する。

贅沢なベッド。

浴槽、シャワー、洗面台、便器とすべてそろった浴室。

デスクの上の花瓶には切り立ての花がいけられ、それで部屋全体にいい香りがただよっている。

レイトンが言う。「ここならゆっくりくつろいでもらえると思う。だが、これだけは言っておくよ。頼むから自殺しようなどとは考えないでほしい。われわれとしても、それについては警戒をしている。外にいる者がすぐにとめに入るし、そのあとは拘束衣を着せて、例のおぞましい監房に逆戻りだ。自暴自棄になったら、そこの電話を取って、出た相手にわたしを探すよう言うんだ。誰にも言わず、ひとりで苦しむようなことはしないでくれ」

彼はデスクの上のノートパソコンに触れる。

「これに、過去十五年にわたるきみの研究成果が入っている。ヴェロシティ研究所以前の研究も含まれる。パスワードは設定していない。好きなだけ調べるといい。なにかひらめくものがあるかもしれない」

ベッドの上でノートパソコンをひらき、何万というフォルダーにおさめられた大量の情報を理解しようとする。

年単位で整理されたフォルダーは、パヴィア賞を受賞する前、人生における野望というものがはじめて形になりはじめた学部生のころにまでさかのぼっている。

初期のフォルダーにはなじみのある研究——のちにはじめて専門誌に掲載された論文の草稿、関連記事の要約、シカゴ大学の研究室での研究生活と初期の小型立方体製作にいたるまでのすべてがおさめられている。

無塵室のデータがきちんと整理されている。

ノートパソコンでファイルを読んでいくうち、ものが二重に見えはじめるが、それでも無理をして読み進め、わたしのバージョンの人生が終わったあとも、研究がさらなる進展をとげたのを確認する。

自分に関する記憶を喪失したあとで、自伝を読んでいる気分だ。

わたしは毎日のように研究に没頭していた。

研究ノートは進化し、より詳細で、より明確なものになっていった。

それでも、マクロレベルの円盤を重ね合わせ状態にするための模索はつづいており、苛立ちと絶望が研究ノートの記載にもにじみ出ている。

これ以上、目をあけていられない。

ナイトテーブルの明かりを消し、毛布を引き寄せる。

室内は真っ暗だ。

唯一、壁の高いところに緑色に光る点があり、それがベッドのほうを向いている。

赤外線モードで撮影しているカメラだ。

わたしの動きは細部にいたるまで監視されている。

目を閉じ、頭から追い出そうとする。

しかし、目を閉じるたび、あの光景がまぶたに浮かぶ——彼女の足首を、素足を流れ落ちていくひと筋の血。

眉間にあいた黒い穴。

たちまち正気を失いそうになる。

心がばらばらになりそうだ。

暗闇のなか、左手の薬指の糸に触れ、もうひとつの人生のほうが本当なんだ、それはきっとどこかにあると自分に言い聞かせる。

波が足もとの砂をさらって海へと戻っていくように、わたしの生まれた世界が、それを支える現実が遠ざかっていくのを感じる。

そして思う。もしも必死に抵抗しなければ、この現実がゆっくりと侵食し、わたしを連れ去ってしまうのではないかと。

はっとして目が覚める。

誰かがドアをノックしている。

わたしは明かりをつけ、よろける足でベッドを出るが、頭が混乱し、どのくらい寝ていたのかもわからない。

ノックの音がしだいに大きくなる。

「いま行く!」

わたしはドアをあけようとするが、外から鍵がかかっている。

錠がまわる音がする。

ドアがあく。

コーヒーのカップをふたつ持ち、ノートをこわきに抱えて廊下に立つ、黒いラップドレス姿のこの女性をいつどこで見たのか、すぐにはわからない。次の瞬間、ひらめく——ここだ。わたしが装置の外で意識を取り戻した晩、妙な聴取会をひらいた、というかひらこうとした女性。

「ジェイソン、お邪魔するわ。アマンダ・ルーカスよ」

「ああ。どうぞ」

「ごめんなさい、押しかけるつもりはなかったんだけど」

「いや、かまわない」

「話を聞きたいので、少し時間をもらえるかしら?」

「うん、もちろんだとも」

わたしは彼女をなかに入れ、ドアを閉める。デスクから椅子を引き出して勧める。

彼女は紙コップをかかげる。「飲みたいんじゃないかと思って、コーヒーを持ってきたわ」

「もらうよ」わたしは紙コップを受け取る。「ありがとう」

ベッドのへりに腰をおろす。

コーヒーで手がぬくもる。

彼女は言う。「チョコレート・ヘーゼルナッツなんちゃらとかいうふざけたのもあるけど、あなたは混ぜ物なしのレギュラーコーヒーが好きなのよね」

わたしはひとくち飲む。「ああ、これでいい」

彼女は自分のコーヒーに少し口をつけてから言う。「まだ変な感じがするんでしょう？」

「まあね」

「レイトンからわたしが話を聞きにくることは聞いてる？」

「聞いている」

「よかった。わたしはこの研究所の精神科医よ。勤めて九年近くになるわ。ちゃんとした専門医資格を持ってる。ヴェロシティ研究所に入る前は個人で開業してたの。いくつか質問してもかまわない？」

「ああ」

「あなたがレイトンに語ったところによると……」彼女は持っていたノートをひらく。「〝過去十年の記憶があるべき場所に大きな穴があいている感じがする〟ということだけど、この言い方で合ってる？」

「合っている」

彼女は鉛筆でノートになにか書きこむ。

「ジェイソン、最近、強い不安、無力感、あるいは恐怖を引き起こすような出来事を経験、または目撃した？」

「目の前でダニエラ・バルガスが頭を撃たれた」

「なんのことなの、それは？」

「きみの仲間がわたしの……わたしと一緒にいた女性を殺した。わたしがここに連れ戻される直前のことだ」アマンダが演技でなく、本当に呆気《あっけ》に取られた顔をしている。「ちょっと待ってくれ。まさかきみは知らないのか？」

アマンダはごくりと唾《つば》をのみこみ、気を落ち着ける。

「それはさぞかし恐ろしかったでしょうね、ジェイソン」わたしの言葉をまるで信じていない口ぶりだ。

「作り話だと思っているのか？」

「わたしが知りたいのは、装置のなかでの出来事、あるいはこの十四カ月のあいだの所在について、なにか覚えているかどうかよ」

「前にも言ったが、記憶はまったくない」

彼女はまたなにか書きこむ。「ひとつ興味深いことがあって、たぶん覚えていないかもしれないけど……前回の中断した聴取会の席で、最後に覚えているのはローガン・スクエアのバーだと答えたわね」

「そんなことを言った記憶はないな。あのときはまだ、かなりぼうっとしていたから」

「わかるわ。要するに、装置にいたときの記憶はまったくないということね。このあとはイエスかノーで答える質問をいくつかするわ。睡眠障害はある？」

「ない」

「いらいらしたり、かっとなったりすることが多くなった？」

「いや、とくには」

「集中しにくいことはある？」

「ないと思う」

「常に気を張っている状態？」

「そうだね」

「なるほど。刺激に対して大げさな反応をしていることには気づいてる？」

「さあ……どうだろう」

「過度のストレスによって心因性健忘というものが引き起こされることがあるの。脳にはなんの損傷もないのに記憶に障害が出るわけ。これからMRI検査をするけど、わたしの勘では、脳自体には損傷がないという結果になると思うの。つまり、この十四カ月間の記憶はまだ存在しているということ。それを取り戻す手助けをするのがわたしの仕事よ」

わたしはコーヒーに口をつける。「具体的にはどうするんだい？」

「いろいろな治療法が考えられるわ。心理療法、認知療法、創造療法。臨床催眠療法というものまである。とにかく、いまの状態をなんとかするお手伝いをすることが、わたしにとってはなによりも大事なことなの」

アマンダは急にどきりとするほど一途なまなざしでわたしを見つめ、人類の存在に関する秘密がわたしの角膜に書いてあるとでもいうように目をのぞきこんでくる。

「本当にわたしのことがわからない？」と訊く。

「うん」

彼女は椅子から腰をあげ、荷物をまとめる。

「もうじきレイトンが来て、MRI検査に連れていくことになってるわ。とにかくわたしはあなたを助けるためにできるかぎりのことをするつもり。わたしのことがわからないなら、それはそれでかまわない。あなたの味方だということだけは覚えていて。この研究所にいる全員があなたの味方よ。わたしたちはあなたがいるからこの研究所にいるの。みんな、あなたもそれを知っているものと思っている。だから、これだけは忘れないで。わたしたちはあなたと、あなたの才能と、あなたが創りあげたこの研究所を誇りに思ってる」

彼女はドアの手前で足をとめ、わたしを振り返る。

「女の人の名前はなんだったかしら？　殺されたところを見たとあなたが思ってる女の人の名前は」

「見たと思ってるんじゃない。たしかにこの目で見た。それと、彼女の名前はダニエラ・バルガスだ」

その日の午前中はずっとデスクに向かい、朝食を食べながら、まったく覚えのない科学的偉業を記したファイルを読みふける。

こんな状況にあっても、自分の研究ノートを読み、小型の立方体を使った画期的な成果へと発展していく過程をたどるのは、やはり心が躍る。円盤を重ね合わせ状態にするための打開策とは？　超伝導量子ビットを、重ね合わせ状態を振動として記録できる多数の共振器と結合させることだった。理解不能なほど退屈な話に聞こえるが、革新的なアイデアだ。

その結果、パヴィア賞を受賞した。

そして、この地位を得た。

十年前、ヴェロシティ研究所に着任した初日、所員全員を対象にした所信表明を書き、量子力学と多元宇宙の概念について説明した。

そのなかの一節、次元に関する講話に目が吸い寄せられる。

引用すると……

わたしたちは自分が置かれている環境を三次元でとらえますが、実際には三次元のなかで生きているわけではありません。三次元には動きがない。スナップ写真と同じです。わたしたちの存在を描写するには四つめの次元をくわえなくてはなりません。四次元立方体にくわえられるのは空間次元ではありません。時間次元です。時間がくわわると、空間を表わす三次元の立方体が時間軸に沿って動いている形になります。

夜空を見あげ、五十光年もかかってわたしたちの目に届く星の輝きに見入るところを想像してもらうと、わかりやすいでしょう。五十光年でなく、五百光年でも五十億光年でもいい。とにかく、そういうとき、わたしたちは単に空という空間を見あげているのではなく、時間をさかのぼってもいるのです。

この四次元の時空を通るわたしたちの人生を、出生からはじまり死で終わる、わたしたちの世界線（現実）と言います。四つの座標（x、y、z、およびt——すなわち時間）によって四次元立方体の一点が定まります。

わたしたちはその一点でとまっていると考えがちですが、それは、すべての結果が必然的で、自由意思というものが幻想であり、わたしたちの世界線が一本だけである場合にかぎられます。

わたしたちの世界線が無限にある世界線、それもわたしたちが知る人生とほんのわずかにちがっているものから徹底的に異なるものまで、さまざまあるなかの一本にすぎないとしたらどうでしょう？

量子力学の多元宇宙的な解釈では、考えうるすべての現実が存在するとされます。起こる可能性のあるものはすべて起こるのです。過去に起こったかもしれないこともすべて起こっているのです。べつの宇宙では。

それが本当だとしたらどうなるでしょう？

わたしたちが五次元の確率空間に住んでいるとしたら？

本当は多元宇宙に住んでいるけれど、脳の進化によって一種のファイアーウォールがそなわり、その結果、ひとつの宇宙しか感知していないとしたら？　ひとつの世界線だけを。そのとき、そのときで自分が選んだ世界だけを。考えてみれば、理にかなっているのです。わたしたちはとてもじゃないが、ありうる現実すべてを一度に観察することはできないのですから。

では、どうすればこの五次元の確率空間にアクセスできるのでしょう？

アクセスできた場合、どこに行けるのでしょう？

夕方になってようやくレイトンがやってくる。

今度は階段を使うが、医務室があるいちばん下の階には行かず、地下二階どまりだ。

「予定が少し変更になった」彼は説明する。

「ＭＲＩを撮るのはやめたのか？」

「それはあとまわしだ」

彼の案内で、以前にも来た部屋に入る――装置の外で意識を取り戻した晩、アマンダ・ルーカスが事情聴取しようとした聴取室だ。

照明は落とされている。

「どういうことだ？」

「すわりたまえ、ジェイソン」

「どういうことかさっぱり――」

「いいからすわりたまえ」

わたしは椅子を引き出す。

レイトンはわたしの正面にすわる。

「昔のファイルに目をとおしていたそうだが」

わたしはうなずく。

「なにか思い出したかい？」

「とくになにも」

「それは残念だ。過去をたどることでなにかひらめくかと思ったのだが」

彼は背筋をまっすぐにのばす。

彼の椅子がきしむ。

静かすぎて、天井の電球がぶうんというのが聞こえるほどだ。

レイトンはテーブルごしにわたしをじっと見ている。

妙な感じがする。

なにか変だ。

レイトンが口をひらく。「四十五年前、わたしの父がヴェロシティを設立した。父の時代はいまとはまったくちがっていた。ジェット機のエンジンとターボファンの製造がおもな仕事で、最先端の科学の研究よりも、大きな組織の維持と法人契約の締結のほうが重要とされていた。現在の社員は二十三人だけだが、変わっていないことがひとつある。この会社は昔からひとつの家族であり、完全なる信頼関係をなによりも大切にしているんだよ」

彼はわたしから視線をはずし、よし、というようにうなずく。

明かりがつく。

スモークガラスの壁の向こうに小さな会議室が見え、最初の夜と同じように、十五人か二十人が席を埋めている。

ただし、いまは誰も起立して拍手をしていない。

誰も笑みを浮かべていない。

全員がわたしに厳しい視線を向けている。

険悪な雰囲気。

殺気立っている。

ここではじめて不安が迫りあがってくるのに気づく。

「なぜみんながいるんだ？」わたしは尋ねる。

「さっきも言ったように、われわれは家族だ。後始末は全員でおこなう」

「話がよく見えない――」

「きみはうそをついているな、ジェイソン。きみは自分で言っているとおりの人間ではない。われわれの仲間ではない」

「それならもう説明を――」

「ああ、装置のことはなにひとつ覚えていない。この十年間はブラックホールだと言うんだろう」

「そうだ」

「まだその説明をとおすつもりか？」

レイトンはテーブルの上のノートパソコンをひらき、いくつかキーを打つ。

起動させて、タッチスクリーンに文字を入力する。

「なんだ、これは？　なにをするつもりだ？」

「きみが帰還した晩にやりかけたことのつづきをやる。これからわたしが質問をするが、今度はちゃんと答えてもらおう」

わたしは椅子から立ちあがってドアのところへ行き、あけようとする。

鍵がかかっている。

「すわれ！」

レイトンの声が銃声のように響く。

「ここから出してくれ」

「だったら、本当のことを話してもらおう」

「もう話したじゃないか」

「ちがう。ダニエラ・バルガスに話したのが本当のことだ」

ガラスの向こう側でドアがあき、警備員のひとりが男の首のうしろをつかみ、押しやるようにして会議室に入れる。

男の顔がガラスに押しつけられる。

まさか、そんな。

ライアンの鼻は変形し、片目は完全につぶれている。

あざだらけの腫《は》れた顔がガラスに血の筋をつける。

「ライアン・ホールダーにも本当のことを話した」レイトンが言う。

わたしはライアンのもとに駆け寄り、名前を呼ぶ。彼はなにか答えるが、ガラスに邪魔をされ、なにを言っているか聞こえない。わたしはレイトンをにらみつける。

彼は言う。「すわりたまえ。さもないと、人を呼んで椅子にくくりつけてやってもいいんだぞ」

一度はおさまった怒りが一気によみがえる。ダニエラはこの男のせいで命を落とした。そして今度はこれだ。ここで襲いかかったとして、引き離されるまでにどれだけ痛めつけてやれるだろう。

しかし、わたしはすわる。

「彼を探しあてたのか？」

「そうじゃない、ライアンのほうから訪ねてきた。ダニエラのアパートメントで聞いたきみの話が気にかかると言ってね。いまわたしが聞きたいのは、それについてだ」

警備員たちがライアンを最前列の椅子にすわらせる様子を見ながら、ふとひらめく――あの装置が機能するのに必要なパズルのピース、ダニエラの展示会で言っていた例の〝化合物〟を合成したのはライアンだ。脳がさまたげとなって量子状態が感知できないのなら、そのしくみ――所信表明でわたしが述べた〝ファイアーウォール〟――を薬で無効にすればいいのだ。

わたしの世界のライアンは前頭前皮質と、それが意識を生み出すのに果たす役割について研究していた。ここにいるライアンが、脳による現実認識の仕組みを変える薬を作ったと考えても、飛躍のしすぎとは言えないだろう。重ね合わせ状態が崩壊し、波動関数が収束するのを阻止する薬を作ったとしても。

わたしは一瞬にして現実に返る。

「なぜ彼にあんなひどいことを？」

「きみはライアンに、自分はレイクモント大学の教授で、息子がひとりいて、ダニエラ・バルガスは実は自分の妻だと言ったそうだな。ある晩、家まで歩いて帰る途中で拉致され、そのあとここで目覚めたと。ここは自分の知っている世界ではないとも言ったそうじゃないか。いまの話を全部認めるかね？」

またも、ここで襲いかかれば、誰かがとめに入るまでどれだけ痛めつけてやれるかと考える。鼻の骨を折る？　歯をへし折る？　殺す？

わたしはすごみのある声を出す。「きみはわたしの愛する女性を殺した。彼女がわたしと話をしたからという理由で。わたしの友人を半殺しの目に遭わせた。わたしを無理やりここに拘束している。そのうえ、質問に答えろだと？　くたばるがいい」それからガラスの向こうをにらむ。「みんな、くたばっちまえ」

「きみはわたしの大事なジェイソンではないのかもしれない。わたしの知るジェイソンの野望と知性をいくぶんかそなえた分身にすぎないのかもしれない。それでも、この質問の意味はわかるはずだ。あの装置が本当に機能するのだとしたら？　われわれは、史上まれに見る革新的な技術を目の当たりにしていることになるんだよ。現時点では見当もつかないほどの可能性を秘めた技術だ。なのにきみは、それを守るためにわれわれが極端に走っていると、つまらない批判をするつもりか？」

「ここから出してくれ」

「出ていきたいか。ほう。いまわたしが言ったことをすべて頭に叩きこみ、あれでの移動に成功したのはきみひとりだという事実をよく考えることだ。きみの頭のなかにある重要な知見は、われわれが何十億ドルという金と十年余という人生を費やして手に入れようとしてきたものだ。べつに脅すつもりはないが、論理的に考えたらどうだ――われわれがその知見をきみから引き出そうとしないとでも思っているのか？」

彼はそう言うと、思わせぶりに間をおく。

不穏な沈黙のなか、わたしは会議室を見やる。

ライアンに目を向ける。

アマンダに目を向ける。彼女は目を合わせようとしない。その目に涙が光っているが、正気をたもつためにあらゆるものと闘っているかのように、顎にぐっと力をこめている。

「よく聞いてほしい」レイトンは言う。「いま、この場所、この部屋のなかですませれば、きみにとっても楽だと思うよ。だから、このチャンスを最大限に生かすことだ。では、わたしを見ろ」

わたしは言われたとおりにする。

「きみがあの装置を作ったのか？」

わたしはなにも言わない。

「きみがあの装置を作ったのかと訊いている」

それでも無言をとおす。

「きみはどこから来た？」

頭がフル回転し、あらゆるシナリオを繰り出してくる。知っていることを全部話す。なにも言わない。一部を話す。だが、一部とはどこのことだ？

「ここはきみの世界なのか、ジェイソン？」

わたしをめぐる力関係はさして変わってはいない。この身の安全は自分に利用価値があるかどうかにかかっている。連中がわたしから得ようとするものがあるかぎり、わたしのほうが有利だ。知っていることを全部話したとたん、わたしの強みは消えてなくなる。

テーブルから顔をあげ、レイトンと目を合わせる。

「いまは話すつもりはない」

彼はため息をつく。

首をポキッと鳴らす。

それから、誰にともなくつぶやく。「もう話は終わりのようだ」

うしろのドアがあく。

わたしは振り返るが、入ってきた人物の顔を見るより先に、椅子から立ちあがらされ、床に押し倒される。

背中に乗られ、背骨のあたりを膝で押さえつけられる。

頭を動かないよう固定され、首に針を挿入される。

いやになるほどなじんだ、硬くて薄っぺらいマットレスの上で意識を取り戻す。なんの薬を注射されたかわからないが、それがひどい後遺症を引き起こしている――頭の真ん中に亀裂が入ったような感じだ。

耳もとで誰かがささやいている。

体を起こそうとするものの、ほんの少し動いただけで、ずきずきする頭の痛みがまったく新しいレベルの苦痛に変化する。

「ジェイソン？」

知っている声だ。

「ライアンか」

「やあ」

「どうなってるんだ？」わたしは訊く。

「連中がついさっき、きみをここに運んできた」

わたしは苦労して目をあける。

またも、監房のスチールベッドに寝かされていて、わきでライアンが片膝をついている。

近くで見ると、さっきよりもひどい顔をしている。

「ジェイソン、本当にすまない」

「きみのせいじゃないさ」

「ちがう。レイトンが言ったことは本当だ。あの晩、おまえとダニエラと別れたあと、あの男に電話したんだ。おまえと会ったことを伝え、居場所を教えた」ライアンはちゃんとあくほうの目を閉じ、顔をゆがめる。「連中が彼女に手出しをするなんて、考えもしなかった」

「なぜ、きみはここに？」

「連中はおまえからほしい情報を得られなかったんだろうな。それで、夜中におれを連れにきたってわけだ。彼女が死んだとき、おまえもその場にいたのか？」

「わたしの目の前で起こったんだ。男がアパートメントに押し入ってきて、彼女の眉間を撃った」

「ひどい」

ライアンはベッドにあがると、隣に腰をおろし、わたしたちは並んでコンクリートの壁にもたれる。

「おまえがおれとダニエラにした話を教えてやれば、研究チームに迎えられるんじゃないかという下心もあった。なんらかの形の見返りがあるだろうとね。ところが、殴られただけだった。まだ話してないことがあるはずだとなじられたよ」

「大変だったな」

「おまえはいつも秘密めかしていたよな。おれなんか、ここがどういうところかも知らなかったくらいだ。こっちはおまえとレイトンのためにさんざん苦労したのに、おまえときたら――」

「わたしは秘密めかしてなんかいないよ、ライアン。それは、このわたしじゃない」

彼は、いまの言葉が持つ意味を推《お》し量《はか》るような目で、わたしを見る。

「つまり、ダニエラの家で話したことは――すべて本当だったと？」

わたしはライアンに顔を近づけ、小声で言う。「すべて本当だ。声を大きくしないように。おそらく盗聴されている」

「どうやってここに来たんだ？」ライアンは小声で尋ねる。「この世界に？」

「この監房を出てすぐのところに格納庫があって、そこに金属でできた立方体の装置がある。べつのバージョンのわたしが作った装置だ」

「で、そいつは具体的にどういうものなんだ？」

「多元宇宙への入り口じゃないかと考えている」

ライアンは、頭がどうかしたのかという顔でわたしを見る。「そんなことが可能なわけないだろうが」

「とにかく聞いてくれ。ここを抜け出した晩、わたしは病院に向かった。そこで薬物スクリーニング検査を受けたところ、正体不明の精神活性剤が微量ながら検出された。ダニエラのパーティで会ったとき、きみは例の化合物は効果があったかと尋ねただろ。具体的にどんな化合物を合成してくれたんだ？」

「前頭前皮質の三つのブロードマン領野における脳内化学物質の働きを一時的に変化させる薬を合成するよう頼まれた。四年かかったよ。少なくとも、報酬ははずんでもらえたけどな」

「変化させるというのは、どういうふうに？」

「しばらく睡眠状態にするんだ。それをどう使うのかは、見当もつかない」

「シュレディンガーの猫の概念は知ってるな？」

「あたりまえだ」

「観測によって現実が決定されるという考えも？」

「ああ」

「べつのバージョンのわたしは、人間を重ね合わせの状態にしようとこころみていた。理論上は不可能だ。人間の場合、意識や観測しようとする力が邪魔をするからね。しかし、観察者効果の原因となるメカニズムが脳に存在するなら……」

「それを停止すればいい」

「そういうことだ」

「つまり、おれが合成した薬は重ね合わせ状態が崩壊するのを阻止するためのものか」

「そう考えている」

「しかし、それでも他人の重ね合わせ状態の崩壊はふせげないぞ。他人の観察者効果によって、自分の現実が決められてしまう」

「そこで、例の装置の登場だ」

「たまげたな。つまり、人間を生きてると同時に死んでる猫にする方法を編み出したってことか？　そいつは……すごすぎる」

監房のドアが解錠されてひらく。

ライアンとわたしが顔をあげると、レイトンが入ってすぐのところに立っている。両側にひかえた中年の警備員ふたりは体にぴったりしすぎのポロシャツの裾をジーンズにたくしこみ、いくらかピークを過ぎた体つきをしている。

いかにも暴力を仕事にしている風情だ。

レイトンが言う。「ライアン、一緒に来てもらえるかな?」

ライアンは尻込みする。

「引きずり出せ」

「わかった、行くよ」

ライアンは立ちあがると、足を引きずりながらドアに向かう。

警備員が両側から彼の腕をつかんで連れ去るが、レイトンはあとに残る。

彼はわたしを見つめる。

「本当のわたしはこうではないんだよ、ジェイソン。こんなことはしたくない。きみのせいでモンスターにならざるをえないんだ。これからどうなるかわかるかね? わたしが選んだわけじゃない。きみが選んだんだ」

わたしはベッドから飛びおり、レイトンに襲いかかろうとするが、彼は目の前でドアを乱暴に閉める。

監房の明かりが消える。

見えるのは、ドアの上から見張っている監視カメラの緑色に光る点だけになる。

わたしは闇のなかで隅にすわって思い返す。家の近所まで来たときに、背後から足音がするのに最初に気づいたときから、この瞬間にいたるまでを。わずか五日前、わたしの世界での出来事だ。

能面と銃が目の前に現われ、わたしの空には恐怖と困惑というふたつの星しかなくなった。

いまこの瞬間は筋のとおらないことばかりだ。

問題解決の道はない。

科学的方法もない。

すっかり打ちのめされ、心が折れ、恐れおののいたわたしは、すべてを終わりにしようかと考えはじめる。

目の前で最愛の人が殺された。

こうしているあいだにも、旧友は拷問《ごうもん》を受けているにちがいない。

そして連中は、必ずや最期《さいご》の瞬間までわたしを苦しめつづけるだろう。

恐ろしくてたまらない。

チャーリーが恋しい。

ダニエラが恋しい。

きちんと改装する金がなくて、みすぼらしいままの褐色砂岩の家が恋しい。

さびの浮いた愛車のサバーバンが恋しい。

大学にある自分の研究室が恋しい。

学生たちも。

自分の人生のすべてが恋しい。

そしてこの暗闇のなか、電球のフィラメントが温まって明かりがつくように、真相が頭にひらめく。

わたしを拉致した男の声を思い出す。どこか聞き覚えのある声が、わたしの日常について質問する。

仕事のこと。

妻のこと。

彼女を〝ダニ〟と呼ぶのかどうか。

男はライアン・ホールダーが誰か知っていた。

まさか。

男はわたしを廃墟となった発電所に連れていった。

なにかの薬を投与した。

わたしの日常生活について質問した。

わたしの電話を、わたしの服を奪った。

あの野郎。

そいつがいま、わたしをにらみつけている。

怒りのあまり心臓が震える。

あんなまねをしたのは、わたしの後釜《あとがま》にすわるためだったのだ。

わたしの人生を手に入れるためだった。

わたしの愛する女性を。

わたしの息子を。

わたしの仕事を。

わたしの家を。

なぜなら、あの男はわたしだったからだ。

もうひとりのジェイソンが、あの装置を作ったジェイソンが、わたしをこんな目に遭わせたのだ。

監視カメラの緑色の光が消える。装置をはじめて見たときから、わたしはうすうす感づいていたのだと気づく。

ただ、現実を直視しようとしなかっただけだ。

それも当然だろう？

自分のとはちがう世界でさまようのと、立場を入れ替えられたと知るのとでは、まったくちがう。

よりすぐれたバージョンの自分が自分の人生に入りこんだと知るのとでは。

あの男のほうがわたしより頭脳明晰なのは疑問の余地がない。

チャーリーにとってよりよい父親でもあるのだろうか？

ダニエラにとってよりよい夫だろうか？

よりすばらしい恋人だろうか？

あの男がわたしをこんな目に遭わせた。

ちがう。

それよりひどい。

わたしをこんな目に遭わせたのはわたしだ。

ドアの錠が引っこむ音が聞こえ、わたしは反射的にまた壁にもたれる。

おしまいだ。

わたしを連れに来たのだ。

ドアがゆっくりとあき、入り口にひとりだけ立っているのが見える。その姿がうしろからの光でシルエットとなって浮かびあがっている。

人影がなかに入って、ドアを閉める。

なにも見えなくなる。

しかし、彼女のにおい——香水だかボディソープだかのにおいがうっすらと香る。

「アマンダ？」

彼女は小声で言う。「もっと声を落として」

「ライアンはどこに行った？」

「彼はいなくなったわ」

「いなくなったって、どういう意味？」

彼女はいまにも泣きだしそうな、感情が爆発する寸前のような声になる。「殺されたの。本当にごめんなさい、ジェイソン。ちょっと脅すだけと思ってたのに……」

「彼が死んだって？」

「あなたもいつ連れ出されてもおかしくないわ」

「どうしてきみは——？」

「こんなひどいことに手を貸すつもりで入所したんじゃないもの。あの人たちがダニエラにしたこと、ホールダーさんにしたこと、そしてあなたにしようとしてること。彼らは越えてはいけない一線を越えたの。たとえ科学のためだろうと、なんだろうと、許されることじゃない」

「研究所から出してくれるのかい？」

「いいえ。だいいち、そこらじゅうのニュースにあなたの顔がでかでかと出てるんだから、そんなことをしてもいい結果にはならないわ」

「どういうことだ？　なぜ、わたしがニュースになってる？」

「警察があなたを捜してるの。ダニエラを殺した犯人として」

「きみたちはわたしをはめたのか？」

「本当に申し訳ないと思ってる。とにかく、研究所から出すのは無理だけど、格納庫には連れていけるわ」

「あの装置の仕組みを知っているの？」

目には見えないが、彼女の視線が注がれているのを感じる。

「いいえ、さっぱり。でも、逃げ道はあれしかないわ」

「これまで聞いた話だと、あのなかに足を踏み入れるのは、パラシュートがひらくかどうかもわからずに飛行機から飛びおりるようなものだそうだ」

「どっちみち飛行機が墜落するなら、そんなのたいした問題じゃないでしょ」

「監視カメラはどうする？」

「ここのカメラのこと？　切っておいたわ」

アマンダがドアに向かって歩く音がする。

光の縦線が現われ、幅が太くなる。

監房のドアが大きくあき、アマンダがリュックサックを背負っているのが見える。彼女は廊下に出ると、赤いタイトスカートをなでつけ、わたしを振り返る。

「来ないの?」

わたしはベッドのフレームにつかまり、どうにかこうにか立ちあがる。

何時間も暗いなかにいたせいだろう、廊下の照明が耐えがたい。急にまぶしくなったせいで、目が痛くなる。

いまのところ、ここにはわたしたちしかいない。

アマンダはすでにわたしを置いて、奥の金庫のようなドアに向かっている。

彼女はちらりと振り返り、小声で言う。「行くわよ!」

わたしは足音を忍ばせてついていく。頭上のパネル型蛍光灯が流れるように点滅する。

わたしたちの足音が反響する以外、廊下は静まり返っている。

タッチスクリーンのところにたどり着き、アマンダが自分のカードキーをスキャナーの下に入れる。

「管理室に誰かいるんじゃないのか?」わたしは訊く。「たしか常時、誰かが監視していると——」

「今夜はわたしが当番なの。なんとかする」

「でも、きみが手を貸したとばれるじゃないか」

「あの人たちが気づくころには、わたしはもうここにはいないわ」

女性の電子音声が言う。〝お名前をおっしゃってください〟

「アマンダ・ルーカス」

〝暗証番号をお願いします〟

「2・2・3・7」

〝暗証番号がちがいます〟

「やられた」

「どうした？」

「わたしたちが廊下のカメラに映ってるのを見た人が、わたしの入室許可を凍結したんだわ。レイトンに知られるのもまもなくよ」

「もう一回、やってみて」

彼女はもう一度、カードを読み取らせる。

〝お名前をおっしゃってください〟

「アマンダ・ルーカス」

〝暗証番号をお願いします〟

彼女は今度はゆっくりと、一語一語はっきりと発音する。「2・2・3・7」

〝暗証番号がちがいます〟

「ああ、もう！」

廊下の反対側のドアがあく。

レイトンの部下が現われ、アマンダの顔は恐怖で青ざめ、わたしは上顎に強い鉄の味が広がるのを感じる。

アマンダに訊く。「暗証番号は各人で決めているのか？　それとも割り振られている？」

「みんな自分で決めてる」

「カードをわたしに」

「どうして？」

「誰もわたしの入室許可を凍結しようとは考えなかっただろうからさ」

アマンダからカードを渡されると同時に、レイトンが同じドアから現われる。

彼は大声でわたしを呼ぶ。

廊下の向こうに目をやると、レイトンと部下がわたしたちに向かって歩きだしている。

わたしはカードを読み取らせる。

〝お名前をおっしゃってください〟

「ジェイソン・デスセン」

〝暗証番号をお願いします〟

認識するのも当然だ。この男はわたしなんだから。

自分が生まれた月と年を逆にする。

「3・7・2・1」

〝音声を認識しました。お入りください、デスセン博士〟

神経を逆なでするようなブザー音が響く。

ドアがじりじりとあきはじめるのを、わたしはなすすべもなく見守る。背後では男たちが顔を真っ赤にし、両腕を大きく振って、猛然と近づいてくる。

あと四、五秒のところまで来ている。

重厚なドアに人が通れるくらいの隙間ができるや、アマンダが体をねじこむようにして通り抜ける。

わたしもつづいて格納庫に入り、すべすべしたコンクリートの床を装置目指してひた走る。管理室は無人で、高い天井から照明が降り注いでいる。わたしははたと気づく。わたしたちがこの状況を切り抜けるシナリオなどないのだと。

装置まであと少し。アマンダが叫ぶ。「なかに入るわよ!」

振り返ると、最初の追っ手が大きくひらいたドアからいきおいよく飛び出してくるのが見える。右手に拳銃だかテーザー銃だかを持ち、顔はライアンの血とおぼしきものにまみれている。

男はわたしの姿を認め、銃をかまえるが、わたしは発砲される前に装置をまわりこむ。

アマンダが装置の扉を押しあけ、格納庫じゅうに警報が響きだすのと前後して、なかに姿を消す。

つづいてわたしも駆けこむ。

アマンダはわたしをどかし、肩で扉を押しやる。

声と接近する足音が聞こえる。

アマンダが手こずっているのを見て、わたしも一緒になって全体重を扉にかける。

一トンはありそうだ。

ようやく扉が動き、閉まりはじめる。

枠に手が現われるが、慣性力がわたしたちに味方する。

扉は轟音とともに閉まり、巨大なデッドボルト錠が受座におさまる。

静かになる。

しかも真っ暗だ。一瞬にして訪れた本物の完全なる闇のせいで、周囲がぐるぐるまわっているように感じる。

わたしはふらつく足でいちばん近くの壁まで行き、金属の表面に両手をつける。本当に装置のなかにいるのだと実感するため、硬いものに触れていたいからだ。

「連中は扉を突破してくるかな？」わたしはつぶやく。

「どうかしら。たしか、十分間はあかない仕組みになっているはず。いわば、自動安全装置ね」

「なんのための安全装置なんだ？」

「さあ。追いかけてくる敵を寄せつけないため、とか？　危険な状況から脱出するため？　あなたが設計したんでしょ。とにかく、ちゃんと作動してるみたい」

闇のなかでがさがさいう音がする。

充電式のコールマンのランタンが点灯し、青みを帯びた光で箱の内部を照らす。

分厚くて、ほぼ破壊不能な壁に囲まれたこの場所にようやく入れたと思うと、妙な気分でもあり恐ろしくもあるが、その一方、心が高鳴っているのも否定できない。

明るくなると、手の指が四本、扉の近くに落ちているのが真っ先に目に入る。どれも第二関節のところですっぱり切れている。

アマンダはふたをあけたリュックサックの前で膝をつき、なかに片腕を肩のところまで差し入れる。目の前で大変なことが次々と起こったにもかかわらず、その表情はとても落ち着いていて、状況を冷静に判断しているように見える。

彼女は小さな革の袋を出す。なかには注射器と注射針、それに透明な液体が入った小さなアンプルがたくさん詰まっている。液体はおそらく、ライアンが合成した薬だろう。

「わたしと一緒にやるんだね」

「ほかにどんな選択肢があるの？　このまま装置の外に出て、レイトンを裏切り、全員で一致団結して目指してきたすべてをだめにしましたと言うとか？」

「どうやればこの装置が機能するのかもわからないんだよ」

「でも、それはわたしも同じ。だったら、このあとに訪れる楽しいときに目を向けましょうよ」彼女は腕時計に目をやる。「扉が閉まったときにタイマーをセットしたの。八分五十六秒後にはあの人たちが入ってくる。時間の制約がなければ、このアンプルの中身を飲むか、筋肉注射をすればいいんでしょうけど、いまは静脈に打つしかないわ。自分で注射をしたことはある？」

「ない」

「袖をまくって」

アマンダはわたしの肘の上に駆血帯を巻いて腕をつかむと、それをランタンの明かりのもとへ持っていく。

「肘関節の内側に静脈があるでしょう？　それが肘正中皮静脈。そこに打つの」

「きみがやってくれるんじゃないの？」

「大丈夫、できるわ」

アルコール除菌ティッシュが入っているパックを渡される。パックを破ってあけ、皮膚の一部を拭く。

つづいて、三ミリリットル用の注射器一本と注射針二本、それにアンプルを一本渡される。

「こっちはフィルター付きの注射針」彼女は二本のうち一本を示す。「ガラスの破片が入らないよう、液体を吸いあげるときはこっちを使って。それからもう一本の針に付け替えて注射する。わかった？」

「たぶん」わたしはフィルター付きの注射針を注射器にねじこんでから、キャップをはずし、ガラスのアンプルの首を折る。「全部、吸いあげるのかい？」

アマンダは自分の腕に駆血帯を巻き、針を刺す場所を消毒する。

「そうよ」

わたしはアンプルの中身を慎重に注射器に吸いあげ、針を交換する。

アマンダが言う。「注射器を軽くはじくのと、針先から液体を少しだけ出すのを忘れないで。血管に空気を注入したらことだわ」

彼女はもう一度、腕時計を見せる。あと七分三十九秒。

七分三十八秒。

七分三十七秒。

わたしは注射器をはじき、ライアンが合成した薬品のしずくを針先から押し出す。

「それで、あとは……」

「針の先端の穴が上を向く形で、四十五度の角度で静脈に刺すの。いいわ、その調子」

大量のアドレナリンが体内をものすごいいきおいで駆けめぐっているせいか、刺した瞬間もほとんどわからない。

「このあとはどうすればいい？」

「血管に刺さっているかたしかめて」

「どうやるんだ？」

「プランジャーを少しだけ戻すの」

言われたとおりにする。

「血が混じった？」

「ああ」

「上出来よ。ちゃんと血管に入ってる。そしたら駆血帯をゆるめ、ゆっくりと注入して」

わたしはプランジャーを押しさげながら訊く。「どのくらいで効き目が現れるんだろう？」

「ほとんど瞬時よ。もし……」

言葉の最後は聞き取れない。

薬が一気に入ってくる。

わたしは力なくうしろの壁にもたれ、なにもできないまま時間が過ぎていく。目の前にアマンダの顔が現われ、なにか言っているが、さっぱり聞き取れない。

視線を下にやると、彼女がわたしの腕から注射器を抜き、小さな刺創にアルコール綿を押しつけている。

ようやく彼女の言葉を理解する。〝押さえていて〟と言っているのだ。

今度は、アマンダが自分の腕をランタンの明かりのもとにのばす。彼女が静脈に針を刺し、駆血帯をゆるめるころになると、わたしの目は彼女の腕時計の文字盤に注がれ、数字がゼロに近づいていくのを見ている。

まもなくアマンダは麻薬を打ったばかりのジャンキーのように床に大の字にのび、時間切れが刻々と近づいているが、もうそれはどうでもよくなっている。

わたしは信じられない思いで目の前の光景をながめる。

8

わたしは体を起こす。

頭はすっきりと冴えている。

アマンダはもう床に倒れていない。数フィート離れたところで、わたしに背を向けて立っている。

わたしは声をかけ、大丈夫かと尋ねるが、答えは返ってこない。

どうにかこうにか立ちあがる。

アマンダはランタンをかかげている。近づいていくと、ランタンの光が照らしているのは、前方にあるはずの壁ではない。

わたしは彼女の横を通りすぎる。

彼女はランタンを持ってついてくる。

光のなかにべつの扉が、格納庫で装置に入ったときのとそっくり同じ扉が現われる。

わたしは歩きつづける。

さらに十二フィート行くと、またべつの扉が現われる。

そしてまたべつの扉。

またべつの扉。

ランタンは六十ワットの電球一個分の明るさしかなく、七、八十フィートより先まで届く光はわずかばかりで、それが片側の金属壁と反対側に等間隔で並ぶ扉の冷たい表面に反射している。

光の円の外には、完全なる闇が広がっている。

わたしは放心し、言葉も忘れて立ちつくす。

これまでの人生で読んできた何千という論文や本を思い返す。おこなわれた実験。受けた授業。頭に叩きこんだ仮説。黒板に殴り書きされた方程式。ここの足もとにもおよばない模倣品をつくるために無塵室で費やした日々。

物理学および宇宙論を学ぶ学生にとって、実体をともなう研究にもっとも近いのは、望遠鏡ごしに見る古い銀河だろう。発生したとわかっても肉眼では見られない粒子の衝突後のデータの変化もそうだ。

方程式とそれが意味する現実とのあいだには、常に境界線というか壁が存在する。

しかし、もうそんなことはない。少なくともわたしには。

わたしはひたすら考えつづける。わたしはここにいる。本当にこの場所にいるんだ。ここはたしかに存在している。

ほんの一瞬のこととはいえ、わたしは恐怖を忘れている。

驚きで胸が高鳴る。

言葉が口を突いて出る。「われわれが経験できるもっとも美しいものは神秘である」

アマンダがわたしに目を向ける。

「アインシュタインの言葉だ。わたしのではないよ」

「そもそも、ここは現実なの？」

「現実というのはどういう意味？」

「わたしたちはいま、現実に存在する場所にいるのかしら？」

「わたしたちの脳では理解できないものを、頭が視覚的に説明しようとしているんだと思う」

「つまり？」

「重ね合わせの状態だ」

「じゃあ、わたしたちはいま、量子状態を経験しているのね？」

わたしは背後の通路を振り返る。それから前方の闇に目を向ける。わずかな光しかなくても、この空間は無限につづいているのだとわかる。たとえて言うなら、二枚の鏡を向かい合わせにしたような感じ。

「そういうことだ。通路のように見えるが、実際には、同じ空間と時間を共有するあらゆる現実にまたがる恰好で装置がのびているんだと思う」

「輪切りにしたものが並んでる感じ？」

「まさしくそれだ。量子力学の一部の議論によれば、観測によって崩壊する前の状態の全情報を含んでいるものは波動関数と呼ばれる。この通路は、わたしたちの重ね合わせられた量子状態を表わす波動関数、すなわち、考えうるすべての結果をわたしたちの頭が可視化しているんじゃないかな」

「だとしたら、この通路はどこにつながっているの？」アマンダが訊く。「終わりまで行った場合」

その答えを言うと同時に、驚異の念は後退し、そこに恐怖が忍び寄る。「終わりなんてものはないんだ」

わたしたちは歩きつづける。なにが起こるのか、なにかが変わるのか、わたしたち自身が変わるのかを見きわめるために。

しかし、えんえんと扉がつづくばかりだ。

しばらく歩いたところで、わたしは言う。「歩きはじめてからずっと扉の数を数えているが、これが四百四十番めの扉だ。装置同士の間隔は十二フィートだから、すでにゆうに一マイルは歩いたことになる」

アマンダが足をとめ、肩からリュックサックをおろす。

彼女が壁にもたれてすわるのを見て、わたしもその隣に腰をおろし、ランタンをふたりのあいだに置く。

「レイトンがあの薬を摂取して、わたしたちを追って乗りこんでくるかもしれないな」

「あの人がそんなことをするわけがないわ」

「どうして？」

「この装置を恐れているから。わたしたち全員がそう。あなたをべつにすれば、なかに入って戻ってこられた人はひとりもいない。だから、レイトンはどんな手を使ってでも、装置の使い方をあなたから聞き出したかったのよ」

「ほかの被験者はどうなったんだい？」

「最初に入ったのはマシュー・スネルという男性だった。どういうことになるのかまったくわからなかったから、スネルには簡単明瞭な指示をあたえたわ。装置に入る。扉を閉める。すわる。薬を自分で注射する。なにがあろうと、なにを目にしようと、同じ場所から動かず、薬の効き目が消えるのを待ち、それから格納庫に戻ること。いま見ているようなものを見たとしても、装置から出てはいけない。一歩も動くなと言ってあった」

「それで、どうなった？」

「一時間が経過した。もう出てきてもいいはずだった。扉をあけたかったけど、スネルがなかでなにか体験しているところを邪魔するような気がしてできなかった。二十四時間が経過して、ようやくあけたわ」

「なかは空《から》だった」

「ええ」青い光に照らされたアマンダは、疲れているように見える。「この装置に入って、薬を打つのは一方通行の扉をくぐるようなものよ。あと戻りはできないし、わたしたちを追ってなかに入ろうなんて危険をおかす人はいないわ。ここにいるのはわたしたちだけ。それで、どうする？」

「優秀な科学者なら誰でもやるように、ためしてみるしかない。どれかひとつ扉を選んで、あけたらどうなるかやってみるんだ」

「念のために訊いておくけど、どの扉にしても、あけたらどうなるかはわからないのね？」

「まったくわからない」

アマンダに手を貸して、立ちあがらせる。リュックをかつぎあげたとき、いくらか喉が渇いているのにはじめて気づき、アマンダは水を持ってきてくれただろうかと気になる。

わたしたちはさらに通路を進むが、それはわたしが選ぶのをためらっているせいだ。どの扉にも無限の可能性があるのなら、統計的な観点から見れば、選択そのものは全でもあり無でもあることになる。どれを選んでも正しいし、どれを選んでも間違いなのだ。

わたしはようやく足をとめる。「この扉でいい？」

アマンダは肩をすくめる。「ええ」

冷たい金属のレバーを握ってから、わたしは念を押す。「アンプルはちゃんとあるだろうね？　というのも、場合によっては――」

「一分前に立ちどまったときに、リュックのなかをちゃんと確認したわ」

レバーを押しさげると、デッドボルトが引っこむ音がする。

扉が内側に大きくあき、前がひらける。

アマンダが小声で尋ねる。「なにが見える？」

「まだなにも見えない。真っ暗だ。そいつを貸して」彼女からランタンを受け取ると、装置がふたたびひとつの箱に戻っているのがわかる。「ごらん」わたしは言う。「通路がなくなってる」

「驚いた？」

「正直な話、しごく当然なことだよ。外の世界は装置内と作用し合っている。その結果、量子状態の安定性が失われたんだ」

わたしはひらいた扉に向きなおり、体の前でランタンをかかげる。見えるのはすぐ前に広がる敷地だけだ。

ひび割れたアスファルト。

油の染み。

足をおろすと、ガラスを踏みしだく音がする。

アマンダを助けながら、ふたりで最初の数歩をそろそろと踏み出す。拡散した光がコンクリートの柱に当たる。

ワゴン車。

オープンカー。

セダン。

駐車場だ。

車線を右と左に分けている白いラインの残りに沿って、両側に車が並ぶゆるい坂をあがる。

すでに装置ははるか後方に去り、漆黒の闇に沈んでまったく見えない。

左を示す矢印が描かれた看板の前を通りすぎる。矢印の下の文字は――

通りへの出口

カーブを曲がりきり、次のスロープをのぼりはじめる。

右側の天井はコンクリート片が崩れ落ちたらしく、そのせいで車のフロントガラスが割れ、ボンネットや屋根がへこんでいる。しかも、進めば進むほどひどくなり、ついにはコンクリートの大きな塊《かたまり》を乗り越え、ナイフのように突き出たさびだらけの鉄筋をまわりこまなくてはならなくなる。

次の階に向かう途中、通れないほど積みあがった瓦礫《がれき》に足止めされる。

「引き返したほうがよさそうだ」わたしは言う。

「ねえ、あそこ……」アマンダがランタンを奪い、わたしは彼女について吹き抜けの入り口まで行く。

ドアがわずかにあいていて、アマンダがそれを無理やり、押しひらく。

真っ暗だ。

階段をのぼりきったところにドアがある。

ふたりで力を合わせ、なんとかあける。

正面のロビーを風が吹き抜けていく。

かつては二階分の高さがある大きな窓だったものの鉄骨フレームから、アンビエント照明を思わせる光が射している。

最初、床に積もっているのは雪だと思うが、寒くはない。

膝をついて、ひとつかみする。乾燥していて、大理石の床に一フィートほども積もっている。指のあいだからさらさらと落ちていく。

重い足取りで、細長いフロントデスクの前を通りすぎる。正面には、凝った活字体で書かれたホテルの名前がいまも残っている。

正面玄関のところで、対《つい》になった大きなプランターのあいだを通り抜ける。植わっていた木はしおれ、ねじれた枝と風にそよぐかさかさの葉っぱだけしか残っていない。

アマンダがランタンのスイッチを切る。

ガラスのはまっていない回転ドアを抜ける。

さして寒くないはずなのに、外は吹雪で大荒れのように見える。

通りに出て、暗いビルの隙間からほんのり赤く染まった空を見あげる。雲が低いとき、高層ビルからの光が上空の湿気に反射すると、この街の空はこんなふうに赤らむ。

しかし、どのビルにも明かりはついていない。

見える範囲ではひとつとしてない。

滝のように降ってくるのは雪に見えるが、顔にあたってもちくちくしない。

「灰だわ」アマンダが言う。

灰の嵐だ。

道路に積もった灰は深さが膝にまで達し、ひと晩たって灰を始末する前の、冷えきった暖炉のにおいがただよっている。

焦《こ》げたにおい。

激しく降りしきる灰で高層ビルの上層階がかすみ、聞こえるのは、ビルのあいだ、あるいはビルそのものを吹き抜ける風の音と、長らく放置された乗用車やバスに吹き寄せる灰のさらさらいう音だけだ。

自分の目が信じられない。

自分のものとはちがう世界にこうして立っているなんて。

風に背を向け、通りの中央まで行ってみる。

高層ビルが真っ黒だとは、なにか変だという感じが振り払えない。残っているのは骨組みだけで、降りしきる灰のなかに不気味な姿をさらしている。人間が作ったものというより、奇抜な恰好をした山という感じだ。傾いているのもあれば、完全に倒れているのもあり、上のほうからは、強風が吹きすさぶなか、鉄骨が本来の引っ張り強度をはるかに超えてねじれるときのきしみ音が聞こえてくる。

そのとき、ふいに目の奥に締めつけられるような痛みが走る。

スイッチを切ったかのように、ほんの一瞬で痛みは消える。

アマンダが訊く。「あなたも感じた？」

「目の奥が圧迫されるような感じのこと？」

「そう」

「うん、感じた。薬が切れたんだろう」

数ブロックほど行くとビル群が終わる。いつの間にか堤防の上につけられたガードレールまで来ている。蛍光色に染まった空のもと、湖が何マイルも先までつづいているが、わたしの知るミシガン湖とは似ても似つかない、広大な灰色の砂漠に変わっている。真っ黒な泡波が防潮壁に砕けるたび、水面に降り積もった灰がウォーターベッドのように揺れ動く。

向かい風のなか、来た道を引き返す。

灰が目と口に襲いかかる。

来たときの足跡はすでに覆われている。

ホテルまであと一ブロックのところまで来たとき、長くつづく雷のような音が、近くでする。

足もとの地面が揺れる。

また一棟、ビルが崩れる。


箱型の装置は出たときと同じ場所、駐車場の最下階の隅っこにある。

わたしもアマンダも全身灰だらけで、しばらく扉の前で服と髪を払う。

装置のなかに戻り、鍵をかける。

飾りのない狭苦しい箱に逆戻りだ。

四枚の壁。

一枚の扉。

ランタン一個。

リュックサック一個。

そして当惑した人間がふたり。

アマンダは腰をおろし、両膝を胸に抱えこむ。

「あの世界でなにがあったのかしら」

「超巨大火山の噴火。小惑星の衝突。核戦争。いろいろ考えられる」

「わたしたちは未来に来たの？」

「そうじゃない。この装置は同じ空間と時間に存在するべつの現実とをつなぐためのものだ。しかし、わたしたちの世界では考えもしなかった形でテクノロジーが進化した場合、未来のように見えるかもしれないな」

「世界じゅうがあんなふうに破壊されていたらどうするの？」

「また薬を摂取するしかないだろう。そもそも、この崩れかけた高層ビルの下になんかいたら、とても安全とは言えないわけだし」

アマンダは履いていたフラットシューズを脱いで、なかにたまった灰を捨てる。

「研究所ではきみのおかげで……命拾いできた」

アマンダはわたしのほうを向く。下唇がいまにも震えだしそうだ。「初期の装置に乗りこんだ被験者たちのことをよく夢に見たわ。というか悪夢だったけど。こんなことになってるなんて信じられない」

わたしはリュックサックをあけて、中身をひとつひとつ確認する。

アンプルと注射器セットが入った革の袋。

ビニール袋に密封されたノート三冊。

ペンが入った箱。

ナイロンの鞘《さや》におさめられたナイフ。

救急セット。

保温断熱素材のブランケット。

雨用ポンチョ。

簡易トイレ。

札《さつ》をロールに巻いたものがふたつ。

放射線測定器。

コンパス。

一リットル入りのミネラルウォーターが二本。どちらも満タン。

携帯口糧六食分。

「これだけのものをきみが？」わたしは訊く。

「ううん。貯蔵室から持ってきただけ。これが標準装備で、装置に入る人は誰でも持っていくことになってるの。本当は宇宙服を着なくてはいけないけど、持ってくる余裕がなくて」

「冗談だろ。どんな世界が待っているかもわからないのに。放射線レベルがとてつもない数値かもしれないし、大気組成が大幅に変わっているかもしれない。大気圧がうんと低かったら、体じゅうの血液と体液が一瞬にして沸騰《ふっとう》してしまうじゃないか」

水のペットボトルが誘いかけてくる。昼食を食べて以来、もう何時間も水分を摂っていない。喉の渇きが最高潮に達している。

革の袋をあける。アンプルをおさめるための特注品らしく、ガラス瓶が一本一本、小さなポケットにおさまっている。

わたしはいくつあるのか数えはじめる。

「五十本よ」アマンダが言う。「というか、いまは四十八本。ふたり分のリュックを持ってくればよかったけど、でも……」

「きみは一緒に来るつもりじゃなかったものな」

「わたしたち、どのくらいまずいことになってると思う？　正直なところを聞かせて」

「なんとも言えない。とにかく、これがわたしたちの宇宙船なんだ。うまく飛ばせるようになるしかない」

出したものをすべてリュックに詰めなおしていると、アマンダが注射器のセットに手をのばす。

今度はアンプルの首を折って、中身を飲む。液体が、甘いながらもぴりっとした苦みを残して舌の上を流れていく。

これで残りのアンプルは四十六本。

わたしはアマンダの腕時計のストップウォッチをスタートさせる。「この薬は何本までなら脳に損傷をあたえずにすむのかな？」

「しばらく前に臨床試験をしたの」

「通りにいるホームレスをだまして連れてきたのかい？」

彼女はあやうく笑いそうになる。「誰も死んでないわ。繰り返し使用すると神経機能に負担がかかるし、耐性が増すのはたしか。いいニュースもあって、半減期はかなり短いから、連続して打つようなまねをしなければ、とくに問題は起こらないはず」彼女は足をフラットシューズに入れて、わたしを見つめる。「自分のすごさを実感してるんじゃない？」

「どういうこと？」

「これを創りあげたのはあなたなのよ」

「そうだが、いまだにどうやったのかわからない。理屈は理解できるが、人間を安定的な量子状態にするなんて……」

「想像を絶する偉業？」

そのとおりだ。ありえないはずのことが起こったのだと思うと、うなじの毛が逆立ってくる。

「何十億にひとつの可能性かもしれないが、わたしたちはいま多元宇宙を相手にしている。無限の広がりを。きみの世界と似た世界は百万とあるかもしれないが、それはわたしにはわからない。しかし、必要なのはわたしの世界だ」

三十分ほどすると、薬が効いてきたことを示す最初の兆候――きらきらとした高揚感がちらりとのぞく。

甘美な解放感。

ヴェロシティ研究所の装置で感じたほど強烈ではないにしても。

アマンダに目をやる。

「感じてきた気がする」

「わたしも」

次の瞬間、わたしたちはふたたび通路にいる。

「腕時計のストップウォッチはまだ動いてる？」

アマンダはセーターの袖をまくって、時計の文字盤を蛍光グリーンに光らせる。

三十一分十五秒。

三十一分十六秒。

三十一分十七秒。

「薬を飲んでから三十一分ちょっとが経過したわけか。脳内物質が変化した状態はどのくらいつづくかわかる？」

「一時間くらいと聞いてる」

「念のため、時間をはかっておこう」

わたしは、さっきの駐車場に出る扉のところまで戻って、あけてみる。

目の前には森が広がっている。

ただし、緑色のものは皆無だ。

生命の兆候がまったくない。

見わたすかぎり、焼けこげた幹があるだけだ。

どの木も悪霊が宿っている感じで、黒い蜘蛛《くも》の巣のようなか細い枝が濃灰色の空にのびている。

扉を閉める。

ロックが自動的にかかる。

装置がまたのびて、無限の広がりを持ちはじめると、わたしはめまいに襲われる。

解錠し、扉をあける。

通路がまた消える。

死の森はまだある。

「なるほど、扉と世界との接続は、薬が効いているあいだだけしかつづかないようだ。ほかの被験者が研究所まで戻れなかったのはそのためだ」

「つまり、薬があらたに効くたび、通路はリセットされる」

「そうらしい」

「だとしたら、どうすれば帰れるの？」


アマンダは歩きはじめる。

しだいに早足になる。

やがて小走りになる。

最後には猛然と走っていく。

変わることのない闇に向かって。

終わることのない闇に向かって。

多元宇宙の舞台裏に向かって。

追いかけるうちにわたしは汗ばみ、喉の渇きが耐えきれないレベルになるが、あえてなにも言わない。アマンダにはこうする必要があるのだ。エネルギーを燃焼しつくす必要が。どれだけ遠くまで行こうと、この通路に終わりはないと自分の目でたしかめる必要が。

思うに、わたしたちふたりは、無限というものの恐ろしさを受け入れようとしているのだろう。

とうとう、アマンダは精力を使い果たす。速度が落ちる。

前方の闇に自分たちの足音がこだまする以外、なんの音も聞こえない。わたしは空腹と喉の渇きで頭がくらくらし、リュックサックのなかの二リットルの水が絶えず頭に浮かび、飲みたくてたまらない。と同時に、大事にしなくてはいけないこともわかっている。

いまは順を追って通路を進んでいる。ランタンをかかげ、装置の内壁をくまなく調べる。具体的になにを探しているのか自分でもわからない。ほかとはちがうなにか、だろうか。

どれを選べばどんな世界に出るのか、ヒントになるものならなんでもいい。その間も、頭のなかをいろいろな考えが駆けめぐる。

水がなくなったらどうする？
食糧が底を突いたら？
わたしたちにとって唯一の光源であるランタンの電池が切れたら？
もとの世界に帰る道を見つけるにはどうしたらいいのか。

ヴェロシティ研究所の格納庫で最初に装置に入ってから、何時間が過ぎただろう。時間の感覚がまったくない。

足がふらふらする。

疲労感が重くのしかかり、水以上に睡眠が魅力的に思える。

うしろのアマンダを見やると、青い光に照らされたその顔に表情はないが、それでも美しい。

怯えているようだ。

「おなかはすいてる?」彼女が尋ねる。

「まあね」

「もう喉がからからだけど、水は大事にしないと」

「賢明だ」

「どこにいるのか全然わからないし、時間がたてばたつほど、いっそう混乱するばかり。わたしはノース・ダコタで育ったけど、あそこではよく猛吹雪に襲われたわ。もう、あたり一面真っ白。たいらなところを車で走っているときに、突然、雪が激しく吹きつけてきたりすると、方向感覚が完全に失われてしまうの。あまりに激しく吹きつけるものだから、フロントガラスごしに見ているだけでもめまいがしてくるほどよ。そういうときはわきに車をとめて、おさまるのを待つしかない。いまもそれと同じ気分」

「怖いのはわたしも同じだ。でも、なんとかしようと考えている」

「なんとかって?」

「うん、まず第一に、薬を摂取したあと、通路が出現している時間が正確にどのくらいかを突きとめないといけない。一分単位で」

「何分してからドアをあけるの？」

「さっきの話だと薬が効いているのは一時間くらいということだから、きみの時計で九十分後が期限だな。薬が効いてくるまでの三十分に、薬が効いている六十分をくわえた数字だ」

「わたしはあなたより体重が少ないわ。わたしの薬の効きが長かったらどうなるの？」

「それは関係ない。どちらかの効き目が切れると、切れたほうが量子状態を収束させるから、通路は消える。余裕を見て、ドアをあけるのは八十五分後ということにしよう」

「どんな世界に待っていてほしい？」

「生きながらにして食われることのない世界さ」

アマンダは足をとめ、わたしを見つめる。「この装置を作ったのがあなたじゃないのはわかってるけど、仕組みくらいは理解してるんでしょ？」

「言っておくが、こいつは、わたしなんかが何光年かかっても――」

「つまり、〝さっぱりわからない〟と言いたいの？」

「なにを訊きたいんだ、アマンダ？」

「わたしたち、迷子になったわけ？」

「いまは情報を収集しているんだ。問題を解決するために」

「でも、その問題とは迷子になったことなんでしょ。ちがう？」

「探索しているんだよ」

「勘弁して」

「どうして？」

「この先ずっと、出口のないトンネルをさまよい歩くなんてごめんだわ」

「そんなことにはならないようにする」

「どうやって？」

「いまの時点ではまだわからない」

「でも、考えているのね？」

「そうとも。ちゃんと考えている」

「迷子になったわけじゃないのね」

もちろん、わたしたちは迷子になっている。いくつもの世界のあいだのなにもない空間を、文字どおり、さまよっているのだ。

「なら、いいの」彼女はほほえむ。「だったら、ぶち切れるのは延期する」

わたしたちは、しばらく無言で進む。

金属の壁はすべすべしていて特徴がなく、次々に現われる壁はどれひとつとして区別がつかない。

アマンダが尋ねる。「どんな世界に行けるのかしらね」

「それをずっと解き明かそうとしているんだ。多元宇宙がたったひとつの出来事、すなわちビッグ・バンによって始まったと仮定しよう。そこが出発点であり、もっとも大きくて複雑な木の根っこの部分だからだ。時代が進み、考えうるあらゆる順番で恒星と惑星ができはじめると、この木から枝がのび、その枝からさらに枝がのび、それがえんえんとつづいたのち、百四十億年ほど時代がくだったところでわたしの誕生によってあらたな枝がのびた。その瞬間から、わたしがした、あるいはしなかったすべての選択と、わたしに影響をおよぼした人たちの行動によって枝分かれはさらに進み、パラレルワールド——わたしが家と呼ぶ世界にとても似ているものもあれば、気が遠くなるほどちがっているものもある——に住む無数のジェイソン・デスセンが誕生したというわけだ。

起こる可能性のあることはすべて、いつか実際に起こる。すべてだ。つまり、この通路のどこかに、装置までたどり着けなかったきみとわたしがいる。おそらくいまごろ、そのわたしたちは拷問を受けているか、すでに死んでいるだろう」

「モチベーションがあがる話をありがとう」

「それでも、まだましなほうだ。多元宇宙のどの部分にも行けるとは思えない。たとえば、太陽が燃えつき、初期の生命体である原核生物が地球上に現われたような世界があったとしても、扉がそういう世界への入り口になることはないはずだ」

「じゃあ、わたしたちが足を踏み入れられる世界というのは……」

「わたしの推測だが、ある程度、わたしたちの世界に近い世界ではないかと思う。わりと最近のどこかで枝分かれした世界、つまり、わたしたちの世界のお隣さんだ。どこかの時点でわたしたちが存在する、あるいは存在した世界だろう。どの程度昔に枝分かれした世界までが対象になるのかわからないが、条件つきの選択というようなものがおこなわれているんじやないかとにらんでいる。まだ仮説の段階にすぎないが」

「それでも、無数の世界があることに変わりないんでしょ」

「まあ、そういうことになるね」

アマンダの手首を取り、腕時計のバックライトボタンを押す。

蛍光グリーンの小さな長方形のなかに数字が表示される。

八十四分五十秒。

八十四分五十一秒。

「あと五分ほどで薬が切れる。そろそろ行こう」

わたしは次の扉に移動すると、アマンダにランタンを預け、レバーを握る。

レバーを押しさげ、扉を一インチだけあける。

コンクリートの床が見える。

二インチ。

まっすぐ前方に、見覚えのあるガラス窓がある。

三インチ。

アマンダが言う。「格納庫だわ」

「どうする？」

彼女はわたしを押しのけるようにして、装置を出る。

わたしもあとにつづく。照明が上からわたしたちを照らす。

管理室には誰もいない。

格納庫内は静かだ。

わたしたちは装置の角で足をとめ、へりから分厚いドアをうかがう。

「ここにいたら危険だ」わたしの言葉が大聖堂でささやいたように格納庫全体にこだまする。

「装置のなかは安全なわけ？」

がしゃんという大きな音とともに錠があき、格納庫のドアが左右にひらきはじめる。

うろたえた声が隙間から漏れる。

わたしはアマンダに声をかける。「行こう。はやく」

ドアの隙間から女性が体を押しこもうとしている。

アマンダがつぶやく。「まさか」

そのドアとの距離はわずか五十フィート。さっさと装置に戻るべきだが、どうしても目が離せない。

女性はドアをすり抜けて格納庫に入り、うしろにいる男性に手を貸す。

女性はアマンダだ。

男性の顔はひどく殴られたのかすっかり腫れあがり、いま自分が着ているのとそっくり同じ服を着ていなければ、すぐには自分だとわからなかったろう。

ふたりがわたしたちのいるほうに走りだすのを見て、わたしは思わず、装置のほうにあとずさりしかける。

しかし、ふたりが十フィートも進まないうちに、レイトンの部下がうしろから駆けこんでくる。

銃声が響き、ジェイソンとアマンダはぴたりと足をとめる。

こちらのアマンダがふたりのもとに駆け寄ろうとするが、わたしは引きとめる。

「助けなきゃ」彼女は小声で言う。

「だめだ」

装置の陰から様子をうかがうと、わたしたちのドッペルゲンガーがレイトンの部下のほうにゆっくりと振り返るところが見える。

もう立ち去らないと。

わかっている。

はやく行けと頭が叫んでいる。

なのにどうしてもこの場を離れられない。

最初は、間に合うように戻ってこられたと思ったが、もちろん、それはありえない。あの装置でタイムトラベルはできないのだから。ここは、アマンダとわたしが数時間前に脱出した世界でしかない。

というか、脱出に失敗した世界かもしれない。

レイトンの部下たちが銃を抜き、ジェイソンとアマンダに向かって格納庫のなかをゆっくり歩いていく。

そのうしろにレイトンが現われると同時に、べつのバージョンのわたしの声がする。「彼女に非はない。わたしが脅してやらせたことだ」

レイトンはアマンダに目を向ける。

「いまのは本当か？　彼に強要されたのか？　というのも、きみとは十年以上のつき合いだが、他人から無理強いされるところなど見たことがないものでね」

アマンダは怯えながらも、毅然《きぜん》としたところを見せる。

彼女は震える声で言う。「人を傷つけるようなまねを黙って見ているわけにはいかないわ。もう、うんざり」

「なるほど、そうか。だったら……」

レイトンは右側の男の分厚い肩に手を置く。

銃声が耳を聾《ろう》する。

銃口炎に目がくらむ。

アマンダは電源スイッチを切られたように倒れ、わたしの隣にいるアマンダがくぐもった叫び声をあげる。

べつのバージョンのジェイソンがレイトンに突進していくが、もうひとりの警備員が目にもとまらぬはやさでテーザー銃を抜く。ジェイソンは格納庫の床に倒され、体を痙攣《けいれん》させながら、意味不明の言葉をわめく。

敵がこちらのアマンダがあげた悲鳴に気づく。

レイトンが困惑顔でわたしたちを見つめている。

そして大声で呼ぶ。「おい！」

三人がわたしたちに向かってくる。

わたしはアマンダの腕をつかんで装置のなかに引きずりこみ、扉を乱暴に閉める。

鍵がかかると同時に通路がまた現われるが、薬はいつ切れてもおかしくない状態だ。

体の震えがとまらないアマンダに、なんでもないよと声をかけてやりたいが、そんなわけがない。なにしろ自分が殺されるところを目撃したばかりなのだ。

「あそこにいたのはきみじゃない」わたしは言う。「きみはわたしのすぐそばにいるじゃないか。ちゃんと生きている。さっきのはきみじゃない」

薄暗いなかでも、彼女が泣いているのがわかる。

いく筋もの涙が汚れた顔を流れ落ち、アイラインがにじんでいる。

「いまのはわたしの一部よ」彼女は言い返す。「というか、一部だった」

わたしはそろそろと手をのばし、彼女の腕を持ちあげ、腕時計が見えるように向きを変える。目安の九十分まであと四十五秒。

「もう、行かなくては」

わたしは通路を歩きだす。

「アマンダ、来るんだ！」

彼女が追いつくのを待って、扉をあける。

真っ暗闇。

音もにおいもしない。ただの空間があるだけだ。

扉をいきおいよく閉める。

わたしはうろたえまいとするが、とにかくほかの扉をあけなくてはならない。体を休め、一からやり直せる場所が見つかるかどうか、やってみなくては。

次の扉をあける。

十フィート先、傾きかけた金網塀の前の草むらから、一匹の狼《おおかみ》が大きな琥珀《こはく》色の目でわたしをにらむ。狼は頭を低くし、うなり声をあげる。

そいつがこっちに向かって歩きはじめたとたん、わたしは扉を押しやるようにして閉める。

アマンダがわたしの手を握る。

わたしたちは歩きつづける。

ほかの扉もあけるべきなのはわかっているが、正直言って、わたしは怯えている。安全な世界が見つかるという信念はすっかりなくなっていた。

まばたきすると同時に、箱がひとつに戻る。

どちらかの薬が切れたのだ。

今度はアマンダが扉をあける。

装置のなかに雪が吹きこんでくる。

身を切るような寒さが顔を打つ。

降りしきる雪のカーテンの向こうに目をこらすと、手前の木と遠くの家並みがシルエットになって浮かびあがる。

「どう思う?」わたしは訊く。

「もう、一秒だってこの装置のなかにはいたくない」

アマンダは装置を出て、ふかふかの雪に膝まで沈む。

みるみるうちにその体が震えはじめる。

わたしの体からも薬が抜け、今度はアイスピックを突き刺されたような痛みが左目に走る。強烈だが、一瞬で終わる。

アマンダを追って装置を出ると、ふたりで家があるほうに向かう。

新雪よりもさらに下へと足がもぐっていく――一歩ごとに、先に積もっていた下のほうの堅い雪を踏み抜く。

アマンダに追いつく。

雪に手こずりながらも、家があるほうに向かって空き地を歩いていくが、目指す家はしだいに見えなくなっていく気がする。

ジーンズとパーカだけのわたしは防寒できていないも同然だし、アマンダはアマンダで赤いスカート、黒いセーター、フラットシューズという恰好で堪え忍んでいる。

わたしは人生の大半を中西部で過ごしてきたから、こんな寒さは経験したことがない。耳と頰は凍傷に向かって一直線に突き進んでいるし、手は細かい動きがしづらくなってきている。

強風が正面から吹きつける。雪の降りは激しさを増し、前方の景色が、スノードームを乱暴に振ったみたいになっている。

足をできるだけはやく動かして雪をかき分けていくものの、雪は深くなる一方で、きびきび歩くのは不可能に近い。

アマンダの両頰からはすでに血の気が失せている。

全身が激しく震えている。

髪に雪が積もっている。

「引き返そう」わたしは歯をかちかちいわせながら言ってみる。

風の音が耳をつんざく。

アマンダは戸惑ったようにわたしを見つめ、それからうなずく。

振り返ると、装置が見えない。

恐怖が突きあげる。

横殴りの雪のなか、遠くにあったはずの家が全部見えなくなっている。

どこに目を向けても景色は変わらない。

アマンダの頭がこくりこくりと揺れはじめ、わたしは手を強くこぶしに握って、なんとか指先に温かい血をめぐらせようとするが、最初から勝ち目はない。左の薬指にくくりつけた糸に氷のつぶがこびりつく。

思考回路がまともにはたらかない。

寒さで全身が震える。

失敗した。

単なる寒さじゃない。零度をはるかに下まわる寒さだ。

殺人的な寒さ。

装置からどれだけ離れたのかさっぱりわからない。

目が見えないも同然のいま、そんなことになんの意味がある？

この寒さでは、数分もすればふたりとも死ぬ。

とにかく歩きつづけろ。

アマンダが遠い目をしているのを見て、ショック状態に陥っているのかと心配になる。むき出しの脚が雪とじかに接している。

「痛いわ」彼女は言う。

わたしは腰をかがめて彼女を抱きあげると、ぶるぶる震えるその体をしっかり引き寄せ、よろける足で吹雪のなかを進む。

風と雪と身を切る寒さの渦のなかでは、すべてが同じに見える。足もとを見ていないと、めまいがしそうだ。

ふと思う。わたしたちはこのまま死ぬんだ。

それでも、歩きつづける。

寒さで顔がひりひりし、アマンダを抱きあげている腕が痛み、靴に入りこんだ雪で足が芯《しん》まで冷えているが、それでも足を交互に前に出していく。

数分がたち、雪はさらにいきおいを増し、寒さが肌を刺しつづけている。

アマンダがうわごとのように、なにかもごもご言っている。

こんなことをいつまでもつづけるのは無理だ。

歩きつづけるのは無理だ。

アマンダを抱きあげつづけるのは無理だ。

そのうち——ほどなく——足をとめなくてはならないときが来る。雪のなかにすわりこみ、ろくに知りもしないこの女性を抱きかかえ、わたしたちのものではない恐ろしい世界で、一緒に凍え死ぬことになる。

家族の顔がまぶたに浮かぶ。もう二度と会えないのだと思い、それがどういうことかと考えるうち、恐怖の制御がつぃにきかなくなり——

目の前に家が見える。正確に言うなら、家の二階部分だ。というのも、一階は吹き寄せた雪で完全に埋まっているからだ。

「アマンダ」

彼女は目をつぶっている。

「アマンダ！」

彼女は目をあける。ほんの少しだけ。

「しっかりするんだ」

わたしは雪のなかに彼女をおろして屋根にもたれさせると、転げるように真ん中の屋根窓に近寄り、窓を足で蹴破る。

尖ったガラス片をすべて蹴ってどける。アマンダの腕をつかみ、彼女を家のなかにおろす。見たところ、幼い女の子の寝室のようだ。

動物のぬいぐるみ。

木でできたドールハウス。

いかにも女の子らしいおもちゃの数々。

ナイトテーブルにバービーの懐中電灯がのっている。

窓から吹きこむ雪が届かないところまで、アマンダを引っ張っていく。それからバービーの懐中電灯を手にし、ドアを抜けて二階の廊下を進む。

声をかける。「すみません」

声は家にのみこまれ、こだまも返ってこない。

二階の寝室はどれもがらんとしている。どの部屋にも家具がほとんどない。

懐中電灯をつけ、階段をおりる。

電池が切れかかっている。光が弱々しい。

階段をおりきると、正面玄関を通りすぎ、ダイニングルームだった部屋に入る。降り積もった雪で窓ガラスが割れないよう、窓枠に板が打ちつけてある。焚きつけ用に叩き割ったのだろう、ダイニングテーブルの残骸の上に斧が立てかけてある。

ドアをくぐり、小さな部屋に入る。

おぼろげな光がカウチを照らす。

張ってあった革を完全にはがされた二脚の椅子。

灰のあふれた暖炉の上に置かれたテレビ。

ろうそくの箱。

本の山。

暖炉近くの床に寝袋、毛布、そして枕が点々と置かれ、それぞれに人がおさまっている。

男。

女。

十代の少年がふたり。

幼い女の子。

全員、目を閉じている。

まったく動かない。

顔は土気色で、やつれている。

よかった時代のものなのだろう、リンカーン・パーク植物園で撮った家族の額入り写真が女性の胸にのっている。黒ずんだ手がいまも額をしっかり握っている。

暖炉のまわりにあるのはマッチ箱、新聞紙の束、ナイフ立てを削ったくずの山。

居間を出るもうひとつのドアをくぐり、キッチンに入る。冷蔵庫はあけっぱなしでなかは空《から》、戸棚も同様だ。調理台の上に空き缶がびっしり並んでいる。

クリームコーン。

キドニービーンズ。

黒いんげん豆。

トマトの水煮。

スープ。

桃。

戸棚の奥にしまいこまれ、うっかりして賞味期限を切らしてしまうたぐいのものばかりだ。

調味料の瓶もきれいにさらってある――マスタード、マヨネーズ、ジャム。

満杯になったごみ箱のうしろに、凍った血だまりと、肉をはがされた動物の残骸――小さな猫――があるのに気づく。

この一家は凍え死んだのではない。

飢え死にしたのだ。


居間の壁を火明かりが照らす。わたしは寝袋を二枚重ね、さらに毛布でくるんだなかに裸で入っている。

アマンダもべつの寝袋二枚にもぐりこみ、わたしの隣でぬくもっている。服は煉瓦の炉辺に並べて乾燥中で、わたしたちは炎の暖かさが顔に感じられるくらい暖炉の近くで横になっている。

外では吹雪がいっそういきおいを増し、強い突風が吹きつけるたびに家全体がきしむ。

アマンダは目をあけている。

彼女はしばらく前から起きていて、わたしたちはすでに水のペットボトルを二本とも空にし、いまはそこに雪を詰めて、暖炉のそばに立ててある。

「ここに住んでいた人たちはどうしたのかしら」アマンダが言う。

答え――アマンダが見なくてすむよう、わたしが全員の死体を書斎まで引きずっていった。

けれどもこう答える。「さあ。どこか暖かいところに引っ越したとか？」

アマンダはほほえむ。「うそばっかり。まだロケットはそこまで発達してないわ」

「いわゆる、学ぶべきことが山ほどあるというやつだね」

アマンダは長々と大きく息を吸いこみ、そして吐き出す。「わたしはいま四十一歳。べつに最高の人生を送っていたわけじゃないけど、自分の人生に変わりないわ。一生の仕事。自宅。愛犬。友だち。好きなテレビ番組。三回デートしたジョンという人。ワイン」彼女はわたしに目を向ける。「そのどれひとつとして二度とこの目で見ることはないのよね、そうでしょう？」

わたしはどう答えていいかわからない。

彼女はつづける。「少なくともあなたには目指す場所がある。戻りたい世界がある。自分の世界に戻るわけにはいかないわたしは、どうすればいいの？」

彼女はわたしをじっと見つめる。

息をつめて。

まばたきもせずに。

わたしには答えられない。

次に意識を取り戻すと、いつの間にか炎は小さくなって、赤々とした燃えさしと化している。射しこもうとする弱々しい太陽の光を受け、窓の上のほうの雪がきらきら輝いている。

家のなかにいるのに、信じられないほど寒い。

寝袋から片手を出して、炉辺に並べた服にさわってみると、どれも乾いていたのでほっとする。手を引っこめ、アマンダのほうを向く。彼女は寝袋を頭からかぶっている。呼気が羽毛ごしに蒸気となって吐き出され、それが寝袋の表面に氷の結晶となって付着している。

わたしは服を身に着けると、あらたに火をおこし、指から感覚が失われる前に火に手をかざす。

寝ているアマンダを残して、ダイニングルームを抜ける。窓の上のほうに積もった雪から陽が射しこみ、歩くのに不自由しない程度の明るさが得られる。

暗い階段をのぼる。

廊下を進む。

女の子の部屋に戻ってみると、雪が吹きこんで、床の大半を覆っている。

窓によじのぼり、痛いほどの光に目を細くする。雪からの反射光がまぶしすぎて、五秒ほどなにも見えなくなる。

新たな雪は腰の深さまで積もっている。

空は雲ひとつなく真っ青だ。

鳥の声は聞こえない。

生命の気配が感じられない。

風はそよとも吹かず、わたしたちの足跡はまったく見あたらない。

気温は零下をはるかに下まわっているにちがいない。太陽がまともに照りつけているのに、暖かさを少しも感じないからだ。

遠くにシカゴの街並みがぼんやり見える。高層ビルに吹きつけた雪が凍り、太陽の光を受けて輝いている。

真っ白な街。

氷の世界。

通りの反対側に、きのう、凍死しかけた空き地が広がっている。

箱型の装置は影も形もない。

家のなかに戻ると、アマンダは目を覚ましていて、寝袋と毛布を巻きつけ、炉辺の近くにすわっている。

わたしはキッチンで食器を見つける。

リュックをあけ、携帯口糧を二個、取り出す。

冷たいが、味は悪くない。

わたしたちはむさぼるように食べる。

アマンダが訊く。「装置は見つかった？」

「いや。おそらく雪に埋もれているんだろう」

「すてきなニュースだわ」彼女はわたしを見てから、すぐに炎に目を戻す。「あなたに腹をたてるべきか、感謝すべきか迷ってる」

「どういうこと？」

「あなたが外に行ってるあいだに、トイレに行きたくなって。そのとき、うっかり書斎に入っちゃったの」

「じゃあ、見たんだね」

「あの人たちは餓死したんでしょう？　暖炉にくべるものがなくなる前に」

「そうらしい」

炎を見つめるうち、頭の奥になにかが引っかかっているのを感じる。

漠然とした考え。

ひらめいたのは、外であの空き地をながめ、吹雪のなかで死にかけたときを思い返しているときだ。

「通路のことで、きみはこんなことを言っていたね。吹雪のなかで身動きできなくなったときを思い出すと」

アマンダは食べるのをやめ、わたしのほうを向く。

「通路の扉は無限につづくパラレルワールドとつながっている。でも、そのつながりを決めているのがわたしたちだとしたら？」

「どういうこと？」

「夢を抱くように、なんらかの形で特定の世界を選んでいるのかもしれない」

「要するに、無限にある現実のなかから、あえてこんな最低の世界を選んだと言いたいの？」

「あえて、というのとはちがう。おそらく、扉をあけた瞬間に頭のなかにあったことが反映されるんじゃないかな」

アマンダは最後のひとくちを食べ終え、空になった携帯口糧の容器を火に投げこむ。

「最初に見た世界を思い出してごらん。そこらじゅうのビルが崩れかけた、荒廃したシカゴだった。あの駐車場に足を踏み入れたときのわたしたちは、どんな気持ちだった？」

「不安。恐怖。絶望。ああ、なんてこと、ジェイソン」

「どうした？」

「扉をあけたら格納庫が現われ、べつのバージョンのあなたとわたしが捕らえられるところを見たときは、その直前にあなたがそっくり同じことを言ったんだったわ」

「そうだったかな」

「多元宇宙の概念を説明していて、起こる可能性のあることはすべて、いつか実際に起こるという話をしたでしょ。そのとき、装置にたどり着けなかったあなたとわたしの世界もあるんだって言ったじゃない。そのあとあなたが扉をあけたら、まったく同じことが目の前で起こったのよ」

天啓のようにひらめいたその考えに、背筋がぞくぞくするほどの快感をおぼえる。

「これまでずっと、どうやったらコントロールできるのかと考えてきたが――」

「コントロールするのはわたしたちだった」

「うん。だとすれば、この力を利用して行きたいところに行けるわけだ。もとの場所に戻ることも」

翌朝早く、わたしたちはしんとした界隈の真ん中で腰まで雪に埋もれている。あの気の毒な家族のクローゼットから奪った冬服を何枚も重ね着しているが、それでも体の震えはとまらない。

前方に広がる空き地には、わたしたちの足跡はまったく残っていない。装置は影も形も見えない。真ったいらで、足跡ひとつない雪があるだけだ。

空き地は広大で、装置は小さい。

やみくもに探して偶然に見つかる確率はかぎりなく低い。

太陽が木々の真上に顔を出すと、こんなに寒いのがうそのように思える。

「どうすればいいの、ジェイソン？　適当にあたりをつける？　とりあえず掘ってみる？」

わたしは半分埋もれた家を振り返り、あそこでどれくらい生きのびられるのかと、恐怖に震えながら考える。焚きつけはどれだけもつのか？　手持ちの食料はどれだけもつのか。あきらめ、ほかの人たちのように息絶えるまでどれくらいなのか。

胸のなかで黒々としたものがふくらんでくるのを感じ、不安がこみあげる。

肺にたっぷり息を吸いこむが、あまりの冷たさに思わず咳きこむ。

パニックが全方向から近づいてくる。

装置を見つけるなど不可能だ。

ここは寒すぎる。

時間に余裕があるわけではない。次の吹雪が来て、さらにその次の吹雪が来たら、装置はさらに深く埋まり、近くに行くことすらできなくなるだろう。

それを避けるには……

肩のリュックサックを雪の上におろし、震える指でファスナーをあける。

「なにをしてるの？」アマンダが訊く。

「一か八《ばち》かの勝負だ」

少し手間取るが、探しているものが見つかる。コンパスを手にすると、アマンダとリュックをその場に残し、雪をかき分けながら空き地に入る。

彼女は待ってと叫びながらついてくる。

五十フィートほど進んだところでわたしは足をとめ、彼女が追いつくのを待つ。

「見てごらん」わたしはコンパスの面に触れる。「いまいるのはサウス・シカゴだ」わたしは遠くの街並みを示す。「だから、北磁極はあっちになる。なのに、コンパスの針は逆を示している。湖があるほうを東だとしているだろう？」

アマンダの顔がぱっと明るくなる。「わかった。装置の磁場が針を遠ざけてるのね」

わたしたちは深いパウダースノーに沈みながら進む。

真ん中付近まで来ると、コンパスの針が東から西に振れる。

「このあたりが真上のようだ」

わたしは掘りはじめる。雪で素手がかじかむが、それでも掘りつづける。

四フィートほど掘ったところで、装置のへりが現われ、わたしは掘る手をはやめる。袖をのばして指先まで覆っているが、すでに手は冷たくて痛いという状態を過ぎ、完全にしびれている。

凍りかけた指がひらきっぱなしの扉の上端に触れたときには、思わず大声をあげ、それが凍った世界にこだまする。

十分後、わたしたちは装置のなかに戻り、四十六本めと四十五本めのアンプルを飲む。アマンダが腕時計のタイマーをスタートさせ、電池の消耗を抑えるため、ランタンのスイッチを切る。冷え冷えとした闇のなかに隣り合ってすわり、薬が効いてくるのを待つあいだ、彼女はつぶやく。「この最低な救命ボートに再会できたのがこんなにうれしいなんて、思ってもいなかった」

「そうだね」

彼女はわたしの肩に頭をもたせかける。

「感謝してるわ、ジェイソン」

「どうして?」

「あそこで凍死しかけたわたしを助けてくれたから」

「これでおあいこってことかな?」

アマンダはおかしそうに笑う。「おあいこにはほど遠いわ。だって、忘れないでもらいたいけど、これはみんなあなたのせいなんですからね」

完全な闇と静寂に包まれた装置のなかにいると、感覚を剝奪《はくだつ》する訓練をしているような妙な感じがしてくる。体に感じる唯一の感覚は着ているものからしみこんでくる金属の冷たさと、肩にかかるアマンダの頭の重さだけ。

「あなたは彼とはちがうわね」アマンダが言う。

「彼って?」

「わたしの知っているジェイソン」

「どうちがうんだい？」

「あなたのほうが穏やかよ。あの人は仕事に関しては妥協というものを絶対にしないの。あんなにエネルギッシュな人は見たことがないわ」

「きみは彼のセラピストをしていたんだろう？」

「ときどきね」

「彼は幸せだったかな？」

アマンダが暗闇のなかでどう答えていいものか迷っているのがわかる。

「答えられない？　医師と患者間の守秘義務に抵触するから？」

「理屈のうえではあなたたちは同一人物よね。たしかにこれはあらたな領域だわ。でも、答えはノーよ。あの人が幸せだったとは、とてもじゃないけど言えない。あの人の人生は知的な刺激に富んでいたけど、一元的なものだった。あの人には仕事しかなかった。この五年間は、研究所以外の生活がなかったくらい。あそこに住んでいるも同然だった」

「わかっていると思うが、わたしがこうなったのは、きみの知るジェイソンのせいだ。わたしがここにいるのは、数日前の夜、家に歩いて帰る途中、銃を突きつけられて拉致されたからなんだ。犯人はわたしを廃墟となった発電所に連れていくと、そこで薬を打ち、わたしの人生や、わたしが選んだ道について山ほど質問を浴びせた。幸せなのかとか、べつの人生を歩んでみたいかといった質問を。ようやく記憶が戻ってきたよ。そのあと、きみたちの研究所で目を覚ました。きみたちの世界で。犯人はきみたちのジェイソンだ」

「つまり、彼はあの装置に入り、なんらかの方法であなたの世界に、あなたの人生にたどり着き、あなたと入れ替わったということ？」

「彼にはそれだけのことができる能力があったと思う？」

「どうかしら。あまりに突飛すぎて」

「それ以外には考えられないじゃないか」

アマンダはしばらくなにも言わない。

ようやく口をひらく。「ジェイソンは選ばなかった道に取り憑《つ》かれてた。よく、その話をしてたもの」

それを聞くなり、また怒りがわいてくる。

「いまも、そんな話は信じたくないと頭のどこかでは思ってる。でも、あいつはわざわざ手間をかけ、わたしに薬を注射した。わたしを殺せばすむ話じゃないか。わたしの人生がほしいのなら、わたしを殺せばすむ話じゃないか。しかもアンプルの中身だけじゃなく、ケタミンまで打って意識を失わせ、装置も彼のやったことも思い出しにくくした。それから、わたしを彼の世界に送り出した。なんでそんなことを？」

「よく考えると、うなずけるところが多いわ」

「そうかな？」

「彼はべつに心根の悪い人じゃなかった。あなたにこんなことをしたにしても、それなりのもっともらしい理由をつけたはずよ。まともな人はそういうふうにして悪事を正当化するものなの。もとの世界では、あなたは有名な物理学者なの？」

「いや、二流大学で教えているだけだ」

「お金に余裕はある？」

「仕事と経済的な面で言えば、きみの世界のジェイソンの足もとにもおよばない」

「ほら、それよ。彼は、あなたにまたとないチャンスをあたえてやるんだと自分に言い訳したの。彼は選ばなかった道を行ってみたかった。だったら、あなたも同じことを思ったって不思議じゃないじゃないかって。べつに、それがいいことだと言ってるんじゃない。善人はそういうふうにして、ひどいことをするよう自分を追いこむんだってこと。人間の行動学の初歩の初歩よ」

わたしが怒りをたぎらせているのを察したのだろう、アマンダは諭《さと》す。「ジェイソン、いまは取り乱してる余裕なんかないわ。まもなく、通路に戻るんだから。わたしたちがコントロールする。あなた、そう言ったわ。そうでしょ？」

「うん」

「もしそれが本当なら、つまり、わたしたちの心の状態が、行く世界を決めているなら、あなたの怒りとねたみはわたしたちをどんなところに連れていくと思う？　そんな感情を抱えたまま、新しい扉をあけてはだめ。なんとかして頭から追い出して」

薬が効いてきたのがわかる。

筋肉が弛緩《しかん》する。

一瞬、怒りが安らぎという川のなかに消え、これがずっとつづくなら、このままやりすごせるのなら、なんでも差し出すつもりになる。

アマンダがランタンのスイッチを入れると、扉の両側にあった壁がなくなっている。

わたしは残りのアンプルが入った革の袋を見おろし、考える。わたしをこんな目に遭わせたやつが装置の操縦方法を解明したのなら、わたしだってやってみせる。

青い光のなかで、アマンダがわたしをじっと見ている。

「アンプルの残りは四十四本だ。つまり、もとに戻るチャンスは二十二回。べつのジェイソンは何本持って装置に乗りこんだんだい？」

「百本」

くそ！

パニックの気配が全身を駆けめぐるのを感じるが、それでもわたしはほほえむ。

「わたしのほうがやつより頭がよくて運がいい、そうだろう？」

アマンダは笑いながら立ちあがり、手を差し出す。

「いまから一時間よ」と言う。「準備はいい？」

「もちろんだとも」

9

彼は以前より早起きだ。

お酒の量が減った。

車を飛ばす。

本をよく読む。

エクササイズをするようになった。

フォークの持ち方がちがう。

よく笑う。

メールの回数が少なくなった。

シャワーを浴びる時間が長くなり、以前は全身を石けんでこすっていただけなのに、いまは浴用タオルに石けんの泡をたてる。

以前は四日に一回だったひげ剃《そ》りが二日おきになり、シャワーを浴びながらではなく浴室の流しのところで剃る。

靴は家を出る直前に玄関のところで履いていたのが、いまは着替えてすぐに足を入れる。

まめにデンタルフロスを使うし、三日前など眉を抜いているところも見かけた。

　この二週間ほど、寝間着にしているお気に入りのシャツ――十年前にふたりで出かけたU2のツアーTシャツで、かなり色褪せている――を一度も着ていない。

　皿の洗い方も以前とはちがう。水切りに不恰好に積みあげるのではなく、調理台に広げたふきんの上に、洗った皿やグラスを並べる。

　朝食のときのコーヒーは二杯ではなく一杯になり、以前よりも薄く淹《い》れる。あまりに薄いので、ダニエラは、毎朝、夫よりも先にキッチンに入って、自分でコーヒーを淹れる。

　このごろ家族で夕食を食べながらする会話はものの考え方、本、ジェイソンが読んでいる記事、それにチャーリーの勉強に関することが大半を占める。以前はその日の出来事をとりとめもなく話すだけだった。

　チャーリーと言えば、ジェイソンの息子に対する態度にも変化がある。

　甘やかしてばかりで、父親らしくなくなった。

　ティーンエイジャーの父親がどういうものか、忘れてしまったみたいだ。

　iPadでネットフリックスを観ながら、夜中の二時まで夜更かしするのをやめた。

　妻を一度もダニと呼ばなくなった。

　頻繁に彼女を求め、そのたびに、はじめてのような感じがする。

　彼女を見つめるときの熱っぽいまなざしは、つき合いはじめたばかりで、わからないところや未知の領域がたくさんある恋人のそれを思わせる。

　そういう小さな違和感を頭の奥に積みあげていきながら、ダニエラはジェイソンと並んで鏡の前に立っている。

いまは朝で、それぞれの一日に向けて仕度をしているところだ。

ふたりとも歯を磨いていて、妻が自分を見つめているのに気づいたジェイソンは、歯磨きの泡でいっぱいの歯を見せて笑い、ウィンクする。

彼女は思わず首をかしげる。

癌《がん》を宣告されたのをわたしに黙ってるの？

新しい抗鬱剤を飲みはじめたのをわたしに黙ってるの？

仕事をくびになったのをわたしに黙ってるの？

みぞおちのあたりに激しいむかつきをおぼえる。まさか、学生のひとりと不倫をしているから、まったくの別人のようにふるまっているなんてことは？

ちがう。そんな感じじゃない。

問題なのは、どれもあからさまに悪いというわけではないことだ。

むしろ、好ましい。以前よりも妻への気配りができるようになったのだから。つき合いはじめのころも含め、彼がこんなにたくさんしゃべったことも、笑ったことも記憶にない。

ただ……なんとなくちがうというだけだ。

千ものささいな違いは取るに足りないことかもしれないし、ものすごく重要なことかもしれない。

ジェイソンは前屈みになって、歯磨きをシンクに吐き出す。

蛇口《じゃぐち》を締めると、彼女のうしろにまわりこみ、両手で彼女のヒップをつかんで、そっと持ちあげる。

ダニエラは鏡に映る夫をじっと見つめる。

そして心のなかで尋ねる。どんな秘密を隠しているの、と。

尋ねるタイミングを待つ。

一言一句たがえずに。

けれども歯磨きをつづける。だって、その答えと引き替えに、この思いがけない状況があるのだとしたら？

彼は言う。「きみがそうしているところは一日じゅう見ていても飽きないな」

「歯を磨いてるところ？」口のなかに歯ブラシが入っているので、もごもごした言葉になる。

「うん」うなじにキスをされ、ぞくっとしたものが背筋を這いおり、膝にまで達する。ほんの一瞬、すべてが――不安、疑問、迷い――が霧消する。

彼は言う。「今夜六時からライアン・ホールダーが講演をするそうだ。一緒に行くかい？」

ダニエラは前屈みになって、歯磨きを吐き出し、口のなかをゆすぐ。

「そうしたいところだけど、五時半からレッスンがあるの」

「だったら、わたしが帰宅したら一緒に食事に行こうか」

「すてき」

彼女はくるりと向きを変え、彼にキスをする。

最近の彼はキスもちがう。

毎回、一大イベントのようにキスをする。

彼が体を離しかけると、彼女は言う。「ねえ」

「うん？」

訊きなさいよ。

気がついたことを全部、並べたてるの。

全部ぶちまけて、誤解を解きなさい。

知りたくてたまらない自分がいる。

絶対に知りたくない自分がいる。

けっきょく、いまはそのときじゃないと自分に言い聞かせると、夫の襟《えり》を直し、髪を整え、最後にもう一度キスをして、仕事に送り出す。

10
アンプルの残り：四十四本

アマンダがノートから顔をあげる。「本当に、こうやって書くのがいちばんいいの？」

「ものを書いていると全神経がそこに集中する。なにか書きながらほかのことを考えるのはほぼ不可能だ。紙にしたためるという行為によって考えや気持ちがまとまるんだよ」

「どのくらい書けばいいのかしら」

「とりあえず、簡単なものでやってみよう。短いパラグラフをひとつだけとか」

アマンダは文を書き終えると、ノートを閉じて立ちあがる。

「書いたことをちゃんと頭に叩きこんだね？」

「たぶん」

わたしがリュックサックを背負い、アマンダは扉に近づき、レバーを押して引きあける。

朝の陽光が通路に射し、そのあまりのまぶしさに、一瞬、外の様子がわからなくなる。

まぶしさに目が慣れるにつれ、周囲の様子がはっきりする。

装置があるのは丘のてっぺんで、眼下に公園が広がっている。

東に目をやると、エメラルドグリーンの芝生が数百ヤードにわたってなだらかに傾斜し、ミシガン湖の湖岸までつづいている。遠くに見える高層ビル群は見たおぼえのないものだ――すらりとした建物はどれもガラスと鉄骨でできているため、照り返しが強くて見えにくく、蜃気楼《しんきろう》と見まがうほどだ。

空は無数の飛行体だらけで、大半はシカゴとおぼしき街の上を行き交っているが、真っ青な空に向かってひたすら垂直に上昇していくものもいくつか見受けられる。

アマンダがわたしを見やると、にんまりしながらノートを軽く叩く。

わたしは一ページめをひらく。

彼女はこう書いていた。

生きていくのにいい場所に、いい時代に行きたい。住んでみたいと思いたくなる世界に。未来ではないけれど、そんな感じの場所……。

わたしは言う。「いいんじゃないかな」

「ここって、本当に現実の場所？」彼女は訊く。

「ああ。きみが連れてきたんじゃないか」

「少し探検してみましょう。いずれにしても、しばらく薬は飲みたくない」

アマンダは装置から出ると、草に覆われた斜面をおりていく。運動場のわきを過ぎ、公園内を抜ける遊歩道に出る。

雲ひとつない、ひんやりとした朝だ。吐く息が白い。

陽射しが届いていないところは草が霜《しも》で真っ白で、公園の周囲に植えられた広葉樹が色づきはじめている。

湖面はガラスのように穏やかだ。

四分の一マイル前方に、しゃれたY字形の構造物が公園を横切る形で五十メートルおきに並んでいるのが見える。

近くまで寄って、ようやくその正体がわかる。

わたしたちはエレベーターで北行きのホームにあがり、緑道から四十フィートの高さのところにあるひさしの下で待つ。シカゴ交通局のロゴが入ったデジタルの対話式地図によると、この路線は、サウス・シカゴとダウンタウンを結ぶレッド・ライン高速鉄道らしい。

けたたましい女性の声が、頭上のスピーカーから響きわたる。

〝おさがりください。列車が到着します。おさがりください。列車の到着まであと五秒……四秒……三秒……〟

線路の左右に目をやるが、なにも近づいてくる様子はない。

〝二秒……〟

並木のなかからなにかが目にもとまらぬ速さで近づいてくる。

〝一秒〟

流線型の三両編成の列車が減速しながらホームに入り、扉があくと同時に、さっきの女性の合成音声が言う。〝ランプが緑に変わるまでお待ちください〟

列車を降りてわたしたちの前を通りすぎていくわずかばかりの乗客は、みんなフィットネスウェア姿だ。各扉の上部の赤いライトパネルが緑に変わる。

〝ダウンタウン駅行き、お乗りになれます〟

アマンダとわたしは顔を見合わせ、肩をすくめ、一両めに乗りこむ。通勤客でほぼ満杯だ。わたしの知っている高架鉄道とはちがう。運賃は無料。誰も立っていない。全員がロケット状の車体にボルトどめしたような椅子に固定されている。

あいている座席の上には、〝空席〟の文字がわかりやすく表示されている。

アマンダとわたしが通路を進んでいくと、ロボットの乗務員が言う。〝お席におすわりください。全員が安全に着席するまで列車は駅を出発しません〟

わたしたちは車両の前のほうの椅子にするりとすわる。椅子の背にもたれると、パッド入りの固定具が椅子から現われ、肩と腰をやさしく固定する。

〝頭を椅子にもたせかけてください。列車の出発まであと三秒……二秒……一秒〟

加速はなめらかだが一気にいく。クッションのきいた座席に二秒間ぐっと押しつけられたかと思うと、次の瞬間にはありえない速度で、するするとなめらかに単線の軌道を走っていく。窓外の街並みがにじむように流れ、あまりのスピードに、なにを見ているのかさっぱりわからない。

遠くに目をやると、あの風変わりな高層ビル群がじりじりと近づいている。どれも不思議な建物だ。くっきりとした朝の光のなかでは、粉々に砕いた鏡の破片をひとつひとつまっすぐに立たせたように見える。そのみごとなまでの不規則な形は、とても人間が作ったものとは思えない。完璧なまでの不完全さと非対称性は、山並みを思わせる。あるいは川の形を。

下り坂に入る。

内臓がふわりと浮く。

列車は猛スピードでトンネルに入る――闇のなかにまぶしい光が散在しているが、それがかえって困惑とスピード感をあおる。

闇を出ると、わたしは座席の両脇をつかむ。列車ががくんととまり、前のめりになった体に固定具が食いこむ。

乗務員が告げる。〝ダウンタウン駅に到着しました〟

〝ここで降りますか〟というホログラムが顔から六インチのところに現われ、その上に〝はい〟と〝いいえ〟の文字がある。

アマンダが言う。「降りましょう」

わたしは〝はい〟の文字をスワイプする。彼女も同じようにする。

固定具がはずれ、座席のなかに消える。わたしたちは席を立ち、ほかの乗客に混じって車両を出ると、ニューヨークのグランド・セントラル駅を小さくしたようなりっぱな駅のホームに降り立つ。

駅舎内は人であふれている。

かすれたサックスの音があたりに長々と響きわたる。

メインコンコースの反対側に出て、そそり立つような階段をのぼる。

周囲の人はみなひとりごとを言っている。電話をしているようだが、携帯機器のたぐいはまったく見あたらない。

階段をのぼりきると、十以上はある回転式改札のひとつを抜ける。通りは歩行者でごった返している――車は一台もなく、信号機もない。わたしたちは、これまで見たことがないほど高いビルの下に立っている。間近で見ても、やはり本物とは思えない。各階の区別がつかず、硬い氷か水晶のようだ。

好奇心に突き動かされるように通りを渡ると、その高層ビルのロビーに入り、案内に従って展望デッキへの行列に並ぶ。

エレベーターは驚異的にはやい。

わたしは絶え間なく変化する気圧から耳を守ろうと、何度も唾をのみこむ。

二分後、エレベーターはとまる。

案内係が、十分間最上階からの景色をお楽しみください、と告げる。

扉が左右にわかれたとたん、身も凍るような風が吹きつけてくる。エレベーターから降り、〝ここの高さは地上七千八十二フィートです〟というホログラムを横目で見ながら進む。

エレベーターは狭い展望デッキの中心に位置し、頭上わずか五十フィートのところにビルの先端部分、ガラスをねじって炎の形にしたような装飾が見える。

へりに向かって歩く途中、またもホログラムが現われる。〝ガラス・タワーは中西部でもっとも高く、アメリカ全体では三番めに高い建物です〟

ここは凍えるほど寒く、湖から風が絶え間なく吹いてくる。肺に送りこまれる空気が薄くて、なんだか頭が朦朧としてくるが、酸素が少ないせいなのか、めまいなのか、わたしにはわからない。

自殺防止用の手すりの前まで来る。

頭がくらくらする。胃が痛くなってくる。

景色の壮大さに唖然《あぜん》とする——どこまでも広がるきらびやかな市街地、周囲に建ち並ぶ高層ビル、広大な湖の対岸にあるミシガン州南部までくっきりと見える。

南と西に目を転じると、住宅地の向こう、ここから百マイルほど離れたところにある大草原が朝の光を受けて輝いている。

ビルが揺れる。

〝晴れた日には、イリノイ、インディアナ、ミシガン、ウィスコンシンの四つの州を望むことができます〟

創造性豊かな芸術作品に立っていると、いい意味で自分の小ささを実感する。

こんな美しいものを創りあげた世界の空気を吸っているなんて夢のようだ。

隣のアマンダも一緒になって、この建物の美しくも女性的な曲線をながめおろしている。

静かで、音もほとんどしない。

唯一聞こえるのは、もの悲しい風の音だけ。

地上の雑踏はここまで届かない。

「きみの頭のなかにあったのはこれだったの？」わたしは訊く。

「とくにこれをと意識したわけじゃないけど、まあまあいい感じだわ。うっすらと覚えている夢みたい」

わたしはローガン・スクエアがあるはずの北の方角に目をこらす。わたしの戻るべき場所とは別物のようだ。

数フィート離れたところに、年老いた男性とその妻が見える。男性は節くれだった手を望遠鏡をのぞきこむ妻の肩に置いている。望遠鏡が向いている先には、見たことがないほど大きな観覧車がある。高さ千フィートはあるだろうか、湖岸にそびえるように立っている。ネイヴィピアがあるはずの場所に。

わたしはダニエラに思いをはせる。

もうひとりのジェイソン――ジェイソン二号はいまなにをしているのだろう。わたしの妻になにをしているのだろう。

怒り、恐怖、そしてわが家を恋しく思う気持ちが病気のようにわたしを包みこむ。

この世界はりっぱだが、わたしの家がある世界じゃない。

似ても似つかない。

アンプルの残り：四十二本

またも、はざまの場所を抜ける暗い通路に戻り、足音を無限の空間に響かせながら歩いていく。

ランタンで足もとを照らしながら、ノートになにを書こうか考えていると、ふいにアマンダが足をとめる。

「どうした？」わたしは尋ねる。

「聞こえる？」

完全な静寂のなか、はやくなった自分の鼓動が聞こえる。

それに――ありえないものも聞こえる。

なにかの音。

通路のずっと先から。

アマンダがわたしのほうを向く。

小声で尋ねる。「なにかしら？」

わたしは闇に目をこらす。

えんえんとつづく壁に反射して、しだいに弱まっていくランタンの明かり以外、なにも見えない。

音は刻一刻と大きくなる。

引きずるような足音だ。

「誰かこっちに来る」

「そんなの、ありえないはずでしょ」

影がこっちに向かってくる。

わたしは一歩うしろにさがる。しだいに近づく影を見ながら、わたしは走りだしたい衝動に駆られるが、それでどこに行くというのだ？

対峙《たいじ》するほうがましだ。

男だ。

裸の。

全身にこびりついているのは泥だか汚物だか……

血だ。

まちがいなく血だ。

男は血のにおいをさせている。

血だまりを転げまわったみたいなありさまだ。

髪は固まり、顔にべっとりついた血が乾いて、白目が異様に目立つ。

両手をわなわなと震わせ、死にものぐるいでなにかを引っかいたのか、指先がこわばっている。

距離が十フィートにまで迫ってはじめて、男がわたしだと気づく。

わたしはわきにどいて、近くの壁に背中をくっつけ、できるだけ男から離れる。

よろける足で通りすぎるとき、男の目がわたしにすえられる。

わたしの姿が見えているのかどうかはわからない。

頭が混乱しているらしい。

目が落ちくぼんでいる。

まるで地獄から抜け出たばかりのようだ。

背中と肩に肉がえぐられた痕がいくつもついている。

わたしは声をかける。「どうしたんだ？」

男は足をとめてわたしを見つめる。次の瞬間、いままで聞いたことがないほどおぞましい声を――喉が破れんばかりの悲鳴をあげる。

その声がこだまするなか、アマンダがわたしの腕をつかんで、男から遠ざける。

男は追ってこない。

離れていくわたしたちを茫然と見ていたかと思うと、またよろよろと通路を歩きはじめる。果てのない闇に向かって。


三十分後、わたしはほかとまったく同じ扉の前にすわり、頭のなかを空っぽにし、さきほどの通路での一件で動揺した心を静めている。

リュックからノートを出してひらき、ペンをかまえる。

考えるまでもない。

ひとこと、こう記す。


家に帰りたい。

ふと思う。これが神の感覚なのか？　文字どおり、口にした世界が現実のものになる快感が？　もちろんこの世界はすでに存在しているわけだが、ことわたしたちを結びつけたのは、このわたしだ。あらゆる選択肢からここを選び、実際、装置の出口から見たかぎりでは、望みどおりの場所に来たように思う。

装置を出て、コンクリートの床に散乱したガラスを踏みしめていく。高窓から射しこむ午後の陽光が、ずらりと並ぶ昔の鉄の発電機に降り注いでいる。

明るいときに見たわけではないが、ここは見覚えがある。

前回来たときはミシガン湖に秋の満月がのぼっていて、わたしは薬物を注射され、時代物の機械のひとつに背中を預けていた。視線の先には、わたしに銃を突きつけ、廃墟となった発電所の最下層まで連れてきた能面の男の姿。

じっと見つめてきた相手は——当時のわたしは知るよしもないが——わたし自身だった。

こんな旅をすることになるとは想像もしていなかった。

こんな地獄が待っているとは。

装置は発電機室のいちばん奥、階段のうしろに隠れていた。

「どう？」アマンダが訊く。

「うまくいったんじゃないかな。ここはきみたちの世界で目覚める前、最後に目にした場所だ」

わたしとアマンダは使われなくなった発電所から抜け出す。

外に出ると、太陽が照っている。

沈みはじめている。

夕方近い時刻で、聞こえてくるのは湖を飛び交うカモメのもの悲しい鳴き声だけだ。

徒歩で西に向かい、路肩を放浪者のカップルのように歩きながら、サウス・シカゴに入る。

遠くになつかしい高層ビル群が見える。

よく見慣れた、なつかしい風景だ。

太陽が沈んでいくなかを二十分ほど歩いたところで、わたしははたと気づく。道路に一台の車も走っていない。

「やけに静かだと思わないか？」

アマンダがわたしを見つめる。

湖近くに広がる廃墟となった工場地帯を歩いているときは、静かなのもそう気にならなかった。

このあたりまで来ると、異様なほど静かだとわかる。

車が一台も走っていない。

人の姿もない。

あまりの静けさに、頭上の電線を電気が流れていく音さえ聞こえるほどだ。

八十七番ストリート駅が閉鎖されている――バスも電車も走っていない。

ほかの生き物がいる気配といったら、らせん状の尾をした黒い野良猫が口にネズミをくわえ、道路をこそこそ渡っていくのが見える程度だ。

アマンダが言う。「装置まで戻ったほうがよさそうね」

「自宅をこの目で確認しないと」

「なんだかいやな雰囲気だわ、ジェイソン。感じない？」

「連れてこられた場所を探索しなければ、装置の仕組みは永遠にわからない」

「自宅はどこなの？」

「ローガン・スクエア」

「とても歩いていける距離じゃないわ」

「だから、車を借りる」

わたしたちは八十七番ストリートを横断し、貧相な低層の家々が並ぶ住宅街に足を踏み入れる。もう何週間も清掃車が来ていないようだ。そこらじゅうにごみが散乱している。通りのあちこちに、破れかけたごみ袋が山と積まれている。

窓の多くは板が打ちつけてある。

なかにはビニールで覆われているのもある。

その大半から服の切れ端がぶらさがっている。

赤いもの。

黒いもの。

数軒の家からラジオかテレビとおぼしき音声がぼそぼそと聞こえてくる。

子どもの泣き声も。

しかし、それをべつにすれば、不気味なほど静かだ。

六番めのブロックを半分ほど来たところで、アマンダが大声をあげる。「あった！」

わたしは通りを渡り、九〇年代なかばに製造されたオールズモビルのカトラス・シエラに走り寄る。

色は白。へりのところがさびている。ホイールカバーなし。

汚れたウィンドウごしにのぞくと、イグニッションからキーがぶらさがっている。

運転席側のドアをあけ、するりと乗りこむ。

「本当にやるのね？」アマンダが念を押す。

エンジンをまわすと同時に、彼女が助手席に乗りこむ。

ガソリンは四分の一ほど残っている。

充分足りる。

フロントガラスに汚れがびっしりたまっているので、ウォッシャー液を出しながらワイパーを十秒間ほど動かし、埃と泥とへばりついた落ち葉をこそげ落とす。


州間高速道路は閑散としている。

こんな状態は見たことがない。

見わたすかぎり、両方向とも車は一台も走っていない。

そろそろ陽が沈むころで、太陽の光がウィリス・タワーに反射している。

わたしは北に向けて車を飛ばすが、一マイル進むごとに、胃がきりきりする感じが強くなる。

アマンダが言う。「引き返しましょう。冗談抜きで。絶対になにか変よ」

「家族がこの世界にいるなら、わたしの居場所はここだ」

「ここがあなたのシカゴだと、どうして言い切れるの？」

彼女がラジオのスイッチを入れ、つまみをまわして選局していくと、聞き慣れた緊急警報システムの警告音がスピーカーから響く。

これから読みあげるメッセージはイリノイ州警察の要請で放送するものです。クック郡の終日外出禁止令は現在もつづいています。全住民は追って通知があるまで自宅から出ないでください。州兵による全地域の安全監視、食事の配給、疾病予防センター内の隔離ゾーンへの移送はひきつづきおこなわれます。

南に向かう車線を、四台の迷彩ハンヴィーが一列になって走っていく。

感染のおそれは依然として高いレベルにあります。初期症状としては発熱、激しい頭痛、および筋肉痛などがあります。ご本人、あるいはご家族の方が感染したと思われる場合は、通りに面した窓に赤い布を出してください。ご家族のどなたかが亡くなった場合は、通りに面した窓に黒い布を出してください。疾病予防センターの職員が、できるだけはやく救援に駆けつけます。さらなる情報が入り次第お伝えします。

アマンダがわたしを見つめる。

「どうしてUターンしないの？」

自宅付近には車をとめられる場所がなく、エンジンをかけたまま道路の真ん中にとめる。

「あなた、本当にどうかしてる」アマンダが言う。

わたしは、主寝室の窓から赤いスカートと黒いセーターをぶらさげた褐色砂岩の家を指差す。

「あそこがわたしの家だ」

「とにかく急いで。お願いだから気をつけてね」

車を降りる。

あたりはあまりに静かで、通りは夕闇に青く染まっている。

一ブロック先に、ぼんやりとした人影が道路の真ん中を重い足を引きずりながら歩いていくのが見える。

車道から歩道にあがる。

送電線はなんの音も発しておらず、屋内から漏れる光がやけに弱々しい。

ろうそくの光だ。

このあたりはどこも停電しているようだ。

玄関ステップをあがり、ダイニングルームが見える大きな窓からのぞきこむ。

なかは暗く、重苦しい感じがただよっている。

ノックする。

しばらく待ったのち、キッチンから人影が現われ、足を引きずるようにしてのろのろとダイニングテーブルを通りすぎ、玄関に向かう。

口のなかがからからになる。

来るべきではなかった。

ここはわたしの家ですらない。

シャンデリアがちがう。

暖炉の上に飾ったゴッホの複製画も。

三つの錠がはずれる音が響く。

ドアが一インチ弱ひらき、わたしの家とは似ても似つかないにおいが屋内から漏れ出す。

病《やまい》と死のにおい。

ろうそくを持つダニエラの手が震えている。

淡い光のなかでも、露出した皮膚という皮膚ができものだらけなのが見てとれる。

目が黒ずんでいる。

出血しているのだ。

白いところはほんのわずかしか残っていない。

「ジェイソン？」その声は弱々しく、ねばついている。目から涙が流れる。「そんな、まさか」

彼女はドアを大きくあけ、足をよろめかせながらわたしに近づいてくる。

愛する相手に嫌悪の情をおぼえるのは、胸がつぶれそうにつらい。

わたしはあとずさる。

わたしが怯えているのに気づいたのだろう、ダニエラは足をとめる。

「どういうこと？」と胸をぜいぜいいわせながら尋ねる。

「あなた、死んだはずなのに」

「わたしが死んだ？」

「一週間前、血でぱんぱんになった死体袋に入れられて運び出されたじゃない」

「チャーリーは？」

ダニエラは首を左右に振ると、涙を流しながら、血の混じった咳を曲げた肘で受ける。

「死んだのか？」わたしは訊く。

「引き取りにきてくれないの。まだ自分の部屋でそのままになってる。あそこで日々朽《く》ち果てていってるのよ、ジェイソン」

一瞬、彼女はバランスを崩し、ドア枠につかまって転倒を逃れる。

「そこにいるあなたは本物なの？」

わたしが本物かって？

なんてことを訊くんだろう。

言葉が出てこない。

悲しみで喉がひりひりする。

目に涙がこみあげる。

彼女を哀れに思う気持ちはあるものの、実際は怖くてたまらず、自衛本能であとずさってしまう。

アマンダが車から呼びかける。「誰か来る！」

通りに目をやると、一対のヘッドライトが闇を切り裂きながら近づいてくるのが見える。

「ジェイソン、置いていくわよ！」アマンダは叫ぶ。

「誰なの、あの人」ダニエラが訊く。

近づいてくる車のエンジンがディーゼル車のように低くうなる。

アマンダの言うとおりだった。危険を察知した時点で引き返すべきだったのだ。

ここはわたしの世界ではない。

頭ではわかっていても、別のバージョンの息子が死の床に横たわる二階の寝室に心が吸い寄せられてしまう。

駆けあがっていって息子を運び出してやりたいが、そんなことをすれば自分も死ぬだけだ。

玄関ステップをおりて通りに向かいかけたところ、一台のハンヴィーが道路に、サウス・サイド地区で失敬した車のバンパーから十フィートのところにとまる。

ハンヴィーの車体にはステッカーがこれでもかと貼ってある——赤十字、州兵、疾病予防センター。

アマンダがサイドウィンドウから身を乗り出す。

「なにをしてるのよ、ジェイソン」

わたしは涙をぬぐう。

「息子が家のなかで死んでいる。ダニエラは死にかけている」

ハンヴィーの助手席のドアがあき、黒いバイオハザード防護服とガスマスク姿の人間が降りてきて、わたしにアサルトライフルを向ける。

マスクごしに発した声は女性のものだ。

「そこを動くな」

わたしは反射的に両手をあげる。

次に彼女はカトラス・シエラのフロントガラスにライフルを振り向け、車に向かって歩きだす。

アマンダに命じる。「エンジンを切りなさい」

アマンダがセンターコンソールごしに手をのばしてエンジンを切ると同時に、ハンヴィー
の運転手が車を降りる。

わたしはふらふらとポーチに立っているダニエラを示す。

「妻が重篤な状態なんだ。息子は二階で死んでいる」

運転手はマスクごしに褐色砂岩の家の正面を見あげる。

「色を正しく表示してありますね。そのうち担当者が来ますから――」

「いますぐ妻を医者に診せないと」

「そこにあるのはあなたの車ですか？」

「ええ」

「どこに行くつもりだったんです？」

「手当てしてくれそうな人のところへ妻を連れていってやりたくて。病院でもなんでも―

―」

「ここで待っていてください」

「頼むから」

「いいから待っていてください」

運転手は歩道にあがり、玄関ステップをのぼる。ダニエラはその最上段で手すりにもたれている。

彼は妻の前にしゃがむ。声は聞こえるが、なにを言っているかまではわからない。

アサルトライフルをかまえた女性がわたしとアマンダを見張っている。

通りの反対側の窓でろうそくの光が揺らめき、隣人の誰かが、わたしの家の前で繰り広げられている騒動を見守っている。

運転手が戻ってくる。

「実を言いますと、疾病予防センターの収容施設は限界にきていまして。かれこれ二週間前からその状態です。いずれにせよ、いま奥さんを運びこんだところで意味はありません。目からの出血が始まったら、もう長くはもたないんです。あなたはどうかわかりませんが、わたしなら死んだ人間や死にかけている人間しかいない連邦緊急事態管理庁《FEMA》のテントの粗末な寝床より、自分のベッドで最期を迎えたいと思いますね」彼は肩ごしに振り返る。「ナディア、この人に自動注射器を何本か持ってきてくれないか。それとついでにマスクも頼む」

「マイク……」

「いいから、言われたとおりにしろ」

ナディアはハンヴィーのうしろにまわり、荷台の扉をあげる。

「では、妻は助からないんだな？」

「残念ながら」

「あとどのくらい？」

「明日の朝までもったら不思議なくらいです」

ダニエラが背後の闇のなかでうめき声をあげる。

ナディアが戻ってきて、わたしの手に自動注射器五本とフェイスマスクを押しつける。

運転手が言う。「そのマスクを常にかぶっているように。それから、むずかしいとは思いますが、奥さんには触れないでください」

「これはなんの注射なんだ？」わたしは訊く。

「モルヒネです。一度に五本とも打てば、眠るように亡くなります。わたしなら、いますぐ打ちますね。最後の八時間は見るに堪えませんから」

「助かる見込みはないんだね？」

「ええ」

「薬はないのか？」

「市民全員を救うにはとても足りません」

「住民が家のなかで死んでいるのに、それを黙って見ているだけなのか」

彼はマスクごしにわたしの顔をうかがう。

シールド部分は色がついている。

どんな目をしているのかはわからない。

「道路封鎖を突破して逃げようとすれば、その場で殺されます。暗くなってからはよけいに」

彼は背を向ける。

ふたりはハンヴィーに乗りこみ、エンジンをかけて走り去る。

太陽はすでに地平線に沈んでいる。

通りは暗さを増している。

アマンダが言う。「すぐ出発しないと」

「ちょっとだけ待ってほしい」

「奥さんは感染性の病気なのよ」

「わかってる」

「ジェイソン――」

「あそこにいるのはわたしの妻なんだ」

「ちがう。あなたの奥さんの一バージョンにすぎないし、もしも病気をうつされたら、二度と本当の奥さんには会えなくなるのよ」

わたしはマスクを着け、玄関ポーチへの階段をのぼる。

近づいていくとダニエラが顔をあげる。

彼女の無残な顔に心が痛む。

自分が吐いた血と真っ黒な胆汁にまみれている。

「連れていってくれないって？」彼女は訊く。

わたしは、そうだというようにうなずく。

この手に抱きしめ、なぐさめてやりたい。

一刻もはやく彼女から離れたい。

「いいの」彼女は言う。「よくなるなんて芝居はしなくていい。心の準備はできてるから」

「これをもらった」わたしは自動注射器を並べる。

「なんなの、これは？」

「終わりにするための道具だ」

「わたしは、わたしたちのベッドで死んでいくあなたを見送った」彼女は言う。「自分のベッドで死んでいく息子を見送った。もう、家のなかには戻りたくない。自分の人生がどんなふうに終わるのかと考えたことは何度もあるけど、こんなことになるとは想像もしなかった」

「これはきみの人生の行く末じゃない。終点にすぎない。きみの人生はすばらしいものだったよ」

ダニエラの手からろうそくが落ち、コンクリートで火が消え、芯がくすぶる。

「一度に全部打てば、終わりにできるそうだ。そうしてほしい？」

彼女はうなずき、涙と血が頬を伝って落ちる。

自動注射器をひとつ選んで紫色のキャップをはずし、端をつかんでダニエラの大腿部《だいたいぶ》に突き立て、反対側のボタンを押す。

スプリングが仕込まれた注射器から一定量のモルヒネが体内に注入されても、ダニエラはぴくりともしない。

残りの四本も準備し、たてつづけに投与する。

ほぼ瞬時に効果が現われる。

薬が効き、彼女は錬鉄の手すりにもたれかかり、真っ黒の目がうつろになる。

「楽になった？」と訊いてみる。

彼女は笑みらしきものを浮かべ、呂律《ろれつ》のまわらない口で言う。「幻覚なのはわかってるけど、あなたはわたしの天使よ。わたしのもとに帰ってきてくれた。この家でひとりぼっちで死ぬのが怖くて怖くてたまらなかった」

薄闇がしだいに濃さを増していく。

気味が悪いほど真っ黒なシカゴの空に一番星が光る。

「なんだか頭がとっても……朦朧としてきた」

ふたりでこのポーチにすわって過ごした夜を、ひとつひとつ思い出す。お酒を飲む。笑い合う。近辺の街灯がまたたくようにして点灯するころ、通りかかったご近所さんと雑談をかわす。

たちまち、自分の世界がいかに安全で完璧かということに気づく。いまならわかる――わたしはそれを当然のこととして受けとめていた。どんなにすばらしい世界も、いつどんな形で粉々に砕け散るかわからないのだ。

ダニエラが言う。「ジェイソン、あなたに触れてもらえたらよかった」

ささやき声よりもほんのわずか大きい、かすれた、力のない声。

彼女は目を閉じる。

息を吸って吐くたび、呼吸の間隔が一、二秒ずつ長くなっていく。

やがて完全に呼吸がとまる。

ここに残したまま立ち去りたくはないが、さわるわけにはいかない。

立ちあがってドアのところに行き、なかに入る。家のなかはしんとしていて暗く、死の存在が肌にまとわりつく。

ろうそくに照らされたダイニングルームの壁の前を通り、キッチンを抜け、書斎に入る。歩を進めるたび、硬材の床がぎしぎしと音をたてる――それがこの家の唯一の音だ。

階段ののぼり口で足をとめ、真っ暗な二階に目をこらす。二階では息子が自分のベッドで朽ちつつある。

ブラックホールのとてつもない重力にも匹敵する力が、わたしを二階にあがらせようとする。

しかしわたしは抵抗する。

カウチにかかっていた毛布を手に取り、外に出てダニエラの亡骸《なきがら》を覆う。

それから家のドアを閉め、玄関ステップをおり、おぞましい現場をあとにする。

車に乗り、エンジンをかける。

アマンダを見やる。

「見捨てないでくれて感謝するよ」

「見捨てるべきだったけどね」

車を出す。

同じ街でも地域によっては電気が来ている。

闇に包まれている地域もある。

涙が次々にこみあげる。

前がほとんど見えないほどだ。

アマンダが言う。「ジェイソン、ここはあなたの世界じゃないわ。さっきのはあなたの奥さんじゃない。まだ家に帰って家族と再会する望みはあるのよ」

頭ではアマンダの言うとおりだとわかるが、心では胸をかきむしりたくなるほどの苦痛を味わっている。

ダニエラを愛し、守ることはわたしの遺伝子に組みこまれているも同然なのだから。

車はバックタウンを抜けるところだ。

遠くの市街地から、高さ百フィートの炎が空へとあがっている。

州間高速道路は真っ暗で、ほかに車はいない。

アマンダが手をのばしてきて、わたしの顔からマスクを取り去る。

家にこもっていた死臭がいまも鼻に残っている。

消そうにも消せない。

わが家の玄関先で毛布にくるまれて死んでいるダニエラが、何度も何度も目に浮かぶ。

ダウンタウンの西まで来ると、わたしはサイドウィンドウから外をのぞく。

星明かりに照らされ、高層ビル群の輪郭《りんかく》がなんとなくわかる。

どれも真っ黒で、活気が感じられない。

「ジェイソン？」

「どうした？」

「車が一台、つけてくる」

ルームミラーをのぞく。

ライトをつけていないせいで、幽霊が迫ってくるように見える。

目がくらみそうなほどまぶしいハイビームと赤と青の回転灯がいきなりつき、車内にいくつもの光の断片が入りこむ。

後方の拡声器から声が響く。〝車を路肩に寄せろ〟

恐怖心がふくれあがる。

わたしたちには身を守るものがなにもない。

この最悪の事態から逃げ切るのは無理だ。

アクセルから足を離し、速度計の針が反時計回りにまわるのをじっと見つめる。

アマンダが言う。「とまるつもり？」

「うん」

「どうして？」

ブレーキペダルをゆっくりと踏み、速度が落ちてきたところで車を路肩に寄せ、完全に停止させる。

「ジェイソン」アマンダがわたしの腕をつかむ。「なにをするつもり？」

ドアミラーをのぞくと、うしろで黒いSUV車がとまるのが見える。

〝エンジンを切って、キーをサイドウィンドウから捨てろ〟

「ジェイソンってば！」

「わたしにまかせてくれ」

〝これが最後の警告だ。エンジンを切って、キーをサイドウィンドウから捨てろ。ちょっとでも逃げるそぶりを見せた場合、武器の使用も辞さないからそのつもりで〟

一マイルほど後方に、べつのヘッドライトも現われる。

シフトレバーをパーキングに入れて、ライトを消す。それから数インチほどサイドウィンドウをさげて腕を出し、キーの束を外に落とすふりをする。

SUV車の運転席側のドアがあき、ガスマスクを着けた男が銃を抜いた状態で降りてくる。

わたしはふたたび車のギアを入れてライトをつけ、アクセルを思いきり踏みこむ。

エンジンの轟音をついて銃声が耳に届く。

フロントガラスに銃弾の穴があく。

つづいてもうひとつ。

一発がカセットデッキにめりこむ。

振り向くと、SUV車が数百ヤード後方の路肩にとまっているのが見える。

速度計は時速六十マイルを指し、いまもぐんぐんあがっている。

「出口までどのくらい？」アマンダが訊く。

「一、二マイルだろう」

「たくさん追ってきてる」

「見えてるよ」

「ジェイソン、もし捕まったら――」

「わかってる」

時速は九十マイルを少し超え、エンジンがそのスピードを維持しようと必死にがんばり、回転数がレッドゾーンにじりじり近づく。

出口は四分の一マイル先の右側だと告げる表示板を猛スピードで通りすぎる。

この速度なら、ものの数秒で着くだろう。

時速七十五マイルで出口を抜け、ブレーキを強く踏む。

ふたりともシートベルトをしていない。

慣性力でアマンダはグローブボックスにいきおいよくぶつかり、わたしはハンドルのほうに押しやられる。

出口ランプの終点まで来ると、一時停止のところで乱暴に左折する。タイヤが鳴り、ゴムの焦げるにおいがたちのぼる。いきおいでアマンダは助手席側のドアにぶつかり、わたしは彼女の座席まで飛ばされそうになる。

高架交差路を走りながら数えたところ、州間高速道路には五組の回転灯がひらめいている。いちばん近いSUV車が二台のハンヴィーを従え、猛スピードで出口に向かっているところだ。

わたしたちの車はサウス・シカゴの人けのない通りを次々と駆け抜ける。

アマンダが前に身を乗り出し、フロントガラスの向こうに目をこらす。

「どうかした？」わたしは訊く。

彼女は空に視線を向けている。

「上になにか光るものが見える」

「ヘリコプターかな？」

「たぶんそれだわ」

がらんとした交差点を猛然と走り抜け、閉鎖中の高架鉄道の駅を過ぎ、さらにはスラム街を抜け、使われなくなった倉庫と操車場のわきを飛ぶように走る。

この街のなかでもかなり辺鄙な一帯だ。

「だんだん距離が縮まってる」アマンダが言う。

銃弾が一発、車のトランクにめりこむ。

そのあと立てつづけに三発撃ちこまれる。

アマンダが言う。「マシンガンを撃ってきてる」

「床に伏せろ」

勝ち誇ったようなサイレンの音がぐんぐんと近づく。

この年代もののセダンでは、とてもじゃないが太刀《たち》打ちできない。

さらに二発がリアウィンドウとフロントガラスを貫く。

一発はアマンダがすわっていたシートの真ん中を貫通する。

銃弾の穴だらけのガラスごしに目をこらすと、まっすぐ前方にミシガン湖が見える。

アマンダに声をかける。「そのままじっとしていろ。もうすぐだ」

右に急ハンドルを切ってプラスキ・ドライヴに入る。右後部のドアに銃弾が三発撃ちこまれ、思わずライトを消す。

ヘッドライトなしの運転は、真っ暗闇のなかを飛んでいるような感じだ。

数秒もすると目が慣れてくる。

前方に舗装道路が見え、周囲の建物が黒いシルエットとなって浮かびあがる。

ここまで辺鄙なところに来ると、本当に暗い。

わたしはアクセルから足を離しただけで、ブレーキは踏まずにいる。

うしろに目をやると、二台のSUV車がプラスキ・ドライヴに乱暴に曲がりこんでくるのが見える。

前方に目を戻すと、見覚えのある一対の煙突が星空を突き刺すようにのびているのが見える。

わたしたちの車は時速二十マイルにまで速度を落としているが、SUV車のほうはますます速度をあげている。ハイビームにしたヘッドライトは、まだここまでは届いていないはずだ。

フェンスが見えてくる。

車のスピードは落ちつづけている。

ハンドルを切り、施錠した門にラジエーターグリルをぶつけて、ゲートを乱暴にあける。

ゆっくりと駐車場に入る。倒れた外灯をよけながら、道路を振り返る。

サイレンがけたたましさを増す。

三台のSUV車がゲートの前を猛スピードで通りすぎていき、少し遅れて、屋根にマシンガン砲台をつけたハンヴィー二台がつづく。

わたしはエンジンを切る。

ふたたび訪れた静寂のなか、遠ざかっていくサイレンの音に耳をすます。

アマンダが床から体を起こし、わたしは後部座席に置いてあったリュックをつかむ。

ドアを閉める音が前方の煉瓦造りの建物に当たって跳ね返る。

アマンダとふたり、崩れかけた建物と、もとのロゴの残り――CAGO POWER――に向かう。

頭上を飛ぶヘリコプターが、まぶしいスポットライトで駐車場をくまなく照らしていく。

そのとき、エンジンを空吹かしする音が聞こえる。

一台の黒いSUV車が横滑りするようにして入ってくる。

ヘッドライトで目がくらむ。

建物に向かって走りだしたわたしたちに、男の声が拡声器ごしにとまれと命じる。

わたしは煉瓦の壁にあいた穴をくぐり、なかからアマンダに手を貸す。

あたりは真っ暗だ。

リュックサックを乱暴にあけ、大急ぎでランタンを出す。

破壊された窓口エリアがランタンの光のなかに浮かびあがる。暗いなかでここを見ると、ジェイソン二号とのあの夜がフラッシュバックする。一糸まとわぬ姿で銃を突きつけられ、べつのバージョンのこの古い建物まで歩かされたときのことが。

ランタンの光で闇を切り裂きながら、最初の部屋を通り抜ける。

廊下を進む。

歩をはやめる。

ふたりの靴がぼろぼろの床を叩く。

顔から汗が噴き出し、目にしみる。

心臓が激しく胸骨を揺るがすほど鼓動する。

息が苦しい。

うしろから声があがる。

振り返ると、闇をレーザーが切り裂き、暗視ゴーグルとおぼしきものの緑の点々が見える。

無線機が発するノイズ、ひそめた声、ヘリコプターのローター音が壁から漏れてくる。

廊下にすさまじい発砲音が響き、わたしたちは床にうつぶせになって銃撃がやむのを待つ。

どうにかこうにか立ちあがると、一刻の猶予《ゆうよ》もならないとばかりに走りだす。

分岐点でべつの廊下に入る。まちがっていない自信はあるが、これだけ暗いと絶対とは言い切れない。

しばらく行くと、発電機室に通じる踏み板だけの階段のてっぺんにある金属の踊り場に出る。

階段をおりる。

追っ手はかなり近くまで迫っていて、三つの異なる声が最後の廊下に反響する。

男がふたりに女がひとり。

最後の段をおり、アマンダもあとにつづいたそのとき、頭上の階段をおりる重々しい足音が響く。

ふたつの赤い点がわたしの行く手を行き来する。

わたしは一歩横に寄り、前方に広がる闇に向かって走りつづける。その先に装置があるはずだ。

頭上で銃声がとどろくと同時に、バイオハザード防護服に身を固めたふたつの人影が階段をおりきる。

装置が五十フィート前方に見えてくる。扉はあいたままで、近づいていくランタンの光が金属の表面にあたって、やんわりと乱反射する。

銃声。

スズメバチのようなものがわたしの右耳をかすめる。

銃弾が扉に当たり、火花が散る。

耳がひりひりする。

うしろから男が怒鳴る。「もう逃げられないぞ!」

アマンダが先に装置に入る。

つづいてわたしが入り口をくぐり、体の向きを変え、肩を扉に押しつける。

追っ手の兵士は二十フィートのところまで迫っている。これだけ近いと、ガスマスクごしでも息を切らしているのが聞こえるほどだ。

銃撃が始まる。まぶしいほどの銃口炎と装置の壁に弾があたる音が、この悪夢のような世界でわたしが目にし、耳にした最後のものになる。

わたしたちはすぐさま薬を注射し、通路を歩きはじめる。

しばらく行くと、アマンダが休憩したいと言うが、わたしは足をとめる気にはなれない。

ひたすら歩きつづけなくては。

たっぷり一時間歩く。

薬が効いている時間を全部使って。

耳からの出血で服が赤く染まる。

やがて通路が消え、箱はひとつに収束する。

わたしはリュックを放り投げる。

寒い。

かいた汗がすっかり乾いている。

アマンダは装置の中央に立っている。廃墟となった発電所を走ったせいで、スカートは汚れて破け、セーターはほつれている。

彼女が床にランタンを置くと、わたしのなかのなにかが解き放たれる。

力、緊張、怒り、恐怖。

それらすべてが、とめどなく流れ落ちる涙と抑えきれないすすり泣きという形で、一気にあふれ出る。

アマンダがランタンのスイッチを切る。

くずおれ、冷たい壁にもたれかかるわたしを、彼女は自分の膝へと引き寄せる。

わたしの髪を手ですく。

アンプルの残り：四十本

真っ暗闇のなかで意識が戻ると、わたしは壁に背中をつけた恰好で、装置の床に横向きに倒れている。アマンダがぴったり寄り添っているせいで、わたしたちの体はひとつに溶け合ったようになっている。

わたしは空腹で、喉が渇いている。

いったい、どれくらい眠っていたのだろう。

少なくとも、耳の出血はとまっている。

自分たちが絶望的な状況にいるという現実は否定しようもない。

お互いをべつにすれば、わたしたちにあるのはこの装置だけだ。

とてつもなく大きな海に浮かぶ、とても小さなボート。

これがわたしたちのシェルター。

わたしたちの牢獄。

わたしたちの家。

そろそろとアマンダから体を離す。

パーカを脱ぎ、それを枕の形にたたんで、アマンダの頭の下に入れてやる。

彼女は寝返りを打つが目は覚まさない。

手探りで扉のところまで行く。あける危険をおかすべきでないのはわかっている。しかし、外がどうなっているのかたしかめなくてはならないし、狭苦しい装置のなかにいると閉所恐怖症になりそうだ。

レバーをさげ、ゆっくりと手前に引く。

まず襲ってくるのは、常緑植物のにおいだ。

密生したマツの森にいく筋もの陽光が射している。

少し離れたところに、鹿が一頭、身じろぎもせずに立ち、うるんだ黒い瞳で装置をじっと見つめている。

わたしが外に出ると、鹿は音もなくマツの木立を抜けていなくなる。

森のなかはとてつもなく静かだ。

薄霧がマツ葉を散り敷いた地面を覆っている。

装置から少し離れた場所に腰をおろし、暖かな朝の陽射しを顔に受ける。

こずえが風にそよぐ。

木を燃やすにおいが風に乗ってただよってくる。

焚き火だろうか?

煙突からの煙?

誰が住んでいるのか。

ここはどんな世界なのか。

足音が聞こえる。

振り返ると、アマンダが木立を抜けて近づいてくるのが見え、たちまち罪悪感で胸が痛む
――前の世界では、彼女を死なせるところだった。彼女がここにいるのは、単にわたしのためというだけじゃない。わたしを助けたせいでここにいるのだ。危険をかえりみず、勇気ある行動を取ったからだ。

アマンダはわたしの隣にすわって、太陽に顔を向ける。

「よく眠れた？」と訊いてくる。

「ぐっすりとね。寝違えたせいで首がひどく痛むよ。きみは？」

「体じゅうが痛いわ」

彼女は顔を近づけ、わたしの耳を調べる。

「ひどいか？」

「ううん。耳たぶが少しちぎれてるだけ。消毒するわ」

前々回の未来都市シカゴで補充した水を渡され、わたしは永遠に飲みつづけるいきおいで長々とあおる。

「大丈夫？」アマンダが訊く。

「彼女のことが頭を離れない。わが家のポーチで死んだ妻の姿。二階の自室で死んでいるチャーリー。もうどうしていいかわからない」

「つらいのはわかるけど、あなたが考えるべきなのは、というかわたしたちふたりが考える

べきなのは、あの世界に連れていかれた理由よ」

「わたしはただ、〝家に帰りたい〟と書いただけだ」

「そうね。たしかにそう書いたけど、扉をくぐるときに精神的な重荷を抱えていたんじゃないかしら」

「重荷？」

「わからない？」

「さっぱりわからない」

「あなたがいちばん恐れていること」

「ああいうシナリオは誰でも考えることじゃないのか？」

「そうね。でも、あれは完全にあなた独自のシナリオよ。自分でわからないなんて意外だわ」

「どこがわたし独自だというんだ？」

「単に家族を失うだけじゃなく、病気で失っている点よ。八歳のときにお母さんを亡くしたでしょう？」

わたしはアマンダを見やる。

「どうしてそれを？」

「どうしてだと思う？」

当然だ。彼女はジェイソン二号のセラピストだったのだから。

「目の前でお母さんが亡くなったことは、あの人の人生における決定的な出来事だった。そのせいで結婚しなかったし、子どもを持つこともなかった。研究に没頭する原因になった」

そのとおりだ。一時期、ダニエラから逃げようと何度となく思っていた。彼女にそれほど夢中ではなかったからじゃなく、彼女を失うのが怖いという気持ちが漠然とあったからだ。ダニエラがチャーリーを身ごもったとわかったときも、まったく同じ恐怖を感じた。

「どうして、あんな世界を求めてしまうんだろう？」

「口うるさい母親と似た相手と結婚する人がいるのがどうしてかわかる？　あるいは、いなくなった父親と似た相手と。それはね、かつての間違いを正そうとするからなの。子ども時代に心を傷つけられたから、おとなになってなんとかしようとするわけ。世の中のことを考えれば、この装置の仕組みがよくわかる気がする」

彼女に水を返しながらわたしは言う。「四十だ」

「なにが四十なの？」

「残りのアンプルは四十本。半分はきみのだ。つまり、この状況を解決するチャンスはそれぞれ二十回ということになる。きみはどう解決したい？」

「わからない。現時点でわかってるのは、わたし自身はもとの世界には戻るつもりはないということだけ」

「つまり、わたしと一緒に行動するということでいいのかな。それともこれでお別れかい？」

「あなたがどう思ってるか知らないけど、わたしたちはまだ、お互いを必要としていると思うの。あなたを家に帰す手伝いをするわ」

わたしはマツの幹に背中を預け、膝にノートをひろげ、考えがまとまるのを待つ。

言葉、気持ち、望みだけで世界を頭のなかに思い描こうとするなんて、なんともおかしなことだ。

やっかいな逆説――コントロールしているのはわたし自身なのに、コントロールできるのは自分が掌握できる範囲に限定される。

感情。

内なる嵐。

わたしを駆り立てる秘密の原動力。

無限に世界があるとして、これぞまさしくわたしが帰る場所だと言い切れる世界をどうやって見つけたらいいんだろう。

わたしはひらいたノートをじっと見つめたのち、わたしのシカゴについて、思いつくかぎりの詳細を記しはじめる。言葉でわたしの人生を色づけしていく。

登校途中の近所の子どもたちの声が、岩を洗う流れのように、甲高くぺちゃくちゃと聞こえてくること。

自宅から三ブロックのところにある建物の褪せた白煉瓦に描かれた落書きは、あまりに出来がよくて、上塗りされないまま残っていること。

自宅の詳細を思い返す。

いつもぎしぎしきしむ四段めの階段。

一階の浴室の蛇口は、締めても水が漏れる。
朝いちばんにコーヒーを淹れたときに、キッチンにただよう香り。
取るに足りないように見えるささやかな情報で、わたしの世界を定義していく。

11

アンプルの残り：三十二本

美的感覚の分野に不気味の谷という学説がある。マネキンあるいは人型ロボットが人間にほぼそっくりな場合、見る者は激しい不快感を抱く。外見はほぼ人間と同じながら、わずかに異なる点が不気味さを、親近感を抱くと同時に相容れない感覚を呼び起こすからだ。

ほぼわたしのと同じシカゴの街を歩きながら、わたしの心はそれと似た反応を示している。黙示録さながらの悪夢ならばいつでも受け入れられる。崩れ落ちた建物と灰色の荒廃地など、いま立っている交差点は千回も通っているのに通りの名前がちがっていると気づくのにくらべればたいしたことではない。毎朝トリプルサイズの豆乳入りアメリカーノを買いに寄るコーヒーショップがワイン専門店だとわかるのにくらべれば。エレノア・ストリート四十四番地の褐色砂岩のわが家に、他人が住んでいるとわかるのにくらべれば。

病と死の世界から脱出して以来、足を踏み入れたシカゴはこれで五つめだ。どれもここと同じ――ほとんどわたしのシカゴだった。

夜がすぐそこまで迫っているし、つづけざまに五回、回復時間をいっさい取らずに薬を摂取していたから、ここではじめて、装置に戻らないことにする。

アマンダと出会った世界で泊まった、ローガン・スクエアにあるあのホテル。

ネオンの色は緑ではなく赤だが、名前は同じ〈ホテル・ロワイヤル〉で、同じように風変わりで時の流れに取り残されているが、はっきり異なっている点もたくさんある。

部屋にはダブルベッドがふたつあり、前回泊まったときと同じく、通りに面している。

洗面用具と中古衣料品店で買った服が入ったビニール袋を、テレビのわきの整理箪笥に置く。

こんな場合でなければ、掃除用洗剤を使っても取り切れない白カビのにおいがこもる古びた部屋など二の足を踏んだはずだ。

今夜はこれでも贅沢に感じる。

パーカと下着を脱ぐ。「あきれはてて、部屋の感想を言う気にもなれないよ」

脱いだものをごみ箱に投げ捨てる。

アマンダが大笑いする。「どっちがむかついているかコンテストでわたしと対戦しないほうが身のためよ」

「この部屋で金を取るとはね」

「いまのは、この部屋の質をよく言い表わしてるわ」

わたしは窓のそばに行き、カーテンを少しあける。

夕方になっている。

雨が降っている。

ホテルの看板のネオンサインが部屋を赤く染める。

きょうが何曜日なのか、あるいは何日なのか見当をつける気にもなれない。

「先にバスルームを使っていいよ」

アマンダはビニール袋から必要なものを出す。

ほどなく、流れる湯がタイルを叩く軽快な音が聞こえてくる。

彼女の大きな声が耳に届く。「ねえ、あなたもお風呂に入りなさいよ、ジェイソン！　すっごく気持ちいいわ！」

ひどく汚れているのでベッドには横になれず、ラジエーターの隣でカーペットにすわり、全身を熱に包まれるのを感じながら、窓の向こうで空がしだいに暗くなっていくのをながめる。

アマンダに言われたとおり、わたしも風呂に入る。

結露が壁を流れ落ちる。

何日も装置で寝て過ごした腰に、熱い湯がてきめんに効く。

ひげを剃るあいだ、アイデンティティに関する疑問が頭を離れない。

この世界にはレイクモント大学のみならず、どの地元大学にもジェイソン・デスセンという名の物理学教授は存在しないが、どこかにわたしは存在しているのではないかという気がしてならない。

べつの街に。

べつの国に。

ちがう名前で、ちがう女性と暮らし、ちがう仕事についているのかもしれない。

その場合、大学生に物理学を教えるのではなく、自動車整備工場で故障した車の下にもぐったり、ドリルで地面に穴をあけたりする人生を送っているわたしは、根源的なレベルで同じ人間と言えるのだろうか？

そもそも、その根源的レベルとはなんなのか。

人柄だのライフスタイルだのという飾りをすべて剝ぎ取った場合、わたしをわたしたらしめている核とはいったいなんなのか。

一時間後、わたしは何日かぶりですっかりきれいになってバスルームを出る。ジーンズと格子柄のボタンダウンシャツに、中古のティンバーランドのブーツという恰好。ブーツは半サイズほど大きく、ふたつ折りにしたウールの靴下を詰めてある。

アマンダは値踏みするようにわたしをながめてから言う。「似合ってる」

「きみも悪くない」

彼女が中古衣料の店で仕入れたのは、黒いジーンズ、ブーツ、白いTシャツ、それに前の持ち主の煙草のにおいがぷんぷんする黒い革ジャケットだ。

彼女はベッドに寝転がり、わたしの知らないテレビ番組を観ている。

彼女はわたしを見あげる。「わたしがなにを考えてるかわかる？」

「さあ」

「ワイン。めちゃくちゃたくさんの料理。メニューにのってるデザート全部。要するに、こんなにやせたのは大学以来ってこと」

「多元宇宙式ダイエットだな」

彼女の笑い声が耳に心地よく響く。

わたしたちは雨のなかを二十分かけて歩く。わたしのお気に入りのレストランがこの世界にも存在するのか、この目で確認したいからだ。

店は存在していて、よその街で友人にばったり会ったような気持ちになる。

こぢんまりとしてしゃれたこの店は、かつて、この界隈にあった宿を模したものだ。テーブル待ちの長い行列ができていたので、わたしたちはバーエリアでふたり分のスツールがあくのを待ち、いちばん奥の、雨粒が筋となって流れる窓のそばの席にすわる。

カクテルを頼む。

つづいてワイン。

小皿料理が次々と運ばれる。

ふたりともアルコールで顔がいい感じで赤くなり、話す内容はいまこの瞬間のことに終始する。

料理の味について。

店のなかは暖かくていいということ。

装置の話題は一度たりとも出ない。

アマンダがわたしの恰好を木こりみたいだと言う。

わたしは、そういうきみは女バイク乗りみたいだと言い返す。

ふたりともばかみたいに大声で笑うが、それこそわたしたちに必要なものだ。

彼女はトイレに行こうと立ちあがる。「待っててくれるわね？」

「ここから一歩も動かないよ」

それでも、彼女は何度も何度も振り返る。

彼女はカウンター沿いに歩いていき、やがて角を曲がって見えなくなる。

ひとりになると、何事もなく流れる時間に耐えきれなくなる。店内を見まわし、ウェイター、そして客の顔をひとりひとり見ていく。二十以上もの騒々しい会話がひとつに溶け合い、意味のないどよめきと化している。

わたしは心のなかでつぶやく。きみたち、わたしの知っていることを教えようか、と。


帰り道は寒さが増し、雨も強くなっている。

ホテルの近くまで来ると、地元のバー、〈ヴィレッジ・タップ〉のネオンサインが、通りの反対側でまたたいているのに目がとまる。

「ナイトキャップを一杯どう？」

かなり遅い時間だから、夜の混雑はだいぶまばらになっている。

わたしたちはカウンターにすわり、バーテンダーがほかの客の伝票をタッチスクリーン上で更新するのをながめる。

彼はようやく向きを変えて近づくと、まずアマンダを、それからわたしを見る。

マットだ。彼にはかれこれ千回は飲み物を出してもらっている。わたしの世界での最後の夜にも、わたしとライアン・ホールダーから注文を聞いたはずだ。

しかし、気づいた様子はまったくない。

他人行儀で気のない応対をしているだけだ。

「なにを差しあげましょう？」

アマンダはワインを頼む。

わたしはビールをもらう。

彼がビールサーバーのレバーを手前に倒すと、わたしはアマンダに顔を近づけ、小声で言う。「このバーテンダーとは知り合いなんだ。でも、向こうはわたしがわからないらしい」

「知り合いというのはどういう意味？」

「ここはわたしの行きつけのバーでね」

「ううん、ちがうわ。彼があなたをわからなくても当然よ。いったい、なにを期待してたわけ？」

「変な感じだよ。ここはそっくりそのままだから」

マットが注文した飲み物を持ってくる。

「カードでまとめてお支払いになりますか？」

いまのわたしにはクレジットカードも身分を証明するものもなく、〈メンバーズ・オンリー〉のジャケットの内ポケットに、残りのアンプルと一緒におさまっている現金しかない。

「いまここで払うよ」金を出そうとしながら言う。「ところで、わたしはジェイソンだ」

「マットです」

「いい店だね。きみがオーナー？」

「ええ」

マットはわたしがバーの感想を言ってもまったく興味を示さず、そのせいでせつなくもむなしい感じに襲われる。アマンダがそれに気づく。マットがいなくなると、彼女はワイングラスを手にして、わたしのビールグラスに軽く合わせる。

「おいしい食事と、温かいベッドと、まだ死んでいないことに乾杯」

ホテルの部屋に戻ると、電気を消し、暗いなかで服を脱ぐ。すでにわたしは、この部屋を客観的な目で判断できなくなっている。ベッドの寝心地が最高だからだ。

自分のベッドに寝ているアマンダが尋ねる。「ドアの鍵はかけた？」

「かけたよ」

わたしは目を閉じる。雨が窓を叩く音が聞こえる。ときおり車が、下の濡れた通りを走りすぎていく。

「すてきな夜だった」アマンダが言う。

「うん。装置に戻りたいわけじゃないが、あそこにいないのは変な感じがするよ」

「あなたはどうか知らないけど、わたしがいた世界はますますまぼろしのようになってきてる。ほら、夢も遠ざかるほどそうなるじゃない？　色も濃淡も意味も失われていくの。精神的なつながりが薄れていく感じ」
「完全に忘れるときが来ると思う？　自分がいた世界を？」
「どうかしら。現実感がなくなるところまでは漕ぎ着けそうな気がする。だって、もう現実じゃないもの。いまの時点で現実と思えるのはこの街よ。この部屋。このベッド。あなたとわたし」

真夜中、アマンダが隣に寝ているのに気づく。

べつにいまがはじめてというわけではない。装置のなかでは何度となく、こうして眠った。すっかり途方に暮れ、暗闇のなかで抱き合いながら。

これまでと唯一ちがうのは、ふたりとも下着一枚の姿であるのと、彼女の肌がわたしの肌にあたる感触が心乱れるほどやわらかいという点だ。

ネオンの光のかけらがカーテンから忍びこむ。

アマンダが暗いなかでわたしの手を取り、自分の体にまわす。

それから反転し、わたしと向き合う。
「あなたはあの人よりもいい人だわ」
「あの人って？」
「わたしの知ってるジェイソン」
「そうだといいけどね、本当に」わたしは冗談だよとばかりにほほえむ。彼女は真夜中色の目でわたしを見つめるばかりだ。このところ、見つめ合うことが多いが、いまの彼女のまなざしはどこかちがう。

わたしたちのあいだの結びつきは、日増しに強くなっている。

ここでわたしが彼女のほうに一インチでも動いたら、一線を越えてしまうだろう。まちがいなく。

彼女にキスをしたら、深い関係になったら、わたしは罪悪感にさいなまれ、後悔することになる。あるいは、もしかしたら幸せな気分になれるのかもしれない。

べつのバージョンのわたしならば、この瞬間にも彼女にキスをしたはずだ。

べつのバージョンのわたしは、その結果どうなったかを知っている。

でも、それはわたしじゃない。

アマンダが言う。「あっちのベッドに戻ってほしければ、そう言って」

「戻ってほしいわけじゃないが、戻ってもらわないと困ったことになりそうだ」

アンプルの残り：二十四本

きのうは、ダニエラが——公立図書館でネット検索して見つけた訃報《ふほう》によれば——脳腫瘍のため三十三歳でこの世を去った世界に行き、レイクモント大学のキャンパスにいるわたしを見かけた。

きょうは快晴の午後のシカゴにいるが、ジェイソン・デスセンは二年前に交通事故で死亡している。

バックタウンにある画廊に足を踏み入れ、カウンターのなかで本に夢中になっている女性を見ないようにする。そのかわり、油彩画でびっしり埋まった壁に見入る。画題はミシガン湖にかぎっているようだ。

四季折々。

あらゆる色合い。

あらゆる時間帯。

女性が顔をあげもせずに言う。「なにかありましたら、声をかけてくださいね」

「この絵を描いた方ですか？」

彼女は本をどけ、レジから出る。

歩いてくる。

ダニエラをこんな間近で見るのは、死ぬのに手を貸したあの晩以来だ。息をのむほど美しい──体にフィットしたジーンズと、アクリル絵の具が点々とついた黒いTシャツ姿だ。

「ええ、そうです。ダニエラ・バルガスといいます」

彼女はあきらかにわたしを知らず、見覚えもないようだ。この世界では、わたしたちは一度も会ったことがないのだろう。

「ジェイソン・デスセンです」

彼女が差し出した手をわたしは握る。ざらざらしていて力強く、器用そうで、いかにもダニエラらしい感触で、芸術家の手という感じだ。爪に絵の具がついている。それがわたしの背中をなぞるときの感じをいまもはっきり覚えている。

「どれもすばらしい」わたしは言う。

「うれしいわ」

「画題をひとつに絞っているところがいいね」

「三年前から湖を描くようになりました。季節ごとに見せる表情がちがうんですよ」彼女は目の前の一枚を示す。「これは初期の一枚で、八月のジューンウェイ・ビーチで描いたものです。夏の終わりの晴れた日には、湖面がこんなふうにターコイズブルーに光るんです。まるで南国のリゾートみたいでしょ」そう言うと少し先に進む。「十月になると、こんな日もあります。空がどんよりとした雲に覆われ、湖も灰色に染まるんです。湖面と空の境がわからなくて、とても気に入っています」

「好きな季節はありますか？」わたしは訊く。

「冬ですね」

「そうなんですか？」

「いちばんバリエーションに富んでいるし、夜明け時のながめがすばらしいんです。去年、湖の全面が凍ったときに描いた絵は、自分でも上出来と思っています」

「描くスタイルは？　戸外制作《オンプレネール》、それとも――」

「たいていは写真を使います。夏は湖岸にイーゼルを立てることもありますけど、自分のアトリエが好きだから、それ以外の場所で描くことはめったにありません」

会話はそれ以上、つづかなくなる。

彼女はレジのほうにちらりと目をやる。

読んでいた本が気になるのだろう。

安物の色褪せたジーンズと着古したボタンダウンシャツという恰好のわたしを品定めした結果、買いそうにはないと判断したのだ。

「ここはきみの画廊？」答えはわかっているが、訊いてみる。

彼女の声を聞きたいがために。

この瞬間をできるだけ引きのばすために。

「正確に言うと共同で運営してるんですけど、今月はわたしの作品を展示しているので、わたしが番をしているというわけ」

彼女はほほえむ。

あくまで礼儀として。

その場を離れようとする。

「なにかご用がありましたら――」

「きみはとても才能があるんだね」

「まあ、そう言っていただけるとうれしいわ。ありがとう」

「妻も絵を描くんです」

「地元の方？」

「ええ」

「お名前はなんとおっしゃるの？」

「いや、言ってもたぶんわからないでしょうし、実はもう一緒には住んでいなくて、だから

「……」

「それは残念でしたね」

わたしは、あれだけいろいろあったのに、まだ左手の薬指に残っているほつれた糸に触れる。

「一緒に住んでいないというのは正確じゃないな。ただ……」

最後まで言わないのは、彼女に先をうながしてほしいからだ。わずかなりとも興味を示し、他人を見るような目で見るのをやめてほしいからだ。わたしたちは赤の他人ではないのだから。

ともに人生を歩んできたじゃないか。

息子をもうけたじゃないか。

きみの体のいたるところにキスをしたじゃないか。

ともに泣き、ともに笑い合ったじゃないか。

ある世界では、とても強力に結びついている絆が、べつの世界に影響しないのはなぜだろう？

ダニエラの目をのぞきこむが、そこには愛情も好奇心も親密さも浮かんでいない。

いくらかいらいらしているだけだ。

はやく帰ってほしいと思っている。

「コーヒーでも一杯、どうですか？」と訊いてみる。

彼女はほほえむ。

いよいよ本気でいらいらしている。

「ここが終わったらでいいんです。何時でもかまいません」

ここで彼女が応じたら、わたしはアマンダに殺されてしまう。それでなくても、すでにホテルでの待ち合わせに遅れているのだ。きょうの午後、装置に戻ることになっている。

しかし、ダニエラが承諾するはずはない。

落ち着かないときの癖で唇を噛んでいる様子から、相手の気持ちを傷つけるような素っ気ない〝ノー〟よりもましな言い訳を考え出そうとしているのはまちがいないが、けっきょくなにも思いつけず、すでに沈没しかけているわたしに追い討ちをかけようとみずからを鼓舞しているのがわかる。

「あの」わたしは言う。「いまのは忘れてけっこうです。すみません。困らせるようなことを言って」

ばか野郎。

最低だ。

赤の他人に拒否されるのと、わが子の母親相手に当たって砕けるのとでは、まったくちがう。

「もう失礼します」

わたしは出口に向かう。

彼女は引きとめようともしない。

アンプルの残り：十六本

先週、わたしたちが足を踏み入れたシカゴはどれも、木は少しずつ裸になりはじめ、落ちた葉がアスファルトに雨でぺったり貼りついている。いまわたしは、自宅の褐色砂岩の家から通りをへだてたベンチにすわっている。朝の身を切るような寒さにそなえ、きのう、べつの世界の通貨で十二ドルを払って買った安物衣料店のコートを着こんでいる。老人のクローゼットのようなにおい——防虫剤と消炎鎮痛クリーム——がぷんぷんする。

ホテルを出るとき、アマンダは自分のノートに懸命になにやら書きこんでいた。

わたしは、ちょっと散歩して頭をすっきりさせ、コーヒーを買ってくるとうそをついた。

見ていると、玄関からわたしが現われ、急ぎ足でステップをおりて歩道に出ると、高架鉄道の駅のほうに向かっていく。そこでパープル・ラインに乗って、エヴァンストンにあるレイクモント大学に行くのだ。ノイズキャンセリングのヘッドホンを装着しているのは、ポッドキャストで科学の講義か『ディス・アメリカン・ライフ』を聴いているのだろう

《シカゴ・トリビューン》紙の一面によれば、きょうは十月三十日で、銃を突きつけられてわたしの世界から連れ去られた夜から一カ月弱が経過している。

もう何年も、あの装置で旅をしているような気がする。

これまでいくつのシカゴに連れていかれたのか覚えていない。

すべてがごちゃまぜになってきている。

この世界はいままでよりかなり近いが、それでもわたしの世界ではない。チャーリーはチ

ャーター・スクール（公費によって運営されるが従来の公的教育の規制を受けず、独自の教育方針で運営される学校）に通っているし、ダニエラは自宅でグラフィック・デザイナーの仕事をしている。

ここにすわるうち、ふと気がつく。チャーリーの誕生と、ダニエラと生涯をともにするという決断によって、わたしたち夫婦は仕事上の成功から遠ざかる人生を歩むことになったと思っていたことに。

しかしそれは、単純化しすぎというものだ。

たしかに、ジェイソン二号はダニエラとチャーリーのもとを去り、その結果として大躍進することになった。しかし、ふたりのもとを去りながら、あの装置の製作にはいたらなかったジェイソンも大勢いる。

ダニエラと別れながらも、お互いのキャリアがたいしたものにならなかった世界。

あるいは、別れた結果、それぞれがそこそこの成功をおさめるものの、世界じゅうを熱狂させるにはいたらなかった世界。

それとは逆で、彼女とは別れずにチャーリーを授かりながらも、満足とは言えないタイムラインに分岐した世界もある。

夫婦関係が悪化した世界。

わたしが離婚を決意する世界。

あるいはダニエラが。

あるいは、息子のためとすべてをがまんし、愛のないほころびだらけの関係に耐えつづける世界。

あらゆるジェイソン・デスセンのなかでもっともすぐれた家庭を築いたのがわたしだとすれば、ジェイソン二号は仕事と独創性の頂点をきわめた人物ということになる。わたしと彼は、同じ人間の両極端であり、ジェイソン二号が無限にある選択肢からわたしの人生を選んだのも偶然とは思えない。

あの男は研究者としてはこのうえない成功をおさめたが、家庭人としての充足感は、彼の人生がわたしにとってそうであるように、未知の領域だった。

これらから言えるのは、わたしのアイデンティティは一対一ではないということだ。

複数の面が存在している。

ポケットに手を入れ、五十ドルもしたプリペイド式携帯電話を出す。それだけあれば、アマンダとふたりの一日分の食費がまかなえるし、安モーテルにあとひと晩、泊まることもできる。

指なし手袋をはめた手で、シカゴ市内電話帳のDの項を破り取った黄色い紙の皺をのばし、丸で囲んだ番号にかける。

ほとんど自宅と変わらないのに、この家はひどくさびしく感じる。

わたしがすわっている場所からは、ダニエラの仕事部屋として使っているらしい二階の部屋が見える。ブラインドはあがっていて、彼女はわたしに背を向ける恰好で、大型モニターの前にすわっている。

彼女がコードレスの受話器を取って、ディスプレイに目をこらす。

番号に見覚えがないからだろう。

頼む、出てくれ。

彼女は受話器をもとに戻す。

わたしの声が言う。〝デスセン家です。ただいま電話に出られませんが、ご用件を――〟

ピーッという音がする前に電話を切る。

もう一度かける。

今度はダニエラが二度めの呼び出し音で受話器を取る。「もしもし?」

しばし、わたしはなにも言わない。

声が出てこない。

「もしもし?」

「やあ」

「ジェイソンなの?」

「そうだ」

「なんでそんな番号からかけてるの?」

真っ先にそう訊かれるだろうと思っていた。

「電話のバッテリーが切れちゃってね、電車に乗り合わせた女の人に借りたんだ」

「なんの問題もないんでしょうね?」

「けさはどうしてる?」わたしは訊く。

「元気でやってるわ。ついさっき顔を合わせたばかりじゃないの、ばかみたい」

「そうだね」

彼女はデスクについたまま椅子をくるりとまわす。「じゃあ、わたしと話をしたいあまり、赤の他人から電話を借りたわけ?」

「うん、実はそうなんだ」

「かわいい人」

わたしはベンチから動かず、彼女の声をじっくり味わう。

「ダニエラ?」

「なあに?」

「きみが恋しくてたまらないよ」

「どうかしたの、ジェイソン?」

「なんでもない」

「なんだか変よ。話があるなら聞くわよ」

「高架鉄道の駅まで歩く途中、ふとひらめいたんだ」

「なにが?」

「きみと過ごす一瞬一瞬をあたりまえのように思ってるってことさ。仕事に行こうと家を出ると、頭のなかはその日の予定だとか、講義の内容なんかでいっぱいになる。それが、電車に乗るときにぱっと思ったんだ。きみをどれだけ愛してるかってことを。きみがどんなに大事かってことを。だって、わからないじゃないか」

「わからないって、なにが?」

「いつ、それが奪われるかが。とにかく、きみに電話しようとしたけど、電話のバッテリーが切れてたってわけだ」

電話線の向こうに長い沈黙がおりる。

「ダニエラ?」

「聞こえてる。わたしも同じ気持ち。でも、あなたはわかってるわよね」

わたしはこみあげる感情をこらえようと目を閉じる。

心のなかでつぶやく。いますぐ通りを渡って、家に入り、全部を打ち明けたい気持ちだよ、と。

もう、どうしていいかわからないんだ、ダーリン。

ダニエラは椅子をおり、窓に歩み寄る。クリーム色をした丈の長いセーターに、下はヨガパンツという恰好だ。髪をアップにし、手に持ったマグには地元の店で買ったお茶が入っているのだろう。

彼女は赤ん坊で大きくなったおなかに手を添える。

チャーリーはお兄ちゃんになるのか。

わたしは涙目でほほえみ、息子はどう思っているんだろうかと想像をめぐらす。

わたしのチャーリーの人生にはないものだ。

「ジェイソン、本当になんでもないの?」

「なにかあるわけないじゃないか」

「そう。ねえ、このクライアントに言われた締切が迫ってるの。だから……」

「仕事に戻らないといけないんだね」

電話を切らないでほしい。このままずっと、彼女の声を聞いていたい。

「そういうこと」

「ジェイソン？」

「うん？」

「心からあなたを愛してるわ」

「わたしも愛しているよ。きみには想像もつかないくらいに」

「じゃあ、また今夜会いましょう」

そうじゃない。きみが会うのは、自分がどれほどめぐまれているかわかっていない、べつのバージョンのとても幸運なわたしだ。

彼女は電話を切る。

デスクに戻る。

電話をポケットに戻すと、体ががたがた震えはじめ、危険な考えが浮かび、どす黒い想像を駆り立てる。

通勤に使う電車が脱線する光景が目に浮かぶ。

わたしの体はずたずたになり、判別がつかない。

あるいは、見つからない。

ここでの生活に足を踏み入れる自分を想像する。

厳密にはわたしではないが、大差はないだろう。

日が暮れても、わたしはまだ、エレノア・ストリートの自分のものではない褐色砂岩の家の向かいのベンチにすわり、近所の人が仕事や学校から帰宅するのをながめている。

毎日、帰る家があるだけでも奇跡だ。

愛する人がいるだけで。

帰りを待ちわびる人がいるだけで。

自分では一瞬一瞬を大切にしていたつもりだが、寒さのなかこうしてすわっていると、ありがたみを忘れていた自分に気がつく。どうして忘れていたんだろう？　すべてが崩れ去ってはじめて、自分がどれだけのものにめぐまれていたか、それらすべてがあやうくも絶妙なバランスをたもっていたことを知るのだ。

空がしだいに暗くなる。

あちこちの家の電気がつきはじめる。

ジェイソンが帰宅する。

わたしはひどいありさまだ。

一日じゅう、なにも食べていない。

朝から一滴の水も飲んでいない。

アマンダはわたしがどこに行ったかわからず、取り乱していることだろうが、それでもわたしはこの場を離れられない。わたしの人生、というか、きわめてそれに近いものが、通りの向こうで繰り広げられている。

夜中の十二時をかなりまわってから、宿泊先の部屋のドアを解錠する。

電気はついていて、テレビの音がけたたましい。

アマンダがTシャツとパジャマの下という恰好でベッドから這い出る。

わたしはなかに入り、静かにドアを閉める。

「悪かった」

「あなたって最低」

「ひどい一日だったんだ」

「ひどい一日なのはあなただけじゃないわ」

「アマンダ――」

彼女はわたしに飛びかかると、両手で力いっぱいわたしを押しやり、背中をドアに叩きつける。

「わたしを置いてどこかに行っちゃったんだと思った。そのあとは、なにかあったんじゃないかと心配になった。連絡の取りようがなくて、病院に片っ端から電話して、あなたの特徴を伝えたんだから」

「黙って、きみを置いて出ていったりはしないよ」

「そんなの、わたしにわかるわけないでしょう？ もう、怖くてたまらなかったわ！」

「悪かったよ、アマンダ」

「どこにいたの？」

わたしはまだ、ドアに押しつけられたままだ。

「自宅の向かいにあるベンチに一日じゅうすわっていた」

「一日じゅう？　どうして？」

「わからない」

「あれはあなたの家じゃないのよ、ジェイソン。あなたの家族じゃない」

「わかってる」

「本当にわかってる？」

「それから、出かけるダニエラとジェイソンのあとをつけた」

「あとをつけたってどういうこと？」

「ふたりが食事をするレストランの外にずっと立っていた」

言ったとたん、わたしは羞恥心《しゅうちしん》に襲われる。

アマンダを押しやって部屋の奥に入り、自分のベッドのへりに腰かける。

彼女が追いかけてきて、目の前に立つ。

「ふたりはそのあと映画に出かけた。わたしはなかまでついていった。映画館ではふたりのうしろにすわった」

「まあ、ジェイソン」

「ほかにも愚かなことをしでかした」

「どんなこと？」

「金の一部を使って携帯電話を買った」

「どうしてそんなものが必要だったの？」

「ダニエラに電話して、彼女のジェイソンのふりをするためだ」

またアマンダがかっとなるものと思い身がまえたが、彼女は一歩わたしに近づくと、首を包みこむようにし、わたしの頭のてっぺんにキスをする。

「立って」彼女は言う。

「どうして？」

「いいから言うことを聞いて」

わたしは立ちあがる。

アマンダはわたしのコートのファスナーをおろし、袖から腕を抜くのを手伝う。それからわたしをベッドに押し戻し、自分は床に膝をつく。

わたしのブーツのひもをゆるめる。

ブーツを脱がせ、隅に放り投げる。

わたしは言う。「はじめて、きみの知ってるジェイソンがわたしにあんなことをした気持ちがわかったよ。わたし自身も最低のことを考えてる」

「人間の心はこういうのに対処するようにはできてないの。いくつもの異なるバージョンの奥さんを見なきゃいけないなんて、わたしには想像もつかない」

「あいつは何週間もわたしのあとをつけたはずだ。職場に行くとき。ダニエラと夜の外出をするとき。もしかしたら、わたしがすわったのと同じベンチにすわって、夜、家のなかを動きまわるわたしたちを見張り、わたしがいなくなればいいと考えていたかもしれない。今夜、わたしがあやうくやらかしかけたことがなにかわかるかい？」

「なんなの？」アマンダは聞くのが怖いという顔をしている。

「あの夫婦は、わたしたちと同じ場所にスペアキーを隠していると思ったんだ。それで、映画館を早めに出た。鍵を見つけて、家のなかに入るつもりだった。クローゼットに隠れて、ふたりの生活をのぞき見したかった。ふたりが眠るところを。どうかしてるのはわかってる。きみの世界のジェイソンもおそらく、何度かわたしの家に忍びこんだと思う。そしてあの夜、意を決してわたしの人生を奪った」

「でも、あなたは思いとどまったんでしょ」

「うん」

「まともな人だから」

「いまはそんなにまともとは思えないよ」

わたしは仰向けにマットレスに倒れ、ホテルの部屋の天井を見あげる。

アマンダが隣にやってくる。

「うまくいかないわね、ジェイソン」

「なにが？」

「わたしたちは無駄な努力をしてるだけだわ」

「それはちがう。はじめのころを思い出してごらんよ。最初に足を踏み入れた世界なんか、そこらじゅうで建物が崩壊してたじゃないか」

「いくつのシカゴを訪れたか、もうわからないわ」

「確実に近づいているんだよ、わたしの──」

「近づいてなんかいないわ、ジェイソン。あなたが探している世界は無限に広がる砂浜にある一粒の砂にもひとしいのよ」

「そんなことはない」

「あなたは奥さんが殺されるのを目撃した。恐ろしい病気で亡くなるところも。あなたが誰か気づかない奥さんに出会った。ほかの人と結婚した奥さん。いろいろなバージョンのあなたと結婚した奥さん。こんなことをいつまでもつづけたら、いずれは神経がやられてしまう。いまのあなたの精神状態を考えると、そうなるのも遠くない気がする」

「つづけられるとか、つづけられないとかの問題じゃない。ダニエラを見つけるためなんだ」

「あらそう？　そのために、きょう一日、ベンチにすわってたわけ？　奥さんを見つけるために？　いいこと、アンプルはあと十六本しかないのよ。チャンスはどんどん減ってるの」

頭ががんがんする。

目がまわる。

「ジェイソン」いつの間にかアマンダの手に顔をはさまれている。「心神喪失の定義を知ってる？」

「え？」

「同じことを何度も何度も繰り返しながら、異なる結果を期待することよ」

「今度こそ――」

「なんなの？　今度こそ自分の帰る家を見つけると言いたいの？　どうやって？　今夜もノ

ートを文字で埋めつくすわけ？　そんなことをしてなにか違いはあるの？」彼女は手をわたしの胸に置く。「心臓がどきどきいってる。少し落ち着かなくちゃだめよ」

アマンダは体の向きを変え、ナイトテーブルの電気スタンドのスイッチを切る。

それからわたしの隣に横になるが、触れられても性的な感じはまったくしない。

電気を消したおかげで頭はずいぶん楽になっている。

部屋を照らしているのは窓外のネオンサインが発する青い光のみ。深夜だから、下の通りを走る車もまばらだ。

睡魔がやってくる。ありがいことに。

目を閉じ、ナイトテーブルに積みあげた五冊のノートを思い浮かべる。ほとんどすべてのページがわたしのしだいに饒舌《じょうぜつ》になる文章で埋めつくされている。ずっと自分に言い聞かせている。充分に書きつくし、具体性に富んだものにすれば、わたしの世界をあますところなく思い浮かべられ、結果として家に戻れると。

しかし、いっこうにそうはならない。

アマンダの言うとおりだ。

わたしは無限に広がる砂浜でひと粒の砂を探しているのだ。

12

翌朝、隣にアマンダの姿はない。わたしは自分のベッドに横たわったまま、ブラインドから射しこむ朝日をながめ、壁の向こうから聞こえる行き交う車の音に耳をすます。時計はわたしの後方、ナイトテーブルの上にある。時刻は読めないが、遅いのはわかる。すっかり寝過ごしてしまったようだ。

起きあがって、掛け布団をどかし、アマンダのベッドを見やる。

いない。

「アマンダ?」

わたしはバスルームに急ぎ、彼女がいるかたしかめようとするが、鏡台の上のものを見て思わず足をとめる。

札が何枚か。

硬貨数枚。

アンプル八本。

ノートを破った紙はアマンダの字で埋めつくされている。

ジェイソン。昨夜のことで、あなたが行くと決めた道にわたしはついていけないとはっきりわかった。ひと晩、さんざん悩んだわ。友だちとして、セラピストとして、あなたの助けになりたい気持ちはある。なんとかしてあげたい。でも、わたしには無理。それにあなたが正気を失っていくのを、ずっと見ているのも無理。あなたが正気を失っていく原因のひとつがわたしである以上。わたしたちふたりの潜在意識では、どこまでもとの世界に近づけるか疑問だわ。奥さんのところに帰してあげたくないという意味じゃないの。帰してあげられればどんなにいいかと思う。でも、わたしたちはもう何週間も一緒にいる。愛情を感じずにいるなんてできない。とくにこんな状況では。わたしにはあなたしかいないんだもの。

きのう、あなたに置いていかれたのかと心配していたときに、あなたのノートを読んだわ。あなたのやってることはポイントがずれてる。あなたのシカゴについてはたくさん書いてあるけど、あなたの気持ちについてはひとことも書いてないじゃない。

リュック、アンプルの半分、残金の半分（百六十一ドルと小銭が少々）を置いていくわ。どこに行き着くかはわからない。好奇心がうずくと同時に怖くもあるけど、わくわくもしている。一緒にいたい気持ちはあるけれど、あなたはあける扉を自分で選ばなきゃだめ。それはわたしも同じ。

ジェイソン、あなたの幸せをなによりも願ってる。どうか気をつけて。

アマンダより

アンプルの残り：七本

ひとりきりになると、通路の恐ろしさが身にしみる。
こんなに孤独を感じたのは生まれてはじめてだ。

この世界にダニエラはいない。
彼女がいないシカゴはどこかおかしい。
なにからなにまで気に入らない。
空の色がちがって見える。
見慣れた建物がわたしをあざ笑う。
空気もうそくさい味がする。
ここはわたしのシカゴではないから。
わたしとアマンダのシカゴだから。

アンプルの残り：六本

また空振りだ。
わたしはひと晩じゅう、ひとりで歩きまわる。
放心状態で。

恐怖に怯えて。

体内から薬が抜けていく。

二十四時間営業のダイナーで食事をし、明け方、サウス・サイド方面に行く電車に乗る。

使われなくなった発電所に向かう途中、三人のティーンエイジャーがわたしに目をとめる。

三人がいるのは道路の反対側だが、この時間の道路は車通りがない。

彼らはわたしを呼びとめる。

罵声《ばせい》を浴びせる。

わたしは無視する。

足をはやめる。

それでも、連中が道路を渡りはじめ、これ見よがしにわたしのほうにやってきたら、面倒なことになるのはわかっている。

一瞬、走ろうかと考えるが、相手は若いから、確実に足がはやい。しかも、口のなかが渇き、闘うか逃げるかを迫られたせいでアドレナリンが分泌されはじめると、腕力でもかなそうにないと気づく。

街はずれの長屋のような家並みが終わり、操車場が始まるあたりで追いつかれる。

時間が時間だから、外には誰の姿もない。

助けは期待できない。

三人は最初の印象よりも若く、ビールのにおいが毒々しいコロンのようにただよってくる。

彼らの目が放つすさんだ感じからすると、ひと晩じゅう起きて、こういうチャンスをうかがっていたのだろう。

激しい殴打が始まる。

相手は無駄口すら叩かない。

わたしは疲れと傷心で、とてもじゃないがやり返せない。

なにがなんだかわからぬうちに、わたしは仰向けに倒され、腹に背中に顔に蹴りを入れられている。

一瞬意識を失い、意識が戻ってみると、三人の手がわたしの体をまさぐっている。おそらく、財布を探しているのだろうが、そこにはない。

最後にリュックをひったくると、アスファルトの上で血を流しているわたしを残し、大声で笑いながら通りを走り去る。

わたしはしばらくその場に横たわり、しだいに増えてきた車の音に耳を傾けている。

空が明るくなっていく。

歩道を歩く人々は足をとめることなく、わたしのそばを通りすぎていく。

呼吸をするたび、打撲した肋骨《ろっこつ》のあたりに鋭い痛みが走るし、左目が腫れてあかなくなっている。

ようやく、どうにかこうにか起きあがる。

くそ。

アンプルが。

金網塀につかまり、無理やり立ちあがる。
どうか無事でありますように。
シャツの内側に手を差し入れ、わき腹に貼りつけたガムテープを指先で引っかく。
ゆっくりはがしていくと死ぬほど痛いが、死ぬほど痛いのはほかの場所も同じだ。
アンプルはまだある。
割れたのが三本。
無事なのが三本。

よろける足取りで装置に戻り、なかに入って扉を閉める。
金はなくなっている。
ノートもなくなっている。
注射器と注射針も。
わたしには、この傷だらけの体と、もとに戻る三回のチャンスしかない。

アンプルの残り：三本

一日の前半は、サウス・サイド地区の街角で物乞いをして、市街地までの電車賃を稼ぐ。
残りの半日は褐色砂岩の自宅から四ブロック離れた場所でアスファルトにすわり、厚紙で作った看板を前に出す。

ホームレス。無一文です。いくらかでもめぐんでください。

殴られた顔は同情を買うのに役立つらしい。太陽が沈むまでに二十八ドル十五セントが集まっているからだ。

空腹で、喉が渇き、体じゅうが痛む。

わたしでも入れるくらいに薄汚いダイナーを選び、食事代を払うころには疲労が一気に押し寄せる。

行くところがない。

どこかに泊まる金もない。

外はぐっと冷えこみ、雨が降ってきている。

わたしの家まで行ってあたりをぐるりとまわって路地に入り、誰にも邪魔されず、誰にも気づかれずに眠れる場所はないかと探す。

わたしの家のガレージと隣のガレージとのあいだに、ごみ箱と資源回収箱の陰になったスペースがある。そこにつぶした箱を持ってもぐりこみ、それをうちのガレージの壁に立てかける。

屋根がわりの厚紙に雨がぱらぱら落ちる音を聞きながら、この間に合わせの雨よけがひと晩持つよう祈る。

わたしのいるところからは、裏庭を囲むフェンスの上に窓が見え、そこからわが家の二階がのぞける。

主寝室だ。

ジェイソンが窓の前を通りすぎる。

ジェイソン二号ではない。ここがわたしの世界でないのはたしかだ。家から一ブロック行ったところの店やレストランがちがっている。このデスセン家の車はわたしの家にある車とはちがっている。それにジェイソンはいままでいちばん太っている。

ダニエラが一瞬、窓のところに姿を現わし、ブラインドをおろす。

おやすみ、いとしい人。

雨が激しくなる。

箱がたわむ。

体が震えはじめる。

ローガン・スクエアで路上暮らしをはじめて八日め、ジェイソン・デスセン自身がわたしに五ドルをめぐむ。

危ないことはまったくない。

わたしはまるで別人だからだ。

陽に灼《や》け、ひげ面で、貧乏のどん底のにおいをさせている。

近所の人たちは気前がいい。毎日、夜に安い食事をして数ドル余る程度の金が稼げる。

毎晩、エレノア・ストリート四十四番地の裏の路地で眠る。

一種のゲームになってきている。主寝室の明かりが消えると、わたしは目を閉じ、自分が彼女だと想像する。

彼女といるところを想像する。

正気を失いそうになる日もある。

以前、自分のいた世界がまぼろしのようになってきたとアマンダが言ったが、意味することとはわかる。わたしたちは実体のあるもの――五感で体験できるすべてのものをとおして現実とつながっている。いくら、シカゴのサウス・サイド地区にある装置を使えば欲求と要求を満たしてくれる世界に行けると自分に言い聞かせたところで、そんな場所が存在するとはもう思えない。わたしにとっての現実は――日がたつにつれますます――この世界になりつつある。わたしにはなにひとつない世界。あわれみと同情と嫌悪感を引き起こすだけの不潔な存在であるホームレスとしての世界。

近くには、べつのホームレスの男が歩道の真ん中に立っていて、誰もいないのにボリュームを最大限にした声でしゃべっている。

ふと思う。わたしもあの男と大差ないのでは？　ふたりとも、自分にはどうにもできない理由で、この世界に迷いこみ、自分が誰かもわからなくなっているのかもしれない。

とても恐ろしい瞬間が、日に日に頻度を増して訪れる。あの魔法の装置の構想が、わたしにも頭のおかしな人間のたわごとにしか思えなくなってきている。

ある晩、酒屋の前を通りながら、なにか買うだけの金があることに気づく。

J&Bをまるまるひと瓶飲んでしまう。

ふと気づくと、わたしはエレノア・ストリート四十四番地の主寝室にいて、乱れた毛布に埋もれるようにして眠るジェイソンとダニエラを見おろしている。

ナイトテーブルの上の時計によれば時刻は午前三時三十八分、家は静まり返っているが、かなり酔っ払っているせいか、心臓の鼓動が鼓膜を叩くように感じる。

どんな思考過程をへてここに来ることになったのかはわからない。

これがわたしのものだったという思いが頭のなかを占拠しているだけだ。

かつては。

この夢のようなすばらしい人生が。

そしていま、部屋がぐるぐるまわるのを感じ、涙をとめどなく流しながら、わたしは自分の人生と思っていたものが、現実なのか想像の産物なのかわからなくなっている。

目が暗さに慣れはじめ、ジェイソンが寝ている側に移動する。

熟睡している。

この男のものが喉から手が出るほどほしい。

彼の人生を手に入れられるならどんなことでもする。彼の後釜にすわるためなら。

彼を殺すところを思い浮かべる。首を絞めて息の根をとめるか、頭に銃弾を一発撃ちこむところを。

彼のふりをする自分が見えるようだ。

このバージョンのダニエラを妻として受け入れる自分を。このバージョンのチャーリーを息子として受け入れる自分を。

この家をわが家と思えるだろうか？

夜、ちゃんと眠れるだろうか？

ダニエラの目を見つめながら、彼女の本当の夫が命を奪われる二秒前に見せる恐怖の表情を思い出さずにいられるだろうか？

無理だ。

絶対に無理だ。

突然、まともな思考が入りこんでくる。苦痛と羞恥をともなうが、本当に必要なその瞬間をねらったように。

罪悪感とちょっとしたいくつもの違いのせいで、ここでの人生は地獄と化すはずだ。自分がしでかしたことだけでなく、自分がしなかったことを突きつけられるだけだ。

ここがわたしの世界だと心から思えるときは来ない。

無理だ。

わたしがほしいのはこれではない。

わたしはこの男じゃない。

わたしはここにいてはいけないのだ。

寝室を転げるように出て、廊下を引き返しながら、こんなことを考えるだけでもダニエラを見つける努力を放棄したことになると気づく。

もうあきらめようと思うだけで。

彼女のもとに戻るのは無理だと思うだけで。

ひょっとしたら、そのとおりなのかもしれない。ダニエラとチャーリーとわたしの完璧な世界に戻る方法が見つかるチャンスはもうないのかもしれない。無限に広がる砂浜の、たった一粒の砂に到達するチャンスは。

とは言え、まだアンプルは二本残っているし、それがなくなるまであきらめるつもりはない。

安物衣料店に行き、新しい服を購入する――ジーンズ、フランネルのシャツ、黒いピーコート。

ドラッグストアでは洗面用具を買い、ついでにノートとペン、それに懐中電灯も手に入れる。

モーテルにチェックインし、古い服を捨て、これまでの人生でもっとも長くシャワーを浴びる。

体を流れ落ちる湯が灰色に染まっている。

鏡の前に立ってみると、栄養不良のせいで頬骨がずいぶん目立っているものの、ほぼもとの自分らしくなっている。

昼すぎまで眠り、それから電車に乗ってサウス・サイド地区に戻る。

発電所は静かで、発電機室の窓から陽の光が射しこんでいる。

装置の入り口にすわって、ノートをひらく。目覚めてからずっと、アマンダが別れの手紙に書いていたことを考えていた。自分の気持ちをまったく書いていないという指摘を。

そこでこう記す……

わたしは二十七歳。午前中ずっと研究室に詰めていたところ、あまりにいい結果が得られたものだから、パーティに出るのをうっかり忘れそうになる。このところしょっちゅうやらかしている――無塵室で数時間よけいに過ごす時間を確保するため、友だちやつき合いをないがしろにしがちだ。

テラスに立って、ライムを搾《しぼ》ったコロナビールをちびちび飲みながら、研究のことをあれこれ考えていると、小さな裏庭の隅にいるきみの姿が目に入る。気になる理由はきみが置かれている状況のせいだ。ぴったりしたブラックジーンズ姿の長身でひょろっとした男に通せんぼされている。たしか、この集まりの仲間だ。画家かなにかだと思う。友人のカイルから最近教えてもらったはずだが、そいつの名前は覚えていない。誰かれかまわず、ちょっかいを出すやつだ。

いまにいたるまでうまく説明できないが、そいつがコバルトブルーの服を着た黒い髪に黒い瞳の女性――きみのことだよ――を相手にしゃべっているのを見るうち、嫉妬《しっと》心でいてもたってもいられなくなる。言葉では説明できないし、正気とも思えないが、とにかくそいつを殴りたくなる。きみの仕種から、不快に思っているのが伝わってくる。

ほほえんでいないし、腕を組んでいる様子からして、気まずい会話から抜け出せないように見えて、なんだか気にかかる。きみの手のなかのワイングラスには赤い澱《おり》が筋状についている。どこかからせっつく声がする。いますぐ声をかけて、助けてやれ。べつの声がこう言う。あの女性のことは名前すら知らないじゃないか。おまえはあの男じゃないんだぞ。

ふと気づくと、わたしはワインの入ったグラスを手にし、きみに向かって芝生を歩いている。きみが目をそらしてわたしのほうを見た瞬間、胸のなかで部品がひとつ動かなくなった感じに襲われる。近づいていくと、きみはさっき取りに行ってと頼んだのというようにわたしの手からグラスを取り、ずっと前から知り合いだったみたいに気さくにほほえむ。きみはわたしをディロンに紹介しようとするが、ひょろっとしたジーンズ男はいいところで邪魔をされたとばかりに、失礼と言っていなくなる。

そういうわけで生け垣の陰にいるのはわたしたちふたりだけとなり、わたしの心臓がばくばくいいはじめる。「邪魔をしたみたいでごめん。でも、助けてほしそうに見えたから」わたしが言うと、きみはこう応じる。「いい勘をしてたわね。かっこいいけど鼻持ちならない人なのよ」わたしは自分の名を名乗る。きみも名前を教えてくれる。ダニエラ。ダニエラ。

はじめて会ったときの会話は断片しか覚えていない。よく覚えているのは、わたしが原子物理学者をしていると言ったときに、きみがおかしそうに笑ったことだ。でも、ばかにするような笑い方じゃなかった。意外な答えに心からおもしろがっているように思えた。きみの唇がワインで変色していたのを覚えている。純粋に理性のうえではずっと前からわかっていた。わたしたちの孤独と疎外感は幻覚にすぎないと。わたしたちはみな同じもの——死んだ星が放つ炎のなかで生まれた物質のかけら——でできている。あそこで、きみと過ごすまでは、その知識を実感したことはなかった。実感できたのはきみのおかげだ。

たしかにきみを抱きたい男のたわごとかもしれないけれど、このめりこむ感覚はもっと奥深いものの証拠ではないかとも思っている。こんなことを考えているなんて、もちろん口には出さないけれど。ビールで気持ちよく酔ったことと太陽のぬくもりをありありと思い出す。それが引きはじめると、きみをこのパーティから連れ出したくてたまらない自分に気づくが、誘う勇気がない。そのとき、きみが言う。「友だちの展覧会が今夜から始まってるの。一緒に行かない？」

わたしは心のなかでつぶやく。きみとならどこへでも行くよ。

アンプルの残り：一本

懐中電灯の光で壁を照らしながら、無限につづく通路を歩く。

しばらくして、ほかのとまったく同じ扉の前で足をとめる。

可能性は一兆分の一×一兆分の一×一兆分の一。

心臓の鼓動がはやくなり、てのひらが汗をかきはじめる。

わたしの望みはただひとつ。

わたしのダニエラだけでいい。

自分でもうまく説明できないほど、彼女を求めている。

説明できるようになりたいとも思わない。謎めいているからこそ完璧だからだ。

わたしが求めているのは、何年も昔、あの裏庭でのパーティで見かけた女性だ。

ほかの大切なものをいくつかあきらめなくてはならないとわかっていながら、ともに人生を歩むと決めた相手。

ほしいのは彼女だ。

ほかにはなにもいらない。

大きく息を吸う。

ゆっくりと吐き出す。

そして扉をあける。

13

最近の吹雪でコンクリートがうっすらと雪化粧し、ガラスのない高窓の下にある発電機が雪に埋もれている。

いまも湖から吹きこんで、冷たい紙吹雪のように舞い落ちている。

わたしは期待にはやる胸を抑えつつ、装置からそろそろと離れる。

この使われなくなった発電施設は、どの世界のサウス・シカゴのものでもおかしくない。

ずらりと並ぶ発電機の前をゆっくり歩いていくと、床で光るものに目がとまる。

近づいてみる。

発電機の基部から六インチのところ、コンクリートにできた亀裂に、首のところを折った空のアンプルが落ちている。この一カ月間、いくつもの発電施設跡に足を踏み入れたが、これを目にするのははじめてだ。

おそらく、意識を失う数秒前にジェイソン二号に注射されたものだろう。彼がわたしの人生を奪った晩に。

ゴーストタウンと化した工業地帯を徒歩で抜ける。

腹が減り、喉が渇き、疲労の極致に達している。

北の方角に高層ビル群が見えてくる。低く垂れこめた冬の雲で上のほうは見えないが、それでもまちがいなく、わたしの知っている光景だとわかる。

夕闇が迫るころ、八十七番ストリート駅でレッド・ラインの北行きに乗る。

この高架鉄道にはシートベルトもホログラムもない。

サウス・シカゴ地区をゆっくりとした速度で危なっかしく走り抜けるだけだ。

その先にはダウンタウンが不規則に広がっている。

電車を乗り換える。

ブルー・ラインで北部の高級住宅街に向かう。

この一カ月間、似たようなシカゴをいくつも訪れたが、今度はなにかちがう。さっきの空のアンプルだけではない。あまりに漠然としすぎていて、自分のいるべき場所のような気がするとしか説明できない。とにかく、自分の世界だと感じるのだ。

雪が強まるなか、電車は通勤時間帯で混雑する高速道路を追い越していく。

ふと考える――

この雪空のもと、わたしのダニエラは元気で暮らしているだろうか？

わたしのチャーリーはこの世界で呼吸しているだろうか？

ローガン・スクエアの高架鉄道のプラットホームに降り立ち、両手をコートのポケットに深く突っこむ。自宅界隈の見慣れた通りに雪が刺すように降っている。歩道にも。縁石沿いにとまっている車にも。ラッシュアワーの車のヘッドライトが降りしきる雪を切り裂く。

自宅近辺の家はどこも、吹雪のなかで美しく光り輝いている。

ポーチにあがる階段にはすでに半インチほどの淡い雪が積もっていて、ひと組の足跡がドアの前までついている。

褐色砂岩の家の正面窓からなかの明かりが見え、歩道から見るかぎり、わが家と寸分たがわない。

それでも、ささいな相違点——ちがう玄関ドア、ちがう番地、玄関ポーチの見覚えのない家具——があるのではないかと警戒をゆるめない。

しかし、ドアはちがっていない。

番地も合っている。

ディナーテーブルの上には四次元立方体のシャンデリアがさがっているし、近寄ってみると暖炉には大きな写真——イエローストーン国立公園のインスピレーション・ポイントに立つダニエラ、チャーリー、そしてわたしが写っている——が飾られている。

ダイニングルームからキッチンに行くドアがあいていて、そこからアイランド型調理台の前に立ち、ワインのボトルを手にしたジェイソンがちらりと見える。反対側にいる誰かのワイングラスに注いでいるところだ。

期待に胸が高まるが、それも長くはつづかない。

わたしのいるところからでは、グラスの脚をつかむ美しい手しか見えず、そのせいでわたしは、あの男にされた仕打ちにふたたび打ちのめされる。

あの男になにもかも取りあげられた。

あの男にすべてを奪われた。

雪が降りしきっていて声はまったく聞こえないが、彼がおかしそうに笑いながら、ワインをひとくち含むところが見える。

なにを話しているんだろう？

最後にセックスしたのはいつだろう？

ダニエラは、わたしと一緒だった一ヵ月前よりも幸せだろうか？

その疑問への答えを聞くだけの気力がわたしにあるだろうか？

頭のなかの冷静で落ち着いた声が、いますぐ家の前から離れろと分別あるアドバイスをする。

まだそうする気にはなれない。なんの計画も立てていない。

怒りと嫉妬があるだけだ。

先走りしてはだめだ。ここが自分の世界だと、もっと確認する必要がある。

このブロックを少し行ったところに、サバーバンの見慣れた後部が見える。そこまで歩いていき、イリノイ州のナンバープレートに張りついた雪を払う。

ナンバーはわたしのものだ。

色も同じ。

リアウィンドウの雪を払う。

紫色のレイクモント・ライオンズ・クラブのステッカーは、半分だけはがしてあるところが記憶にぴったり合致している。ウィンドウに貼ったとたん、貼ったことを後悔したのだった。全部はがそうとしたものの、ライオンの顔の上半分を取るのが精一杯で、けっきょく大きくあけた口が残ってしまった。

だが、それは三年前のことだ。

もっと最近の、もっと決定的な証拠がほしい。

拉致される数週間前、大学近くのパーキングメーターにうっかりサバーバンをぶつけてしまったことがある。大きな被害はなく、右のブレーキランプにひびが入り、バンパーが少しへこんだ程度だった。

ブレーキランプの赤いプラスチック、つづいてバンパーから雪を払う。

ひびに触れる。

へこみに触れる。

これまで訪れたどのシカゴでも、サバーバンにこんな疵はついていなかった。

腰をあげ、通りの向こうのベンチに目をやる。あそこに丸一日すわり、べつのバージョンのわたしの人生をながめていた日もあった。いまは誰もすわっておらず、座面に雪が静かに降り積もっている。

まずい。

ベンチの数フィートうしろにいる人影が、雪まじりの闇をすかしてこっちを見ている。

わたしはサバーバンからナンバープレートを盗もうとしているように見えたにちがいない

と思いながら、急ぎ足で歩道を歩きはじめる。

もっと慎重にやらなくてはだめだ。

〈ヴィレッジ・タップ〉の正面ウィンドウを飾る青いネオンが吹雪の向こうでまたたく。灯台からの信号のようなその光が、もうすぐ家に帰れると励ましてくれる。

この世界には〈ホテル・ロワイヤル〉は存在せず、行きつけのバーの真向かいにあるわびしい〈デイズ・イン〉にチェックインする。

二泊分の持ち合わせしかなく、それを払うと手持ちの金は百二十ドルと小銭だけになる。

ビジネスセンターは一階の廊下をちょっと行った先の小さな部屋で、ほとんど旧式に近いデスクトップパソコン、ファックス、プリンターがそなわっている。

わたしはネットにつなぎ、三つの情報を確認する。

ジェイソン・デスセンはレイクモント大学の物理学科の教授である。

ライアン・ホールダーはつい最近、神経科学の分野での貢献に対し、パヴィア賞を授与された。

ダニエラ・デスセン(旧姓バルガス)はシカゴの著名な芸術家ではなく、グラフィックデザインの仕事もしていない。彼女の親しみやすくてしろうとっぽいウェブサイトでは、出来のいい作品がいくつか見られるようになっており、美術の講師をやりますと宣伝している。

重い足取りで三階の部屋にあがる。ようやく信じていいと思えてくる。

ここはわたしの世界だ、と。

部屋の窓のそばにすわり、〈ヴィレッジ・タップ〉のネオンがまたたくのをじっと見つめる。

わたしは手荒なことができる人間ではない。

人を殴ったことは一度もない。

殴ろうと思ったことすらない。

しかし、家族を取り戻すためならしかたない。

むごいことでもするしかない。

ジェイソン二号にされたのと同じことをやり返すわけだが、やつを装置のなかに戻すだけという、罪悪感をやわらげる作戦はだめだ。アンプルがあと一本残っているとはいえ、やつのおかした間違いを繰り返すつもりはない。

あの男は殺せるときにわたしを殺しておくべきだった。

物理学者である自分が頭のなかに入りこんで、主導権を握ろうとしているのがわかる。

なんだかんだ言ってもわたしは科学者だ。プロセスを重視するように頭ができている。

そこで、実験をするときと同じように思考する。

達成したい結果がある。

その結果に到達するには、どんなステップを踏めばいいか。

まずは、望む結果を定義する。

わたしの家で暮らすジェイソン・デスセンを亡き者にし、絶対に見つからない場所に隠す。

それを成し遂げるのに必要な道具は？

車。

銃。

拘束する手段。

シャベル。

死体を安全に処分できる場所。

考えるだけでいやになってくる。

あの男がわたしの妻、わたしの息子、わたしの人生を奪ったのは事実だが、同じことを準備して実行するのかと思うとげんなりする。

シカゴから一時間ほど南にくだったところに森林保護区がある。カンカキー川州立公園だ。チャーリーとダニエラを連れて何度か――たいていは木の葉が色づき、自然と静けさが恋しくなり、街から脱出したくてたまらないときに――行ったことがある。

夜、車でジェイソン二号を連れていくか、あの男がわたしにしたように本人に運転させるかすればいい。

川の北側をたどる道を歩かせる。

一日か二日前に一度訪れておき、どこか静かで人目につかない場所に墓を掘っておく。動物に腐敗臭を嗅ぎつけられないためには、どのくらい深く掘ったらいいか、調べておかなくてはいけないだろう。やつには、自分で自分の墓を掘るのだと思わせておく。脱走を画策したり、やめてほしいと説得したりする余裕があると思わせるのがねらいだ。穴まで二十フィートのところまで来たら、シャベルを無造作に放り投げ、さあ、掘りはじめろと命じる。やつが拾おうと腰をかがめたら、想像したくもないことを実行する。やつの後頭部に銃弾を一発撃ちこむ。死体を穴まで引きずっていき、なかに落として、土をかける。

この作戦のいい点は、誰も彼を探さないことだ。わたしは彼がわたしの人生を引き継いだのと同じように、彼の人生を引き継ぐ。何年かしたら、ダニエラに本当のことを打ち明けるかもしれない。なにも言わないかもしれない。

三ブロック離れたところにスポーツ用品店があり、閉店まであと一時間を残している。小学時代のチャーリーがサッカーに夢中になったことがあり、スパイクとボールを買いに年に一度、訪れた店だ。

その当時から、銃のコーナーにはいわく言いがたい魔力があった。

近寄りがたい感じがしていた。

なにがきっかけで銃を持とうと思うのか、そのころのわたしは想像すらできなかった。

生まれてこの方、銃を撃ったのは二、三度しかない。アイオワの高校生だったころだ。そのときも、親友の農場でさびたオイル缶をねらって撃っても、ほかの連中のような高揚感は味わえなかった。むしろ、やたらと怖かった。標的に向かって立ち、重たい銃をかまえると、生かすも殺すも自分しだいだという思いから逃れられなくなるのだ。

店の名前は〈フィールド&グローブ〉といい、この遅い時間、客はわたしを含めて三人しかいない。

ウィンドブレーカーがかかったラックやランニングシューズが並ぶ壁の前をふらふらと通りすぎ、店の奥のカウンターに向かう。

壁には散弾銃とライフルが何挺も飾られ、その下に銃弾の箱が並んでいる。

カウンターのガラスの下で、拳銃が輝きを放つ。

黒いもの。

クローム仕上げのもの。

弾倉のついている銃。

ついていない銃。

一九七〇年代のアクション映画に登場するダーティハリーばりの警官が持っていそうな銃。

黒いTシャツに色落ちジーンズという恰好の女性が近づいてくる。射撃の名手アニー・オークレイそのまんまという雰囲気。赤い縮れ毛、そばかすの散った右腕をぐるりと一周しているタトゥーにはこうある……武器を所持し、携行する権利はけっして侵害してはならない。

「なにかお探しですか?」女性は訊く。

「うん、拳銃を買いたいんだが、正直言って、銃に関する知識はゼロでね」

「銃を買う理由は?」

「自宅でなにかあったときのために」

女性はポケットから鍵束を出し、わたしの目の前の陳列ケースを解錠する。わたしは彼女の腕がガラスの下に入り、黒い拳銃を手に取るのをじっと見つめる。

「でしたらグロック23はいかがでしょう。四〇口径でオーストリア製です。殺傷能力はかなり高いです。携帯用にもっと小ぶりなものがよろしければ、ひとまわり小さいものもご用意できますが」

「これがあれば侵入者を食いとめられる?」

「ええ、確実に倒せますし、起きあがることはありません」

彼女はスライドを引いて薬室に弾がないのを確認し、それからスライドを元に戻し、弾倉を抜く。

「何発入るんだい?」

「十三発です」

彼女が銃を差し出す。

わたしはどうしていいかわからない。かまえる? 重さをたしかめる? おずおずと持ってみる。弾を装塡《そうてん》していない銃でも、やはり、生かすも殺すもわたししだいだという不安に襲われる。

用心鉄からぶらさがっている値札には五百九十九ドル九十九セントとある。

金の問題をどうにかしないといけない。銀行に行き、チャーリー名義の預金をおろせばなんとかなるだろう。この前、確認したときは残高が四千ドル近くあった。チャーリーがその口座に手をつけることはない。彼にかぎらず誰も。二千ドルほどおろしたところで、誰も気にしないはずだ。少なくとも、いますぐには。もちろん、なんとかして運転免許証を手に入れるのが先だ。

「いかがですか？」店員が尋ねる。

「うん。いかにも銃という感じがするね」

「ほかにもいくつかお見せしますよ。リボルバーのほうがよろしければ、非常にいいスミス&ウエッソンの三五七口径もあります」

「いや、これで充分だ。いくらか金をかき集めないといけなくてね。身元確認はどうやるのかな？」

「FOIDカードをお持ちですか？」

「なんだい、それは？」

「イリノイ州警察が発行する銃器所有者IDカードです。まずはそれを申請しないといけません」

「取得までにどれくらいかかるものなのかな」

彼女は答えない。

妙な目でわたしを見つめたのち、わたしの手からグロックを取りあげ、ガラスケースのなかのもとの場所に戻す。

「まずいことでも言ったかい？」

「ジェイソンですよね」

「なぜわたしの名前を知ってる？」

「さっきからずっと考えてたんです。自分の頭がおかしくなったわけじゃないと何度も確認しました。あなたこそわたしの名前がわからないんですか？」

「うん」

「そうですか。わたしをからかってるんですか？　そういうのは賢明とは――」

「きみと話をするのはこれがはじめてだ。だいたい、この店に足を踏み入れるのも、四年ぶりくらいなんだ」

店員は陳列ケースに鍵をかけ、鍵束をポケットに戻す。

「いますぐお引き取りください、ジェイソン」

「どういうことかさっぱり――」

「わたしをからかっているんでなければ、頭に怪我をしているか、なにかの病気を患っているか、単に頭がおかしくなったかです」

「いったい、なんの話だ？」

「本当にわからないんですか？」

「ああ」

店員はカウンターに両肘をつく。「あなたは二日前もここに来るなり、銃を買いたいと言いました。わたしはさっきのグロックを見せました。あなたは、自宅でなにかあったときのためにと言いました」

どういうことだ？　ジェイソン二号はわたしが戻ってきた場合にそなえて準備をしているのか、それとも、わたしが来るとわかっているのか。

「そのときはわたしに銃を売ったのかい？」

「いいえ、FOIDカードがなかったので。現金を集めないといけないと言っていました。運転免許証もないようでした」

たちまち、ぞわぞわする感じが背筋を這いおりる。

膝から下に力が入らない。

店員は言う。「しかも、二日前だけじゃないんです。いやな予感がしたので、きのう、銃器コーナーで働いてるゲイリーにも、以前にあなたを見かけたか訊いてみました。見かけていました。先週三回も。そしてまたきょうも現われたというわけです」

わたしはカウンターにもたれる。

「というわけで、ジェイソン、もう二度と、当店にはおいでにならないでください。たとえサポーター一枚買うためでも。もし、また来るようなことがあれば、警察を呼びます。いま言ったこと、わかりましたか？」

店員は怯えながらも毅然としている。変に怖がられそうなので、暗い路地で彼女とすれちがうのだけはごめんこうむりたい。

「わかった」

「出ていってください」

降りしきる雪のなかに出ると、雪片が顔に吹きつけ、目がまわる。

通りに目をやると、一台のタクシーが近づいてくるのが見える。手をあげると、タクシーは右に寄り、縁石沿いにゆるやかにとまる。わたしはうしろのドアをあけて乗りこむ。

「どちらまで？」運転手が尋ねる。

どちらまで。

大きな問題だ。

「ホテルまで頼む」

「どのホテルです？」

「どこでもいい。十ブロック以内の安いところなら。まかせるよ」

運転手は振り返り、前とうしろを隔てるプレキシガラスごしにのぞきこむ。

「おれに選べって言うんですか？」

「そう」

一瞬、断られるかと思う。あまりに妙な頼みだったかもしれない。降りろと言われるかもしれない。しかし、彼はメーターを作動させ、車の流れに戻る。

サイドウィンドウの向こうに目をこらす。雪がヘッドライト、テールランプ、街灯、点滅灯の光のなかを舞い落ちていく。

心臓が胸郭のなかで暴れ、いろいろな考えが頭のなかを駆けめぐる。

落ち着かなくては。

論理的に冷静に進めなくては。

タクシーが〈エンド・オブ・デイズ〉というみすぼらしい外見のホテルの前につける。

運転手が振り返って尋ねる。「ここでいいですか？」

わたしは料金を支払い、フロントに向かう。ラジオからはシカゴ・ブルズの試合中継が流れ、デスクについているフロント係はずらりと並んだ白い容器から中華料理を食べている。わたしは肩の雪を払い、母方の祖父の名前――ジェス・マクレー――の名でチェックインする。

一泊分の料金を払う。これで残金は十四ドル七十六セント。

四階にあがり、部屋に入ってデッドボルト錠とドアチェーンをかける。

無味乾燥な部屋だ。

冴えない花柄の掛け布団がのったベッド。

フォーマイカのテーブル。

合板でできた整理箪笥。

それでも、とにかく暖かい。

カーテンのところまで行き、外をうかがう。

雪が激しく降っているせいで、道路はすきはじめ、白く覆われた路面に通りすぎる車のタイヤの痕がくっきりと見える。

服を脱ぎ、ナイトテーブルの最下段の抽斗にあったギデオン聖書に最後のアンプルを隠す。

それからシャワーに飛びこむ。

作戦を練らなくてはいけない。

エレベーターで一階におり、カードキーを使ってビジネスセンターに入る。

思いついたことがある。

この世界で使っている無料のメールアドレスを使い、ぱっと思いついたユーザーネームを打ちこむ。

似非《えせ》ラテン語で〝asonjayessenday〟とつづる。

思ったとおり、すでにそれは使われている。

パスワードはわかっている。

この二十年間でほとんどすべてのものに使ってきた文字列——はじめて買った車のメーカー、型式、製造年を組み合わせた〝jeepwrangler89〟。

ログインをこころみる。

うまくいく。

入った先はあらたに取得されたメールアカウントで、受信ボックスにはプロバイダからの紹介メールが数通と、すでに開設されていた〝ジェイソン〟から最近届いたメールが一通入っている。

表題は〝おかえり、本物のジェイソン・デスセン〟。

メールをひらく。

ひとことのメッセージもない。

リンクが書いてあるだけだ。

あらたなページが読みこまれ、画面上にメッセージが現われる。


ウーバー・チャットへようこそ！

現在、三人がログインしています。

あなたは新しいユーザーですか？


わたしは〝はい〟をクリックする。

あなたのユーザーネームはジェイソン9です。


ログインする前にパスワードを決めないといけない。

大きなウィンドウに表示されるチャットの全記録。

顔文字一覧。

掲示板あての公開メッセージと各参加者あてのプライベートメッセージを書いて送るための、小さな記入欄。

チャットのいちばん上までスクロールすると、約十八時間前に始まっている。もっとも最近のメッセージは四十分前に投稿されたものだ。

ジェイソン管理者：きみたちの何人かを家の周辺で見かけた。きみたち以外にもいるようだ。
ジェイソン3：本当か？
ジェイソン4：本当か？
ジェイソン6：信じられない。
ジェイソン3：それで、きみたちのうち何人が〈フィールド&グローブ〉に行ったんだ？
ジェイソン管理者：三日前のことだ。
ジェイソン4：二日前だ。
ジェイソン6：わたしはサウス・シカゴで買った。
ジェイソン5：銃を手に入れたのか？
ジェイソン6：そうとも。
ジェイソン管理者：カンカキー川州立公園に連れていこうと考えた者は？
ジェイソン3：わたしだ。
ジェイソン4：わたしも。
ジェイソン6：わたしは昨夜、車で出かけて、穴まで掘った。準備万端整っている。車は準備した。シャベル。縄。計画は完璧に練ってあった。今夜、わたしたち全員にこんなことをしたジェイソンを待ち伏せするため、家まで出かけた。しかし、サバーバンのうしろにわたしがいるのが見えた。
ジェイソン8：なぜ計画を取りやめたんだ、ジェイソン6？

ジェイソン6：予定どおり進めることになんの意味がある？　わたしがあいつを始末すれば、きみたちのうち誰かが現われ、わたしに同じことをするはずだ。
ジェイソン3：みんな、ゲーム理論シナリオに目をとおしたかい？
ジェイソン4：ああ。
ジェイソン6：ああ。
ジェイソン8：ああ。
ジェイソン管理者：ああ。
ジェイソン3：つまり、みんな、めでたしめでたしで終わることはないとわかってるわけだ。
ジェイソン4：きみたちで殺し合って、わたしが彼女を手に入れるということでいいよ。
ジェイソン管理者：このチャットルームを開設したわたしには管理者権限がある。参考までに言っておくが、いま現在、発言していないジェイソンが五人いる。
ジェイソン3：全員で力を合わせ、この世界を征服すればいい。こんなに大勢の分身が一致団結したらどうなるか想像できるかい（半分は冗談だけどね）？
ジェイソン6：どうなるか想像できるかって？　よくわかるさ。われわれは国の研究所に閉じこめられ、一生を被験者として過ごすんだ。
ジェイソン4：みんなの考えを代弁してやろうか？　こんなのは絶対におかしい。
ジェイソン5：わたしも銃を手に入れた。きみたちの家に帰るための努力など、わたしのにくらべたらお遊びにすぎない。きみたちは誰も、わたしが見たものを見ていないくせに。
ジェイソン7：ほかの連中がどんな経験をしてきたか、わかるわけないだろう。
ジェイソン5：わたしは地獄を見た。文字どおり、地獄だった。きみはいまどこにいるんだ、ジェイソン7？　わたしはもう分身をふたり、殺したぞ。

さっきとはべつのメッセージが画面に現われる。

ジェイソン7からプライベートメッセージが届いています。

爆発しそうなほど頭ががんがんするのをこらえ、メッセージをひらく。

いまの状況は完全に常軌を逸しているのはわかっているが、わたしと組まないか？　ふたつの心を合わせたほうが、ひとつよりも強い。ふたりで協力してほかの連中を一掃し、邪魔がいなくなってから、あとのことは考えよう。ことは急を要する。どう思う？

どう思うって？
息をするのも苦しい。
ビジネスセンターを出る。
汗が両のわき腹を流れていくが、寒くてたまらない。

一階の廊下には誰の姿もなく、静かだ。

エレベーターまで急ぎ、四階にあがる。

ベージュ色のじゅうたんに足を踏み出すと、廊下を小走りし、自室に戻って鍵をかける。

最悪だ。

こうなることくらい予期できたはずなのに。

いま思えば、こうなるに決まっていたのだ。

わたし自身は通路でべつの現実に分岐していないが、これまで足を踏み入れたどの世界にもわたしは存在した。つまり、灰や氷や疫病の世界で、べつのバージョンのわたしが分岐したのだ。

通路が無限だったおかげで、べつのバージョンのわたしと鉢合わせすることは避けられていたが、一度だけ見かけたことがある——背中をざっくりえぐられたジェイソンを。

そうしたジェイソンの大半は、ほぼまちがいなく、ほかの世界で殺されたか行方がわからなくなったかしただろうが、わたしと同じように正しい道を選んだ者もいるはずだ。あるいは運にめぐまれた者が。そういった者はわたしが進んだのとは異なる道を行き、ちがう扉から出て、ちがう世界に行ったが、最終的にはそれぞれがこのシカゴに戻ってきているのだ。

全員の望みは同じ——自分の人生を取り戻すこと。

そうだ。

わたしたちの人生を。

わたしたちの家族を。

ほかのジェイソンの大半がわたしとまったく同じだとしたら？　つまり、自分から奪われたものを取り戻したいだけの、まっとうな男だったら？　その場合、わたしにはほかの連中よりも強く、ダニエラとチャーリーは自分のものだと主張する権利があるだろうか？

これは単なるチェスの試合じゃない。わたしとのチェスの試合だ。

こんなふうに考えたくはないが、どうしようもない。ほかのジェイソンたちが、わたしにとってもっとも大切なもの――家族――を求めている。つまり、彼らはわたしの敵だ。自分の人生を取り戻すためにどこまでやる気があるかと自問する。残りの人生をダニエラと過ごすためなら、べつのバージョンのわたしを殺すこともいとわないのか？　彼らのほうはどうだろう？

ほかのバージョンのわたしが、さびれたホテルの部屋にすわっているところが、雪の降る街を歩いているところが、褐色砂岩の自宅を見張りながら同じような思考経路をたどっているところが目に浮かぶ。

同じことを自問している姿。

ドッペルゲンガーの次の一手を予測しようとする姿。

共有はありえない。われわれのうちひとりだけが勝者になれる、純粋なるゼロサムゲーム。誰かが無茶をしたり、収拾がつかない事態になってダニエラかチャーリーが負傷するか死ぬかした場合は全員が敗者となる。数時間前、自宅の正面窓からなかをのぞいたときに平穏に見えたのは、それが理由にちがいない。

誰もどう動いていいかわからないから、ジェイソン二号に手を出さないでいるのだ。

典型的なゲーム理論。

ぞっとするような解釈の囚人のジレンマが問いかける。自分自身の裏をかくことは可能か、と。

わたしの身は安全でない。

家族も安全でない。

しかし、わたしになにができる？

わたしが考えつくあらゆる動きが予測され、あるいは出し抜かれるかするなら、わたしはどうなる？

鳥肌が立ってくる。

装置での日々もつらかったが——顔に降り注ぐ火山灰、凍死しかけたこと、せっかくダニエラと会っても、彼女がわたしの名前すら知らない世界だったこと——そのどれも、いまこの瞬間、わたしのなかで渦巻く嵐にくらべたらどうということはない。

こんなに家が遠いと思ったことはない。

電話が鳴り、たちまち現実に引き戻される。

テーブルまで歩いていき、三つめの呼び出し音で受話器を取る。

「もしもし？」

相手はなにも言わず、静かな息づかいが聞こえるだけだ。

わたしは電話を切る。

窓のそばに行く。

カーテンを分ける。

四階下の道路はがらんとしていて、雪はあいかわらず激しく降っている。

また電話が鳴るが、今度は一度で切れる。

いやな感じだ。

電話のことでもやもやしながら、またベッドに横になる。

べつのバージョンのわたしが、わたしが在室しているか確認しているのだとしたら？

そもそも、なぜわたしがこのホテルにいるとわかるのか。

一瞬にして頭に浮かんだ答えに、わたしはぞっとする。

いまこの瞬間、ローガン・スクエアにはたくさんのバージョンのわたしがいて、この界隈のモーテルとホテルにかたっぱしから電話をかけ、べつのジェイソンを見つけようとしているにちがいない。わたしの居場所がわかったのは運でもなんでもない。統計的確率の問題だ。ひと握りのジェイソンでも、ひとり十本あまりの電話をかければ、わたしの家から半径数マイルの範囲にあるホテルはすべてカバーできる。

だが、フロント係がわたしの部屋番号を漏らしたりするだろうか。

故意にということはないだろうが、ブルズの試合に耳を傾け、中華料理をほおばっているフロントの男ならだまされてもおかしくない。

わたしならどうやってだますだろう？

わたしを探しているのがわたし以外の人間なら、チェックインで使った偽名のおかげで発見されずにすむだろう。しかし、わたしの分身たちは母方の祖父の名前を知っている。まずった。わたしの頭にとっさに浮かんだのがその名前だったということは、ほかのジェイソンもとっさにその名前が浮かぶはずだ。チェックインに使った名前がわかっていると仮定した場合、次にどうするか？

フロント係はそう簡単に部屋番号を教えたりはしないだろう。

わたしがこのホテルに泊まっているのを知っているふりをしなくてはならない。

ホテルに電話し、ジェス・マクレーさんの部屋につないでくださいと言う。

電話線の向こうでわたしが出たら、いるのが確認できたのですぐに切る。

それから三十秒後にかけなおし、フロントにこう言う。「またお手をわずらわせて申し訳ないが、いまさっき電話したところ、なぜか切れてしまって。もう一度つないでもらえませんか……しまった、部屋番号はいくつでしたっけ？」

運にめぐまれ、フロント係がぼんやり者ならば、うっかり部屋番号を口にしてからつなぎ直すチャンスはそこそこある。

ということで、最初はわたしが出るか確認するためにかける。

二度めは、わたしが泊まっている部屋番号が確認できたところで切る。

ベッドから起きあがる。

荒唐無稽《こうとうむけい》な考えかもしれないが、放っておくわけにもいかない。

わたしはいまにもわたしを殺しにやってくるだろうか？

ウールのコートに袖をとおし、ドアに向かう。

恐怖でめまいがしてくるが、こうも言い聞かせる。きっとわたしは頭が変になったのだ。

おそらく、なんでもないこと——自室に電話が二度も立てつづけにかかってくる——に無茶な理屈をつけているだけだ。

きっとそうだ。

しかし、チャットルームの存在を知ったいま、なにがあっても驚かない。

このまま自分の勘を信じずにいたら？

行け。

いますぐ。

ゆっくりとドアをあける。

廊下に出る。

誰もいない。

頭上の蛍光灯が低くぶうんというのをのぞけば、なんの音もしていない。

階段で行くか、エレベーターを使うか？

廊下の突きあたりにあるエレベーターが、チンと鳴る。

扉がひらきはじめる音が聞こえ、それからぐしょ濡れのジャケット姿の男がひとり、エレベーターを降りる。

一瞬、わたしは動けなくなる。

目をそらすことができない。

わたしがわたしに向かって歩いてくる。

わたしたちの目が合う。

相手はほほえんでいない。

顔にはなんの感情も浮かんでおらず、その思いつめた表情に背筋が凍りそうになる。

彼が銃をかまえるのを見て、わたしはすぐさま反対方向に走りだす。突きあたりのドアめがけ、鍵がかかっていないことを祈りながら、廊下を全力疾走する。

非常口の表示灯の下をいきおいよく抜け、階段室に入る直前にうしろを振り返る。

ドッペルゲンガーが追いかけてくる。

バランスを崩さないよう手すりにつかまり、階段をおりる。〝落ちるなよ、なにがあっても落ちるなよ〟と言い聞かせながら。

三階の踊り場まで来たとき、上からドアが乱暴にあく音が聞こえ、つづいて、追っ手の足音が階段室全体に響きわたる。

わたしはまた階段をおりはじめる。

二階に着く。

一階までおりると、真ん中に窓が切ってあってロビーに出るドアと、窓がなく、どこに出るかわからないドアがある。

後者を選び、そこを突きやぶると……

降りしきる雪と凍てつく寒さがでんとかまえている。

急ぎ足で数段おり、数インチ積もった新雪に足をおろす。凍ったアスファルトで靴が滑る。

体勢を立て直していると、ふたつの大型ごみ容器のあいだにはさまれた暗い路地から人影が現われる。

わたしのとよく似たコートを着ている。

頭に雪が積もっている。

わたしだ。

手のなかのナイフが近くの街灯の光を受けてきらめく。そのナイフをわたしの腹部に向けた恰好で、近づいてくる。ヴェロシティ研究所のリュックサックに入っていたナイフだ。

わたしはぎりぎりのところでそれをかわすと、相手の腕をつかみ、ありったけの力でホテルに通じる階段に投げ飛ばす。

相手が階段にぶつかるのと同時に、上のドアが大きくあく。一目散に逃げだす二秒前、到底ありえない光景がわたしの脳裏に焼きつく。わたしのひとつのバージョンが銃を手に階段室から現われ、それとはべつのバージョンが階段から起きあがり、雪に埋もれたナイフを取り乱したように探している。

ふたりはコンビだろうか？

協力して、見かけたジェイソンを片っ端から殺しているのか？

わたしは建物のあいだを駆け抜ける。雪が顔に貼りつき、肺が灼けるように熱い。

次の通りの歩道に出たところで路地を振り返ると、ふたつの影が近づいてくるのが見える。

わたしは吹きつける雪に逆らって進む。

人っ子ひとりいない。

どの通りも閑散としている。

数軒ほど行ったところで、大きな音があがる——人の歓声だ。

声がしたほうに急ぎ、古ぼけた木のドアを押し、立ち飲み限定の安酒場に飛びこむ。全員の目がカウンターの上に並ぶ薄型画面に向けられ、そこではブルズがビジターチームと第四クォーターの死闘を繰り広げている。

わたしは人混みのなかに無理やり入って、まぎれこむ。

すわる場所はどこにもなく、立つ場所すらろくにないが、ダーツボードの下に一平方フィートほどの狭苦しい場所をどうにかこうにか見つける。

誰もが試合に釘づけになっているなか、わたしはドアを見張る。

ブルズのポイントガードの選手が三点シュートを決めると、店内に歓喜の声があがり、知らない者同士でハイタッチをしたり、抱き合ったりしている。

バーのドアが大きくあく。

入り口のところに、雪をかぶったわたし自身が現われる。

彼は一歩なかに入る。

わたしは一瞬、姿を見失うが、すぐに人波が動いて、彼の姿が見えるようになる。

あのジェイソン・デスセンはどんな経験をしてきたのだろう？　どんな世界を見てきたのだろう？　どんな地獄をくぐり抜け、このシカゴに戻ってきたのだろう？

彼は人混みをながめわたす。

彼のうしろでは、あいかわらず雪が降っている。

彼の目はけわしく冷ややかだが、彼から見たわたしも同じだろうかと、ふと気になる。

彼のまなざしが、わたしがいる店の奥に向けられるや、わたしはダーツボードの下にかがみこみ、林立する脚のあいだに隠れる。

まる一分が経過するまで待つ。

客がまたも歓声をあげたのを機に、ゆっくりと立ちあがる。

バーのドアは閉まっている。

ドッペルゲンガーはいなくなっている。


ブルズは勝利する。

上機嫌の酔っ払い客はなかなか帰ろうとしない。

一時間ほどたってようやくカウンターに空席が見つかり、行くあてのないわたしはスツールに腰かけ、ライトビールを注文する。その結果、全財産は十ドルを切る。

飢え死にしそうだが、この店は料理を出しておらず、スナック菓子をむさぼるように食べながら、ビールをちびちび飲む。

飲んだくれた男がブルズのプレーオフの展望に関する会話に引っ張りこもうとするが、ビールをじっと見ているだけのわたしに悪態をつくと、わたしのうしろにいる女性ふたりにちょっかいを出しはじめる。

男は騒々しく、けんか腰だ。

用心棒がやってきて、男を店の外に追い出す。

客がまばらになる。

わたしはカウンターに向かい、周囲の喧噪を耳から締め出しつつ、何度も何度もひとつのことを考えつづける。エレノア・ストリート四十四番地の褐色砂岩の家からダニエラとチャーリーを遠ざけなくてはならない。ふたりがあの家にいるかぎり、ジェイソンたちがばかなまねをする不安は消えない。

しかし、その方法は？

いまもジェイソン二号はふたりと一緒にいるはずだ。

夜ももう遅い。

あの家の近くに行くのはかなりのリスクをともなう。

ダニエラには家を出て、わたしについてきてもらわなくてはいけない。

しかし、わたしが考えるようなことは、ほかのジェイソンも考えているか、すでに考えたか、近々考えるはずだ。

出し抜くことは不可能だ。

バーのドアが大きくあき、わたしはそちらに目をやる。

わたしの分身――リュックサック、ピーコート、ブーツ姿――が入り口をくぐり、わたしと目が合うと、その顔に驚きの表情を浮かべ、悪意はないというように両手をあげる。

なるほど。つまり、わたしを追ってきたわけではないのか。

わたしがにらんでいるとおり、ローガン・スクエア一帯に大勢のジェイソンがいるとしたら、この男は雪と危険から逃れるため、寒い戸外からたまたまここに入ってきたのだろう。わたしと同じように。

彼はカウンターまで来ると、わたしの隣の空いていたスツールにすわる。手袋をしていない手が寒さで震えている。

あるいは恐怖で。

バーテンダーは近づくなり、わたしたちふたりをしげしげとながめる——質問したくてたまらなそうな顔だ——が、あとから来たほうに向かって「なにを差しあげましょう」とだけ言う。

「隣と同じものを」

見ていると、バーテンダーはサーバーからビールを注ぎ、泡をあふれさせながらグラスを持ってくる。

ジェイソンは自分のビールを持ちあげる。

わたしもそれにならう。

そして見つめ合う。

ナイフで切られたらしく、顔の右側に薄くなりかけた傷がついている。

左手の薬指に結んだ糸はわたしのとまったく同じだ。

わたしたちはビールを飲む。

「きみはいつ——?」

「きみはいつ——?」

思わず頬がゆるむ。

わたしは言う。「きょうの昼間だ。きみは?」

「きのう」

「ちょっと変な感じだな――」

「――お互いに最後まで言わなくてもわかるというのは、と言いたいのかな？」

「わたしがいまなにを考えているかわかるのかい？」

「心のなかまでは読めないよ」

妙な感じだ――自分を相手にしゃべっているのに、声は自分が思っている声とはちがっている。

わたしは言う。「きみとわたしはどのあたりで分岐したんだろうね。灰が降っている世界は見た？」

「見た。そのあとは氷の世界だった。どうにかこうにか脱出できたよ」

「アマンダとは？」と訊いてみる。

「吹雪のなかで別れ別れになったきりだ」

腹のなかで小さな爆発が起こったような喪失の痛みに襲われる。

「わたしのほうはふたり一緒に、とある家に避難した」

「二階が雪に埋まっていた家？」

「そうだ」

「その家ならわたしも見つけた。なかで一家全員が死んでいた」

「それで、そのあとどこへ――？」

「それで、そのあとどこへ――？」

「きみから言ってくれ」彼が言う。

ビールをちびちびやっている彼にわたしは訊く。「氷の世界のあと、きみはどこへ行ったんだ?」

「装置を出たら、知らない男の地下室に入ってしまってね。ものすごく驚かせてしまったよ。そいつは銃を持っていて、わたしを縛りあげた。そいつがアンプルを一本奪い、自分の目で通路を見にいかなかったら、わたしは殺されていただろうね」

「じゃあ、そいつはなかに入ったきり、戻ってこなかったのか」

「そういうことだ」

「そのあとは?」

一瞬、彼は遠くを見るような目になる。

ビールをまた、長々と飲む。

「そのあとはいくつか悲惨な光景を目にした。本当に悲惨だった。暗黒の世界。邪悪な場所。きみのほうは?」

わたしは自分の体験を話す。打ち明けると気持ちがすっきりするが、相手が彼だというのはどうにも妙だ。

この男とわたしは、つい一カ月前まで同じ人間だったのだ。つまり、九十九・九パーセントの過去を共有している。

わたしたちは同じことを言い、まったく同じ選択をし、同じ恐怖を経験した。

同じ愛も。

二杯めのビールを頼む彼を、わたしはじっと見つめる。

わたしはわたしの隣にすわっている。

彼にはどこか、現実感に欠けるところがある。

おそらくそれは、自分の外から自分を見るという、ありえない立場から見ているせいだろう。

彼は強そうに見えるが、同時にくたびれ果て、傷を負い、不安そうでもある。

自分のことならなんでも知っている友人と話すのに似ているが、そこに気味の悪い一体感という要素もくわわっている感じだ。先月をべつにすれば、わたしたちのあいだに秘密はひとつもない。彼はわたしがおかした悪事もすべて知っている。すべての思いつき。わたしの弱点。心に秘めた不安。

「あの男のことはジェイソン二号と呼ぼう」とわたしは言う。「つまり、わたしもきみもジェイソン一号ということだ。オリジナルのジェイソンだ。しかし、ふたりともジェイソン一号になれるわけじゃない。しかも、われこそはオリジナルだと考えている輩《やから》がうようよしている」

「わたしたちの誰もオリジナルじゃない」

「うん。わたしたちはひとつの構成物のパーツなんだよ」

「一面と言ったほうがいいかな」彼は言う。「なかには、きみとわたしのように、ほぼ同一人物と言っていいくらい似ている場合もある。しかし、まったくちがうやつもいる」

わたしは言う。「自分をちがった角度から見る感じがしないか？」

「考えてしまうよ、誰が理想のジェイソンなのかと。だいたい、そんなやつは存在するんだろうか？」

「みんな、それぞれのなかで精一杯生きるしかない、そうだろう？」

「そう思うようにするよ」

バーテンダーがラストオーダーだと告げる。

わたしは言う。「ほかの連中でこんなことをしたやつはあまりいないだろうね」

「こんなことって？　自分の分身と一緒にビールを飲むことかい？」

「そうだ」

彼は自分のビールを飲みほす。

わたしは自分のを飲みほす。

彼はスツールをおりながら言う。「わたしが先に出る」

「どっちに行くつもりだい？」

彼はためらう。「北かな」

「わたしはきみのあとをつけたりしない。きみもそうしてもらえるかな？」

「いいとも」

「ダニエラとチャーリーを共有するわけにはいかないが」

彼は言う。「ふたりにふさわしいのは誰かという問いに答えはないかもしれない。しかし、きみかわたしかの選択になったら、ダニエラとチャーリーのもとに戻るのを邪魔しようったって、そうはいかないからな。できればやりたくないが、そのときにはきみを殺す」

「ビールをつき合ってくれてありがとう、ジェイソン」

わたしは出ていく彼を見送る。

五分待つ。

最後に店を出る。

外はまだ雪が降っている。

道路には半フィートほども新雪が積もり、除雪車が出動している。

歩道におり立ち、しばらく周囲の様子をうかがう。

バーの客数人がよろける足で帰っていくが、ほかには誰も見あたらない。

どこに行けばいいかわからない。

行くところがない。

ポケットには使えるホテルのカードキーが二枚入っているが、どちらにしても使うのは安全ではないだろう。ほかのジェイソンなら同じキーなどたやすく手に入れられるはずだ。もしかしたらいまこの瞬間にも、わたしの部屋のなかでわたしが帰るのを待っているかもしれない。

そこではたと気づく。最後のアンプルは二番めのホテルに置きっぱなしだ。

あきらめるしかない。

歩道を歩きはじめる。

いまは午前二時、わたしはガス欠状態だ。

いま、この界隈を何人のジェイソンが徘徊《はいかい》し、同じ恐怖を味わい、同じ疑問を呈しているのだろう？

何人が殺されただろう？

何人が狩りに出ているだろう？

真夜中とはいえ、ローガン・スクエアにいては安全ではないという感じがしてしょうがない。路地の入り口や薄暗い玄関の前を通るたび、誰かがあとをつけてこないか確認する。

半マイルほど歩いてフンボルト公園に着く。

雪をかき分けながら進む。

静かな野原に入っていく。

疲労が極致に達している。

脚が痛い。

空腹で腹がぐうぐう鳴る。

これ以上歩けない。

大きな常緑樹が遠くにそびえるように立ち、枝が雪の重みでたわんでいる。

いちばん低い枝は地上から四フィートのところにあるが、それでもいくらかは吹雪をよけられそうだ。

幹の近くにはうっすら雪が積もっている程度で、それを払い、風下にあたる場所にすわり、木にもたれる。

静かすぎる。

遠くのほうで動く除雪車の低い音まで聞こえてくる。

街じゅうの明かりが低い雲に反射して、空が蛍光ピンクに染まっている。

コートをかき寄せ、両手をぎゅっと握って体の芯の熱を逃がさないようにする。

わたしがすわっているところからは、木がぽつぽつと生えている広々とした野原が見わたせる。

降りしきる雪のはるか遠くに歩道沿いの街灯が見え、光の近くでは雪片が光輪のように輝いている。

動いているものはなにもない。

寒いが、空が穏やかに晴れていてもそれは同じだ。

凍死することはないだろう。

けれども、眠れるとも思えない。

目を閉じたとたん、ふと思いつく。

無作為。

こちらがどう出るか、一から十まで予測できる相手を負かすにはどうすればいいのか？

無作為な動きをすればいい。

意外な動きを。

考えていなかった行動を、事前に検討すらしなかった行動を取るのだ。

不発に終わって、勝負に負けるだけのまずい動きかもしれない。

しかし、べつの自分が予測しない行動に出ることで、思いがけず、戦略的優位に立てる可能性もある。

この考えをわたしの状況にどう応用すればいいだろう。

予測不能で、完全に無作為の行動を取るためにはどうすればいいだろう。

どうにかこうにか眠りに落ちる。

灰色と白だけの世界で震えながら目が覚める。

雪も風もやみ、葉の落ちた木々の隙間から遠くに高層ビルがちらちらと見える。とりわけ高いビルは、街の上空に低く垂れこめた雲層に届きそうだ。

広々とした野原は真っ白で微動だにしない。

空が白んできている。

街灯がまたたきながら消える。

体を起こすと、びっくりするほどこわばっている。

コートに雪がうっすら積もっている。

冷たい空気に吐く息が白い。

これまでいろいろなバージョンのシカゴを目にしてきたが、けさの静謐《せいひつ》さに匹敵する光景はひとつもない。

通りに往来がないせいで、すべてがしんとしている。

空は白く、地面も白く、そんな背景のなかに建物と木々が凛《りん》として立っている。

七百万の人々がまだ寝床のなかにいるところを、あるいは窓辺に立ち、カーテンの隙間から吹雪が去ったあとの風景をながめているところを想像する。

想像するだけで、安らかな癒やされる気持ちになってくる。

苦労して立ちあがる。

目覚めたとき、わたしの頭には無謀なアイデアが浮かんでいた。昨夜のバーで、もうひとりのジェイソンが現われる直前に起こった出来事がヒントになった。

公園のなかを歩いて戻り、ローガン・スクエアがある北に向かって歩く。

わが家に向かって。

最初に見かけたコンビニエンスストアに入り、スウィッシャースイートという葉巻とビックのミニライターを買う。

残金は八ドル二十一セント。

コートが雪で湿っている。

それを入り口近くのラックにかけ、カウンター沿いに進む。

この店はずっと昔からあったかのように、いかにも本物という感じがする。一九五〇年代の雰囲気を醸《かも》しているのは、ボックス席のソファやスツールに使われている赤い合皮、壁に飾った額入り写真の、何十年も昔にさかのぼる常連客の顔ではない。わたしが思うに、なにも変わらないことがその要因だろう。店内にはベーコンの脂《あぶら》やコーヒーを淹れるにおいがただよっているが、それにくわえ、煙草の煙がもうもうと立ちこめるなかをテーブルまで歩いた時代の名残である、消そうにも消せないにおいがしみついている。

カウンターにいる数人の客のほか、ボックス席に警官がふたり、べつのボックス席に勤務を終えたばかりの看護師が三人、それに黒いスーツの老人が自分のカップをくたびれた顔でのぞきこんでいる。

わたしはオープングリルが放出する熱のそばにいたくて、カウンター席にすわる。

年季の入ったウェイトレスがやってくる。

わたしはいかにも薬浸りのホームレスという外見だが、彼女はそれをおくびにも出さず、非難がましいことも言わず、すっかり身についた中西部風の接客態度で注文を取る。

屋内にいるとほっとする。

窓がしだいに曇ってくる。

骨の芯から冷えが取れていく。

この終夜営業のダイナーはわたしの家からわずか八ブロックしか離れていないが、ここで食事をしたことは一度もない。

コーヒーが運ばれると、汚れた手で陶器のマグを包むように持ち、ぬくもりを堪能する。

あらかじめ計算しなくてはならなかった。

手持ちの金で頼めるのはこのコーヒー、卵二個、それにトーストが何枚かだけだ。

ゆっくりと時間をかけて食べようとするが、飢え死にしそうなほど腹が減っている。

ウェイトレスが哀れに思ったのか、追加料金なしでトーストのおかわりを持ってきてくれる。

親切な人だ。

おかげで、これからやろうとしていることが、よけいに申し訳なく思えてくる。べつの世界の麻薬の密売人が持っているみたいな折りたたみ携帯電話で時間を確認する。シカゴでダニエラにかけるために買ったプリペイド電話だ。この世界ではかけられない――利用時間は多元宇宙間を移動できないのだろう。

午前八時十五分。

ジェイソン二号はおそらく、九時半の授業に間に合う電車に乗るため、二十分前には家を出たはずだ。

あるいは、家から出ていないかもしれない。体調が悪いか、きょうはわたしのあずかり知らぬ理由のため一日家にいる予定かもしれない。その場合は最悪だが、在宅か否《いな》かを確認しに自宅近辺まで行くのはリスクが大きすぎる。

ポケットから八ドル二十一セントを出してカウンターに置く。

朝食代をぎりぎりまかなえる額で、チップは雀《すずめ》の涙ほどもない。

最後にもうひとくち、コーヒーを飲む。

それからフランネルのボタンダウンシャツのパッチポケットに手を入れ、葉巻とライターを出す。

あたりをうかがう。

店内は混んできている。

わたしが来たときにいたふたりの警官はいなくなっているが、奥の角のボックス席にべつの警官がひとりすわっている。

葉巻のパッケージをあけるとき、手がかすかに震える。

名前にたがわず、葉巻の先端はほんのり甘い。

三回やって、ようやくライターに火がつく。

葉巻の先端に火をつけ、口いっぱいに煙を吸いこみ、フライパンでホットケーキをひっくり返している軽食専門のコックの背中に向けて吐き出す。

十秒間は誰も気づかない。

やがて隣にすわる、猫の毛だらけの上着を着た年配女性がわたしのほうを向く。「ここでそういうことをするのはやめていただきたいわね」

それに対しわたしは、夢にも思わなかった科白で応じる。「そうは言っても、食後の葉巻は格別にうまいんだよ」

女性は、分厚いレンズの向こうから、頭がおかしいんじゃないのという目でわたしをにらむ。

熱々のコーヒーが入ったカラフェを手にやってきたウェイトレスは、大いに失望したという顔をする。

彼女は首を横に振り、説教をする母親のような声で言う。「店内では喫煙できない決まりです」

「でも、うまいんだよ」

「店長を呼びましょうか？」

わたしはもうひと吸いする。

吐き出す。

軽食専門のコック――両腕にびっしりタトゥーの入った、横に大きな筋肉質の男――が振り返り、わたしをにらみつける。

わたしはウェイトレスに言う。「そいつはいい。ぜひ店長を呼んでくれ。こいつを消すつもりはないんでね」

ウェイトレスがいなくなると、わたしが食事を台なしにした隣の年配女性がつぶやく。

「なんて失礼な人かしら」

女性はフォークを乱暴に置くと、スツールをおり、ドアに向かう。

近くにいる何人かの客が気づきはじめる。

それでも吸いつづけていると、ひょろっとした男がさっきのウェイトレスを従え、店の奥から現われる。下は黒いジーンズ、上は両脇が汗で濡れた白いオックスフォードシャツに結び目がゆるみかけた無地のネクタイという恰好だ。

全体的にだらしない身なりから察するに、夜どおし働いていたのだろう。

彼はわたしのうしろで足をとめる。「店長のニックです。店内での煙草は遠慮いただいております。ほかのお客さまの迷惑になりますので」

わたしはスツールにすわったままわずかにうしろを向き、彼と目を合わせる。疲れて機嫌が悪そうなのを見て、こんな思いをさせてしまった自分がいやになるが、ここでやめるわけにはいかない。

周囲を見まわすと、全員の目が自分に向けられ、ホットケーキがフライパンで焦げている。

「みんな、わたしの上等な葉巻に迷惑してるのかい？」

そうだという声があちこちからあがる。

誰かがばか野郎と怒鳴る。

ダイナーのいちばん奥で人の動く気配がある。

ようやっとお出ましか。

警察官は角のボックス席から出ると、わたしに向かって通路を一直線に進んでくる。彼の無線機がぱちぱちいうのが聞こえる。

若い。

見たところ、二十代後半というところか。

背は低く、がっしりしている。

その目は海兵隊員を思わせる冷徹さを帯びているが、知性もうかがえる。

店長はほっとしたように、一歩うしろにしりぞく。

警官はわたしの隣に立つ。「シカゴ市には受動喫煙防止条例があって、あんたはいまそれに違反している」

わたしは葉巻をまたひとくち吸う。

警官は言う。「いいか、おれはきのうの夜はほとんど寝てないんだ。ここにいるほかのお客さんの多くもそうだろう。なんであんたはみんなの朝食をまずくするようなまねをする？」

「そっちこそ、なんでわたしの葉巻をまずくするようなまねをする？」

警官の顔に怒りの表情がよぎる。

瞳孔が大きくひらく。

「いますぐ葉巻の火を消せ。これが最後の警告だ」

「いやだと言ったら？」

警官はため息を漏らす。

「そういう答えは聞きたくなかったな。立て」

「どうして？」

「いまから留置場に連れていくからだ。葉巻の火を五秒以内に消さないなら、逮捕に抵抗したと見なす。その場合、これ以上甘やかすことはないからそう思え」

葉巻をコーヒーカップに落としてスツールをおりると、警官は手際よくベルトから手錠をはずし、わたしの手首にはめる。

「武器になるもの、あるいは注射器を持っているか？　おれに危害をおよぼす可能性のあるもの、あるいはおれが知っておくべきものは？」

「ありません」

「いま、ドラッグあるいは薬を服用しているか？」

「していません」

警官はボディチェックをしてから、わたしの腕をつかむ。

出口に向かう途中、ほかの客が拍手をする。

警官のパトロールカーは店のすぐ前にとまっている。

彼は後部座席のドアをあけ、頭をぶつけないようにと注意する。背中で手錠をかけられた恰好で警察車両のうしろに悠然と乗りこむのは、ほぼ不可能だ。警官が運転席に着く。

警官はシートベルトを締めるとエンジンをかけ、雪の積もった通りに車を出す。後部座席はわざと乗り心地が悪くなるようにしてあるとしか思えない。脚をのばせる空間はなきにひとしく、膝が檻《おり》にめりこむし、シート自体も硬いプラスチック複合材でできていて、コンクリートにすわっているような感じだ。ウィンドウを保護するための横棒ごしに外をのぞき、近所のなつかしい建物が現われては消えていくのをながめながら思う。これだけのことをして、いくらかでも望みはあるのだろうかと。

パトロールカーは第十四分署の駐車場に入る。ハモンド巡査はわたしを後部座席から出すと、両開きの鉄のドアから逮捕手続きの部屋へと案内する。片側に机と収監者用の椅子が並び、プレキシガラスの仕切りが反対側の事務室とを分けている。

部屋には嘔吐物《おうとぶつ》と絶望にくわえ、それらを消毒剤のライゾールでごまかしそこねたにおいが充満している

早朝のこの時間だからか、わたし以外の収監者はひとりしかいない——部屋の奥で女性が

机にチェーンでつながれている。彼女は興奮したように椅子を前後に揺らしたり、自分の体をかきむしったり、つねったりしている。

ハモンド巡査はあらためてわたしのボディチェックをしてから、椅子にすわるよう言う。わたしの左腕の手錠をはずし、それを机の輪付きボルトにつなぐ。「運転免許証を見せてもらおう」

「なくしました」

巡査はそれを書類に書き入れ、それから椅子の反対側にまわってコンピュータにログインする。

わたしの名前を訊く。

社会保障番号。

住所。

勤務先。

わたしは尋ねる。「わたしは具体的になんの容疑をかけられているんですか？」

「治安紊乱《びんらん》行為および迷惑行為だ」

ハモンド巡査は逮捕報告書に記入を始める。

数分たったころ、彼は入力をやめ、疵だらけのプレキシガラスごしにわたしを見る。「あんたは頭がおかしいようにも、チンピラにも見えないんだよな。前科はまったくない。過去にいざこざを起こしたこともない。あそこでなにがあった？おれにはどうも……あんたは逮捕されようとしてたとしか思えない。言い分があるなら聞くぞ」

「いえ。朝食を台なしにして申し訳ない」

巡査は肩をすくめる。「また食べればいいさ」

わたしは指紋を採られる。

写真を撮られる。

靴を脱がされ、かわりにスリッパと毛布一枚を渡される。

逮捕手続きの入力が終わったところでわたしは訊く。「いつ電話をかけられますか?」

「いますぐかけられる」巡査は固定電話の受話器を持ちあげる。「誰にかける?」

「妻です」

わたしは番号を告げ、巡査がダイヤルするのをじっと見つめる。

呼び出し音が鳴りはじめ、彼は仕切りの向こうから受話器を差し出す。

心臓が激しく脈打つ。

出てくれ、ハニー。頼む。

留守番電話につながる。

声はわたしだが、メッセージはわたしが吹きこんだものとちがう。ジェイソン二号が縄張りを主張するつもりで録音しなおしたのだろうか?

ハモンド巡査に言う。「出ません。切ってもらえますか?」

巡査はピーッという音がする寸前で電話を切る。

「おそらくダニエラは番号に見覚えがなかったんだと思います。もう一度、かけてもらえませんか?」

巡査はもう一度ダイヤルする。

また呼び出し音が鳴る。

ふと考える――ダニエラが出ない場合、危険を承知でメッセージを残すべきだろうか？

だめだ。

ジェイソン二号に聞かれたらどうする？　今度も出なければ、ほかの方法を考えるしかー―。

「もしもし？」

「ダニエラ」

「ジェイソンなの？」

彼女の声が聞こえたとたん、涙で目の奥が痛くなる。「ああ、わたしだ」

「どこからかけてるの？　発信者はシカゴ警察だと表示されてるけど。てっきり、友愛会の慈善事業の関係かと思って、だから出なかった――」

「ちょっと聞いてもらいたい話がある」

「なにかあったの？」

「仕事に行く途中でちょっとあってね。あとですべて説明――」

「大丈夫なの？」

「体のほうはなんともないが、いま留置場にいる」

一瞬、電話線の向こう側がしんとなり、妻が聴いているナショナル・パブリック・ラジオの番組が聞こえてくる。

彼女はようやく言う。「逮捕されたの？」

「そうなんだ」

「なんの容疑で？」

「保釈の手続きに来てほしい」

「うそでしょ。いったいなにをしたの？」

「聞いてくれ。いまは説明できるだけの時間がない。電話できるのはこの一回だけだし」

「弁護士を呼んだほうがいい？」

「いや。それよりも、できるだけはやくここに来てほしい。十四分署だ。通りの名は……」

わたしは通りの名前を訊こうとハモンド巡査のほうを向く。

「ノース・カリフォルニア・アベニューだ」

「ノース・カリフォルニア・アベニュー。小切手帳を忘れずに。チャーリーはもう学校に出かけた？」

「ええ」

「あの子を迎えにいって、一緒に来てほしい。とても大事な——」

「とんでもないわ」

「ダニエラ——」

「父親の保釈手続きをする場に息子を連れていくなんてできない。いったいなにがあったの、ジェイソン？」

ハモンド巡査がプレキシガラスをこぶしで軽く叩き、指で首を切るまねをする。

ダニエラに告げる。「時間だ。できるだけはやく来てくれ」

「わかった」

「ハニー」

「なあに」

「心から愛してる」

彼女は電話を切る。


わたしのわびしい留置房にあるのは、コンクリートの床に敷かれたぺらぺらのマットレス。

便器。

洗面台。

わたしを見張っているドアの上のカメラ。

寝床に横になって支給された毛布をかけ、天井の染みを見つめる。これまでにも種々雑多な人たちが、絶望感、諦念《ていねん》、まずい意思決定に身もだえしながらあれを見あげたことだろう。

わたしは、計画を頓挫《とんざ》させる要因を、ダニエラが駆けつけるのをあっさり阻止する要因をあれやこれやと考える。

ジェイソン二号の携帯電話に電話するかもしれない。

彼のほうが声が聞きたくなって、授業の合間に電話するかもしれない。

べつのジェイソンのひとりがなにか行動を起こすかもしれない。

そのうちのどれかひとつでも実際に起これば、計画全体がものの見ごとに破綻《はたん》する。

胃がきりきり痛む。

心臓の鼓動がはやくなる。

気持ちを落ち着けようとするものの、不安が次々と押し寄せる。

ドッペルゲンガーのなかに、わたしがこういう動きに出ると感づいた者はいるだろうか。それはありえないと自分に言い聞かせ、安心しようとする。昨夜、あの乱暴者の酔っ払いを見かけていなければ、あの男が女性客に嫌がらせをし、用心棒に叩き出されなければ、わざと逮捕されることでダニエラとチャーリーを安全に呼び寄せようなどとは思いつきもしなかったのだから。

この決断にいたるきっかけは、わたししか知らない騒動だ。

とはいえ、まちがっている可能性もある。

すべてにおいてまちがっている可能性が。

立ちあがり、便器と寝床のあいだを行ったり来たりするが、間口六フィート、奥行き八フィートの監房では歩ける距離などたかが知れているし、歩くたびに壁が一インチ狭まってくるようで、わたしは閉所恐怖症に襲われ、胸が締めつけられる思いがする。

息をするのがしだいにむずかしくなる。

最後は扉の目の高さに切ってある小窓のところに行く。

殺風景な真っ白の廊下をのぞく。

近くの監房のどこかで女が泣いていて、その声がシンダーブロックの壁に反射する。

絶望のどん底にいる声。

ここに連れてこられたとき、逮捕手続きをした部屋で見かけたあの女性だろうか？　あらたな収監者の肘の少し上をつかんだ看守が、扉の前を通りすぎる。

わたしは寝床に戻って毛布にくるまって丸くなると、壁のほうを向き、なにも考えまいとする。しかし、それはできない相談だ。

何時間もが経過したように感じる。

どうしてこんなに時間がかかっているんだ？

理由はひとつしか思いつかない。

なにかあったのだ。

ダニエラはきっと来ない。

監房の扉の錠がはずれるがちゃんという音で、心拍数が一気にあがる。

起きあがる。

童顔の看守がすぐ外に立っている。「お帰りになってけっこうです、ミスタ・デスセン。奥さんがさきほど保釈金を支払いました」

看守の案内で手続き部屋に戻り、中身をろくに読みもせずに何枚かの書類にサインする。

靴を返され、係員のあとについていくつもの廊下を歩く。

最後の廊下の突きあたりにあるドアを抜けると、わたしははっと息をのみ、目が涙でいっぱいになる。

何度も頭に思い描いてきた再会のときがようやく訪れたが、まさかその場所が十四分署のロビーになるとは思いもしなかった。

ダニエラが椅子から立ちあがる。

わたしのことを知らないダニエラではなく、べつの男やわたしの分身と結婚しているダニエラでもない。

わたしのダニエラ。

唯一無二の存在。

彼女はたまに絵を描くときに着る、油絵の具とアクリル絵の具が点々とついた、色褪せた青のボタンダウンシャツを着ている。わたしに気がつくと、当惑と驚愕で顔をゆがめる。

わたしがロビーを突っ切って駆け寄り、両腕でしっかり抱きしめると、彼女はわたしの名前を呼び、なにか変だというようなことを口にするが、わたしは離さない。離せないからだ。

ふたたび彼女の腕に抱かれるために、これまでさまよった世界、これまでしてきたこと、耐え抜いてきたこと、苦しめられたことを思い返す。

彼女に触れるだけで、信じられないほどの幸せを感じる。

同じ空気を吸うだけで。

彼女のにおいを嗅ぐだけで。

彼女の肌に触れているところが熱くなっているのがわかる。

両手で彼女の顔を包みこむ。

その口にキスをする。

その唇は——狂おしいほどやわらかい。

しかし彼女は抱擁を振りほどく。

それから、両のてのひらをわたしの胸にあてて、押しやる。眉間に深い皺が刻まれている。

「逮捕されたのはレストランで葉巻を吸ったからだと聞いたけど、葉巻なんか吸わないはず……」そこで思考が途切れる。なにか変だというようにわたしの顔を見つめ、二週間ものばしっぱなしの無精ひげに手を這わせる。なにか変なのも当然だ。けさ、目を覚ましたときに見た顔とはちがっているのだから。「けさはひげなんかなかったわ、ジェイソン」そう言って、わたしを上から下までながめる。「それにずいぶんやせてるじゃないの」彼女はぼろぼろで薄汚れたシャツに触れる。「家を出るときに着ていた服とちがう」

彼女はこれらの情報から答えを導き出そうとするものの、けっきょく行き詰まったようだ。

「チャーリーは連れてきた？」

「ううん。連れていくつもりはないと言ったでしょ。わたし、頭が変になってるの、それとも——？」

「頭がおかしくなったわけじゃないよ」

わたしはそっと彼女の腕を取り、小さな待合エリアにある背もたれのまっすぐな椅子のほうに連れていく。

「ちょっとすわろう」

「すわりたくないわ。それより——」

「頼む、ダニエラ」

わたしたちは腰をおろす。

「わたしを信頼してくれるかい？」

「なんとも言えないわ。なんだかすごく……気味が悪い」

「ちゃんと説明するよ。でも、まずはタクシーを呼んでほしい」

「車なら二ブロック先にとめて――」

「きみの車まで歩いていくわけにはいかないんだ」

「どうして？」

「外は安全じゃないからだ」

「なにを言ってるの？」

「ダニエラ、頼むからわたしの言うことを信用してほしい」

それでも渋るんじゃないかと思ったが、彼女は電話を出し、アプリを立ちあげてタクシーを手配する。

しばらくしてから顔をあげる。「呼んだわ。三分で来るって」

わたしはロビー全体を見まわす。

わたしを手続き部屋からここまで連れてきた巡査の姿はなく、ここにいるのはわたしたちふたり、それに受付窓口の女性だけだ。しかも受付係は分厚い防護ガラスの反対側にすわっているから、わたしたちの話す声は聞こえないと考えていい。

わたしはダニエラを見つめる。

「これから話すことは常軌を逸しているように聞こえるかもしれない。わたしの気が変になったと思うかもしれないが、そうじゃない。〈ヴィレッジ・タップ〉でライアンの祝賀会があった夜のことは覚えてるかい？」

「ええ。一カ月以上前でしょ」

「あの晩、わが家のドアから出ていったのが、きみをこの目で見た最後だった。五分前、そのドアから出てくるまではね」

「ジェイソンたら、あの夜のあとも、毎日、顔を合わせてるじゃない」

「その男はわたしじゃない」

ダニエラの顔が曇る。

「なにを言いだすの？」

「あの男はわたしのべつのバージョンなんだ」

彼女はわたしの目をのぞきこみ、目をしばたたかせる。

「これって、いたずらかなにか？ それとも、なにかのゲーム？ だって――」

「いたずらなんかじゃないし、ゲームでもない」

彼女の手から電話を奪い、時刻を確認する。「十二時十八分か。ちょうど研究室にいる時間だな」

研究室の直通電話にかけ、ダニエラに電話を返す。

呼び出し音が二回鳴り、自分の声が応答するのが聞こえる。「やあ、べっぴんさん。ちょうどきみのことを考えていたところだ」

ダニエラの口がゆっくりとあいていく。

気分が悪そうだ。

わたしはスピーカーホンに切り替え、口の動きで伝える——なにか言って、と。

「きょうはどんな感じ?」

「順調だ。午前の授業が終わって、これから昼休みで何人かの学生と会うことになってる」

「そう。ちょっと……急に声が聞きたくなって」

わたしは彼女の手から電話を奪い、ミュートボタンを押す。

ジェイソンが言う。「わたしはいつもきみのことを考えてるよ」

わたしはダニエラと目を合わせる。「こう言ってみてくれ。去年のクリスマスに行ったフロリダ・キーズがとてもすてきだったから、また行きたいと」

「去年のクリスマスにキーズなんか行ってないじゃない」

「わかってるが、やつはそれを知らない。やつがきみの思っている男じゃないことを証明したい」

わたしのドッペルゲンガーが言う。「ダニエラ? 電話が切れちゃったのかな?」

彼女はミュートを解除する。「ううん、ちゃんとつながってる。電話をかけた本当の理由はね——」

「耳に心地よいわたしの声が聞きたかったからじゃないのかい?」

「去年、クリスマスに行ったフロリダ・キーズを思い出してたの。とても楽しかったでしょ。お金に余裕がないのはわかってるけど、また家族で行かない?」

ジェイソンは一瞬たりとも躊躇しない。

「もちろん、かまわないよ。きみがそうしたいのなら」

ダニエラはわたしの目をのぞきこみながら、電話に向かって言う。「去年と同じ家が借りられるかしら？　ビーチのすぐそばにあるピンクと白の家。本当にすてきだった」

最後のところで声がかすれたのを聞き、いつパニックを起こしてもおかしくないと思うが、どうにか踏みとどまってくれる。

「なんとかしよう」彼は言う。

ダニエラの手のなかで電話が震えはじめる。

わたしはじっくり時間をかけて、やつを苦しめてやりたくなる。

ジェイソンが言う。「ハニー、食堂に人を待たせているんだ。いいかげん、行かないと」

「わかった」

「また、夜に会おう」

おまえはもう会えないよ。

「また夜にね、ジェイソン」

彼女は電話を切る。

わたしは彼女の手を強く握る。「わたしを見てくれ」

彼女はキツネにつままれでもしたように茫然としている。

「頭の整理がつかないのはよくわかる」

「レイクモント大学にいながら、わたしの目の前にもすわっているのはどうして？」

彼女の電話が鳴る。

タッチスクリーンにメッセージが表示され、呼んだタクシーがまもなく到着すると告げる。

「すべて説明するが、いまはとにかくタクシーに乗って、学校までチャーリーを迎えにいくのが先だ」

「チャーリーの身が危険なの？」

「わたしたち全員の身が危ない」

その言葉でダニエラは現実に戻ったようだ。

わたしは立ちあがると、彼女に手を貸して椅子から立たせる。

ロビーを横切り、分署の玄関に向かう。

二十フィート前方の縁石に黒いエスカレードがとまっている。

玄関のドアを抜けると、ダニエラを引っ張るようにしてアイドリングしているSUV車のほうに歩いていく。

昨夜の吹雪の痕跡は、少なくとも空にはまったく見られない。猛烈な北風が雲を吹き払ってくれたおかげで、すっきり晴れあがった冬空が広がっている。

わたしは助手席側の後部ドアをあけ、ダニエラのあとから乗りこむ。ダニエラは黒いスーツ姿の運転手にチャーリーの学校の住所を告げる。

「できるだけ急いでください」彼女は言う。

濃い着色ガラスのウィンドウのタクシーが分署から遠ざかりはじめると、わたしはダニエラのほうを向いて言う。「チャーリーにメッセージを送って、わたしたちが行くことを伝えたほうがいい。準備しておくように言うんだ」

ダニエラは電話のおもてを上に向けるが、あいかわらず手の震えがひどく、メッセージを打ちこめない。

「ほら、貸して」

彼女の電話を受け取り、メッセージアプリを立ちあげ、チャーリーとの最後のやりとりまでスクロールする。

メッセージを書く。

これからパパと一緒に学校まで迎えにいく。早退の手続きをしてる暇がないから、トイレに行くと言って教室を出て、玄関に行きなさい。車は黒のエスカレード。十分で着く。

運転手は駐車場を出ると、雪かきのすんだ通りに出る。まぶしい冬の太陽のもと、アスファルトは乾きはじめている。

二ブロック先で、ダニエラの紺のホンダ車のわきを通りすぎる。

その二台前方に白いバンがとまっていて、わたしそっくりの男が運転席にすわっている。

わたしはリヤウィンドウごしにうかがう。

あとをついてくる車があるが、距離がありすぎて運転手の顔まではわからない。

「どうかした？」ダニエラが訊く。

「誰もつけてこないかたしかめている」

「いったい誰がつけてくるというの？」

彼女の電話が振動して新しいメッセージの着信を知らせたおかげで、その質問には答えずにすむ。

チャーリー（今）
なんかあったの？

わたしは返信する。

大丈夫。あとで説明する。

わたしはダニエラの肩に腕をまわして引き寄せる。
「まるで目が覚めない悪夢のなかにいるみたい。いったいどうなってるの？」
「まずはどこか安全な場所に移動する」わたしは小声で答える。「三人だけで話せる場所に。そしたらきみとチャーリーにすべて話すよ」
チャーリーが通う学校は精神科病院とスチームパンク世界の城が混じったような、やたらと大きな煉瓦造りの建物だ。
タクシーが乗降レーンに入っていくと、息子は玄関の階段のところにすわり、自分の携帯電話に目を落としている。

わたしはダニエラに待っているよう伝えて車を降り、わが子に向かって歩いていく。

息子は立ちあがり、近づいていくわたしにとまどいの表情を浮かべる。

わたしの身なりに。

わたしはいきおいよく駆け寄って、きつく抱きしめる。「ああ、会いたかった」と思わず口走る。

「なにしてんの？　なんでタクシーなんかに乗ってきたの？」

「さあ、もう行かないと」

「どこへ？」

しかし、わたしは息子の腕をつかみ、エスカレードのあけっぱなしの助手席側のドアへと引っ張っていく。

息子が先に乗りこみ、わたしがあとにつづいてドアを閉める。

運転手はちらりと振り返り、きついロシア語なまりで尋ねる。「次はどこに行けばいいんです？」

警察署からここに来るまでのあいだ、ずっとそれを考えていた――広くてにぎやかな場所、それも、たとえ分身の誰かにつけられたとしても、人混みにまぎれるのが容易な場所がいい。そこで選択肢を検討する。選んだのは三カ所――リンカーン・パーク、ウィリス・タワーの展望デッキ、そしてローズヒル墓地。ローズヒル墓地がもっとも安全で、もっとも意外という気がする。と同時にウィリス・タワーにもリンカーン・パークにも惹かれるものがある。そこで直感にそむき、最初の選択肢に戻る。

運転手に告げる。「ウォーター・タワー・プレイスに行ってくれ」

街に向かう車のなか、三人ともひとこともしゃべらない。

ダウンタウンのビル群が近づきはじめたとき、ダニエラの携帯電話が振動する。

彼女はスクリーンを見るなり、受信したメールが読めるようわたしによこす。

シカゴのエリアコード773で始まるが、知らない番号だ。

ダニエラ、ジェイソンだ。いつもとちがう番号からメールしているが、会ったときに説明する。きみの身に危険が迫っている。きみとチャーリーの身に。いまどこだ？ 早急に電話をくれ。心から愛している。

ダニエラは半端《はんぱ》でなく怯えている。

車内の空気が帯電したようにぴりぴりしている。

運転手はミシガン・アベニューに折れるが、道路は昼食時の混雑で渋滞している。

黄色みを帯びた石灰岩でできたシカゴ・ウォーター・タワーが遠くにそびえているが、えんえんとつづく高級ショッピング街、マグニフィセント・マイル近辺に建つ高層建築にくらべると小さく見える。

エスカレードは正面入り口の前でとまるが、わたしは地下で降ろしてほしいと運転手に頼む。

車はチェスナット・ストリートから薄暗い駐車場におりていく。

地下四階までおりたところで、エレベーター乗り場の隣にとめてほしいと告げる。見たところ、あとをつけてきた車はないようだ。

わたしたちがドアを閉める音がコンクリートの壁や柱に反響し、SUV車は走り去る。ウォーター・タワー・プレイスは高層のショッピングモールで、一階から八階まで、クロムとガラスのアトリウムを囲むように、ブティックや高級品店が並んでいる。レストランが何軒も入っている中二階にあがり、ガラスのエレベーターを降りる。

雪模様のせいか、みんななかに避難している。

少なくともいまは、わたしは大勢のなかのひとりにすぎない。

人通りのあまりない、ひっそりとした一隅にベンチがある。

ダニエラとチャーリーにはさまれてすわりながら思う。シカゴにいるほかのすべてのジェイソンは、わたしがすわっているこの場所を奪うためなら、どんなことでもするし、殺人だってやってのけるはずだと。

ひとつ深呼吸する。

そもそも、どこから話せばいい？

ダニエラの目を見つめ、ひと筋の髪を耳にかけてやる。

チャーリーの目をのぞきこむ。

言葉では表わせないくらい愛しているとふたりに言う。

こうしてふたりにはさまれてすわるために、地獄の苦しみを味わってきたんだと。

ひんやりとした十月の夜に拉致され、銃を突きつけられサウス・シカゴにある、いまは使われていない発電所まで運転させられたことから話しはじめる。

そのときの恐怖、殺されると思ったこと、殺されはしなかったが、あやしげな科学研究所の格納庫で目を覚ましたこと、見たこともない人たちがみんなわたしのことを知っていて、おまけにわたしが戻ってくるのを心待ちにしていたらしいことなどを話す。

熱心に聞き入るふたりに、最初の夜にヴェロシティ研究所から脱走したこと、エレノア・ストリートにあるわが家に戻ったこと、そこはわたしの家ではなかったこと、わたしは研究に人生を捧げることを選び、ひとりでそこに住んでいることなどをくわしく話す。

そこは、ダニエラとわたしが結婚せず、チャーリーが生まれなかった世界だったと。

バックタウンで開催されたインスタレーションの会場で、ダニエラのドッペルゲンガーと会ったことも話す。

捕まって、研究所でとらわれの身になったこと。

アマンダとともに装置に逃げこんだこと。

多元宇宙の様子を説明する。

これまでくぐったすべての扉のこと。

すべての荒れ果てた世界のこと。

どのシカゴもどこかちがっていたが、一歩ずつわが家に近づいてきたこと。

省いたことがいくつかある。

まだとても話す気になれないことが。

インスタレーションのオープニングのあと、ダニエラとふた晩過ごしたこと。

二度も彼女が死ぬところを見たこと。

いつか時が来たら、それらも話すつもりだ。

それを聞いてダニエラとチャーリーがどう感じるか、想像しようとする。

ダニエラの顔を涙が伝い落ちるのを見て、わたしは訊いてみる。「わたしの話を信じてくれるかい？」

「もちろん、信じるわ」

「チャーリーは？」

息子はうなずくが、その目は何マイルも遠くをさまよっている。行き交う買い物客をぼんやりとながめている様子を見ると、わたしの話がどの程度まで頭に入ったのか気にかかる。

そもそもこんな話をどうやって理解しろというのか。

ダニエラが目もとをぬぐいながら言う。「あなたの話をちゃんと理解できてるか、確認させて。つまり、ライアン・ホールダーの祝賀会に出かけた晩、もうひとりのジェイソンに人生を盗まれたということでいいの？　彼はあなたを装置に入れて彼の世界に飛ばしたのね。自分がこっちの世界で暮らすために。わたしと」

「そういうことだ」

「だとすると、わたしがひとつ屋根の下に暮らしていた相手は赤の他人ということになるのね」

「そうとは言い切れない。彼とわたしは十五年前までは同じ人間だったと思う」

「十五年前になにがあったの？」

「きみからチャーリーを授かったと知らされた。多元宇宙が存在するのは、わたしたちがなにか選択するたびに道が分岐して、それがパラレルワールドへとつながるからなんだ。きみが妊娠を告げたあの夜には、わたしたちの記憶にあるのとは異なる展開が存在する。そこからいくつものパターンが派生したんだ。いまわたしたちが生きている世界では、きみとわたしは人生をともにする決心をした。結婚し、チャーリーが生まれた。そして家庭を築いた。べつの世界では、わたしは二十代後半で父親になるのは考えられないと決断する。仕事を取りあげられ、野心が消えるのではないかと不安だったから。

そういうわけで、子ども、つまりチャーリーが生まれないバージョンの人生も存在する。きみは芸術の道を行く。わたしは科学の道を行く。その結果、別々の道を行く。この一カ月間、きみが暮らした別バージョンのわたしだが――彼がその装置を作ったんだ」

「はじめて出会ったとき、あなたが取り組んでいたものを大きくしたもののことね――箱型の装置でしょ?」

「そのとおり。彼は十五年前に自分がした選択を振り返り、後悔した。しかし装置は過去や未来には連れていってくれない。同じ現在に存在するべつの世界につながるだけだ。そこで彼は探索をつづけ、ようやくわたしの世界を見つけた。そして、わたしの人生と自分の人生とを入れ替えた」

ダニエラの顔には、純然たるショックと嫌悪感とが浮かんでいる。

ベンチから腰をあげ、化粧室に駆けこむ。

チャーリーがあとを追いかけようとするが、わたしは彼の肩に手を置く。「しばらくひとりにしてあげなさい」

「なんか変だなとは思ってた」

「変というのは？」

「パパは──ていうか、パパじゃなくてあいつだけど、なんかバイタリティがちがう感じだった。話をすることが多くなったよ。とくに夕ごはんのとき。とにかく、なんかこう……」

「うん？」

「ちがうんだよ」

息子に訊いてみたいことがある。頭のなかを質問が駆けめぐる。

やつのほうがおもしろかったか？

もっといい父親だったか？

もっといい夫だったか？

ペテン師と暮らしていたときのほうが楽しかったか？

しかし、これらの質問への答えを聞いたら再起不能になりそうな気がする。

ダニエラが戻る。

顔が真っ青だ。

またベンチにすわった彼女に声をかける。「大丈夫？」

「あなたに訊きたいことがあるの」

「なんだい？」

「けさ、わざと逮捕されたとき──あれはわたしを呼び寄せるためだったの？」

「そうだ」

「どうして？　うちに来ればよかったじゃない。あの……ああ、もう、なんて呼べばいいのかしら」

「ジェイソン二号」

「ジェイソン二号が出かけたあとで」

「ここからいっそう妙な話になるんだ」

チャーリーが口をはさむ。「もう充分妙だと思うけど？」

「わたしのほかのバージョンも……」こんなことを言うなんて、自分でも頭がおかしくなったとしか思えない。

しかし、ふたりにはちゃんと説明しなくては。

「なんなの？」ダニエラが訊く。

「わたしのほかのバージョンもこの世界に帰ってきている」

「それ、どういうこと？」

「ほかのジェイソンも戻ってきている」

「ほかのジェイソンって？」

「研究所で装置に逃げこみながら、べつのルートで多元宇宙を移動したわたしの分身たちだ」

「どのくらいいるの？」チャーリーが訊く。

「わからない。たくさんいるようだ」

スポーツ用品店での一件とチャットルームでの話を説明する。わたしをホテルの部屋までつけてきて、ナイフで襲ったジェイソンの話をする。

妻と息子の当惑の気持ちが、あからさまな不安へと変化する。

「そこで、わたしはわざと逮捕された。思うに、大勢のジェイソンがきみたちふたりを見張り、尾行し、きみたちの一挙手一投足を追いながら、どうすべきか見きわめようとしているはずだ。きみたちを安全な場所に呼び寄せないといけなかったんだ。だから、タクシーを手配してもらった。少なくともひとりの分身が警察まできみを尾行してきたことはわかっている。きみのホンダ車のわきを通りすぎたときに見えたよ。チャーリーも連れてきてほしいと頼んだのはそういうわけだ。だが、それはどうでもいい。こうやって無事に再会できたし、きみたちに本当のことを知ってもらえたんだから」

ダニエラはしばらくしてようやく声が出せるようになる。

つぶやくように言う。「ほかの……ジェイソンというのは……どんな感じ？」

「どんな感じって？」

「みんなあなたと同じ過去を持ってるの？　あなたと根本のところは同じなの？」

「うん。多元宇宙に足を踏み入れる直前まではね。そのあとは、それぞれが異なる道をたどり、異なる経験をしている」

「でも、あなたと同じ人もいるわけでしょ？　この世界に戻るために血のにじむような努力をしてきた、わたしの夫と寸分たがわぬ人が。ただひたすら、わたしのそばに、チャーリーのそばにいることだけを願っている人が」

「そうだね」

ダニエラは目を細める。

このありえない話をなんとか理解しようとしているのはわかる。彼女はこれをどう感じているのだろう？

「ダニ、わたしを見てくれ」

涙で光る彼女の目をのぞきこむ。

「愛している」

「わたしも愛してるわ。でも、それはほかのジェイソンたちも同じなんでしょう？　あなたと同じくらいわたしを愛してるのよね」

その言葉を聞き、胸が張り裂けそうになる。

答えが出てこない。

顔をあげ、見張られていないかと、近くにいる人たちをうかがう。

中二階は、わたしたちがここに腰をおろしたときよりも、混んできている。

女性がベビーカーを押していく。

手をつなぎ、コーンに入ったアイスクリームを持ってぶらぶら歩いている若いカップルは、他人のことなど眼中にないくらい幸せそうだ。

妻のうしろを重い足取りでついていく老人は、〝頼むからもう家に帰ろう〟という顔をしている。

ここにいては危険だ。

この街のどこにいても危険だ。

「話はわかったかな？」

ダニエラはすぐには答えず、チャーリーを見やる。

それからわたしに視線を戻す。

「ええ」彼女は言う。「わかった」

「そうか」

「それで、これからどうするの？」

14

着の身着のまま、普通預金と当座預金の口座を空にして得た現金を銀行の封筒に入れて出発する。車を借りるのにダニエラがクレジットカードを使うが、それ以降の支払いは追跡をむずかしくするため、すべて現金のみでおこなうことにする。

午後のなかばには、ウィスコンシン州を走っている。

なだらかにうねる草原。

小さな丘。

赤い納屋。

田園風景を演出するサイロ群。

農家の煙突から煙が細くたなびいている。

一面の新雪とすっきり晴れあがった冬空のもと、なにもかもが輝いて見える。

距離は稼げないが、ハイウェイは使わない。

ひたすら田舎道を行く。

これという目的地はさだめず、適当なところでなにも考えずに曲がる。

給油のために車をとめると、ダニエラが自分の携帯電話を見せてよこす。着信履歴と新着メールがずらりと並んでいる。773、847、312と、シカゴ市内の番号ばかりだ。

メッセージ用アプリを立ちあげる。

ダニ――ジェイソンだ。いますぐこの番号に折り返し電話してほしい。

ダニエラ、ジェイソンだ。まず最初に言っておくよ。愛してる。きみに話さなきゃならないことがたくさんあるんだ。頼むから、これを読んだらすぐに電話してほしい。

ダニエラ、今後、何人ものジェイソンを名乗るやつから連絡がいくと思う。きっと頭が混乱しているだろう。わたしはきみのものだ。そしてきみはわたしのもの。永遠に愛している。このメッセージを受信したらすぐに電話してほしい。

ダニエラ、いま一緒にいるジェイソンは偽物《にせもの》だ。電話をくれ。

ダニエラ、きみとチャーリーの身に危険が迫っている。いま一緒にいるジェイソンは、きみが思っているやつじゃない。いますぐ連絡をくれ。

わたしは連中の誰よりもきみを愛している。電話をくれ、ダニエラ。頼む。このとおりだ。愛している。

きみを守るためなら、わたしはやつら全員を殺して、問題を解決するのもいとわない。きみの希望を言ってほしい。どんなことでもする。

わたしは読むのをやめ、番号をひとつひとつブロックし、メッセージを消去する。しかし、なかでひとつだけ、目を引くメールがある。未知の番号から送られたものではない。あのジェイソンからだ。わたしの携帯電話の番号から送信されている。やつはわたしの電話をずっと使っている。通りでわたしを拉致したあの夜以来ずっと。

家にはいないし、携帯にかけても出ない。知られてしまったようだな。きみを愛している。それしか言えない。理由はそれだ。きみと過ごした時間は人生における最良の時だった。頼むから電話をしてくれ。そしてわたしの話をちゃんと聞いてほしい。

ダニエラの電話の電源を切り、チャーリーにも切るよう伝える。「連中が接触できないようにしないとだめだ。今後永久に。電波を受信されたら最後、居場所を突きとめられる」

昼が夕方になり、太陽が沈みはじめるころ、車はノースウッドという広大な森に入る。道路はがらがらだ。

わたしたちの車しか走っていない。夏休みには何度となくウィスコンシン州まで旅したが、こんな北まで来たことはない。それも冬には。何マイル走っても人が住んでいる気配はまったくなく、町はひとつ通過するごとにだんだん小さくなっていく。まさに、人里離れたところにできた集落といった感じだ。

重苦しい沈黙がジープ・チェロキーの車内に垂れこめ、どうすれば破れるのかわからない。というより、破る勇気がわたしにはない。

人間は生まれてから死ぬまで、きみは唯一無二の存在だと言われつづける。個性的だ。地球上にきみと同じ人間はいない、と。

いわば、人類の賛歌だ。

しかし、わたしにはもうそれはあてはまらない。

どうすれば、ダニエラにほかのジェイソンよりもわたしを愛してもらえるだろう?

助手席にすわる彼女を見やり、いま、わたしのことをどう思っているのか、わたしに対してどんな気持ちを抱いているのかと自問する。

くそ、わたし自身が自分をどう思っているのかすらわかっていないのに。

彼女は隣でなにも言わず、森がサイドウィンドウの外を猛スピードで流れていくのを見ているだけだ。

わたしはコンソールごしに手をのばし、彼女の手を握る。

彼女はわたしにちらりと視線を投げるが、すぐにウィンドウの外に目を戻す。

日が沈むころ、車はアイス・リバーという町に入る。いい感じに人里離れている。ファストフードを調達し、食料品店に寄って食料と最低限の必需品をたくわえる。シカゴはどこまで行ってもきりがない。郊外ですら、ひと息つける場所がない。

けれどもアイス・リバーはある一点でぷっつりと終わる。さっきまで町なかにいて、廃墟となり、正面に板が打ちつけられたショッピングモールの前を通っていたかと思うと、次の瞬間には建物も照明もサイドミラーのなかでぐんぐん小さくなっていき、闇に包まれた森のなかを走っている。

ヘッドライトに照らされたなかをアスファルトが流れていく。すれちがう車は一台もない。

町の中心から一・二マイル北で、三番めのわき道に入る。雪が積もった一車線道路はトウヒやカバノキのあいだを抜け、小さな半島の突端に達する。

数百ヤードほど進むと、ヘッドライトのなかに探していたとおりのログハウスの正面が浮かびあがる。

州のこのあたりにある湖岸の住宅の例に漏れず、真っ暗で、誰も住んでいないように見える。

いまの時期は閉めきってあるのだろう。

円形の車寄せにチェロキーをとめ、エンジンを切る。

あまりに暗く、あまりに静かだ。

は少ないんだ」

ダニエラを見やる。「きみは気に入らないと思うが、どこか部屋を取って記録を残すよりも押し入るほうが危険

シカゴからここに来るまでの約六時間、彼女はほとんど口をきいていない。

ショック状態にあるみたいに。

「わかった。どっちにしろ、不法侵入なんてレベルはとっくに過ぎてるのよね、ちがう？」

わたしは車のドアをあけ、一フィートもの新雪に足をおろす。

身を切るような寒さだ。

空気はそよりともしない。

寝室の窓のひとつの掛け金がかかっておらず、窓ガラスを割らずにすむ。

買い物を入れたレジ袋を、屋根のついたポーチまで運ぶ。

家のなかは凍りつきそうに寒い。

電気をつける。

まっすぐ前方に、闇に包まれた二階にあがる階段が見える。

チャーリーが言う。「ずいぶん散らかってる」

散らかっていることよりも、かびと放置のにおいがひどい。

シーズンオフの別荘。

荷物をキッチンに運び入れて、カウンターに置き、なかを探索する。

インテリアは居心地のよさと古くささが同居している。

家電は古く、色は白だ。

キッチンのリノリウムの床にはひびが入り、硬材の床はひどくすりへって、ぎしぎし音がする。

居間の煉瓦造りの暖炉の上にはブラックバスが飾ってあり、どの壁も額に入ったルアー――少なくとも百個はある――で埋めつくされている。

主寝室は一階にあり、二階にあるふたつの寝室のうち片方には二段ベッドが三台押しこまれている。

わたしたちは脂ぎった紙袋に入ったデイリークイーンのファストフードを食べる。

頭上の電気からキッチンテーブルの表面にどぎつい光があたっているが、それ以外は闇に沈んでいる。

集中暖房システムによって、なんとか暮らせる程度にまで室温があがる。

チャーリーは寒そうにしている。

ダニエラはなにも言わず、よそよそしい。

暗い場所に向かってゆっくりと落ちていく途中のようだ。

食事にはほとんど手をつけていない。

夕食後、チャーリーとわたしとで正面ポーチから腕いっぱいの薪《まき》を運び、わたしがファストフード店の袋や古新聞を使って火をつける。

乾燥して灰色に変色した薪は数シーズン前のものなのだろう、すぐに火がつく。

やがて居間の壁が赤く染まる。

天井で影が躍る。

チャーリー用にソファベッドを広げ、暖炉に近づける。

ダニエラはわたしたちの寝室の準備に行く。

わたしはチャーリーと並んでマットレスのへりに腰をおろし、暖炉の熱を顔に受ける。

「夜、目が覚めたら、薪を一本くべなさい。朝まで火をつけたままにすれば、家全体が温まると思う」

息子はコンバースのチャックテイラーを蹴るようにして脱ぎ、パーカの袖から腕を抜く。

掛け布団にもぐりこむのを見て、ふと、彼がいまは十五歳なのを思い出す。

十月二十一日に誕生日を迎えたのだ。

「そうだ」わたしは言う。息子はわたしを見あげる。「誕生日、おめでとう」

「なに言ってんの？」

「まだ言ってなかっただろ」

「ああ、そうだね」

「誕生日はどうだった？」

「まあ、よかったよ」

「なにをしたんだい？」

「映画を観たあと、食事に行った。そのあとジョエルとアンジェラと遊びに出かけた」

「アンジェラって？」

「友だち」

「彼女か？」息子は火明かりのなかで顔を赤らめる。「それから訊きたくてうずうずしているんだが──運転免許の試験には合格したのか？」

息子はかすかにほほえむ。「ちゃんと仮免許にパスしたよ」

「そいつはすごい。じゃあ、あいつに連れていってもらったんだな？」

チャーリーはうなずく。

くそ。ぐさりときた。

シーツと毛布をチャーリーの肩までかけてやり、額にキスをする。息子をベッドに入れてやるのは本当にひさしぶりで、この瞬間を味わい、少しでも長引かせようとする。しかし、いい時はいつもそうだが、あっという間に過ぎる。

チャーリーが火明かりのなかでわたしを見あげて尋ねる。「大丈夫なの、パパ？」

「うーん、大丈夫とは言いがたいな。だが、いまはおまえたちと一緒だ。それだけで充分だよ。もうひとりのわたしのことだが……やつのことは気に入っていたかい？」

「あの人はパパじゃない」

「それはわかってる。でも、やつのことは──？」

「あの人はぼくのパパじゃない」

わたしはソファベッドから腰をあげ、火にもう一本薪をくべると、重い足取りでキッチンを抜けて引き返し、家の反対側に向かう。硬材の床がわたしの重みでみしみしいう。

こっちの部屋はとても寒くて眠れそうにないが、ダニエラは二階のベッドの寝具をはがし、クローゼットをあさって予備の毛布を見つけていた。

壁は羽目板張りだ。

隅で小型のヒーターが赤く輝き、埃がこげたようなにおいが部屋に満ちている。

バスルームから声が聞こえる。

すすり泣く声だ。

板張りのドアをノックする。

「ダニエラ？」

彼女がはっと息をのむ音がする。

「なあに？」

「入ってもいいかな？」

彼女は一瞬、黙りこむ。

それから錠があく。

ダニエラは古い猫脚の浴槽の隅に、膝を胸にくっつけるようにしてすわっている。目が真っ赤に腫れている。

こんな彼女は見たことがない——わたしの目の前で全身をぶるぶる震わせ、ヒステリーを起こしかけている。

「もう無理。わたしはどうしても……無理なの」

「なにが無理なんだい？」

「あなたはこうして目の前にいるし、あなたのことは心から愛しているけど、あなたの分身のことを考えると――」

「やつらはここにはいないよ、ダニエラ」

「いたいと思ってるじゃないの」

「でも、ここにはいないんだ」

「どう考えて、どう感じればいいのかわからない。それに気になることがあるの……」

彼女はわずかに残っていた落ち着きをも失う。

氷にひびが入るのに似ている。

「なにが気になるんだい？」

「だから……あなたは本当にあなたなのかってこと」

「どういうこと？」

「あなたがわたしのジェイソンだという証拠は？　あなたの話では、十月はじめにわが家を出ていったきり、けさ、警察署で再会するまでわたしとは会っていないんだったわね。でも、あなたがわたしの愛する人だって証拠はどこにあるの？」

わたしは床にしゃがむ。

「わたしの目を見て、ダニエラ」

彼女はわたしの目を見る。

涙目で。

「わたしだとわからないのかい？　見分けがつかないの？」

「あの人と過ごしたこの一カ月のことを考えてばかりいるの。胸がむかむかしてくるわ」

「どんな暮らしだったんだい？」

「ジェイソン、そんなこと訊かないで。そんなこと言わせないでよ」

「毎日、あの通路で、あの装置のなかで、自分の家に帰る扉を見つけようとしながら、きみたちふたりのことを考えていた。考えまいとしたけれど、わたしの気持ちも理解してくれないか」

ダニエラは両膝をひらき、そのあいだにもぐりこんだわたしを胸にぐいと引き寄せ、髪を手ですく。

「本当に知りたいの？」と訊く。

知りたくない。

だが、知らなくてはならない。

「このままじゃ、これから先もずっと気になったままだ」

彼女に頭を預ける。

彼女の胸が上下するのがわかる。

「正直言って、最初はすばらしかった。あなたがライアンのパーティに出かけた晩をありありと覚えているのは、あなたが――というか、あの人が帰宅したときの挙動のせいなの。最初は酔ってるんだと思ったけど、そうじゃなかった。まるで……まるでわたしを新しい目で見てるみたいだった。

もう何年も昔だけど、いまもよく覚えてる。わたしのロフトではじめて愛し合ったときのこと。わたしは裸でベッドに横たわり、あなたを待っていた。そしてあなたはしばらくベッドのへりに立って、わたしを見おろしていた。あのときのあのまなざし、はじめてわたしを見るような感じだった。おそらく、はじめてならば誰もがあんな目でわたしを見つめるのかもしれない。とにかく、とってもセクシーだったわ。

別バージョンのジェイソンにそういう目で見られたせいで、ふたりのあいだにあらたな炎が燃えあがったの。言うなれば、会議漬けの週末を終えて帰宅したときのような感じだけど、それよりもっと情熱的だった」

わたしは尋ねる。「つまり、あいつとは、はじめてのときのように感じたんだね」

ダニエラはすぐには答えない。

しばらく息を吸っては吐いている。

それからようやくひとこと言う。「本当にごめんなさい」

「きみが悪いわけじゃない」

「二週間ほどたったころ、ひと晩かぎりの、あるいは一週間限定のお遊びじゃないと気づいたの。あなたは変わったんだとわかったのよ」

「どうちがったんだい？」

「ささいな違いが山のようにあった。服の着方。朝の仕度。夕食の席で話す内容」

「ベッドのテクニックも？」

「ジェイソン」

「うそはつかなくていい。それだけは勘弁してくれ」

「ええ。ちがってた」

「よかったわけだ」

「それも、はじめてのときのように感じた。一度もしたことがないようなことや、ずっとしてなかったことをしたわ。わたしはあなたが求める相手じゃなく、なくてはならない相手みたいな感じとでも言えばいいのかしら。たとえば酸素とか」

「きみが求めているのは、もうひとりのジェイソンのほう？」

「いいえ。わたしが求めているのは、ともに人生を歩んできた人よ。チャーリーの父親となった人。でも、あなたがその人かどうか、はっきりした証拠がほしい」

わたしは体を起こし、辺鄙な場所にある家の、かすかに白かびのにおいがする窓のない狭苦しいバスルームで、彼女を見つめる。

彼女も見つめ返す。

わたしは苦労して立ちあがると、彼女に手を貸して立たせる。

もう、ふらふらだ。

寝室に移動する。

ダニエラはベッドにもぐりこみ、わたしは電気を消し、冷たいシーツの下にもぐりこむ。

ベッドはぎしぎし音がするし、ちょっと動いただけでも頭板が壁にぶつかって、額の絵が小刻みに揺れる。

ダニエラはショーツと白いTシャツ姿で、一日中車に乗っていてシャワーを浴びていないにおいがする——効き目が薄れてきたデオドラントに怯えが混じっている。いいにおいだ。

真っ暗ななかで彼女がささやく。「どう解決するの、ジェイソン？」

「いま考えている」

「考えてるって、どういうこと？」

「朝になったらまた訊いてくれということさ」

顔にかかる彼女の息は甘くて温かい。

わが家という言葉からわたしが連想するあらゆるものがぎゅっと詰まっている。

彼女はたちまち眠りに落ち、深い寝息をたてる。

わたしもあとにつづこうと思うが、目を閉じると、頭のなかをいろいろな考えが飛び交う。わたしの分身がエレベーターから降りるところ。とめた車のなかにいるところ。わが褐色砂岩の家の向かいにあるベンチにすわっているところ。

そこらじゅう、わたしだらけだ。

隅に置いた小型ヒーターのコイルが赤く光っているのをべつにすれば、部屋は真っ暗だ。家全体がしんとしている。

眠れない。

この状況をなんとかしなくては。

音をたてないように上掛けから出る。ドアのところで立ちどまり、山のような毛布をかけて穏やかに眠っているダニエラを振り返る。

ぎしぎしいう硬材の廊下を進んでいくと、居間が近くなるにつれ暖かくなっていく。火はすでに小さくなっている。

薪を何本かくべる。

わたしは長いこと、炎をじっと見つめ、薪がゆっくり崩れて赤く光る熾火《おきび》となっていくのを見ながら、うしろで眠る息子がたてる小さな寝息を聞いている。

きょう、車で北に来る途中、ふと思いついたことがあり、以来、それをずっと考えている。

最初は正気の沙汰ではないと思った。

しかしいろいろな角度から検討すればするほど、選べる道はそれしかない気がしてくる。

居間のＡＶ機器一式のそばに机があり、十年以上昔のマックのパソコンと時代遅れのプリンターがある。パソコンの電源を入れる。パスワードが必要だったりインターネットにつながっていないなら、明日まで待って、町でネットカフェかコーヒーショップを見つけるしかない。

運がいい。ゲストアカウントが利用できる。

ブラウザを立ちあげ、例の〝asonjayessenday〟名義のメールアカウントにアクセスする。

ハイパーリンクはまだ生きている。

ウーバー・チャットへようこそ！

現在、七十二人がログインしています。

あなたは新しいユーザーですか？

〝ノー〟をクリックし、ユーザーネームとパスワードでログインする。

ようこそ、ジェイソン9さん！
ただいまウーバー・チャットにおつなぎしています。

会話は前よりも長く、しかも参加者がいちだんと増えており、わたしは冷や汗がにじみ出るのを感じる。

わずか一分足らず前の、いちばん最近のメッセージにいたるまで全会話に目をとおす。

ジェイソン42：少なくとも午後三時ごろから家には誰もいない。
ジェイソン28：で、あんたらのうち、誰の仕業だ？
ジェイソン4：エレノア・ストリート四十四番地の自宅からノース・カリフォルニア・アベニューの警察署までダニエラを尾行した。
ジェイソン14：なんで警察署なんかに？
ジェイソン25：なんで警察署なんかに？
ジェイソン10：なんで警察署なんかに？
ジェイソン4：わからん。なかに入ったが、出てこなかった。彼女のホンダ車は駐車しっぱなしだ。
ジェイソン66：つまり彼女は真実を知ったということか？　まだ警察署にいるのか？
ジェイソン4：わからない。とにかくなにかあったんだ。

ジェイソン49：わたしはゆうべ、わたしたちのうちの誰かにあやうく殺されかけた。宿泊先のキーを持ったやつが、真夜中にナイフを手に入ってきた。

わたしは書き込みをはじめる。

ジェイソン9：ダニエラとチャーリーはわたしと一緒だ。
ジェイソン92：無事なのか？
ジェイソン42：無事なのか？
ジェイソン14：どうやった？
ジェイソン28：証拠はあるのか？
ジェイソン4：無事なのか？
ジェイソン25：どうやった？
ジェイソン10：この野郎。
ジェイソン9：どうやったかなどどうでもいいが、とにかく、ふたりとも無事だ。と同時に、とても怯えている。わたしは熟慮に熟慮を重ねた。われわれ全員、願いは基本的に同じだと思う。つまり、なにが起ころうと、ダニエラとチャーリーが傷つくような事態は避けたいんじゃないのか？
ジェイソン92：そのとおり。
ジェイソン49：そのとおり。

ジェイソン66：そのとおり。
ジェイソン10：そのとおり。
ジェイソン25：そのとおり。
ジェイソン4：そのとおり。
ジェイソン28：そのとおり。
ジェイソン14：そのとおり。
ジェイソン103：そのとおり。
ジェイソン5：そのとおり。
ジェイソン16：そのとおり。
ジェイソン82：そのとおり。
ジェイソン9：わたしもふたりの身になにかあるようなら死んだほうがましだ。そこで提案がある。いまから二日後の深夜、あの発電所に集合し、平和的にくじ引きで決めないか。勝った者がこの世界でダニエラとチャーリーとともに暮らすこととする。と同時に、これ以上のジェイソンがここにたどり着かないよう、装置を破壊する。
ジェイソン8：断る。
ジェイソン100：冗談じゃない。
ジェイソン21：うまくいくもんか。
ジェイソン38：ありえない。
ジェイソン28：ふたりが一緒なのを証明しろ。さもなければとっとと失せろ。

ジェイソン8：なぜ運まかせにする？　なぜ戦って決めない？　能力で決めればいいじゃないか。
ジェイソン109：負けたやつはどうすればいい？　自殺しろというのか？
ジェイソン管理者：話が見えなくなるのをふせぐため、一時的にわたしとジェイソン9以外のアカウントをすべて凍結する。ほかの者も引きつづき、会話を読むことはできる。ジェイソン9、どうぞつづけて。
ジェイソン9：この事態はいくらでもまずい方向に進んでしまうことに気がついた。わたしとしては、このまま行方をくらましたっていいんだ。そうすればきみたちには見つかりっこない。くじに参加しない道を選ぶジェイソンも大勢いるかもしれない。事態が落ち着くのをこっそりうかがい、ジェイソン二号がやったのと同じことをわたしたちの誰かにやるということも考えられる。ただし、わたし自身は約束を守るつもりだし、甘いと言われるかもしれないが、きみたち全員もそうしてくれるものと思っている。なぜなら、約束を守るのはお互いのためを思ってのことではないからだ。ダニエラとチャーリーのためだ。わたしには、ふたりとともに、このままずっと姿をくらますという選択肢がある。あらたな身分。一生、逃げまわるだけの人生。常に背後をうかがわなくてはならない。ふたりと一緒にいたいのはやまやまだが、妻と息子にそんな生活を送らせたくない。それに、ふたりを自分のものにしておく権利など、わたしにはない。そう強く思うからこそ、わたしもくじに参加する。分身の数から判断して、わたしがはずれる確率は高い。まずはダニエラに話をするが、そのあいだにもこの提案を広める。明日の夜、またこのチャットルームに戻ってくるときには、もっとくわしい話ができるようにする。証拠も含めてだ、ジェイソン28。
ジェイソン管理者：すでに質問が出たが、敗者はどうなるんだ？
ジェイソン９：まだ決めていない。とにかく大事なのは妻と息子がこの先の人生を安心して暮らせることだ。そう思えない者は、ふたりにはふさわしくない。

カーテンから漏れ入る光で目が覚める。

ダニエラはわたしの腕のなかで眠っている。

わたしは長いこと、そのまま横たわっている。

彼女を抱きしめながら。

この人並みはずれてすばらしい女性を。

やがて抱擁を解き、床に山となっている衣類を拾いあげる。

残り火――わずかばかりの熾火があるだけだ――のそばで服を着ると、残った二本の薪を投げ入れる。

ずいぶんと寝過ごしてしまった。

ガスレンジの上の時計は九時三十分を指し、流しの上の窓から外をのぞくと、太陽の光が常緑樹やカバノキの合間から射しこんで、見わたすかぎりの地面に光と影のまだら模様を描いている。

朝のひんやりとした空気のなかに出て、ポーチをおりる。

ログハウスの裏をさらに行くと、敷地は湖畔までなだらかに傾斜している。雪をかぶった桟橋の突端まで歩く。湖岸から数フィート向こうに氷のへりが見えるが、最近吹雪があったとはいえ、湖面全体が凍るにはまだ季節的に早い。ベンチに積もった雪を払って腰をおろし、マツ林の向こうに太陽が顔を出すのをながめる。身の引き締まる寒さ。まるでエスプレッソのようだ。湖面から靄《もや》が立ちのぼっている。

うしろで雪を踏みしめる足音がする。

振り返ると、ダニエラがわたしの足跡を頼りに桟橋を歩いてくるのが見える。湯気の立つコーヒーが入ったマグをふたつ持ち、髪はみごとなまでに乱れ、数枚の毛布をショールがわりに肩にかけている。

近づいてくる彼女を見ながら、ふと思う。十中八九、これが彼女と過ごす最後の朝だ。わたしは明日の朝いちばんにシカゴに戻る。ひとりきりで。

ダニエラはマグを二個ともわたしに預け、毛布を一枚取って、わたしにかけてくれる。それからベンチにすわり、わたしたちは一緒にコーヒーを飲みながら、湖をながめる。

「昔から、いずれはこういう場所で暮らしたいと思っていた」

「ウィスコンシンに引っ越したいなんて、全然知らなかったわ」

「もっと歳を取ってからの話さ。ログハウスを見つけて、手直しするんだ」

「あなたに手直しなんかできるの？」ダニエラはおかしそうに笑う。「冗談よ。言ってる意味はわかってる」

「夏はここで孫と過ごすのもいい。きみは湖岸で絵を描いたらどうだろう」

「あなたはどんなことをするの？」

「さあ。定期購読している《ニューヨーカー》でもぱらぱら読むとするかな。きみのそばで」

ダニエラがわたしの左の薬指にいまも結んである糸に触れる。「これはなんなの？」

「ジェイソン二号に結婚指輪を盗まれたあと、なにが現実かだんだんわからなくなったことがあった。自分が誰かも。きみと結婚していたかどうかも。それで、きみが、このバージョンのきみがちゃんと存在することを思い出せるよう、糸を指に巻いたんだよ」

ダニエラがわたしにキスをする。

長いキスを。

「きみに話しておかなければいけないことがある」

「なあに？」

「最初に目覚めたシカゴでのことだ。そこで、多元宇宙をテーマにしたインスタレーションの会場にいるきみを見つけて――」

「どうしたの？」ダニエラはほほえむ。「わたしと寝たとか？」

「うん」

ほほえみが引っこむ。

彼女は少しのあいだわたしをじっと見ているが、感情のこもらない声で尋ねる。「どうして？」

「あのときは、自分がどこにいるのか、なにがどうなっているのかわからなかったんだ。誰もがわたしの頭がおかしいと決めつけた。自分でもそう思いはじめていたくらいだ。そんなときにきみが見つかった——すべてがめちゃくちゃな世界で、唯一、見知った存在のきみが。そのダニエラがきみであってほしいと心から願ったが、実際はそうじゃなかった。そうであるはずがなかった。もうひとりのジェイソンがわたしじゃないのと同じように」

「つまり、セックスで多元宇宙を超えようとしただけってことね」

「そのときだけだし、そういうことになったときは自分がどこにいるかもわかっていなかったんだ。自分の頭がおかしくなっているかどうかもわからなかった」

「それで、彼女はどうだった？　わたしの分身は？」

「この話はやめたほうが——」

「わたしはちゃんと話したわ」

「そうだね。わたしの分身がはじめて自宅に帰った晩と同じだ。愛していると気づく前に、きみと一緒に過ごしたときに似ていたよ。あの不思議な出会いを一から繰り返すような感じだった。いま、なにを考えてるんだい？」

「あなたに対してどれだけ腹をたてたらいいか、決めかねてるところ」

「そもそも、なんで腹をたてなきゃいけないのかい？」

「ふうん、それがあなたの言い分？　別バージョンのわたしが相手なら浮気じゃないと言いたいの？」

「だって本人であることには変わりないんだよ」

それを聞いて彼女はおかしそうに笑う。

そこで笑ってくれるからこそ、わたしは彼女を愛しているのだ。

「彼女はどんな人だった？」ダニエラは訊く。

「わたしのいないきみだったよ。チャーリーのいないきみだった。ライアン・ホールダーとつき合っているらしい」

「そんなことを訊いてるんじゃないわ。売れっ子の芸術家だったんでしょう？」

「うん」

「わたしのインスタレーションは気に入った？」

「すばらしかったよ。きみは本当に才能豊かだった。くわしく話そうか？」

「ええ、ぜひ」

プレキシガラスの迷路や、そこを歩いていくときの感覚を話して聞かせる。美しい映像の数々。目をみはるデザイン。

話を聞くうち、ダニエラの目がしだいに輝いていく。

と同時に表情が沈んでいく。

「わたしは幸せだったと思う？」

「どういうこと？」

「そうなるために、なにもかもあきらめたわけでしょ」

「どうかな。その女性といたのは四十八時間だった。おそらく、きみ、わたし、世の中の人全員と同じく、彼女にだって後悔のひとつやふたつはあったと思う。夜中にふと目覚め、自問したりもしたはずだ。自分の選んだ道は正しかったのかと。もしかして、正しくなかったんじゃないかと。わたしとの人生を選んでいたら、どうなっていただろうと想像することもあったろう」

「わたしもそういうことはときどき考えるわ」

「きみの分身をたくさん見てきた。わたしと一緒に暮らしているきみ。わたしと一緒でないきみ。画家。芸術家。グラフィックデザイナー。だが、突きつめれば、どれも人生なんだよ。大きな目で見れば、ひとつの大きな物語なわけだが、物語のなかにいると、すべてが日常だ。そうだろう？　きみが折り合いをつけなきゃいけないのはそれなんじゃないかな？」

湖の中央付近で魚が跳ね、ガラスのような水面に同心円状のさざ波が立つ。

「昨夜、きみはこれをどう解決するのかと訊いたね」

「いいアイデアが浮かんだ？」

もくろんでいる作戦については教えないほうがいいと反射的に思うが、わたしたち夫婦は秘密を持たないことを信条としている。どんなことでも話し合う。どんなに言いにくいことでも。それが夫婦としての意識にしっかり埋めこまれている。

そこで、チャットルームで昨夜提案した内容を説明したところ、彼女の表情は怒りから恐怖、動揺、そして不安へと変化する。

それからようやく口をひらく。「わたしをくじの賞品にするというの？　フルーツバスケットかなんかみたいに？」

「ダニエラ――」

「英雄じみた行動なんかしてほしくない」

「なにが起ころうと、きみはわたしを取り戻せるんだ」

「でも、あなたの別バージョンなんでしょ。いまの話はそういうことよね？　わたしたちの生活を壊した人間のくずと似た人だったらどうするの？　あなたみたいにいい人でなかったら？」

わたしはダニエラから顔をそむけ、湖のほうを見やり、まばたきして涙をこらえる。

「他人とわたしをくっつけるために、どうして自分を犠牲にしなきゃいけないの？」

「全員が自分を犠牲にするんだよ、ダニエラ。きみとチャーリーのためにはそれしか方法がないんだ。頼む。きみたちがまたシカゴで安全に暮らせるようにさせてくれ」

ログハウスに戻ると、チャーリーがコンロの前でパンケーキをひっくり返している。

「いいにおいがするな」わたしは言う。

「果物のほうはまかせていい？」

「よしきた」

まな板と包丁を見つけるのに少し手間取る。

わたしは息子の隣でリンゴの皮を剝《む》いてさいの目に切り、それをメープルシロップがぐつぐついっている小鍋に投入する。

窓の向こうでは、太陽がさっきよりも高いところまでのぼり、森全体に光があふれている。

三人で食卓を囲んで他愛のないおしゃべりに興じる。ごくごく平凡なひとときだが、これがふたりと囲む最後の朝食になりそうだという事実は、いまのわたしのいちばんの関心事ではない。

昼すぎ、三人で歩いて町に向かう。くたびれた田舎道は日が当たっているところはアスファルトが乾き、陰になっているところはまだ雪が残っている。

安物衣料店で着るものを買い、それからダウンタウンの小さな映画館の昼の部で、半年前に公開になった映画を観る。

ばかばかしいロマンチックコメディ。

わたしたちにぴったりの映画だ。

エンドロールが終わって明かりがつくまで残り、それから映画館を出てみると、空はすでに暗くなりはじめている。

町はずれまで来たところで、一軒だけあいているレストランに入る――店の名前は〈アイス・リバー・ロードハウス〉。

カウンターにすわる。

ダニエラはピノ・ノワールをグラスで注文する。わたしは自分にビールを、チャーリーにコークを注文する。

ウィスコンシン州アイス・リバーで週末に唯一営業しているせいか、店内は混んでいる。

料理を頼む。

わたしは二杯めのビールを飲み、さらに三杯めも飲む。店内のざわめきが大きくなる。ほどなくダニエラとわたしはほろ酔い気分になり、わたしはまた彼女のそばにいられる幸せを噛みしめる。

彼女はわたしの脚に手を置く。

ワインで目がとろんとしているのを見て、わたしはまた彼女のそばにいられる幸せを噛みしめる。小さな出来事のひとつひとつに、もうこれも最後だとは思うまいとするものの、その事実が重くのしかかる。

店には次から次へと客が入ってくる。

みごとなまでに騒々しい。

奥のステージでバンドが準備を始める。

わたしはだいぶ酒がまわっている。

口が悪くなるわけでも、めそめそするわけでもない。

ただ、完全に酔っているだけだ。

いまこの瞬間以外のことを考えたりしたら涙ぐんでしまいそうで、この瞬間のことしか考えないようにする。

バンドはカントリー&ウェスタンの四人組で、ほどなくダニエラとわたしは狭苦しいダンスフロアで大勢の人に交じってスローダンスを踊りはじめる。

彼女はわたしに体をぴったりとつけ、わたしはそのウエストに手を添える。スチールギターの音色と彼女のまなざしに酔い、いますぐ妻を頭板がゆるくて、ぎしぎしいうベッドまで連れていき、壁を飾る額入りの絵を全部落としてやりたくなる。

ダニエラもわたしも大声で笑っているが、自分でもなぜだかわからない。

チャーリーが言う。「ふたりともべろんべろんだね」

大げさにすぎる言い方かもしれないが、当たらずとも遠からずだ。

わたしは言う。「ストレスを発散しないとな」

チャーリーはダニエラに言う。「この一カ月、こんな感じになったことってなかったよね」

彼女はわたしを見る。

「ええ、なかったわ」

暗いなか、ハイウェイをふらふらと歩いていく。後方にも前方にもヘッドライトはひとつも見えない。

森のなかは極端に静かだ。

風のそよぎさえ聞こえない。

絵のようにぴくりとも動かない。

寝室のドアに鍵をかける。

ダニエラに手伝ってもらい、マットレスをベッドからおろす。

床に置き、明かりを消し、お互いに服を脱ぐ。

小型ヒーターをつけてあるが、それでも室内は冷え冷えとしている。

ふたりともぶるぶる震えながら裸で毛布にもぐる。

ダニエラの肌はすべすべと冷たく、唇はやわらかくて温かい。

その唇にくちづける。

彼女は言う。せつないくらいにあなたがほしい、と。

ダニエラといるから家にいるように感じるのではない。

ダニエラといることが家そのものなのだ。

ふと気づくと、十五年前、はじめて彼女と愛を交わしたときのことを考えている。探していたことすら気づかなかったものをようやく見つけたときのことを。

今夜はそれがいっそう身にしみる。硬材の床がわたしたちの重みで小さくきしみ、カーテンの隙間から漏れ入る月明かりが彼女の顔を照らす。彼女は口をあけ、頭をそらし、小さく、そして切羽詰まった声でわたしの名前を呼ぶ。

汗だくになったわたしたちの激しい心臓の鼓動だけが、静けさのなかに響いている。

ダニエラはわたしの髪をすきながら、暗いなかでじっと見つめてくる。わたしの好きなあのまなざしで。

「なんだい?」

「チャーリーの言うとおりだわ」

「なにが?」

「帰り道にあの子が言ったでしょ。ジェイソン二号が現われて以来、こんなのははじめてだって。誰もあなたのかわりにはなれないわ。たとえあなた自身でもね。ふたりが出会ったときのことをずっと考えてたの。あの時点では、誰とそういう関係になるかはわからなかった。でも、裏庭のパーティで、あなたはあのいけすかない人からわたしを救い出してくれた。わたしたちがこうなったのは、お互いに惹かれ合うものがあったからだけど、奇跡が起こったからでもあると思うの。要するに、あなたはここぞという瞬間にわたしの人生に登場した。ほかの誰でもなく、あなたが。それってある意味、ひと目惚《ぼ》れ以上にすごいことだと思わない？　お互いにお互いを見つけたんだもの」

「すばらしいことだよ」

「きのう起こったこともあれと同じだと気がついたの。あらゆるバージョンのジェイソンのなかで、ダイナーで無茶な芝居を打って警察に逮捕されたのはあなただった。そのおかげで家族三人が無事に一緒になれたんだもの」

「じゃあ、これは運命ということだね」

ダニエラはほほえむ。「というより、もう一度、お互いを見つけ合ったんだと思う」

わたしたちはまた愛を交わし、眠りに落ちる。

真夜中にダニエラはわたしを起こし、耳もとでささやく。「行かないで」

わたしは横向きになって、彼女と向かい合う。

彼女は暗闇のなか、目を大きくひらいている。

頭痛がする。

喉がからからだ。

いまわたしは泥酔と二日酔いの過渡期にいて、喜びがゆっくりと苦痛に変わっている。

「このまま車で走りつづけてもいいんじゃない？」ダニエラが言う。

「それでどこに行く？」

「そんなのはわからないけど」

「そもそもチャーリーにどう説明するんだ？　あの子には友だちがいる。ガールフレンドだっているかもしれない。それを全部忘れろというのか？　ようやく学校が楽しくなってきたというのに」

「わかってるし、いい感じはしないけど、ええ、でもあの子に言うしかないわ」

「住んでいる場所、友人、仕事――そういったものがわたしたちを形づくっているんだよ」

「わたしたちを形づくっているのはそれだけじゃないわ。あなたと一緒にいさえすれば、わたしは自分でいられる」

「ダニエラ、わたしだってきみといられさえすれば、ほかにはなにもいらないが、明日、この作戦を決行しなければ、きみもチャーリーも安全には暮らせないんだ。どんな結果になろうとも、わたしがきみのものであることに変わりはない」

「別のバージョンのあなたがほしいんじゃないわ。あなたでなきゃだめなの」

暗いなか目を覚ますと、頭がずきずきし、口のなかがからからになっている。

ジーンズとシャツを身に着け、ふらつく足取りで廊下を歩いていく。

今夜は火をたいていないので、一階全体を照らしているのは、キッチンカウンターの上のコンセントから電源を取っている弱々しい常夜灯だけだ。

食器棚からコップを出し、蛇口から水を満杯に注ぐ。

飲みほす。

もう一度、満杯に注ぐ。

集中暖房は切ってある。

わたしは流しの前で、冷たい井戸水を口に運ぶ。

ログハウス内はとても静かで、家の遠くの隅で木がのびたり縮んだりする際に床がみしっと鳴るのも聞こえるほどだ。

キッチンの流しの上の窓から、外の森に目をこらす。

ダニエラにあなたでなければと言われるのはうれしいが、ここからどこへ逃げればいいのかわからないし、どうやればふたりの安全を守れるかもわからない。

めまいがする。

ジープのちょっと先に気になるものが見える。

影が雪の上を移動していく。

アドレナリンが一気に出る。

コップを置き、玄関に急ぎ、ブーツに足を入れる。

ポーチに出てシャツのボタンをとめ、玄関ステップと車のあいだの踏み固められた雪に足を踏み出す。

ジープのわきを通る。キッチンで目にとまったものが見える。近づいていくと、影はまだ動いている。

思ったよりも大きい。

人間のサイズだ。

そうじゃない。

なんてことだ。

人間だ。

男が重い足取りでたどった道には、星明かりを受けてどす黒く見える血の跡がついているから、はっきりとわかる。

男はうめきながら、玄関ポーチのほうに這っていく。とてもたどり着けそうにない。

わたしは男の近くまで行って、わきにしゃがむ。

着ているコートからヴェロシティ研究所のリュックサック、指に巻いた糸まで、完全にわたしと同じだ。

そのわたしが生温かい血にまみれた腹を片手で押さえ、見たこともないほど切羽詰まった目でわたしを見あげる。

わたしは訊く。「誰にやられた？」

「わたしたちのひとりに」

「なぜ、わたしがここにいるとわかった？」

彼は咳きこみ、血の飛沫《しぶき》をまき散らす。「助けてくれ」

「ここには何人のわたしたちが来ているんだ？」

「死にそうだ」

あたりを見まわす。血のついた足跡がひと組、このジェイソンから遠ざかってジープのほうに移動し、それからログハウスの裏にまわっているのに目が吸い寄せられる。

死の瀬戸際にいるジェイソンがわたしの名前を呼ぶ。

わたしたちの名前を。

助けてほしいとすがりつく。

助けてやりたい気持ちはあるが、わたしの頭のなかにはひとつのことしかない――見つかってしまった。

どうやってかわからないが、連中に見つかってしまった。

彼は言う。「彼女をやつらから守ってやってくれ」

わたしは車を振り返る。

最初は気づかなかったが、いま見ると、タイヤが四本とも切られている。

そう遠くないところから、雪を踏みしめる足音が聞こえる。

なにか動いているものはないかと森に視線を走らせるが、ログハウスから離れている濃い森には月明かりは射しこんでいない。

彼は言う。「まだ死にたくない」

わたしはしだいに大きくなるパニックを感じながら、彼の目をのぞきこむ。「これが最期でも、気を強く持て」

一発の銃声が静寂を切り裂く。

ログハウスの裏、湖のほうからだ。

わたしは雪のなかを大急ぎで戻る。ジープのわきを通り、玄関ポーチに向かって一散に走りながら、なにが起こっているのか理解しようとする。

ログハウスから、ダニエラがわたしを呼ぶ声がする。

玄関ステップを駆けあがる。

正面のドアを突破する。

ダニエラが廊下を走ってくる。毛布にくるまったその姿を、主寝室からあふれる光がうしろから照らし出す。

息子もキッチンからやってくる。

なかに入ってドアに鍵をかけるあいだに、ダニエラとチャーリーが玄関の間に集まる。

彼女が尋ねる。「いまのは銃声？」

「うん」

「どうなってるの？」

「連中に見つかった」

「連中って？」

「わたしだよ」

「いますぐここを出ないと。きみたちは主寝室に行って、服を着替え、荷物をまとめてくれ。わたしは裏口に鍵がかかっているか確認してから、すぐに合流する」

ふたりは廊下を駆けていく。

正面のドアはちゃんと閉まっている。

この家に入る経路はあとひとつだけ、網戸を張ったポーチと居間を隔てるフレンチドアしかない。

キッチンを抜ける。

ダニエラもチャーリーも、このあとどうするのか知りたがるだろう。

しかし、なにも思いつかない。

車は使えない。

歩いて逃げるしかないだろう。

居間に入っていくと、いろいろな考えが一気に流れこむ。

なにを持っていけばいい？

携帯電話。

金。

金はどこにやった？

封筒に入れ、主寝室の整理簞笥のいちばん下の抽斗に隠してある。

ほかに必要なものは？

忘れてはいけないものは？

何人の分身がここまで追ってきたのか？

わたしは今夜、ここで死ぬのか？

自分の手にかかって？

暗いなかを手探りで進み、ソファベッドのそばを過ぎ、フレンチドアにたどり着く。取っ手を確認しようと手をのばすが、そこで気がつく――家のなかがこんなに寒いわけがない。

少し前にドアがあけられたのでないかぎり。

たとえば、数秒前とか。

ちゃんと鍵がかかっているが、鍵をかけた覚えはない。

ガラスごしの向こうに目をやると、ポーチになにかいるようだが、暗すぎてはっきりとはわからない。動いているようだ。

家族のもとに戻らなくては。

フレンチドアに背を向けると、ソファのうしろから影が立ちあがる。

心臓がとまりそうになる。

電気スタンドがまたたきながら点灯する。

十フィート前方にわたしが立っている。片手を電気のスイッチにかけ、もう片方の手でわたしに銃を向けている。

ボクサーショーツ一丁という恰好で。

両手が血にまみれている。

彼は銃をわたしの顔に向けたままソファをまわりこみ、小さな声で命じる。「着ているものを脱いでもらおう」

顔の切り傷で誰だかわかる。

わたしはうしろに目をやり、フレンチドアの向こうをうかがう。電気スタンドが照らす明かりだけでもポーチに衣類――ティンバーランドのブーツとピーコート――が山を作り、べつのジェイソンが横向きに倒れているのが見える。喉がぱっくりと口をあけ、頭のまわりに血だまりができている。

目の前のジェイソンが言う。「同じことは二度言わないぞ」

わたしはシャツのボタンをはずしはじめる。

「わたしたちは知り合いじゃないか」わたしは言う。

「あたりまえだ」

「そうじゃない、きみの顔の傷だ。二日前の夜、一緒にビールを飲んだろう?」

その情報が伝わるのを待つが、思ったほど相手の注意はそれない。

彼は言う。「だからといってどうなるものでもない。もう終わりだ、兄弟。きみだって同じことをするだろうからね」

「言っておくが、そんなつもりはないよ。最初はそれも考えたが、そんなつもりはなくなった」

袖から腕を抜き、彼にシャツを投げる。

彼がどうするつもりかはわかっている。わたしの服を身に着ける。わたしのふりをしてダニエラのもとに行く。顔の傷をひらき、いまついたばかりのように見せなくてはならないだろう。

わたしは言う。「せっかく妻を守る計画を立てたのに」

「ああ、読んだよ。あいにくと、他人がわたしの妻子と暮らせるよう自分を犠牲にするつもりはないんでね。ジーンズもよこせ」

ジーンズのボタンをはずしながら、自分の読みがまちがっていたことを痛感する。わたしたちは全員が同じというわけではないのだ。

「これまでに、何人の分身を殺したんだ？」わたしは訊く。

「四人。必要とあれば、千人の分身だって殺してみせる」

わたしはジーンズから脚を一本ずつ抜く。「装置のなかで、あるいは訪れた世界でなにかあったようだな。なにがきみをそんなふうに変えた？」

「きみは死ぬほどふたりを取り戻したいとは思ってないんじゃないか。だとしたら、ふたりにふさわしい存在とは――」

わたしはジーンズを彼の顔に投げつけ、突進する。

ジェイソンの太ももに抱きつき、ありったけの力をこめて持ちあげる。彼は壁に激突し、肺から空気が一気に抜ける。

銃が床に落ちる。

わたしはそれをキッチンのほうに蹴り飛ばし、くずおれたジェイソンの顔面を膝蹴りする。

骨が折れる音がする。

彼の頭をつかんで、もう一発蹴りを入れようと膝を引いたとき、下から左脚をすくわれる。硬材の床に叩きつけられ、後頭部をしたたかに打った瞬間に目から火花が飛ぶ。気づいたときにはつぶれた顔から血をぽたぽた垂らしたジェイソンに乗られ、片手で首を絞められている。

殴られる。左目の下に激痛が走り、頬骨が折れたのがわかる。

また殴られる。

涙と血がとめどなく流れるなか、まばたきすると視界がひらけ、相手がさっきまでわたしを殴っていた手にナイフを持っているのが見える。

銃声。

耳鳴りがする。

ジェイソンの胸の真ん中に小さな黒い穴があき、そこから血があふれ出している。手から落ちたナイフがわたしのそばの床に落ちる。彼はあいた穴に自分の指を突っこんでふさごうとするが、血はいっこうにとまらない。

彼は湿った耳障りな音をさせて息を吸い、自分を撃った男を見あげる。

わたしも首をのばして振り返ると、また別のジェイソンが銃をかまえているのが見える。今度のはきれいにひげを剃っていて、十年前の結婚記念日にダニエラがくれた黒い革のジャケットを着ている。

左手にゴールドの結婚指輪が光っている。

わたしの指輪。

ジェイソン二号がまた引き金を引き、今度の弾はわたしを襲撃した男の側頭部をかすめる。

彼はばったりと倒れる。

わたしは体の向きを変え、ゆっくり起きあがる。

たまった血を吐く。

顔が燃えるように熱い。

ジェイソン二号がわたしに銃を向ける。

いまにも引き金を引きそうだ。

誇張でなく自分の死が見える。言葉はなにも浮かばず、アイオワ州西部の祖父母の農場で過ごした子ども時代が走馬燈のように見えるだけだ。暖かな春の日。どこまでも広がる空。トウモロコシ畑。わたしはサッカーボールをドリブルしながら裏庭を突っ切り、〝ゴール〟——二本のカエデの木にはさまれた空間——を守る兄に向かっていく。

ふと思う。なぜこれを死ぬ間際になって思い出したのだろう？　あのときがいちばん幸せだったから？　いちばんわたしらしい瞬間だから？

「やめて！」

着替えをすませたダニエラがキッチンの食事スペースに立っている。

彼女はジェイソン二号を見る。

わたしを見る。

胸を撃ち抜かれたジェイソンを。

喉を切り裂かれ、網戸つきポーチに横たわるジェイソンを。

それから、声をあまり震わせることなく、こう尋ねる。「わたしの夫はどこ?」

ジェイソン二号は一瞬、虚を突かれた顔になる。

わたしは目に入った血をぬぐう。「ここだ」

「今夜、わたしたちはなにをしたか言ってみて」彼女は訊く。

「へたくそなカントリー音楽に合わせて踊ったあとここに戻り、セックスをした」わたしは自分の人生を盗んだ男に目をやる。「わたしを拉致したのはおまえだな?」

彼はダニエラを見る。

「彼女は一部始終を知っている」わたしは言う。「うそをついても無駄だ」

ダニエラが訊く。「よくもわたしにこんなことができたわね。わたしたち一家に」

チャーリーが母親の隣に現われ、わたしたちのまわりのおぞましい光景に見入る。

ジェイソン二号はダニエラを見る。

それからチャーリーを見る。

ジェイソン二号との距離はわずか六、七フィートだが、わたしは床にすわっている。

彼が引き金を引くより先につかみかかるのは無理だ。

もっとしゃべらせろ、と心のなかでつぶやく。

「どうしてわたしたちがここにいるとわかった?」と訊く。

「チャーリーの携帯電話には自分の携帯を探すアプリが入っている」

チャーリーが言う。「きのうの夜遅く、メールを一本打つんで電源を入れたんだ。アンジェラに無視してるって思われたくなくて」

わたしはジェイソン二号を見る。「ほかのジェイソンたちはどうなんだ？」

「知らないな。おおかた、わたしをつけてきたんだろう」

「何人いる？」

「見当もつかない」彼はダニエラのほうを向く。「わたしは望みのものをすべて手に入れたが、きみだけは手に入れられなかった。以来、きみのことが頭を離れなかった。ふたりでどんな人生を送れただろうと考えてばかりいた。だから――」

「そんなことを言うんなら、十五年前、せっかくのチャンスを逃さず、わたしのもとを去らなければよかったじゃない」

「そうしていたら、装置は完成しなかった」

「それがどうして悲惨なことなわけ？　よく見なさいよ。あなたのライフワークは痛みを引き起こしただけじゃない」

「一瞬一瞬に選択がある。だが、人生は不完全なものだ。人間は誰しもまちがった選択をする。だからわたしたちは常に後悔しながら生きていくわけだが、こんな悲惨なことがあるか？　そこでわたしは後悔を本当の意味で消す装置を作った。正しい選択をした世界を見つけるための装置だ」

「人生はそういうものじゃない。自分がした選択と折り合いをつけ、学んでいくものなの。ずるをしちゃだめよ」

わたしは、目に見えぬほどゆっくりと重心を移動し、立ちあがろうとする。

しかしジェイソンはそれに気づく。「やめておけ」

「ふたりの目の前でわたしを殺すつもりか？　本気なのか？」

「きみは壮大な夢を抱いていた」彼はわたしに向かって言う。「わたしの世界に、わたしが築きあげた人生にとどまり、そこで生きていけばよかったじゃないか」

「ふん、そうやって自分のしたことを正当化するわけか」

「きみの頭のなかなどお見通しだ。毎日、授業のために駅まで歩きながら、〝本当にこれでいいのか？〟と自問しているはずだ。もしかしたら、殊勝にもそれを認めているかもしれないな。あるいは認めていないかもしれない」

「勝手にそんなふうに――」

「いやいや、わたしには決めつける権利があるとも、ジェイソン。だってわたしはきみなんだから。十五年前に異なる世界に枝分かれしたとはいえ、根っこのところは同じだ。きみがこの世に生を享《う》けたのは、学部生に物理を教えるためなんかじゃない。ライアン・ホールダーみたいなやつが評価されるのを指をくわえて見ているためなんかじゃない。そもそも、きみが受けるべき評価なのに。きみにはなにもできないのはわかっている。わたしがすべてやりとげたのだからね。わたしがなしとげたことを考えてみろ。わたしなら毎朝、きみの褐色砂岩の家で目覚め、鏡で自分の顔を見るのも平気だ。なぜなら、望みをすべてかなえたのだからね。きみにも同じことが言えるかな？　きみはどれだけのことをやりとげたんだ？」

「妻と息子とともに人生を築いた」

「わたしはきみに、というかきみとわたしの両方に、誰もがひそかに望んでいるものを差し出した。ふたつの人生を生きるチャンスを。もっともすばらしいふたつの人生を」

「ふたつの人生などほしくない。わたしがほしいのはあのふたりだけだ」

わたしはダニエラを見やる。息子を見やる。

ダニエラがジェイソン二号に向かって言う。「そしてわたしがほしいのも彼なの。お願いだから、わたしたちの人生を返してちょうだい。こんなことはもうやめて」

彼が表情を硬くする。

目を細める。

わたしのほうに歩きだす。

チャーリーが叫ぶ。「やめて！」

銃はわたしの顔から数インチと離れていない。

わたしは自分のドッペルゲンガーの目をじっと見つめる。「わたしを殺して、そのあとどうする？ それでおまえはなにを得る？ こんなことをしても、彼女の気持ちはおまえなんかには傾かないぞ」

彼の手が震えはじめる。

チャーリーがジェイソン二号に向かって歩きはじめる。

「パパにさわるな」

「動いちゃだめだ、チャーリー」わたしは銃をまともに見返す。「おまえはもう終わりだ、ジェイソン」

チャーリーはまだこっちに向かってくる。ダニエラが引きとめようとするが、その腕を振り払う。

チャーリーがぐんぐん近づくのに気づき、ジェイソン二号の目がほんの一瞬、わたしからそれる。

わたしは彼の手から銃をはたき落とすと、床からナイフを拾いあげ、それを彼の腹に深々と埋める。刃はほとんど抵抗なくもぐっていく。

立ちあがってナイフを乱暴に抜き、ジェイソン二号が倒れこんでわたしの肩をつかんだところで、もう一度ナイフを突き刺す。

何度も何度も。

大量の血が彼のシャツからほとばしり、わたしの両手にかかると同時に、さびのにおいが室内に充満する。

彼は腹にナイフが刺さったまま、まだわたしから離れない。

この男がダニエラと暮らしたんだと思いながら、刃をねじるようにして抜き、相手を乱暴に押しやる。

彼はよろける。

表情がゆがむ。

腹を押さえる。

指のあいだから血が漏れ出る。

立っていられなくなる。

彼はうずくまるが、すぐに苦痛のうめきを漏らしながら横向きに倒れ、頭を床につける。

わたしはダニエラとチャーリーのふたりと顔を見合わせる。それからジェイソン二号のところに行き、うめいている彼のポケットを探る。わたしの車のキーが見つかる。「サバーバンをどこにとめた？」わたしは訊く。

彼の答えを聞くには、口のすぐ近くまで耳を近づけなくてはならない。「わき道に入って四分の一マイルほどのところ。路肩に寄せてある」

わたしはついさっき脱いだ服のところに急ぎ、手早く身に着ける。

シャツのボタンをとめ終え、腰をかがめてブーツのひもを結びながら、古いログハウスの床に血を流して倒れているジェイソン二号を一瞥《いちべつ》する。

床から拳銃を拾いあげ、握りをジーンズでぬぐう。

もう出発しないといけない。

あと何人来るかわかったものじゃない。

わたしの分身が名前を呼ぶ。

目を向ける——ジェイソンは血まみれの手にわたしの結婚指輪を持っている。

彼のところに戻り、指輪を受け取って糸の指輪の上にはめていると、ジェイソン二号がわたしの腕をつかみ、自分の顔に引き寄せる。

なにか言おうとしている。

「聞こえないよ」

「グローブボックス……のなかを……見ろ」

チャーリーが寄ってきて、わたしの体に腕を乱暴に巻きつける。必死で涙をこらえているが、肩をびくっと震わせ、嗚咽《おえつ》を漏らす。腕のなかで幼児のように泣きじゃくる声を聞くうち、息子がいましがた目にした恐ろしい場面が思い出され、わたしの目にも涙がこみあげる。

わたしは息子の顔を両手ではさむ。

「おかげで命拾いしたよ。おまえがやつをとめようとしてくれなかったら、勝ち目はなかった」

「本当？」

「本当だとも。と同時に、おまえのいまいましい携帯電話をこなごなに踏みつぶしてやりたい気分だ。さあ、さっさとここを出よう。裏口からだ」

わたしたちは血だまりをよけながら居間を抜ける。

フレンチドアの鍵をはずす。チャーリーとダニエラが網戸つきのポーチに出たところで、わたしはこの惨劇を引き起こした張本人を振り返る。

彼の目はまだあいていて、ゆっくりとまばたきしながら、去っていくわたしたちをじっと見ている。

外に出てドアを閉める。

網戸のところまで行くには、あともうひとりのジェイソンの血だまりを抜けなくてはならない。

どっちに行けばいいかわからない。

湖岸まで行き、そこから北に折れて森を抜ける。

湖は黒曜石のように黒く、つるつるしている。

ほかにもジェイソンがいないか、森のなかにひたすら目を走らせる——木のうしろから飛び出してきて、一瞬にして命を奪われるかもしれないのだ。

百ヤードほど行ったところで湖岸からそれ、道路があるほうを目指す。

ログハウスから銃声が四発あがる。

わたしたちは雪に足を取られ、息をあえがせながらひた走る。

アドレナリンの波のおかげで顔の傷の痛みはまだ感じないが、それがいつまでもつかはわからない。

森を脱し、道路に出る。

わたしは黄色の二重線の上に立つ。一瞬、森が静かになる。

「どっち?」ダニエラが訊く。

「北だ」

わたしたちは道の真ん中を駆け足で進む。

チャーリーが声をあげる。「見えた」

まっすぐ前方、右の路肩に途中まで森に突っこんだサバーバンの後部が見える。

乗りこんで、イグニッションにキーを挿すと、サイドミラーに動くものが映る――影が猛スピードで近づいてくる。

エンジンをかけ、サイドブレーキを解除し、ギアを入れる。

方向転換し、アクセルペダルを床につくほど踏みこむ。

「ふたりとも伏せろ」

「どうして?」ダニエラが訊く。

「いいから伏せろ!」

車は速度をあげながら闇に突っこんでいく。

ヘッドライトのスイッチを入れる。ライトは道路の真ん中で車に銃を向けているジェイソンを煌々《こうこう》と照らし出す。

銃が火を噴く。

弾がフロントガラスに穴をあけ、わたしの右耳から一インチほどのヘッドレストが破ける。

またも銃口炎があがり、二発めが放たれる。

ダニエラが悲鳴をあげる。

ダニエラとチャーリーにまで弾があたる危険をおかすとは、このバージョンのわたしはそうとう壊れているようだ。

ジェイソンは飛びのこうとするが、コンマ五秒遅い。

右のバンパーが彼の腰をかすめ、それが悲惨な結果を招く。

彼は大きく弧を描いて飛ばされ、頭がものすごいいきおいで助手席のサイドウィンドウにぶつかり、ガラスが割れる。

バックミラーをのぞくと、彼の体が道路を転がっていくのが見えるが、それでもかまわずスピードをあげる。

「ふたりとも怪我はないか?」わたしは声をかける。

「ぼくは大丈夫」チャーリーが言う。

ダニエラが体を起こす。

「ダニエラ?」

「なんともないわ」彼女は言い、髪に落ちた安全ガラスの破片を払いはじめる。

暗いハイウェイを突っ走る。

誰もひとこともしゃべらない。

いまは夜中の三時で、走っているのはわたしたちの車だけだ。

フロントガラスにあいた弾痕から夜風が吹きこみ、ダニエラの頭の横の割れたサイドウィンドウから漏れ入る走行音が耳を打つ。

わたしは訊く。「携帯電話は持ってきたか?」

「ええ」

「よこしてくれ。おまえのもだ、チャーリー」

ふたりから渡されると、わたしは運転席側のサイドウィンドウを数インチあけ、電話を投げ捨てる。

「この先も追ってくるんでしょう?」ダニエラが訊く。「追跡をやめないのよね」

彼女の言うとおりだ。ほかのジェイソンたちは信用できない。くじで決めようなんて、判断が甘かった。

わたしは言う。「なんとかできると思ったんだが」

「これからどうするの?」

わたしは激しい疲労感に襲われる。

一秒ごとに顔の痛みが増していく。

ダニエラを見やる。「グローブボックスを調べてくれ」

「なにを探せばいいの？」

「わからない」

彼女はサバーバンの取扱説明書を出す。

保険と登録関係の書類。

タイヤゲージ。

懐中電灯。

そして、いやというほどよく知っている、小さな革の袋。

15

わたしたち一家は人けのない駐車場にとめた、銃撃で破損したサバーバンのなかにいる。

わたしは夜を徹して運転した。

バックミラーで自分の顔をたしかめる。左目のまわりが紫に変色して大きく腫れ、左の頬骨を覆う皮膚が内出血で黒ずんでいる。

さわるだけでも飛びあがるほど痛い。

チャーリーを振り返り、それからダニエラに目を向ける。

彼女はセンターコンソールごしに手をのばし、指でわたしのうなじをなぞる。

彼女は言う。「ほかにどんな選択肢があるの？」

「チャーリー？　おまえが決めることでもあるんだぞ」

「行きたくなんかない」

「わかるよ」

「でも、そうするしかないんだよね」

流れゆく夏雲のように、おかしな考えがわたしの意識を通り抜ける。

どう考えてもわたしたちは終わりだ。三人で築きあげてきたもの——わが家、仕事、友人関係、生活全般——は完全に失われた。わたしたちに残されているのはお互いだけだが、それでもいまこの瞬間、わたしはかつてないほどの幸せを感じている。

朝日が屋根の亀裂から射しこみ、暗く寒々とした廊下を点々と照らす。

「なんだかすごいところだね」チャーリーが言う。

「どこに行くかわかってるの？」ダニエラが訊く。

「あいにく、目隠しされた状態で行くようなものなんだ」

ふたりを連れて荒れ果てた通路を進みながら、わたしは精も根もつき果てている。カフェインと恐怖で動いているようなものだ。ログハウスで手に入れた銃をウエストバンドのうしろに突っこみ、ジェイソン二号の革袋をわきにはさんでいる。ふと気がつく。夜明けにサウス・サイド地区に向かって車を走らせてきたのに、ダウンタウンの西を過ぎながら高層ビル群をちらりとも見なかったことに。

最後にもう一度だけ見ておけば、どんなによかったか。

後悔の念をおぼえるが、すぐにそれを押し戻す。

事態がちがっていたら、父となり凡庸《ぼんよう》な大学教授となる道を選ばず専門分野で著名人になっていればどうなっていたかと考えながらベッドで過ごした夜を思い返す。そんなのはけっきょく、ほしくても手に入れられなかったものでしかない。異なる選択をへたべつのわたしだ。

しかし現実には、わたしはそのいくつもの異なる選択をした。

なぜなら、わたしは単にわたしという存在ではないからだ。

アイデンティティについてのわたしの理解は完全に崩れた——わたしは考えうるかぎりの選択をし、想像しうるすべての人生を生きたジェイソン・デスセンと呼ばれる存在が持つ無数の側面のうちのひとつでしかないのだ。

わたしたちは、自分がした選択の総和以上の存在であり、選んだかもしれないすべての道もなんらかの形で自分というものを形づくっているはずだと思えてならない。

しかし、ほかのジェイソンなどどうでもいい。

彼らの人生などほしくはない。

わたしは自分の人生がほしい。

ここまで収拾のつかない事態になったからこそ、このダニエラ、そしてこのチャーリーが一緒でない世界になど行きたくない。小さな点がひとつちがっているだけでも、わたしの愛する人とは言えないのだ。

発電機室に向かってゆっくりと階段をおりる。だだっ広い空間にわたしたちの足音がこだまする。

最後の踊り場のところでダニエラが言う。「誰かいる」

わたしは足をとめる。

下の薄暗がりに目をこらすうち、口のなかがからからに渇いていく。

床にすわっていた男が立ちあがるのが見える。

その隣の男も。

さらにべつの男も。

いちばん奥の発電機と装置のあいだの闇のなかで、分身たちが次々に立ちあがる。

くそ。

くじ引きのために早く来たのか。

何十人も。

全員の目がわたしたちに向けられている。

わたしは後方の階段を振り返る。血液が耳に流れこむ音があまりに大きく、そのせいでほんのいっとき、なにもかもが遮断される。

「逃げちゃだめ」ダニエラは言うと、わたしのウエストバンドから銃を抜き、自分の腕をわたしの腕にからめる。「チャーリー、パパの腕をつかんで、なにがあっても離しちゃだめよ」

「本当にいいのか？」わたしは訊く。

「いいに決まってるでしょ」

チャーリーとダニエラにしがみつかれた恰好で、わたしはゆっくりと最後の数段をおり、ぼろぼろのコンクリートの上を歩きはじめる。

ドッペルゲンガーたちがわたしと装置のあいだに立ちはだかる。

室内の酸素が薄い。

わたしたちの足音と、ガラスのない高窓から吹きこむ風の音以外、なんの音も聞こえない。

ダニエラが震える息を吐く。

チャーリーの手が汗ばんでいる。

「とにかく歩きつづけよう」わたしは言う。

ひとりが前に進み出る。

彼はわたしに言う。「話がちがうじゃないか」

わたしは答える。「事情が変わったんだ。大勢のわたしたちが昨夜わたしを殺そうとした。それで――」

ダニエラが割って入る。「あなたたちのひとりがチャーリーが乗っているのに車に発砲してきたの。以上。話は終わり」

彼女はわたしを前へと引っ張る。

彼らとの距離がじょじょに縮まる。

彼らはどこうとしない。

誰かが言う。「せっかく来たんだ。くじ引きとやらをやろうじゃないか」

ダニエラがわたしの腕をさらに強くつかむ。

彼女は言う。「チャーリーとわたしはこの人と一緒に装置に入る」そこで声がつまる。「ほかになにか方法があれば、わたしだって……とにかく、こうするのがいちばんなの」

やむをえない判断だ――わたしはいちばん近くにいるジェイソンと目を合わせる。わたしをうらやみ、嫉妬しているのが手に取るようにわかる。ぼろぼろの服を着て、寄る辺《べ》のなさと絶望感がにじみ出ている。

低くうなるような声でわたしに言う。「なぜきみが彼女を手に入れなきゃいけない？」

隣のジェイソンが言う。「彼がどうこうじゃない。彼女がそう望んでいるんだ。わたしたちの息子にとって必要なことなんだ。いま大事なのはそれじゃないか。三人を通してやろう。さあ」

人垣が分かれはじめる。

わたしたちはジェイソンでできた通路をゆっくりと進む。

何人かが泣いている。

怒りと絶望の熱い涙を流している。

わたしもだ。

そしてダニエラも。

チャーリーも。

それ以外の者は感情を抑え、硬い表情で立っている。

ついに最後のひとりが道を譲る。

装置が前方に現われる。

扉が大きくあいている。

チャーリーが最初に入り、ダニエラがつづく。

わたしは胸のなかで心臓が激しく脈打つのを感じながら、なにか起こるのではないかと身がまえる。

ここまで来たら、なにがあっても驚かない。

入り口をくぐり、扉に手をかけ、わたしの世界を最後にもう一度ながめる。

この光景をわたしは一生忘れないだろう。

高窓から射しこむ光が古い発電機に降り注ぐなか、五十人ものわたしの分身が水を打ったように不気味に静まり返り、装置のほうをじっと見つめている様子を。

扉のロック機構が作動する。

デッドボルトが受座にはまる。

わたしは懐中電灯をつけ、家族の顔を見る。

一瞬、ダニエラがいまにも泣きだしそうになるが、どうにかこらえる。

わたしは注射器、注射針、アンプルを出す。

すべてを並べる。

以前にもやったように。

チャーリーが袖を肘の上までまくるのを手伝ってやる。

「いちばん最初はちょっと強烈かもしれない。準備はいいか？」

彼はうなずく。

彼の腕が動かないようにしながら針を静脈にもぐりこませ、プランジャーを引いて血液が注射器の中身と混じり合うのを確認する。

ライアンが合成した薬をわが子の血流に全量注入すると、チャーリーは白目をむいて壁に力なくもたれる。

わたしは自分の腕に駆血帯を巻く。

「効果はどのくらいつづくの？」ダニエラが訊く。

「約一時間だ」

チャーリーが体を起こす。

「大丈夫か？」わたしは訊く。

「なんかすごかった」

わたしは自分に注射する。最後の服用から数日が過ぎているので、いつもよりがつんとした感じが強い。

われに返り、最後の注射器を手に取る。

「きみの番だよ、ダーリン」

「注射はきらいだわ」

「心配しなくていい。これでもけっこううまくなったんだよ」

ほどなく薬が効いてくる。

ダニエラがわたしの手から懐中電灯を取り、扉から離れる。

懐中電灯が通路を照らす光でわたしは彼女の顔をうかがう。息子の顔をうかがう。ふたりとも怯えている。怖じ気づいている。わたしははじめてこの通路を目にしたときのことを、恐怖と驚きの念に包まれたことを思い返す。

どこにもいない感覚。

どっちつかずの感覚。

「これ、どこまでつづいてるの？」チャーリーが尋ねる。

「終わりはないんだ」

無限につづく通路を三人で歩く。またここに戻ってくることになるとは、いまだに信じられない。しかも、妻と息子を連れて。

いまの自分の気持ちははっきりとはわからないものの、以前に感じた生々しいほどの不安でないのはたしかだ。

チャーリーが言う。「じゃあ、この扉のひとつひとつが……」

「べつの世界につながっている」

「すごい」

わたしはダニエラに目を向ける。「大丈夫かい？」

「ええ。あなたと一緒だもの」

すでにずいぶん歩いていて、時間がなくなってきている。

わたしは言う。「まもなく薬が切れる。いいかげん、行かないと」

わたしたちは、ほかとそっくり同じ扉の前で足をとめる。

ダニエラが言う。「考えてたんだけどね、ほかのジェイソンたちも自分の世界に戻る道を見つけたわけでしょ。だったら、あのなかのひとりくらい、わたしたちがたどり着く場所を見つける人がいるんじゃない？　理屈のうえでは、みんなあなたと同じように考えるはずなんだから。ちがう？」

「そうだね。でも、扉をあけるのはわたしじゃないし、きみでもない」

わたしはチャーリーのほうを向く。

息子は言う。「ぼくがあけるの？　失敗したらどうするのさ。どこか悲惨な場所に出ちゃうかもしれないじゃない」

「おまえを信頼してるよ」

「わたしも」ダニエラが言う。

「扉をあけるのはおまえでも、次の世界への道はわたしたちで創りあげてきたものだ。わたしたち三人で」チャーリーは緊張したおももちでドアを見つめる。「いいか」とわたしは声をかける。「装置の仕組みについては説明したが、しばらくそれはわきに置いておけ。実はこういうことなんだ。この装置は人生と同じだ。不安を抱えて出ていけば、その先にあるのも不安でしかない」

「でも、どこから始めたらいいかわかんない」

「なにも描いていないキャンバスを思い浮かべろ」

わたしは息子を抱き寄せる。

愛していると伝える。

自慢の息子だと伝える。

それからダニエラとわたしは床にすわって壁に背中をあずけ、チャーリーと扉のほうを向く。彼女はわたしの肩に頭をもたせかけ、手を握ってくる。

昨夜、ここへ車で向かう途中、あらたな世界に足を踏み出すのが怖くなるんじゃないかと不安だったが、実際にそうなってみると、恐れはまったく感じない。

　このあとどうなるのか、子どものように胸がわくわくしている。家族が一緒にいるかぎり、なにが起きようと覚悟はできている。

　チャーリーが扉に歩み寄り、レバーを握る。彼は扉をあける直前、大きく息を吸い、わたしたちを振り返る。その姿はこれまでになく勇敢でたくましい。

　もうりっぱな大人だ。

　わたしはうなずく。

　彼がレバーを押しさげ、デッドボルトが受座から引っこむ音がする。剣先のような光が通路に切りこみ、そのあまりのまぶしさに、わたしは思わず目を覆う。ようやく目が慣れると、扉のあいた出口のなかにチャーリーの姿がシルエットとなって浮びあがっている。

　わたしは立ちあがると、ダニエラに手を貸して立たせ、冷たく殺風景な通路に暖かい空気と光が入りこんでくるのを感じながら、息子のところまで歩いていく。

　戸口から入る風が湿った土と名も知らぬ花の香りを運んでくる。

　嵐の直後の世界。

　わたしはチャーリーの肩に手を置く。

「行ける？」彼が訊く。

「おまえのあとをぴったりくっついていくよ」

謝辞

『ダーク・マター』はわたしの作家人生のなかでもっとも困難をともなった作品で、執筆中、わたしの空を照らしてくれた寛大で才能あふれるすばらしい人々の助けと支援がなければ、ゴールにはたどり着けなかっただろう。

代理人にして友人のデイヴィッド・ヘイル・スミスは今度も見事な仕事ぶりを発揮してくれ、インクウェル・マネージメントのチーム全員はあらゆる面において支えてくれた。もっとも必要とするときに有益な助言をくれたリチャード・パイン、わたしの作品を海外に売りこむ決断をしてくれた聡明なるアレクシス・ハーレイ、そして契約の達人、ナサニエル・ジャックスに感謝する。

映画およびテレビ関係のマネージャーをしてくれているアンジェラ・チェン・キャプランと、芸能方面に強い弁護士のジョエル・ヴァンダークルートはすべての面において並はずれたものを持っている。このふたりが味方で本当に運がよかった。

クラウン出版の担当者たちは、ともに仕事をしたなかでも、抜群に切れる人たちばかりだった。この本にかける彼らの情熱と献身は、じつに驚異的だった。本書をあと押ししてくれたモリー・スターン、ジュリアン・パヴィア、マヤ・マヴジー、デイヴィッド・ドレイク、ディアナ・メッシーナ、ダニエル・クラブツリー、サラ・ベディングフィールド、クリス・ブランド、シンディ・バーマン、その他、ペンギン・ハウスのみなさんにも感謝する。

また、わたしをこれでもかというほど叱咤《しった》激励し、本書を全ページにわたってよりよいものにしてくれた、わが天才編集者のジュリアン・パヴィアに二度めの感謝を捧げる。

『ダーク・マター』の映画化にあたっては最良の人々に恵まれた。ソニーのマット・トルマック、ブラッド・ジマーマン、デイヴィッド・マンパール、ライアン・ドハーティおよびアンジェ・ジャンネッティに大いなる感謝を。さらに初期の本作をおおいに支えてくれたマイケル・デ・ルカとレイチェル・オコナーにも同様の感謝を捧げる。

ジャック・ベンザークリは〈ウェイワード・パインズ〉シリーズの編集を手がけた人物だが、本作は彼女の担当ではないものの、自分の担当のように気にかけてくれた。彼女の意見がなければ、『ダーク・マター』は幻想に終わっただろう。

物理学および天文学の教授であるクリフォード・ジョンソン博士は、量子力学のおおまかな概念について論じるシーンでわたしが愚か者に見えないよう、救いの手を差しのべてくれた。内容に間違いがあるなら、すべてわたしの責任だ。

人間という存在の本質をめぐる根本的な真理の探究に全人生を捧げてきた大勢の物理学者、天文学者、宇宙学者の偉業なくしては、『ダーク・マター』の執筆はありえなかった。スティーヴン・ホーキング、カール・セーガン、ニール・ドグラース・タイソン、ミチオ・カク、ロブ・ブライアントン、およびアマンダ・ジェフターは量子論に関するすべてを学ぶきっかけをあたえてくれた。とりわけミチオ・カクによる池、鯉、超空間を用いたしゃれたたとえ話のおかげで次元というものが理解でき、それを基礎として、ジェイソン二号がダニエラに多元宇宙を説明するシーンを執筆することができた。

いくつもの草稿を読まされた初期段階の読者たちは、そのたびに貴重なフィードバックをしてくれた。次の方々に深く感謝する。執筆のパートナーであり大の親友であるチャド・ホッジ。実弟のジョーダン・クラウチ。血はつながっていないが兄弟も同然のジョー・コンラスとバリー・アイスラー。美しいアン・ヴォス・ピータースン。とてつもないアイデアの持ち主マーカス・セイキーは、二年前、シカゴを訪れた際に、海に沈みかけた無数のアイデアのなかから本書の将来性を見抜いてくれ、どれほど不安でも、とにかく書いてみろと発破《はっぱ》をかけてくれた。というよりも、不安だからこそ書けと。さらには、シカゴのローガン・スクエアにある一流の宿〈ロングマン&イーグル〉内のバーにも心からの感謝を。あのバーで、『ダーク・マター』の骨格と独自性が、文字どおり、霧のなかから姿を現わしたのだ。

そして最後になるが誰よりも大切なわが家族に礼を言いたい。レベッカ、エイダン、アンズリー、そしてアデリン。いつもありがとう。愛してる。

訳者あとがき

『パインズ』をはじめとする〈ウェイワード・パインズ〉三部作で日本でもおなじみ、ブレイク・クラウチの最新作『ダーク・マター』をお届けします。〈ウェイワード・パインズ〉三部作の、あのジャンルを超えたおもしろさと意表を突く展開に魅了されたみなさま、ご安心ください。クラウチくんはまたやってくれました。

シカゴに暮らすジェイソン・デスセンは自分の人生に満足していた。二十代の頃は、その独創的な理論によって原子物理学界の新星ともてはやされたが、いまは二流大学で未来の医師や特許専門の弁護士相手に学部レベルの物理を教える毎日。エキサイティングでも刺激的でもない。原子物理学の最先端をいく学究生活と名声をあきらめたかわりに、愛する妻ダニエラと息子チャーリーとの穏やかで平凡な生活を手に入れた。その決断を後悔してはいないものの、大学時代のルームメイトが名誉ある賞を受賞したと聞けば、胸がちくりと痛むことも。

ある晩、そんな彼の人生が一変する。自宅への帰り道、能面をつけた男に銃を突きつけられ、シカゴの荒廃した地区にある古い発電所に連れていかれたのだ。死を覚悟するジェイソンだが、気がついたときには自分の知らないシカゴに来ていた。そこでの彼はすぐれた業績を持つ原子物理学者で、誰もが彼に一目置いている。自宅は記憶どおりの場所にあるものの、どうやら独身生活を送っているらしく、妻のダニエラもまた独身で、新進気鋭の芸術家として活躍している。

手の込んだいたずらか、国家の陰謀か、それとも深刻な病《やまい》で脳の機能がそこなわれたのか。孤立無援のなか、ジェイソンは本来の自分に、ダニエラとチャーリーとの平凡な暮らしに戻るべく、無限に広がる砂浜でひと粒の砂を探すような努力をするのだった。

〈ウェイワード・パインズ〉三部作もそうでしたが、本作も紹介するのがとてもむずかしい本です。これを書いたらネタバレになってしまうのではないか、これから読もうという方の興をそいでしまうのではないかと思うと、どうしても及び腰にならざるをえません。ジェイソンの身になにが起こったのか、その部分を書くことができれば、訳すにあたって苦労したこと、調べたこと、資料として読んだ本などをたくさんご紹介できるのですが。とにかく、〈ウェイワード・パインズ〉と同様、奇想天外な展開で最後まで一気に読まずにはいられない、壮大なエンタテインメントに仕上がっているということだけは断言できます。そして、読み終わったとき、何気ない日常がいとおしくなるはずです。いまという瞬間は二度と来ない。一瞬先にどうなるかは、誰にもわからないのですから。

物語の終盤で、ある人物が「人生はそういうものじゃない。自分がした選択と折り合いをつけ、学んでいくもの」という言葉を口にします。人間はみな不完全な生き物です。まちがった選択をすることは、どんな人にでもある。でも、そのまちがった選択も自分の人生と受け入れるしかない。その科白を訳しながら、そんなことを思いました。

ところで、『ウェイワード』の訳者あとがきの最後に、こんな情報を書きました。

現在クラウチは*Dark Matter*というタイトルの新作の執筆中で、二〇一六年夏に刊行が予定されている。（中略）すでにソニー・ピクチャーズ・エンターテインメントに映画化権が売れ、クラウチ自身が脚本を手がけるそうだ。

その後、二〇一六年の暮れにローランド・エメリッヒが監督をするというニュースが流れました。エメリッヒ監督といえば、『インディペンデンス・デイ』、『デイ・アフター・トゥモロー』など、数々のヒット作を生み出し、また、派手に壊すのが得意な監督としても知られていますね。『ダーク・マター』に派手に壊すシーンがあるかどうかは別にして、過去の作風からまさに適任といっていいでしょう。あの場面はどう映像化するのだろうか、専門的な会話はどう処理するのだろうか、とあれこれ想像をめぐらしています。

また、ブレイク・クラウチの近況ですが、こちらは映画版の『ダーク・マター』のシナリオを執筆中という以外、これといった話は聞こえてきません。過去の小説*Good Behavior*がテレビドラマ化され、昨年シーズン1が好評のうちに終了。現在、シーズン2の撮影中とのこと。こちらは泥棒で詐欺師の女性が主人公で、〈ウェイワード・パインズ〉シリーズや『ダーク・マター』とはテイストが異なるようです。日本での放送が待たれます。

二〇一七年九月

①全滅領域
②監視機構
③世界受容

〈サザーン・リーチ〉シリーズ
ジェフ・ヴァンダミア
酒井昭伸訳

突如として世界に出現した謎の領域〈エリアX〉では生態系が異様な変化を遂げ、拡大を続けていた。監視機構〈サザーン・リーチ〉に派遣された調査隊は領域奥深く侵入し、地図にない構造物を発見、そこに棲む未知の存在を感知する。大型エンタテインメント三部作！

ハヤカワ文庫

ジュラシック・パーク（上・下）

Jurassic Park

マイクル・クライトン
酒井昭伸訳

バイオテクノロジーで甦った恐竜たちがのし歩く驚異のテーマ・パーク〈ジュラシック・パーク〉。だが、コンピューター・システムが破綻し、開園前の視察に訪れた科学者や子供達をパニックが襲う！　科学知識を駆使した新たな恐竜像、空前の面白さで話題を呼んだスピルバーグ映画化のサスペンス。解説／小畠郁生

ハヤカワ文庫

トレインスポッティング

Trainspotting

アーヴィン・ウェルシュ

池田真紀子訳

不況にあえぐエディンバラで、ドラッグとアルコールと暴力とセックスに明け暮れる若者たち。マーク・レントンは仲間とともに麻薬の取引に関わり、人生を変える賭けに出る。彼が選んだ道の行く先は？　世界中の若者を魅了した青春小説の傑作、待望の復刊！　解説／佐々木敦

アルジャーノンに花束を〈新版〉

Flowers for Algernon

ダニエル・キイス

小尾芙佐訳

32歳になっても幼児なみの知能しかないチャーリイに、夢のような話が舞いこむ。大学の先生が頭をよくしてくれるというのだ。これにとびついた彼は、ネズミのアルジャーノンを相手に検査を受ける。手術によりチャーリイの知能は向上していくが……天才に変貌した青年が愛や憎しみ、喜びや孤独を通して知る心の真実とは？　全世界が涙した名作に、著者追悼の訳者あとがきを付した新版

ハヤカワ文庫

訳者略歴　上智大学外国語学部英語学科卒，英米文学翻訳家　訳書『パインズ』『ウェイワード』『ラスト・タウン』クラウチ，『ボストン、沈黙の街』『ジェイコブを守るため』ランデイ，『川は静かに流れ』『ラスト・チャイルド』ハート（以上早川書房刊）他多数

HM=Hayakawa Mystery
SF=Science Fiction
JA=Japanese Author
NV=Novel
NF=Nonfiction
FT=Fantasy

ダーク・マター

〈NV1419〉

二〇一七年十月　十 日　印刷
二〇一七年十月十五日　発行
（定価はカバーに表示してあります）

著　者　ブレイク・クラウチ
訳　者　東《ひがし》野《の》さやか
発行者　早川　浩
発行所　株式会社　早川書房
郵便番号　一〇一 - 〇〇四六
東京都千代田区神田多町二ノ二
電話　〇三 - 三二五二 - 三一一一（大代表）
振替　〇〇一六〇 - 三 - 四七七九九
http://www.hayakawa-online.co.jp

乱丁・落丁本は小社制作部宛お送り下さい。
送料小社負担にてお取りかえいたします。

印刷・株式会社精興社　製本・株式会社明光社
Printed and bound in Japan
ISBN978-4-15-041419-1 C0197

本書は活字が大きく読みやすい〈トールサイズ〉です。